KB051945

불령선인

·

너희들의 등 뒤에서

나카니시 이노스케 지음
박현석 옮김

불령선인(不逞鮮人)

·

너희들의 등 뒤에서

(汝等の背後より)

나카니시 이노스케(中西伊之助)

*본문 중의 삭제나 말소 부분은 원서와 상관없이 일정한 간격으로 띄었다.

*작품 곳곳에 복자(伏字)가 있는데 짧은 것은 어느 정도 짐작이 가지만 긴 경우에는 띄어쓰기가 없는 일본어의 특성상 내용을 짐작하기가 어려워 전부를 원서 그대로 실었다.

*'온돌', '두루마기', '저고리', '치마', '아이고' 등 많은 우리말이 원서에도 우리말 발음대로 실려 있으나 따로 표시하지는 않았다.

*『불령선인』 가운데 주인(主人)의 일본어는 완전하지 않은 것으로 표기되어 있으나 우리말로 옮길 때는 완전한 문장으로 고쳤다.

*『너희들의 등 뒤에서』의 9에서부터 등장하는 '김성준'은 이름을 밝히기까지 '김'으로 되어 있으나 이는 대부분 '청년'으로 번역했다.

*이 책은 1922년 12월 15일에 일본의 시젠샤에서 발행한 『死刑囚とその裁判長』에 수록된 「不逞鮮人」과 1923년 3월 1일에 일본의 가이조샤에서 출판한 『汝等の背後より』 제8판(초판 1923년 2월 10일)을 각각 저본으로 삼았다.

옮긴이의 말

나카니시 이노스케(中西伊之助)의 『불령선인(不逞鮮人)』과 『너희들의 등 뒤에서(汝等の背後より)』를 한 권으로 묶어 출판해야겠다는 생각은 그의 처녀작이자 조선을 배경으로 한 또 다른 장편소설인 『붉은 흙에 싹트는 것(赭土に芽ぐむもの)』을 출간(2014.3.10. 현인)한 직후부터 가지고 있었다. 그렇게 하면 나카니시의 조선을 배경으로 한 소설 3부작을 전부 우리나라 독자에게 소개할 수 있으리라는 생각에서였다.

『붉은 흙에 싹트는 것』 출간 직후, 이 책에 실은 두 작품의 번역을 위해 우선은 단편인 「불령선인」부터 읽어보았는데 한일 두 민족 간의 갈등과 서로의 마음에 깃든 두려움, 화해의 모습이 잘 묘사되어 있어 역시 역자를 실망시키지 않는 작품이었다.

그런데 조선을 배경으로 한 나카니시의 세 번째 작품이자 작가 스스로가 『붉은 흙에 싹트는 것』의 자매편이라고 말한 두 번째 장편 『너희들의 등 뒤에서』는 작품을 읽어나갈수록 자꾸만 어떤 거부감이 느껴졌다. 이 작품에 대한 첫 번째 독서는 그 거부감을 끝내 해소하지 못한 채 끝나버리고 말았다. 그 거부감의 가장 커다란 원인은 『붉은 흙에 싹트는 것』의 「옮긴이의 말」에서도 밝혔듯, 작가의 여성 인식 부족에서 오는 것이었다. 역시 『붉은 흙에 싹트는 것』의 같은 글에서 이야기한 것처럼 당시의 시대상황까지 고려한다 해도 『너희들의 등 뒤에서』의 남녀관계, 성적 관계는 쉽게 이해할 수 있는 것이 아니었다. 책을 덮었다 얼마간의 시간이 흐른 뒤에 다시 읽어보았으나 역시 이해할 수 없기는 마찬가지였다. 이를 어떻게 해야 하나? 몇몇 지인에게는 번역할 생각이라고 말을 해놓은 상태였으나 쉽게 손이 가질 않았다.

사실 『너희들의 등 뒤에서』는 출간 당시부터 일본에서는 물론 한국에서도 커다란 화제가 되었던 작품이다. 이에 당시 조선 지식인의 상당수가 일본어를 알았음에도 이익상(李益相)이 우리말로 번역해서 신문에 연재한 뒤 단행본으로도 묶었을 정도였다. 우리나라 독립운동가들의 모습을 일본인이 그렸다는 점도 하나의 원인이었으나 가장 커다란 원인은 여주인공인 권주영의 실제 모델에 관한 근거 없는 소문 때문이었다.

나카니시 이노스케는 여성 독립운동가였던 안경신(安敬信)이 1920년에 임신한 몸으로 일본 경찰 1명을 사살하고 평남도청에 폭탄을 투하했다는 사실에 충격을 받아 이 작품을 집필한 것으로 알려져 있다. 그런데 나카니시는 소설 속에서 여주인공인 권주영을 중심으로 한 젊은 독립운동가들이 일제에 맞서 싸운 힘의 원동력을 유물주의적 관점에서 파악하려 한 듯했다. 사회주의적 성향이 강했던 나카니시에게는 어찌 보면 당연한 일이었을 테지만, 그가 파악한 운동의 원동력은 일제에게 시달리는 우리 민족의 복수심과 젊은이들의 불타오르는 성적 욕구였던 듯하다. 이는 우리가 일반적으로 인식하고 있는 독립운동의 원동력과는 동떨어진 것이자, 새로운 관점(옳고 그름을 떠나서)이라고 할 수 있을 것이다. 그렇기에 이야기의 전개나 묘사에 지금의 우리조차도 받아들이기 쉽지 않는 부분들이 곳곳에 존재한다. 특히 남녀관계 · 성적 묘사가 눈에 두드러지는데, 지금의 우리에게조차 받아들이기 쉽지 않은 것이니 당시 사람들에게는 어땠을지 미루어 짐작하고도 남음이 있다.

그런 이 작품이 발표되자 불똥이 엉뚱한 데로 튀고 말았다. 나카니시는 여성 독립운동가를 그리려던 것이었는데 독자들의 시선은 여주인공인 권주영의 성생활에만 고정되어버렸다. 그리고 권주영의 실제 모델이 사실은 우리나라 최초의 여성 근대 소설가인 김명순이라는 소문이 돌기 시작한 것이었다. 실제로 김명순과는 커다란 연관성도 없고 이렇다 할 근거도 없는 소문이 돌아 김명순에게 커다란 피해를 주었지만, 그것은 고스란히 나카니시 이노스케의 몫이기도 했다.

김명순이 자신의 작품에서 이야기한 것처럼 '탄실(김명순의 아명)'은 '주영'이 아니었으나 사람들은 제멋대로 그렇게들 상상하고 떠들어댔다. 나카니시의 의도와는 전혀 상관없이 사람들은 자신들이 보고 싶은 곳만 보고, 자신들이 이야기하고 싶은 것만 이야기했다. 물론 그 내용이 당시로는 파격적인 것이었으니 사람들의 입에 오르내리는 것은 당연한 일이었을 테지만, 그로 인해서 나카니시 이노스케의 『너희들의 등 뒤에서』는 정당한 평가를 받지 못한 듯하다. 사람들의 시선이 온통 엉뚱한 곳으로 쏠려 있으니 정당한 평가가 이루어졌을 리 없다.

『붉은 흙에서 싹트는 것』, 『불령선인』과 함께 일본인의 손에 의해서 조선을 배경으로 조선인들의 삶을 묘사한 이 작품이, 게다가 최초로 여성 독립운동가의 모습을 그린 이 작품이, 그것이 긍정적인 것이든 부정적인 것이든(작품에 대한 혹평마저도 온전히 작가의 몫이니) 제대로 된 평가 한 번 받지 못했다는 것은 그 저자인 나카니시에게도 커다란 손해였을 것이다. 자신의 의도와는 상관없이 전혀 엉뚱한 방향으로 작품이 회자되고 있는 모습을 지켜보는 작가의 심정은 어떤 것일까?

그런데 몇 달 전에 우리나라에서 출간된 한 소설에 나카니시 이노스케를 잘 이해하지 못한 듯한 내용이 있어, 급히 『불령선인』과 『너희들의 등 뒤에서』를 번역하여 출간하기로 했다.

나카니시가 김명순을 모델로 해서 『너희들의 등 뒤에서』를 쓴 것이라는 소문은 거듭 말하지만, 근거 없는 소문이었다. 그냥 말하기 좋아하는 사람들이 만들어낸 풍문에 지나지 않았다. 그런데 그런 소문이 떠돌자 정작 욕을 먹은 것은 나카니시 이노스케였다. 왜 자신의 의도와는 상관없는 사람들의 그릇된 인식 때문에 나카니시가 비난을 받아야 하는 것인지? 그 비난은 그릇된 인식으로 떠들어대는 사람들의 몫이 되어야 하는 것 아닌지? 그런 소문에 김명순이 시달렸다면, 나카니시 이노스케도 역시 부당한 오해를 받았던 것은 아닌지 생각해볼 필요가 있을 듯하다.

오해가 있어서는 안 된다. 세상의 오해로 인하여 예전에 김명순이 시달림을 당했다면, 그건 오늘날의 나카니시 이노스케에게도 그대로 적용되는 말이다. 어려운 시기에 조선을 사랑하고 조선인을 위해 힘썼던 한 일본인 작가가 오늘에 와서 세상의 오해로 시달림을 당하게 된다면 그것 또한 옳지 않은 일이다. 또 나의 의도 역시 오해를 받아서는 안 될 것이다.

이 작품의 번역 · 출간은 대립이 아니라 화합의 마음에서 이루어진 것이다. 작품을 읽어보고 비판할 것이 있다면 얼마든지 비판해도 좋지만, 근거 없는 세상의 오해에서 비롯된 김명순과 나카니시 이노스케의 길고 질긴 악연은 이쯤에서 마무리를 짓는 것이 좋을 듯하다. 그 악연조차 세상의 '말질'에서 시작된 것이니 그 악연을 끊을 수 있는 것은 우리 세상의 사람들이리라.

김명순과 관련된 내용은 다른 글에서 조금 더 자세히 다루도록 하겠다.

이 작품에는 몇 가지 오류가 보인다. 이러한 오류까지도 포함해서 『너희들의 등 뒤에서』에 대한 정당한 평가가 이루어졌으면 하는 바람이다. 또한 권주영뿐만 아니라 김성준의 삶도 다시 조명을 받았으면 하는 바람이다. 번역까지 해놓고도 이렇다 할 평가조차 내리지 못하고 있는 어리석은 번역가를 위해 여러 분의 탁견, 기탄없이 들려주셨으면 한다.

책 마지막에 이익상의 번역서 『여등의 배후에서』에 실렸던 「원자자의 말」과 「번역자의 말」을 실었으니 참고하시기 바란다.

2017. 1.

박현석

불령선인(不逞鮮人)

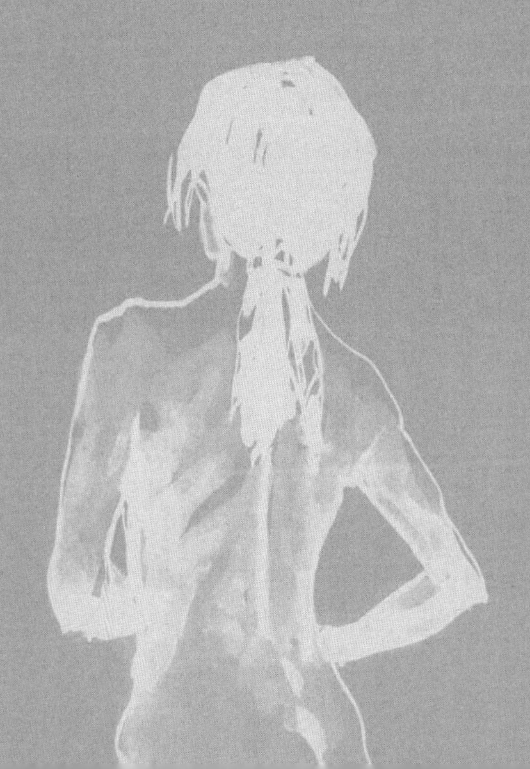

1

아침 일찍 나선 탓인지 좁고 딱딱한 쿠션에 앉아 꾸벅꾸벅 졸고 있던 우스이 에이사쿠(碓井榮策)는 자신이 탄 기차가 멈췄다는 사실을 퍼뜩 깨닫고는 바로 창밖을 내다보았다. 하지만 부근에 스테이션 같은 것은 없고 벌판 한가운데였다. 그는 기차에 고장이라도 난 게 아닐까 싶어 약간 불안한 마음이 들었다. 언젠가 이 선에서는 폭도들이 진행 중이던 기차를 불시에 습격해서 마음껏 약탈했었다는 이야기도 들은 적이 있었기에 혹시 이번에도 그런 일을 당하게 되는 것이 아닐까, 그는 갑자기 그런 느낌이 들었던 것이다.

"자, 여기서 내려야 합니다."

에이사쿠가 데려온 조선인 통역이 일어서며 그에게 이렇게 말했다.

"응, 여기서 내린다고……?"

하고 에이사쿠가 뜻밖이라는 표정을 지으며,

"이보게, 여기가 S역이란 말인가?"

라고 다시 물었다.

"네."

통역은 특별히 이상히 여기지도 않고 가볍게 대답한 뒤 문 쪽으로 부지런히 다가갔다. 그랬기에 에이사쿠도 선반에서 서둘러 밀짚모자를 집어 들자마자 그 뒤를 따라갔다.

함께 내리는 사람들은 대여섯 명 정도의 조선인들뿐이었는데 앞선 사람들은 객차의 계단에서 두어 자나 아래에 있는 땅바닥으로 폴짝폴짝 메

뚜기가 뛰듯 뛰어내렸다. 통역과 에이사쿠도 커다란 돌멩이가 가득 깔린 위로 뛰어내렸는데 구두 바닥에 돌이 껴서 미끄러져 하마터면 넘어질 뻔했다.

"대단한 스테이션이로군."

하며 에이사쿠는 어처구니가 없다는 듯 주위를 둘러보았다. 객차는 달랑 2량밖에 연결되어 있지 않았지만, 뒤쪽에서 내리는 사람들은 삼나무 널빤지인지 뭔지로 만든 플랫폼에 다리가 닿지 않았다. 거기에서 상당히 떨어진 벌판 가운데 언뜻 공동변소로밖에 여겨지지 않는 역의 건물 같은 것이 있어서, 기차에서 내린 사람들은 그 사이의 누렇고 밝은 땅에 사람들이 밟아 딱딱해진 가느다란 길을 줄줄이 걸어갔다. 이런 곳에 무슨 필요가 있어서 스테이션을 만든 건지조차 의심스러울 정도였다. 하지만 기차가 멈춰서고 떠날 때마다 이렇게 사람들이 타고 내리니 완전히 무용지물인 것처럼은 여겨지지 않았다. 지금 타고 온 기차가 널따란 벌판의 공기를 흔들며 발차를 알리는 기적을 울리더니 기세 좋게 하얀 스팀을 좌우로 번갈아 내뿜고는, 생물은 나밖에 없다고 말하기라도 하듯 천지를 크게 흔들며 떠나갔다. 역장인 듯한 사람이, 그래도 역시 모자만은 다른 곳과 다름없이 빨간 몰을 두른 것을 쓰고 스태프(열차의 안전을 도모하기 위한 기구 중 하나. — 역주)에 달린 기다란 막대기 끝을 쥔 채 빙글빙글 돌리며 산책이라도 하는 듯한 모습으로 돌아가는 것이 보였다. 에이사쿠는 새하얗게 번뜩이며 저 너머로 길게 뻗은 레일 위를 거침없이 달려가는 기차를 보고 있자니 묘하게 섭섭한 마음이 들었다. 잠시 후 그 모습이 야트막한 언덕 너머로 사라질 것이라는 생각이 들자 그는 놀이에 정신을 팔고 있던 아이가 문득 자신이 땅거미 속에 서 있다는 사실을 깨달았을 때와 같은 불안이 느껴졌다. 에이사쿠가 이번 여행의 목적을 친구들에게 이야기했을 때, 그건 너무나도 무모한 짓이라며 열심히 말리려던 말들이 새삼스럽게 떠올랐다. 그는 오늘 아침 숙소를 떠날 때의 마음가짐과 지금의 마음가짐 사이에 커다란 차이가 있다는 사실을 깨달았다. 그리고 지금의 마음가짐이 그의 참된 본래의 마음이라는 사실도 잘 알 수 있었다. 위험을 무릅쓰고 이 나라의 서북부를 근거지로 삼고 있는 불령선인의 소굴로 들어가 그들과 진심으로 이야기를 나눠봐야겠다고 생각한 그의 영웅적인 계획도 그 첫걸음을 내딛은 순간, 현실에 꺾여 그의 참된 마음이 조금씩 보이게 된 것이었다. 그러나 그런 사실에는 아무런 관심도 없는 통역은 자신의 서비스를 위해 그곳의 좁을 길을 부지런히 앞장서서 걸어갔다. 무슨 필요가 있어서 플랫폼과 역의 건물이 이렇게 떨어져 있는 것일까 하고 에이사쿠는 생각했다. 그런 것들까지가 그의 마음에 묘하게 엉겨 붙었다. 그래도 개찰구에는 선인(鮮人)인 듯한 역무원이 서 있었다. 얼추 대여섯 명쯤 들어가면 가득 찰 것 같은 대합실로, 두 사람은 개표원에게 표를 건네주고 들어갔는데 에이사쿠는 거기에 들어서자마자 거의 본능적으로 역무원실을 들여다보았다. 일본인이라도 있지 않을까 싶어서였다. 플랫폼에 있던 역장이 혼자 서서 어떤 표가 그려진 듯한 커다란 종이에 연필로 무엇인가를 적고 있었다. 그 역장은 틀림없이 일본인일 것이라고 생각했기에 에이사쿠는 창가로 다가갔다.

"저기, 잠깐 말씀 좀 여쭙겠습니다만……."

그는 우선 이렇게 극히 명석한 일본어로 자신이 일본인임을 상대방에게 알리려 했다.

"여기서 K까지 얼마나 걸립니까?"

라고 다시 물었다. 하지만 그는 새삼스럽게 그런 것을 물을 필요는 없었다. 출발하기 전에 자세한 지리를 조사했기에 S역에서 E면 K동까지 40

리 반이라는 사실은 이미 잘 알고 있었다. 그러나 그는 이 역장과의 대화가 어쩌면 일본인과 이야기를 나누는 마지막이 될지도 모른다는 센티멘털한 느낌까지 들었기 때문이었다. 역장은 갑자기 쓰던 것을 멈추고 얼굴을 들더니 에이사쿠의 모습을 바라보았다. 아직 서른 살도 되지 않은 것처럼 보이는 청년으로 코 밑에 짧게 깎은 수염이 있는, 품위 있어 보이는 얼굴의 사내였다.

"당신, 지금부터 K에 가시려는 겁니까?"

라고 약간 놀란 듯한 표정으로 에이사쿠를 가만히 바라보더니 기계적으로 위쪽의 커다란 시계에 힐끗 시선을 던졌다.

"네……."

에이사쿠는 그저 이렇게만 대답했으나 어떤 커다란 힘에 한껏 짓눌린 듯한 기분이 들었다. 그 역장이 이곳에서 오래도록 살며, 에이사쿠는 알지 못하는 어떤 크고 어두운 것에 늘 당면해 있는 것이 아닐까 하는 생각이 들었던 것이다. 상대방이 에이사쿠의 모습을 가만히 바라보며,

"K까지는 여기서 사오십 리나 더 가야 합니다. 이런 시간에 거기에는 무슨 일로 가시려는 겁니까?"

라고 에이사쿠의 무모한 행위를 말리려는 듯한 투로 말했다. 그리고 그 말의 섬세한 섬유에 이르기까지 이지가 도달해 있는 것처럼 느껴졌다.

"………………."

그러자 에이사쿠는 무슨 이유에서인지 목이 막힌 것처럼 갑자기 대답이 나오지 않았다. 그는 무의식적으로 뒤를 돌아 거기에 서 있는 통역을 가만히 바라보았다. 통역은 에이사쿠의 쓸데없는 대화에 더는 기다릴 수 없다는 듯 물고 있던 담배를 콘크리트 바닥 위에 던져버리고 그것을 구두 끝으로 짓이기며,

"얼른 갑시다."
라고 말했다. 하지만 어딘가 아무런 속뜻도 없는 목소리처럼 여겨지기도 했다.

"응, 가기로 하지."

에이사쿠도 그것과 별로 다를 바 없는 느낌이 드는 대답을 했다. 주위는 5월 초순의 강렬한 빛을 받아 구석구석까지 반짝이고 있었으나 그런 두 사람의 모습에서는 거기에 어울리지 않는 선의 나약함이 보였다.

"실례 많았습니다. 어쨌든 사오십 리라니, 지금부터 서둘러 가면 오후 3시 무렵까지는 도착할 수 있겠지요……."

에이사쿠는 상대방에게 그렇게 묻는 것인지, 혹은 혼자서 그렇게 짐작을 한 것인지 아주 애매한 말을 하고 역장에게 가볍게 머리를 숙였다. 그리고 다급히 자신의 나약해진 마음에 채찍질을 하는 듯한 기세로 통역을 재촉해서 거기를 나서려 했다. 역장이 곧 에이사쿠의 등 뒤에서 말을 걸어,

"잠깐만요. 괜찮으시면 오늘은 여기서 묵으시고 내일 아침 일찍 출발하시는 건 어떻겠습니까? 급한 일이 아니라면 그렇게 하시는 편이 안전할 겁니다."
라고 말했다. 그 말을 들은 에이사쿠는 은근한 따스함이 자신의 몸속으로 스며든 것 같다는 느낌이 들었다. 참으로 자신과 같은 피를 가진 동족의 목소리로구나 하며 정겹게 받아들여졌다. 그는 이상하게도 마음이 끌렸다.

"네, 고맙습니다……."

두어 걸음 가던 것을 다시 멈춰 서서 이렇게 말했으나 잠시 생각한 뒤,

"갈 수 있는 데까지 가보겠습니다. 도중에 안 되겠으면, 그때는 부탁

을 드리도록 하겠습니다……."
라며 결심한 듯 발걸음을 옮기기 시작했다.

"그렇습니까? 그럼, 그렇게 하십시오. 그 대신 조심하시기 바랍니다. 통역하고 두 사람이죠……?"

역장은 시선을 가만히 고정시켜 선인 옷을 입은 통역의 모습을 바라보았다. 그 사려 깊은 듯한 역장의 시선을 받은 통역은 시치미를 떼는 듯한 얼굴로 다른 쪽을 바라보고 있었다. 물론 서로가 일부러 그런 것은 아닐 테지만, 에이사쿠는 역장과 통역 사이에 일종의 긴장감이 감돌고 있는 듯한 모습을 보자 묘하게 어떤 암시가 있는 것 같다는 생각이 들어 견딜 수가 없었다. 그리고 지금까지 전부 자신의 필요에 의해서만 역장과 이야기를 나눈 것이라는 생각이 들자 그는 새삼스럽게 통역의 모습을 더욱 눈여겨봐야겠다는 마음이 들었다. 하지만 그런 것은 에이사쿠의 이성이 아무리 흐려 있다 할지라도 도저히 생각할 수 있는 일이 아니었다. 처음 통역은 에이사쿠의 이번 여행을 위험하다고 생각했기에 함께 오기를 거절했었다. 그런 그를 에이사쿠가 끈질길 정도로 졸라서 마침내 승낙을 얻어낸 것이었다. 통역은 이번에 가려고 하는 지방에서 태어난 사람으로 이번 여행에 가장 어울리는 적임자였다. 설령 그 지방에서 태어나 그 사람들과 같은 환경에서 자랐다 할지라도, 이러한 경우에 그 사람에게 조금이라도 불안을 느낀다는 것은 매우 모순되는 일이라고 에이사쿠는 생각했다.

"네, 이 사람이 그 부근의 지리를 아주 잘 알고 있으니 걱정할 것 없습니다."
라고 그는 지금까지의 망상을 단번에 날려버리듯, 그리고 통역에게 충분한 신뢰를 보내고 있다는 듯 이렇게 대답했다.

"그럼 다녀오겠습니다."

그는 이렇게 말하고 머리를 숙인 뒤, 얼른 역의 구내에서 나왔다. 그러나 그의 마음은 역시 평온하지 못했다.

2

수분이 없는 대륙적인 하늘이 끝없이 펼쳐져 있고, 투명한 가을에나 볼 수 있을 것 같은 공기가 멀리 지평선 끝까지 시야에 들어오게 했으나, 웅대한 산의 기복도 없고 우거진 수풀도 숲도 보이지 않았기에 휑뎅그렁하고 공허한 느낌까지 주었다. 여름의 풀다운 빛깔이 들판을 물들이고 있었으나 인간의 호흡에 부드러워진 듯한 곳은 조금도 없었다. 모든 자연이 본래의 모습 그대로 펼쳐져 있었다. 붉은 흙의 표면이 상처 나 짓무른 개의 몸처럼 곳곳에 드러나 있었는데, 그곳만이 무엇인가를 경작하고 있는 것 아닐까 여겨질 뿐이었다. 신기하게도 한줄기 가느다란 길이 있는데 새하얀 돌멩이가 길 위로 튀어나와 있었다. 지금 기차에서 내린 두어 명의 선인들이 광목인지 뭔지 모를 꾀죄죄한 봇짐을 짊어진 채 걸어가고 있었다. 에이사쿠 들도 그 길을 따라갔다.

활 모양으로 맑게 갠 하늘에는 비늘구름이 얼룩덜룩 떠 있고 지평선 근처는 검푸른 라일락 빛으로 물든 달팽이 같은 모양이 되어 있었다. 마치 거인의 주먹처럼도 보였다. 무엇인가를 저주하는 커다란 눈동자처럼도 보였다. 그것이 에이사쿠의 마음을 묘하게 끌었다. 뒤를 돌아보니 그 친절한 역장이 있는 역의 건물이 빛바랜 미결복을 두른 수감자처럼 황야 한가운데 오도카니 서서 이 쓸쓸한 두 탐험가를 지켜보고 있었다. —하지만 에이사쿠의 마음에서 지금까지의 신경과민과도 같던 불안은 어느 틈엔가 사라지고 없었다. 대범한, 될 대로 되라는 듯한, 한없이 필사적인, 평소의 그에게 내재되어 있는 다부진 마음이 그의 전신을 힘껏 붙들었다.

"3시까지는 갈 수 있겠지……?"

통역에게 이렇게 한마디 한 뒤부터 에이사쿠는 말없이 걸었다. 고개를 숙이고—그가 언제나 그러는 것처럼— 구두의 뒤꿈치에 힘을 주어, 설령 여름이라 할지라도 두 손은 양쪽 주머니에 찔러 넣고 그것을 굳게 쥔 채, 우울한 듯 눈썹을 찌푸리고 걸었다. 그는 원래부터 그렇게 우울한 사내였다. 설령 사람들 앞에서는 언제나 쾌활한 듯 말을 하고 행동을 할지라도 마음은 언제나 무거운 사슬에 묶여 감옥에 갇혀 있는 것처럼 어두운 고뇌에 잠겨 있었다. 그는 소리 높여 웃고 있어도, 문득 그것은 자신의 가련한 울음소리가 아닐까 늘 여겨지곤 했다. 실제로도 그는 여자가 울음을 터뜨린 것이 아닐까 여겨지는 묘한 웃음소리를 내는 사내였다. 그가 사람들 앞에서 쾌활한 척하는 것은 세상을 살아가기 위한 어쩔 수 없는 방편에 불과한 것으로, 그렇게 하지 않으면 그는 먹고 살 수가 없었던 것이다. 그 정도로 물질적으로는 의지할 곳이 없는 사내였다. 약한 곤충류 등과 같은 것들은 자신의 몸을 지키기 위한 여러 가지 무기를 가지고 있는데 그 무기 가운데는 영 미덥지 못한 것도 있다. 그와 마찬가지로 그에게는 타인 앞에서 쾌활한 척하는 무기가 갖추어져 있었다. 그랬기에 그가 만약 외부로부터 적극적으로 시달리거나 박해를 받을 경우, 그에게는 그것 외에 더 이상 막을 무기가 없었다. 그럴 때면 그는 괴로움을 견디다 못해, 다리를 붙들린 방아깨비나 그런 것처럼 그 조그만 입으로 검붉은 저주의 독액을 내뱉었다. —이번 여행도 그 독액 뱉을 곳을 찾으러 나선 것이나 다를 바 없었다.—

에이사쿠는 지금 찾아가려 하고 있는 사람의 얼굴을 그려보며, 벌써 상당히 지쳤다는 듯한 모습으로 걸었다. 그 사람에 대해서는 거의 알지 못했지만, 그는 그 사람을 소개해준 한 조선 청년으로부터 대략적인 이야기를 들었다. 청년은 그 사람 딸의 남편이 될 예정이었으나 몇 년 전에 이 나라에서 한 민중운동이 일어나 마침내 커다란 소요의 소용돌이가 일었을 때, 이제 겨우 여학교 학생이었던 그 사람의 딸은 나이 어린 여자의 몸으로 그 무시무시한 소용돌이 속으로 들어갔다가 목숨을 잃고 말았다. 딸을 잃은 아버지는 바로 경성에서의 생활을 정리하고 시골로 들어갔다는 것이었다. 지금 그 사람은 배일선인단(排日鮮人團)의 수괴로 주목받고 있다. 에이사쿠가 지금부터 가려고 하는 그 지방은 그런 단체가 몇 개나 있기에 언제나 불온한 정보가 흘러나와 사람들의 마음을 전율케 하는 곳이었다.

똑같은 길이 어디까지고 이어져 있어서 어디를 바라보아도 평범했다. 듬성듬성 작은 소나무가 자라 있는 돌멩이투성이 언덕을 몇 번이나 넘었다. 그럴 때마다 에이사쿠는 주위를 둘러보았다. 인기척이라고는 어디에도 없었다. 그는 역시 불안을 느끼지 않을 수 없었다. 자신들만이, 평지에서는 아주 좋은 목표가 되는 곳을 걷고 있었다. 자신의 하얀 옷과 통역의 새로 지은 지 얼마 되지 않은 순백의 두루마기가 노골적으로 빛나, 멀리서 노리고 쏘기에는 아주 적당하다는 등의 생각이 들었다. 언젠가 한 부청(府廳)의 공무원이 구제금을 가지고 시골을 여행하다 허무하게도 단 한 발에 당해 돈을 빼앗겼다는 이야기를 들은 적이 있었는데, 그 지방이 틀림없이 이 부근이었다는 생각도 에이사쿠는 했다. 드물게도 기복이 커다란 산등성이가 보였다. 다가가 보니 한쪽이 무너져 그곳이 골짜기처럼 되어 있고, 그 골짜기가 길이 되어 있었다. 에이사쿠는 그 사이에 낀 길을 걸어갔다. 무너져 내릴 것 같은 커다란 지층의 균열을 문득 올려다보니, 당장에라도 높은 곳에서 다시 와르르 쏟아져 내릴 것 같다는 생각이 들었다. 저 높은 곳에 있는 커다란 지층이 와르르 무너져 내리면 에이사쿠 들은 순식간에 묻혀버리고 말 터였다. 그는 발걸음을 빨리 하며 손을 뻗어 거기에 있는 흙을 한 움큼 떠보았다. 반짝거리는 화강암이 섞인, 바랜 적갈색 흙이었는데 점성이라고는 조금도 찾아볼 수가 없었다. 저 높은 산의 한쪽을 슬쩍 찌르기만 해도 우르르 한꺼번에 무너져 내릴 것 같았다. 에이사쿠는 그런 느낌이 들었다. 그런데 그 느낌은 그가 조선 민족에게 가지고 있는 느낌과 거의 다를 바 없는 것이었다. 누군가 그 가운데 한 사람이 단 한마디라도 자신들의 압제자를 향해 반항의 외침을 올리면 전 민중이 한목소리로 열광한다. —이는 마치 조선의 지질과 조금도 다를 바가 없다고 에이사쿠는 한 줌의 흙을 만지며 생각했다. 토착민과는 드물게도 두 사람 정도와 스쳐 지났는데 양복을 입은 에이사쿠의 모습을 말똥말똥 바라보았다. 그런 노골적인 시선을 받자 그는 그다지 좋은 기분은 들지 않았다. 스쳐 지나고 난 뒤 그들이 몇 번이고 뒤돌아보며 서로 무엇인가를 속삭였다는 사실이 에이사쿠는 아무래도 신경에 거슬렸다. 그도 자꾸만 뒤를 돌아보며 걸었다.

"이 산 너머가 불령선인단의 근거지가 되고 있는 곳입니다."

라고 통역이 방금 지나간 토착민들을 보고 생각났다는 듯 말하고,

"언젠가 한번은 이 산을 경계로 경찰대와 불령선인이 싸운 적이 있었습니다."

라고 다시 덧붙였다. 에이사쿠는 그 말을 듣자 갑자기 몸이 굳어지기 시작했다.

"지금부터가 드디어 위험지대로군."

에이사쿠는 이렇게 말했으나 거기서 벌써 골짜기는 끝나고 그 너머로 하얗게 빛나는 강이 길게 뻗어 있는 것이 보였다.

"오오, 꽤 큰 강이 있는데."

라고 약간 놀라서 통역의 얼굴을 바라보았다.

"네, 저 강을 건너면 이제 3분의 1입니다."

통역은 이렇게 말한 뒤, 문득 지금 막 지나온 골짜기를 돌아보며,

"저 산의 중턱에, 그때 총에 살해당한 선인들이 여럿 묻혀 있습니다."

라고 설명해주었다. 에이사쿠는 그렇게 말한 통역의 얼굴을 가만히 바라보았다. 자신의 동포들이 다른 민족과 싸우다 목숨을 잃은 것이었다. 설령 그 명분이 어디에 있다 할지라도 그렇게 목숨을 잃고 이곳 흙 아래에 뼈를 묻은 것이다. 이 선인 통역은 어떤 감회를 품은 채 그런 사실을 상대방에게 이야기하고 있는 것일까 하고 에이사쿠는 생각했다. 그는 문득 사이고 다카모리(西鄕隆盛)가 죽었다고 하는 시로야마(城山)를 떠올렸다. 어쨌든 사람이 자신보다 강대한 것에 반항하다 죽는 것은 장렬한 일이라고 생각했다. 땀이 줄줄 흘러내렸다. 둘은 꽤나 지쳐버렸다.

"저 강을 건너기만 하면 다음부터는 한결 수월하지."

통역이 땀을 거듭 훔치며 스스로를 위로하듯 혼잣말을 했다.

강 주변은 관개(灌漑)가 잘 이루어져 있는지 풀 등이 아주 무성하게 우거져 있었다. 파랗게 자란 갈대 사이에, 널따랗고 언뜻 보기에 고물도 이물도 없는 직사각형의 상자처럼 생긴 조그만 배가 한 척 떠 있었다. 주위를 둘러보아도 사공 같은 사람은 보이지 않았다. 에이사쿠는 한 번도 본 적이 없는, 새카만 날개에 노란 가슴의 털, 비둘기 정도 크기의 새가 뱃전에 웅크리고 앉아 귀여운 소리를 내며 두 사람의 모습을 바라보았으나 날아가려고 하지는 않았다.

"여보~."

통역이 커다란 목소리로 사공을 부르자 새는 놀라 맞은편 강가로 날아가버렸다. 그리고 그 목소리에 응해서,

"여보~."

하고 어딘가에서 바로 들려왔으나 그것은 메아리였다.

"여보~."

통역이 다시 불렀다. 역시 약을 올리듯 메아리만 들려올 뿐이었다. 에이사쿠는 지친 다리에 힘을 주고 서서 강의 수면을 멍하니 바라보고 있었다. 대륙성의 잔잔한 흐름이지만 곳곳이 탁하게 막혀 있어서 황갈색 소용돌이가 끈적끈적 꿈틀거리고 있었다. 그렇게 넓은 강은 아니었으나 물 밑에 어떤 마성을 지닌 것이라도 살고 있는 것이 아닐까 여겨질 정도로 섬뜩함이 느껴졌다. 벌써 서쪽으로 상당히 기운 햇빛을 받아 뱀의 비늘처럼 빛나고 있었다. 그런 수면을 바라보고 있자니 에이사쿠는 조금 전 길에서 만났던 토착민의 눈이 떠올랐다. 그 토착민의 눈과 이 강이 이 지방 일대의 분위기를 그대로 만들어내고 있는 것 아닐까 여겨졌다. 통역이 아무리 불러도 사공은 대답하지 않았다. 이런 곳에서 너무 큰소리를 내는 것이 에이사쿠에게는 마음에 걸려 견딜 수가 없었다.

"배가 아니면 건널 수 없는 건가……. 어딘가에 다리라도 있지 않을까?"

라고 에이사쿠가 통역에게 물어보았다.

"조선에는 다리가 많지 않습니다. 이런 시골에 다리 같은 건 있지도 않습니다."

통역은 이렇게 대답하고 다시 커다란 소리를 올렸으나 메아리 외에 답하는 것은 없었다. 에이사쿠는 이제 초조한 마음이 들기 시작했으나 통

역은 한가롭기 짝이 없어서 이번에는 주위의 수풀 속으로 어슬렁어슬렁 들어갔다. 한 길 정도나 자란 풀 아래를, 허리를 구부려 옆에서 들여다보기도 하고 가지고 있던 지팡이로 쓰러뜨려 보기도 했다. 새의 둥지라도 찾고 있는 모양새였다.

"이 근방에서 자고 있는 거겠지?"

에이사쿠가 초조하게 묻자,

"네, 어딘가에서 자고 있을 겁니다."

라며 통역은 부산을 떨 것도 없다는 듯 다시 바스락바스락 걸어갔다.

"큰일이군, ……이런 데서 이렇게 시간을 빼앗겨서야."

이번에는 불평하듯 에이사쿠가 중얼거렸다.

"요전에 왔을 때는 여러 사람이 하나가 돼서 바로 건넜습니다. —그때는 내지인(内地人)도 꽤 있었지."

라고 통역이 혼잣말처럼 중얼거렸는데 그 말이 에이사쿠의 마음을 어둡게 했다. 사공은 여전히 보이지 않았다. 이쯤 되자 통역도 약간은 화가 난 듯 외쳐보았으나, 여전히 효과가 있을 것 같지는 않았다. 어찌해야 좋을지 몰라 두 사람은 멍하니 서 있었다. 하지만 그 눈만은 시종 주위에 신경을 쓰고 있었다.

"아아! 뭐야, 저런 데서 자고 있다니."

라고 통역이 기운을 되찾은 듯, 그러면서도 매우 화를 내며 성큼성큼 걸어갔다. 에이사쿠도 그쪽으로 시선을 돌려보니 강가의 버드나무가 무성하게 가지를 펼치고 있는 그늘에 길을 가다 쓰러진 사람처럼 몸을 큰대자로 해서 하늘을 향해 누워 있는 사공인 듯한 사내가 있었다. 조금이라도 몸을 움직이면 강가에서 미끄러져 떨어질 것만 같았다. 더러워지기는 했으나 하얀 상의와 옷깃이 버드나무의 무성한 잎 사이로 들어오는 밝은 햇빛을 받아 마치 올리브색 인간이 누워 있는 듯했다.

"만사태평이로군."

에이사쿠가 어이없다는 듯 중얼거렸다. 통역이 옆으로 가더니 구두 끝으로 자꾸만 그 남자의 다리를 찼다. 하지만 사공은 좀처럼 일어날 것 같지 않았다. 결국 통역은 퉁명스럽게 소리를 지르며 자꾸만 구둣발로 찼다. 그래도 뻗은 두 다리는 움직이지 않았다. 마침내 팔을 붙들어 억지로 일으켜 세우자 사공은 몸을 벌떡 일으키더니 멍한 눈으로 통역의 모습을 바라보았다. 그리고 얼굴을 두어 번 문지른 뒤 커다란 하품을 했으나 자리에서 일어서려 하지는 않았다. 여전히 녹음 속의 달콤한 꿈결을 헤매고 있는 듯했다. 통역이 희번뜩한 눈으로 내려다보며 무슨 말인가를 했다. 참으로 답답하다는 듯한 모습이었다. 통역의 말을 그제야 알아들었는지 사공은 벌떡 일어났으나, 그래도 잠이 덜 깬 것인지 갑자기 깨운 것이 불만인 것인지, 마지못해 이쪽으로 걸어왔다. 다부져 보이게 구릿빛으로 탄 커다란 사내였는데 더러워질 대로 더러워진 생무명 수건을, 상투를 튼 머리에 감고 있었다. 에이사쿠가 서 있는 앞까지 온 사공은 처음으로 발견했다는 듯 그를 빤히 바라보며 가만히 멈춰 서 있었다. 그리고 지금까지의 잠이 덜 깬 듯한 얼굴에서 갑자기 날카롭고 험악한 빛이 번뜩이는 표정으로 바뀌었다. 에이사쿠는 뭔가 충동적으로 가슴이 덜컥 내려앉았다. 사공은 입술을 두어 번 꿈틀꿈틀 떨더니 바로 발걸음을 돌려 앞서와 같은 걸음걸이로 원래 있던 버드나무 그늘을 향해 어슬렁어슬렁 가버렸다. 에이사쿠의 마음에는 그늘이 드리워졌다.

"이보게, 사공이 왜 저러는 건가?"

라고 그는 통역에게 물었으나, 그 이유는 너무나도 명백할 만큼 그도 잘 알고 있었다. 그의 말과 마음속은 서로 일치하지 않았다. 통역은 거기에

답하지 않고 사공의 뒤를 바라보며 불러 세우기 위해 자꾸만 외쳤다. 그러나 사공은 거기에 조금도 신경 쓰지 않고 원래 있던 버드나무 아래에 앉더니 다시 부드러운 풀 위에 벌렁 드러누워 버렸다. 통역은 간신히 깨워 일으켜서 데려왔는데 다시 처음의 상태로 돌아갔기에 이제 지금까지처럼 호통을 칠 기운은 완전히 빠져버린 듯한 모습이었으나, 그렇다고 해서 이대로 있을 수만도 없다고 생각했는지 다시 허둥지둥 사공이 누운 곳으로 다가갔다.

"낭패로구먼…………."

이라고 통역은 몇 번이고 되풀이해서 중얼거렸다.

"이보게, 그 사공은 내가 내지인이라 건네줄 수 없다는 거지………?"

라고 에이사쿠는 그래도 혹시 다른 이유가 있는 것이라면 좋겠다고 생각하며 실낱같은 희망을 걸고 물어보았다. 하지만 기대는 멋지게 배반당하고 말았다. 통역은 고개를 끄덕이며 쓴웃음을 지었다. 에이사쿠는 자신의 상상이 정확한 한 것이 되었다는 생각이 들자 꿈틀꿈틀 본능적인 반감이 치밀어 올랐다. 인간이 어떤 경우에 처하면 노골적으로 불쑥 드러내버리고 마는 비이성적인 아집이, 그가 제어할 수 없는 감정이 되어 치밀어 올랐다. 허울 좋은 인도주의는 이러한 돌발적인 상황에서는 조금도 그의 아집을 완화시켜주지 못한다. 그의 마음 깊은 곳 어딘가에 잠재되어 있던 이기적인 감정이 불평 가득한 눈으로 그 사공을 한껏 노려보게 했다. 폭력을 쓰지 않는 한 움직일 것 같지 않은 사공의 거만한 모습을 가만히 바라보고 있자니, 언제부턴가 에이사쿠는 그의 강한 반감이 신기하게도 일종의 통쾌함으로 바뀌기 시작했다. 그 사공의 모습이 그대로 자기 마음의 모습이 되어 나타난 것이라는 생각을 지울 수 없었기 때문이었다. 그는 문득 지금까지 품어왔던 자신의 마음을 생각해보았다. 그리고 그것은 더할 나위 없는 우매함이었다! 고 생각했다. 그 우매함이—오랜 시간 우월감을 품고 있던 인간의 마음에 둥지를 틀고 있던 그 우매함이, 수많은 인간을 괴롭히는 수단을 강구케 하는 것이라고 그는 생각했다. 그는 이 버드나무 그늘 아래의 프로테스탄트를 더는 탓할 마음이 들지 않았다. 그는 그 사람을 축복해주고 싶다는 기분이 들었다.

에이사쿠는 강물을 물끄러미 바라보았다. 거기에 빛을 던지고 있는 햇발이, 그의 조급함 때문인지는 모르겠으나 갑자기 빨라져가고 있는 것 같다는 느낌이 들었다. 저녁의 먹이를 찾고 있던 갈대 속의 물새가 세차게 날갯짓하며 울었다. 강가의 버드나무와 갈대숲에는 어딘가 벌써 희미한 어둠조차 드리운 듯한 느낌이 들었다. 에이사쿠가 가만히 통역 쪽으로 시선을 돌렸는데, 통역은 아직도 끈질기게 무슨 말인가를 하고 있었다. 순간 에이사쿠는 다시 초조함이 급격하게 밀려왔다. 그는 이제 지금까지처럼 한가로운 생각 따위는 더 이상 하고 있을 수가 없었다. 그러자 그 사공과는 서로 마주선 적과 같다는 생각이 들었다. 단 그것은 서로가 가지고 있는 힘으로 지금 처한 상황에서 서로의 편리를 결정할 수밖에 없는 그런 적이었다.

"이보게, 그런 흥정은 이제 그만두기로 하게."

에이사쿠가 소리를 지르듯 말했다.

"이 정도의 강, 나는 헤엄을 쳐서 건널 테니."

수영에 자신이 있는 그가 강한 어조로 다시 말했다.

"네……………………………?"

라고 통역이 에이사쿠의 말을 의심하듯 물었다.

"헤엄을 칠 거라고."

에이사쿠는 이렇게 말하며 벌써 모자를 벗어 풀 위에 내던졌다.

"네? 헤엄을 친다고요…………?"

"헤엄을 친다니까. 아무것도 아니야, ―이 정도의 강 따위는…………!"

에이사쿠는 웃옷과 바지를 훌훌 벗어 잠방이만 걸친 차림이 되더니, 그것을 허리띠로 둘둘 말아 통역 앞으로 가지고 갔다.

"이걸 자네가 들고 가주게."

그가 약간 흥분해서 말했다. 알몸이 되었더니 지금까지의 갑갑함이 완전히 식어버려 그는 더위와 피로까지도 잊어버리게 되었다. 두어 번, 자신의 튼튼한 어깨 부근과 널따란 가슴의 탄탄한 근육을 양 손바닥으로 문질러보았다. 부풀어 오른 젊은 살의 기분 좋은 촉감이 그에게 강한 자부를 암시하는 듯했다. 그는 아령체조를 하듯 몇 번이고 두 팔을 휘둘러 움직인 다음, 두 다리에 한껏 힘을 주었다. 그러자 그는 자신이 오늘 여기에 오기까지 망령처럼 나약하게 불안의 그림자를 품고 있었다는 사실이 혐오스러워서 견딜 수가 없었다. 앞에 있는 버드나무 뒤에서나, 저쪽에 있는 산그늘에서라도 강하고 흉포한 적이 뛰쳐나오면 틀림없이 유쾌할 것이라고 생각했다. 그런 에이사쿠의 모습을 바라보고 있던 통역이 놀라서 눈을 둥그렇게 떴다. 사공마저도 어처구니가 없다는 듯한 모습으로 이쪽을 바라보고 있었다. 에이사쿠가 자랑스럽다는 듯,

"알겠지. 어서 따라오게, ―자네는 조선 사람이니 건네주겠지……."

그는 벌써 극도로 해방된 통쾌함을 맛보며 나루터의 발판으로 쓰는 커다란 돌 위에 다리를 떡 벌리고 서서 귓구멍을 침으로 적신 다음, 누른빛 소용돌이를 일으키며 흘러가고 있는 물길을 살펴 자신이 건너가야 할 길을 가늠하고 있었다.

"여보세요."

통역이 갑자기 커다란 목소리로 불렀다. 에이사쿠는 숨을 폐부 한껏 들이마시고 막 수면을 향해 뛰어들려 하다가 그 목소리에 문득 뒤를 돌아,

"왜 그러지?"

하고 외쳤다.

"저기, 사공이 건네준다고 합니다. 이 강은 아주 깊어서 위험하기 때문에 헤엄쳐서 건너면 죽을 거랍니다…………."

"죽는다고? 이 정도의 강을 건너다 죽는 녀석이 어디 있어. 됐어, 마침 더운데 잘됐어!"

그 말의 마지막은 이미 물보라 속으로 사라지고 없었다. 순간 그는 숨이 턱 막힐 듯 몸이 떨려왔다. 써늘한 냉기가 머릿속까지 파고드는 것이 느껴졌다. 다리가 묘하게 미끄럽고 부드러운 것에 닿았기에 어둡고 기분 나쁜 느낌이 오싹하게 전해졌다. 부니(腐泥) 냄새가 코를 찔러 오래 된 연못에라도 끌려들어온 듯한 느낌이었다. 그러한 느낌 전부를 정복해 나가겠다는 듯한 기분으로 그는 손을 저어 물살을 거스르며 헤엄쳤다. 발에 닿았던 것은 물에 빠져 죽은 여자의 검은 머리카락처럼 뻗어 있는 물풀이었다. 물풀이라는 것은 물가 가까이 얕은 곳에서 자라는 법이니 그는 그 부근에서 몸을 일으켜보았는데, 흐물흐물 전신이 잠겼기에 기분 나쁜 강이라고 생각했다. 여울로 나왔다. 물살이 그렇게 세지도 않았다. 다시 물풀 속으로 들어가 마침내 맞은편 강가에 닿았다. 꽤 지쳤기에 서둘러 둑으로 기어올라 바로 풀 위에 털썩 쓰러졌다. 몸이 얼음처럼 되어버렸다.

에이사쿠는 숨이 차오르는 가슴을 달래며 가만히 누워 있었다. 오랫동안 그런 수영을 하지 않았기 때문에 생각 외로 힘들었다. 맞은편 기슭을

보니 통역은 그의 옷을 끌어안고 배에 올라 있었으며, 사공이 천천히 노를 저어 한가롭게 다가오고 있었다. 그 모습을 보자 그는 다시 화가 치밀어 올라 자기 몸의 괴로움에서 치밀어 오르는 감정만이 더욱 깊어갔다. 지금이 한 사오 년 전이었다면 그 배를 빼앗아서라도 건넜을 것이라고까지 생각했다. —그의 '우매'만이 가슴에서 함부로 설쳐대고 있었다.—

배가 기슭으로 다가오자 통역과 사공 모두 에이사쿠의 얼굴을 바라보며 싱글싱글 웃고 있었다. 달리 방법이 없었기에 에이사쿠도 미소를 지어 보였다.

두 사람은 곧 걷기 시작했는데,

"사공이 돌아갈 때는 틀림없이 태워주겠다고 했습니다."

라고 통역이 말했다. 그 말을 듣자 에이사쿠는 사공이 왠지 마음에 들지 않았다. 하지만 돌아갈 때도 다시 헤엄쳐서 건널 생각을 하니, 그것도 나쁘지 않은 듯 여겨졌다.

3

검푸른 여름의 땅거미가 한 마을 부근에 근심스럽게 맴돌고 있었다. 지평선을 적시고 있는 태양이 무대의 조명등처럼 복작복작 조그만 집들이 모여 있는 마을의 한쪽 귀퉁이로 빛을 던지자, 마치 한 면을 주황색으로 물들인 입체 삼각형이 지상에 솟아 있는 듯했다. 드물게도 그 삼각형의 정점이라 여겨지는 부근에서 야소교회의 종이 울렸다. 정점이 반짝반짝 빛났다. 그 마을에 지금부터 찾아가려 하는 사람이 살고 있다고 통역이 말했다. 에이사쿠는 지친 발걸음이 갑자기 가벼워졌다 싶었으나 점점 긴장이 느껴지기 시작했다. 가까이 다가감에 따라서 정삼각형이 부등변

삼각형으로 바뀌어갔다. 꼭지각과 그 주변이 땅바닥에 들러붙은 것 같은 몇 개의 원이 되어버렸다. 그리고 그것이 어느 틈엔가 검은빛 속으로 사라져버렸을 무렵, 두 사람은 마을 속에 있었다.

황토로 지은 나지막한 초가집 수십 채가 가을비 걷힌 뒤의 독버섯처럼, 그러나 어딘가 따뜻한 모습으로 서 있었다. 그 한가운데쯤에 마을과는 어울리지 않는 야소교의 커다란 교회당이 고딕풍의 첨탑을 높이 치켜세우고 있었다. 아마쿠사잇키(天草一揆, 에도 시대 초기에 일어났던 일본 최대 규모의 무장봉기. 기독교 탄압이 그 원인 중 하나였다. — 역주)의 배경화에라도 쓰일 법한 풍경이었다.

주위의 집 안을 들여다보니 어두운 토굴처럼 보이는 속에서 조그만 복숭앗빛 사람과 흰옷을 입은 커다란 사람이 한데 뒤섞여 움직이고 있었다. 꾸물꾸물 복숭앗빛이 굴러 나오기도 하고, 흰색이 기어 나오기도 했다. 저녁 어둠에 떠 있는 흰색의 모습은 일본의 신화 속에 그려진 영웅 같은 인상을 주기도 했다. 굴러 나온 복숭앗빛은 사마온공(司馬溫公)이 항아리를 깨는 그림에 나오는 동자를 떠올리게 했다. 다른 집을 들여다보았다. 채종유인지 뭔지 모르겠지만, 빛이 둔탁한 등불이 어슴푸레하게 타고 있었다. 앉아 있는 사람의 틀어 올린 머리가 헝클어져 있고 공기의 흐름이 좋지 않기 때문인지, 창백하게 긴 얼굴, 하얀 옷, 땅 속의 감옥에 갇혔다는 황자의 이야기를 가진 가마쿠라(鎌倉) 시대가 눈앞에 떠올랐다. 해는 완전히 저물었다. 회색으로 마르기 시작한 초가집의 처마가 땅을 훑으며 허옇게 마른 대지와 색이 서로 녹아들었다. 모깃불인지 뭔지의 하얀 연기가 여기저기 집들의 좁은 문에서 기어 나오고, 등불이 흘러나오는 곳 부근에서 사람의 목소리가 들려왔다. 그랬기에 이 부근은 아직도 혈거의 민족들이 살고 있는 것이 아닐까 여겨지기도 했다. —현실에서 환상으로, 역사에서 역사 이전으로, 에이사쿠는 꿈길을 걷듯 그 마을의 처마 밑을 걸었다.

걸핏하면 그런 환상에 사로잡히려 하는 에이사쿠의 모습을, 문밖으로 나와 가만히 바라보며 서 있는 사람들이 있었다. 스쳐 지나는 길에 의아하다는 듯한 눈빛을 하는 사람들이 있었다. 아이들이 달려와 고개를 갸우뚱거리며 올려다보았다. 그리고 그럴 때마다 에이사쿠의 환상은 깨지고 어딘가 차가운 마음이 들었다. 그런 사람들 하나하나가 기이한 복장을 한 에이사쿠에게 허옇게 빛나는 칼날의 번뜩임을 보이고 있는 것 같다는 불안에 사로잡히곤 했다. 좁다란 길을 맞은편에서 걸어오는 사람과 마주치면 에이사쿠는 가만히 몸을 돌려 피하듯 했다. 그 가운데 한 사람이 무엇인가를 외치면 우르르 주위의 집들에서 손에 손에 무기를 든 마을사람들이, 혼자밖에 없는 자신을 가운데 두고 열 겹, 스무 겹으로 포위하는 것이 아닐까 여겨졌다. 그리고 이 지방에서 지금까지 몇 번인가 행해졌던 그 무시무시한 학살이 행해지는 것이 아닐까 여겨졌다. ―그는 얼른 찾아가려는 집에 들어갔으면 좋겠다고 마음속으로 바랐다. ―의외로 빨리 그 사람의 집을 알 수 있었다. 그 집의 품새로 상상을 해보아도 이 지방에서는 상당한 집안일 것이라 여겨졌다. 문 옆에 누워 있던 커다란 동양종의 삽살개가 냄새를 맡는 가운데 통역은 안으로 들어갔다. 뒤에 남아 그 대답을 기다리던 에이사쿠를, 곧 주위에서 모여든 크고 작은 개들이 멀리서 감싸고 사납게 으르렁거리며 짖어댔다. 개중에 용감한 녀석은 당장에라도 이 이방인의 정강이를 향해 달려들 것처럼 보였다. 마음속으로는 전전긍긍하면서도 에이사쿠는 눈을 한껏 매섭게 해서 개들을 노려보았다. 옆에 있는 돌을 주워 던질까도 싶었으나 그 개의 주인을 화나게 해서는 좋을 게 없다는 생각이 들었기에 그는 그저 땀을 흘리며 입술을 깨문 채 눈을 부릅뜨고 개에게 위세를 드러내 보일 뿐이었으나 성질이 급하고 사납기로 유명한 서부 선인을 주인으로 가진 개들은 이 신경질적이고 나약한 문명인의 근시안에서 나오는 빛 따위에는 결코 굴하지 않았다. 그들이 턱을 치켜들고 이빨을 드러낸 채 으르렁거리며 육박해왔다. 에이사쿠는 두 다리가 공중으로 떠오르는 듯한 느낌이 들어 통역이 나오기를 초조한 마음으로 기다렸다. 하지만 통역은 좀처럼 나오지 않았다. 그는 개들에 대한 경계의 눈빛을 황망히 거두어 몇 번이고 문 안을 들여다보았으나 통역의 모습이 불쑥 나타날 것 같지는 않았다. 그런 상태로 시간이 흐르자 그는 다시 새로운 의혹이 모락모락 피어오르기 시작했다. 그것은 이 지방 출신인 통역과 그 주인이 지금까지 과연 무슨 이야기를 나누고 있는 것일까 하는 의혹이었다. 친구인 홍(洪)과 통역과 주인, ―물론 여러 가지 정황으로 봐서 지금까지는 서로 연락을 주고받으며 계획을 세운 적이 없는 사람들뿐임에 틀림없었지만 그들이 눈과 눈을 마주했을 때, 마음과 마음이 하나로 연결되었을 때, 거기에 한 사람의 일본인인 에이사쿠가 불을 밝혔다면, 그들의 민족의식 바닥에서 어떠한 것이 계획될지 모른다는 생각이 들자 에이사쿠는 이렇게 문 앞에 멍하니 서 있는 자신의 어리석음이 가엾기도 하다는 느낌이 들었다. 그의 발 아래에 드디어 그를 향해 덤벼들려 하는 개들이 있다는 사실도, 이 커다란 의혹의 그림자 앞에서는 아무것도 아니었다. 그리고 그는 주변의 모든 상황에서 그런 불안을 느끼며, 자신이 왜 이런 곳까지 일부러 찾아왔을까 하는 생각도 해보았다. …………그때 통역의 모습이 불쑥 나타나더니 에이사쿠를 손짓으로 불렀다. 그는 튕겨나가듯 달려갔다.

"어떻게 됐나?"

라고 중대한 일이라도 묻듯 질문했다.

"어서 들어오시라고 말씀하셨습니다."라며 통역도 기쁘다는 듯한 표정을 지었다. 에이사쿠는 그 얼굴을 보자 지금까지의 어두운 그림자가 완전히 사라졌다.

"그런가? 그거 다행이군. 이렇게 늦어서 미안하게 됐지만. —그런데 어떤 사람인가?"

에이사쿠가 여러 가지 조선인 얼굴의 타입을 상상하며 말했다.

"뭐, 좋은 사람인 것 같습니다."

라고 통역은 대답했다가,

"어쨌든 만나서 깊은 이야기를 나누어보지 않으면 알 수 없지만요." 라고 다시 덧붙였다. 그리고 아직은 어딘가 깊이 경계하는 듯한 태도를 보였다.

"홍 군의 소개장을 보여주었는가?"

통역을 따라 들어가며 에이사쿠가 뻔하디뻔한 일을 물었다.

"네, 보여드렸습니다."

"뭐라 하시던가?"

그 대답은 끝내 들을 수가 없었다. 이 나라의 중류계급답게 사각형 모양의 마루에 방이 서너 개 늘어서 있었다. 그 가운데에는 수묵화를 그린 갈색 발이 걸린 시원해 보이는 방도 있었다. 순간 그 발이 안쪽에서부터 자르르 걷어 올려졌다. 자기 발에 묻은 먼지를 털고 통역이 공손하게 그 방으로 들어갔다. 에이사쿠도 뒤이어 들어갔다. 흙으로 만든 온돌이 바닥에 깔린 그 방에 들어서자 써늘하고 시원한 공기가 느껴졌다. 강한 담배연기 냄새가 코를 확 찔렀다. 등잔에는 방 안의 가구를 뿌옇게 흐려놓듯 희미한 불이 켜져 있어서 농의 쇠붙이만이 아름답게 빛나고 있었다.

주인은 얼굴 반쪽에만 빛을 받으며 거기에 책상다리를 하고 가만히 앉아 있었다. 에이사쿠는 자신이 생각해도 한심하다 싶을 정도로 정중하게 머리를 숙이고 조심스러운 말투로 인사를 했다. 그것을 통역이 역시 빈틈없이 전달했다. 주인은 과묵하게 거기에 응했다. 오십쯤 되어 보이는 사람으로 조선인 가운데서는 흔히 볼 수 있는, 수염이 성기고 천박하지는 않지만 광대뼈가 튀어나온, 윤기를 잃은 기다란 얼굴이었다. 에이사쿠는 그 얼굴에서 무엇인가를 읽어내겠다는 듯한 마음으로 눈을 들었다. 그런데 상대방도 거의 같은 표정으로 그의 얼굴을 바라보았다. 그 시선이 딱 마주친 순간 그는 지지 않으려는 듯 약간 초조한 마음으로, 마치 명검의 칼날에서 번뜩이는 듯한 날카로운 빛을 상대방의 눈초리가 긴 눈동자에서 느꼈다. 하마터면 질 뻔한 순간에 상대방도 가만히 시선을 돌렸기에 그는 마음이 놓여 고개를 숙였다. 무엇인가를 단단히 쥐고 있다. ―미동도 하지 않고 자신을 사수하겠다는 듯한 강한 의지의 힘이 그 눈속에서 눈부실 정도로 번뜩이고 있었다. 그리고 그 번뜩임은 음울한 폭발성을 띠고 있었다. 우유부단하고 스스로를 굽혀 기상이 없는, 어디서나 흔히 볼 수 있는 일반적인 조선인이 아니라고 에이사쿠는 생각했다.

주인은 그가 정중하게 인사를 해도 묘하게 무뚝뚝한 태도를 취하고 있었다. 책상다리를 하고 앉는 것이야 이 나라 사람들의 습관이지만, 부채를 한 손에 쥔 채 약간 몸을 뒤로 젖히고 에이사쿠가 두 손을 바닥에 대고 머리를 숙여도 그저 머리만 숙였을 뿐이었다. 에이사쿠의 예를 다한 말에도 그저 응수만 할 뿐이었다. 그랬기에 에이사쿠는 일종의 불쾌함을 느꼈다. 자신의 높은 긍지를 모독당한 듯한 느낌이 들었다. 그것은 결코 자기 민족의 우월감에서 오는 환멸이 아니었다. 지금 그의 마음은, 그와 같은 미신에 사로잡히기에는 너무나도 많은 조선민족을 알고 있었다. 그의 솔직한 마음은 이미 그런 미신을 품을 만큼의 용기가 도저히 나지 않았다. 그의 불쾌함과 굴욕은 역시 사람과 사람 사이에, 어떠한 경우에라도 품게 되는 일반적인 인간적 감정에 지나지 않았다. 주인은 거의 충동적인 기민함으로 그의 시선을 피하면서 꿰뚫어보듯 그의 모습을 훑어보았다. 그는 다시 그런 주시를 받자 순간 반사적으로 관능이 작용했다. 그리고 그는 거기서 어떤 불안이 느껴져 자신도 모르게 상대방을 마음으로 응시했다. 그는 앞에 앉아 있는 주인의 이마나 손을 만져보면 틀림없이 얼음처럼 차가울 것이라고 생각했다. 그리고 거친 골함석을 만지는 것 같은 느낌이 들 것이라고 생각했다. —그는 이와 같은 인간 동지의 생활의 살벌함이 저주스러웠다.

태곳적처럼 고요한 밤이었다. 단지 가까이에 있는 집에서 다듬이질하는 소리가 맑게 들려올 뿐이었다. 그 처량하기 짝이 없는, 산사의 여승이 목탁을 두드리는 듯한 소리를 듣고 있자니 에이사쿠는 먼 오랑캐의 땅에 사로잡혀 있는 것이 아닐까 하는 생각이 들었다. 주위에 맴돌고 있는 그러한 사람들의 생활 속에 고여 있는 냄새가 그의 관능을 그런 쪽으로 더욱 데리고 갔다. 그리고 그가 이 집에 오기까지 품고 있었던 따뜻한 정서가 어느 틈엔가 환상처럼 사라져버리고 말았다. 에이사쿠는 지금 당장에라도 돌아가고 싶다는 어린아이 같은 마음이 들기도 했다.

"손님, 오늘 밤에는 천천히 쉬었다 가시길……………….."

주인이 문득, 조용한 숲 속에서 사람의 목소리가 들려오는 것처럼 일본어로 이렇게 말했다. 유창하지는 않았지만, 그 모습으로 봐서 통역은 필요할 것 같지 않았다. 에이사쿠는 그것을 듣자 조금은 뜻밖이라는 생각이 들었다. 전부터 이 사람이 경성에 있었다는 말은 들어서 알고 있었기에 일본어를 할 줄 안다는 사실 정도는 그다지 놀라울 것도 없었으나, 그 말의 울림 어딘가에 부드럽게 그의 가슴을 때리는 부분이 있었다. 연장자가 젊은이를 위로할 때 내보이는 푸근한 따사로움과 같은 것 외에도, 그는 어딘가 인간적인 감동을 받은 것 같다는 느낌도 들었다. 그러자 답답하고 싸늘하게 닫혀버린 듯했던 그의 가슴에도 한 줄기 희미한 온기가 스며들었다.

"네, 감사합니다…………."

에이사쿠는 이렇게 대답하며 머리를 숙였는데 그때 그는 갑자기 감상적인 마음이 들었다. ―어렸을 때, 친구와 무엇인가에 대해서 언쟁을 벌였는데 끝까지 자신이 옳다고 믿고 있었지만 상대방은 난폭한 기세로 그것을 압도하려 했다. 분함을 삭이고 자신의 나약한 힘에 의지해 계속해서 상대방과 치열하게 싸워나가겠다고 생각한 순간, 옆에서 갑자기 자신의 정당한 편이 되어줄 사람이 나타난 찰나의, 말로 표현하기 어려운 기쁨과 슬픔. ―희미하기는 하지만 바로 그와 비슷한 느낌이 지금 그의 가슴속에서 흐느끼기 시작했다.

"이렇게 갑자기 찾아뵙게 돼서, 여러 가지로 폐가 될 줄 압니다."
라고 그는 바로 다시 덧붙였다. 그리고 이런 대화를 통해서 가능한 한 주인의 환심을 사야겠다고 생각했다.

"아니, 천만의 말씀을…………."

주인이 가로막는 듯한 투로 말했다. 조선인이 일본어를 사용할 때, 아직 발음에 익숙하지 않은 사람은 탁음(유성음)이 청음(무성음)이 되기도 하고, 또 반탁음이 되기도 한다. 그리고 모음을 생략해버리는 경우가 드물게 있다. 에이사쿠가 그 다음으로 이어갈 화제를 찾고 있자니,

"홍 군은 지금 어떻게 지내고 있습니까?"
라고 주인이 물었다. 그는 소개자에 대한 것을 완전히 잊고 있었다. 대부분의 경우 처음으로 만난 사람과 이야기를 나눌 때면, 우선 쌍방을 소개

해준 사람에 대한 이야기부터 시작하는 것이 흔한 일이거늘, 그는 그것조차도 까맣게 잊어먹고 있었다. 그 사실을 깨닫고 '나도 약간 당황했구나.'라고 그는 마음속으로 생각했다.

"아아, 내 정신 좀 봐…………."

라고 에이사쿠는 미안하게 됐다는 듯 강한 어조로 말한 뒤,

"홍 군이 말씀 좀 잘 전해달라고 부탁했습니다. ―조만간 꼭 찾아뵙겠지만, 어르신께서도 경성에 한 번 와주십사 하고 청했습니다."

에이사쿠는 짙은 정서를 그 짧은 말 속에 담듯 이렇게 말하고, 문득 다시 정신이 든 사람처럼,

"그리고 날이 더워지는 때이니 모쪼록 건강에 유념하시라고도 간곡하게 말했습니다."

라고 덧붙였지만, 그러나 그것만은 그의 재량에 의한 것이었다. 딸만 살아 있었다면 그 주인의 사랑스러운 사위가 되었을 청년의 장인에 대한 마음을 에이사쿠가 대신 이야기한 것이었다. 그는 그 말을 마친 뒤 주인의 얼굴을 가만히 바라보았다. 그러자 그도 에이사쿠의 얼굴을 묘하게 그리움이 담긴 눈빛으로 바라보며 가만히 고개를 끄덕인 뒤 곧 감상에 빠진 듯한 눈을 부드럽게 돌려 커다랗게 뜬 눈동자 그대로 멍하니 허공을 바라보았다. 그 모습을 바라보던 에이사쿠도 주인의 행동에 영향을 받은 듯 고개를 숙인 채 생각에 잠겼다. ―그가 경성의 거리 등을 걸을 때면 순백의 저고리에 검은 치마를 입고, 유행하는 귀를 덮어 가리는 모양으로 머리를 묶은 여학생들이 양산을 들고 청초하게 걸어가는 모습을 볼 수 있었다. 신흥민족 가운데서 빛나는 앞길을 가리키며 나아가는 여성의 선구자적 긍지가 그 아름다운 뺨에 넘쳐나고 있었다. 에이사쿠는 지금 그러한 젊은 여성들의 환영을 마음속에 선명히 그려보았다. 그러자

이번에는 중절모를 쓰고 물빛 두루마기를 기다랗게 두른, 수재인 듯한 청년과 그러한 소녀가 향기로운 우윳빛 꽃을 매달고 있는 아카시아 가로수 길을 달콤한 사랑에 취해 이야기를 나누며 가는 모습 등이 마음속에 떠올랐다.

"저, 홍 군에게는 오래 편지를 쓰지 않았는데, 어떻게 지내고 있나요? 역시 방황하고 있나요?"

"네…………?"

에이사쿠는 주인의 말에 환각에서 깨어나 상대방의 얼굴을 바라보았다.

"그 사람도 아직 젊어서 마음을 다잡지 못하고 있기에 걱정입니다."

주인은 다시 탄식하듯 이렇게 말한 뒤,

"저와는 의론이 달라서 말입니다. —그 사람은 언제나 공상만 하며 뛰어다니고 있습니다…………."

라고 덧붙였다. 주인이 말한 의론이란 의견이라는 의미이리라. 주인과 서로 의견이 다르다는 점은 에이사쿠도 잘 알고 있었다. 주인은 어디까지나 조선의 전통을 중히 여기는 사람이었다. 거기에 뿌리내린 민족적 자유를 열렬히 희구하고 있었다. 그에 반해서 홍희계는 새로운 시대사상의 세례를 받은 청년이었다. 그는 조금 더 새로운 감각을 가지고 있었다. 그는 어디까지나 종교를 부정하고 현실적 유물주의를 신봉했다. 그리고 그는 모든 조선의 전통을 배척하고, 세계주의에 젊은 정열을 기울여 나갔다. 종교는 전제 하에서 민중을 농락하려 하는 교활한 메스머리즘이고, 전통은 민중을 학대해온 그들의 역사적 원수라 믿고 있었다. 그는 전통을 배척한다기보다 저주했다. 그에게 있어서 새로운 국가의 독립은 새로운 정복자의 창설에 지나지 않았다. 특히 전통에 대한 동경에서 발생한 독립 따위는 타기해도 좋다고 믿고 있었다. 따라서 그는 이른바 독립운동가가 아니라, 인류의 전적인 자유와 자주를 바라마지 않는 사회혁명가였다. —우리는 일본의 권력자에 반항하기에 앞서 우선은 이 역사적으로 조선 민중을 괴롭혀온 낡은 전통과 싸우지 않으면 안 된다. 조선의 부르주아지와, 여전히 조선민족 가운데 커다란 힘으로 만연해 있는 낡은 귀족주의에 반항하지 않으면 안 된다. 그리고 역시 조선 팔도에 널리 퍼져 조선민족의 혼을 갉아먹고 있는 종교적 감상주의를 절멸하지 않으면 안 된다는 것이 젊은 홍희계의 주장이었다.

"얼마 전에도 편지를 보내서 말이죠, 러시아로 가고 싶으니 돈을 보내달라는 겁니다. —그래서 러시아도 좋지만 너무 공상에만 빠져 있어서는 좋지 않다고 말해주었습니다."

"네, 그 일은 홍 군으로부터도 들었습니다. 그 사람도 꽤나 활동적이어서…………."

에이사쿠는 여기서 자신의 의견도 이야기해볼까 싶었으나 그것은 그만두기로 했다.

그런 이야기를 하고 있는 동안 조선의 가정에서는 보기 드물게 중국차와 비스킷 같은 것이 나왔다. 궐련이 놋쇠 접시에 담겨 나왔다. 신기하게도 무엇을 둘러보아도 일본 물건은 없었다. 통역은 낮의 피로가 올라오기 시작했고, 또 주인이 일본어를 할 줄 알아 볼일이 없어졌기 때문에 고개를 푹 숙인 채 졸고 있었다. 에이사쿠는 주인이 약간 마음을 터놓고 이야기하는 모습을 보고 자신의 말도 마침내 열기를 띠기 시작했다는 사실을 깨달았다. 이야기는 역시 친구인 홍희계에 대한 것뿐이었다.

"그 사람도 얼른 가정을 꾸리면 생각이 조금은 바뀌지 않을까요?"

주인은 이야기 중에 이런 말을 했다.

"그럴지도 모르겠습니다…………."
라고 에이사쿠는 대답했으나 왠지 이야기에 흥이 나지 않았다. 그리고 그와 주인의 이야기는 드문드문 끊기게 되었다.

4

에이사쿠는 담뱃재를 커다란 놋쇠 재떨이에 털며 참으로 쓸쓸한 마음에 사로잡혔다.

"우스이 씨는 홍 군을 어떻게 알게 되었습니까…………?"

주인이 단도직입적인 투로 그에게 물었다.

"네…………."
라고 에이사쿠가 공상에서 깨어났다는 듯한 표정으로 얼굴을 들었다.

"우스이 씨는 홍 군과 언제부터 친구였습니까?"
라고 주인이 다시 다른 질문을 던졌다. 이러한 경우 그것은 당연히 좀 더 빨리 들었어야 할 질문이었다. 하지만 주인은 언제나 상대방의 빈틈을 노렸다가 갑자기 중요한 질문을 던지는 버릇이 있었다. 상대방이 그런 질문을 받게 될 것이라 예감하고 있을 때는 일부러 다른 말을 꺼낸다. 그랬기에 그런 일에 대한 질문조차 주인은 지금까지 하지 않았던 것이 아닐까, 에이사쿠에게는 느껴졌다.

"저와 홍 군 말씀이십니까…………?"
라며 에이사쿠는 이제 와서 그런 것을 묻다니 의외라는 듯한 표정을 지었다.

"네."

주인이 굵고 낮은 목소리로 대답했다.

"네, 그건…………."
하고 그가 약간 초조한 기색으로,
"학교에서 홍 군과 같이 공부를 했습니다."
라고 간신히 대답했다.
"그렇습니까…………?"
이렇게 말하며 주인은 천천히 고개를 끄덕이다, 다시 무엇인가 생각난 듯,
"그건 △△대학입니까?"
라고 물었다.
"그렇습니다…………."
에이사쿠는 묘하게, 여전히 무엇인가 탐색을 당하고 있는 것 같다는 기분이 들었으나,
"하지만 저는 중간에 그만두었습니다."
라고 그것만으로는 부족한 듯했기에 이렇게 덧붙였다.
"네…………, 그렇습니까?"
라고 주인은 벌써 그런 일은 전혀 생각지 않고 있는 사람처럼 건성으로 이렇게 대답하고, 다시 멍하니 다른 일을 생각하고 있는 것처럼 보였다. 하지만 주인은 잠시 시간이 흐른 뒤 다시,
"그럼 나이도 같습니까?"
라고 물었다.
"아닙니다. 아마도 제가 2살 위였을 겁니다…………."
에이사쿠는 자신이 하고 싶었던 이야기의 중심에서 벗어나, 그 주위만을 걸어 다니고 있는 것 같다는 느낌을 받으며 다시 이렇게 대답했다.
"네…………, 그렇습니까?"

주인은 이번에도 같은 대답을 한 뒤, 여전히 어떤 환각을 쫓는 듯한 모습이었으나 이번에는 에이사쿠의 얼굴을 가만히 바라보며,

"우스이 씨는 부인이 있습니까…………?"

라고 물었다.

"네에…………?"

에이사쿠는 자신도 모르게 그것을 되물었으나, 곧 그 말이 날카로운 광선의 영상처럼 변해 자신의 뇌리에 남자 그는 그저 반사적으로,

"네에…………?"

라고 대답했다. 그리고 자신과 홍과의 관계를 묻고 있는 것이라고만 생각했던 에이사쿠는, 주인이 자신에게 이야기를 꺼낸 의도를 문득 예감하고는 자신의 마음이 자석을 느낀 것처럼 주인의 다음 말을 기다렸다.

"당신, 홍 군으로부터 제 딸에 대한 이야기를 들었습니까?"

에이사쿠의 예감과 다르지 않게 주인은 과연 딸에 대한 이야기를 하기 시작했다.

"네, 들었습니다…………."

그는 약간 과장된 표정으로, 그리고 그 속에 자신의 의분과도 같은 어감까지 담아 바로 이렇게 끄덕여 보였으나, 순간 다시 자신이 일본인이라는 사실을 깨닫고는 그 말을 상대방이 상당히 뻔뻔스럽게 생각하지 않았을까 불안이 가슴으로 밀려들었다.

"그렇습니까…………."

주인은 냉정한 태도로 말투에 한층 더 무거운 분위기를 더해 단지 이렇게만 말했다. 그러자 그도 갑자기 타고난 성격인 암울한 마음이 되었다.

"저…………."

에이사쿠가 이번에는 그 암울한 마음 깊은 곳에서 치밀어 오르는 듯한 목소리로 약간 망설이며,

"어르신의 따님은 저의 아내와 같은 나이였습니다."

라고 그는 홍과의 이야기 가운데서 알게 된 사실을 이곳에서 이야기했다. 이러한 경우 그것이 주인에게 어떤 감명을 줄지는 알 수 없었으나, 그런 인연에서 생겨난 평소 그가 품고 있던 그 딸에 대한 친밀감을 토로해본 것이었다.

"네, 그렇습니까…………."

주인은 이번에도 같은 대답을 되풀이했다. 그리고 에이사쿠의 그 말에서는 그다지 감동을 받은 것 같지도 않은 태도를 보이며 한쪽을 희미한 불에 비추고 있던 얼굴을 약간 위로 들어 한동안 어딘가를 강하게 응시하는 듯한 모습을 보이다 갑자기 팔을 불쑥 뻗더니 느닷없이 자기 옆에 있던 담뱃대를 쥐고 한숨을 훅 내쉬었다. 그 순간의 동작이 무슨 이유에서인지는 모르겠으나 에이사쿠의 가슴을 강하게 때렸다. 그는 움찔하며 지금 자신이 한 말이 좋지 않았던 것은 아닐까도 생각해보았다.

"딸은 스무 살에 죽었습니다…………."

주인이 상심한 사람의 혼잣말처럼 말했는데 그 목소리가 떨림을 머금은 채 가늘고 높게 울렸기에 에이사쿠는 자신도 모르게 주인의 얼굴을 바라보았다. 입술 근처로 가져간 담뱃대의 물부리도, 입술도 부르르 신경질적으로 떨리고 있었다.

"그러니까 올해로 스물세 살입니다…………."

다시 이렇게 말한 뒤, 갑자기,

"하하하, 하하하…………."

글자 그대로 죽은 아이의 나이를 헤아렸다(쓸데없이 지난 일을 한탄한

다는 뜻의 속담. — 역주)는 사실을 스스로 비웃듯 커다랗게 웃었다. 에이사쿠는 찰나적으로 필름처럼 변해가는 주인의 그 표정과 말을 놀라움으로 바라보고 있었다.

"하, 하, 하, 하…………."

담뱃대를 쥔 채 불도 붙이지 않고 물부리를 입술 옆으로 가져갔던 주인은 다시 이렇게 커다랗게 웃었는데, 그것은 이제 완전히 좌담적인 태연함이 담긴 목소리였다. 그리고 담뱃대에 불이 붙어 있지 않다는 사실을 깨닫고는 한 접시 위에 놓여 있던 성냥을 집어 입술과 바닥 위에 그 기다란 담뱃대의 양쪽 끝을 기대놓고 두 손으로 슉 불을 붙였다.

"우스이 씨의 부인은 여학교를 졸업했습니까?"

주인이 두어 번 뻐끔, 뻐끔 하얀 연기를 내뱉더니 다시 이렇게 물었다. 하지만 그 동작과 말투 모두 처음처럼 냉정함을 회복했다는 사실을 에이사쿠는 깨달았다.

"네? 제 아내 말씀이십니까? 아닙니다, 여학교 같은 것은 졸업하지 않았습니다. —가난한 집안의 딸이기에."

라고 그는 대답했다.

"그렇습니까? 그거 다행입니다. —여자를 여학교 같은 데 보내서는 안 되지요…………?"

"그렇습니까? 그렇지는 않은 것 같습니다만. 갈 수 있는 사람은 가는 것이 좋다고 생각합니다."

"아니요, 안 됩니다. 여자는 학문을 해서는 안 됩니다."

"네에……? 왜 안 된다는 겁니까?"

"아니요, 안 됩니다. 그야 물론 일본사람은 어떨지 모르겠지만, 조선에서는 안 됩니다."

"그렇습니까? 하지만 참된 학문이라면 누가 하든 상관없지 않습니까?"

"아닙니다. 참된 것이라 할지라도 안 됩니다."

"그렇습니까? 그건 어째서입니까?"

"그건 말입니다, 저도 처음에는 학문은 좋은 것이라고 생각했습니다. 그래서 딸도 여자고등보통학교에 보냈던 것입니다."

"네에…………."

"그건 역시 좋지 않습니다……. 여자는 예전의 조선 여자가 좋습니다."

"………………………………………."

"제 딸은, 예전의 조선 여자였다면 그렇게 죽지 않았을 겁니다."

"……………………."

"일본인은, 문명이란 매우 좋은 것이라고 말하죠?"

"네, 일반적으로는 그렇게 말합니다."

"제가 경성에 있었을 때, 일본인의 연회에 초대를 받아 가면 언제나 그렇게 말했습니다."

"네, 그랬겠지요."

"그리고 제가 일본을 시찰했을 때도, 어디서나 그렇게 말했습니다."

"네, 그야 그렇게 말했을 겁니다."

"우스이 씨도 역시 그렇게 생각하십니까?"

"저 말씀이십니까? 저는 그렇게 생각하지 않습니다."

"아, 그렇습니까? 그럼 어떻게 생각하십니까?"

"문명이 지금과 같은 것이라면 저는 무서운 것이라고 생각하고 있습니다."

"아, 그렇습니까…………, 하지만 일본인은 문명은 행복이라고 말합니다.”

“네, 그야 지금의 무시무시한 문명 속에서 살아가며 자신이 매우 행복하다고 느끼고 있는 사람들은 그렇게 말합니다.”

“네에, 그렇습니까? 그렇다면 우스이 씨도 그렇게 느끼십니까?”

“아니요, 저는 지금의 문명이 행복하다고는 결코 느끼지 않습니다. 설령 다른 사람들이 아무리 행복이라고 선전한다 할지라도 저는 행복이라고 믿을 수 없기 때문입니다. 행복이란 결국 자신의 느낌이니 문명이든, 야만이든, 타인이 뭐라고 말하든, 자신이 행복이라고 느낀 순간이 참된 행복입니다.”

“네, 당신은 정말 그렇게 생각하십니까?”

“네, 진심으로 그렇게 생각합니다.”

“그렇습니까? 저도 그렇게 생각합니다. 저는 딸이 죽었을 때, 진심으로 그렇게 생각했습니다.”

“…………………………………….”

“우스이 씨.”

“네.”

“저, 당신이 봐주셨으면 하는 것이 있습니다.”

“네.”

“당신, 봐주시겠습니까?”

“네, 보겠습니다. 어떤 것이든………….”

“그렇습니까? 저, 누구에게도 보이지 않습니다만, 당신은 좀 봐주시기 바랍니다.”

주인은 이렇게 말하고 바로 일어나 방에서 나갔다. 에이사쿠는 그 모습을 보고 주인과 자신의 마음이 이미 통했다고 느꼈다. 그리고 자연스럽게 활발한 정신이 자신의 몸 속에서 선명히 되살아나는 것을 느꼈다. 상당히 오랜 시간 이야기를 나누었으나 낮의 피로나 배고픔 따위는 완전히 잊고 있었다. 그리고 지금 보인 주인의 태도를 생각하면 그는 험악한 산과 계곡을 몇 개나 건너 마침내 커다란 황금맥에 이르렀을 때와 같은 기쁨을 느끼지 않을 수 없었다. 그건 그렇고 그는 주인이 보여주려는 것이 무엇인지, 커다란 흥미를 느꼈다.

5

잠시 후 주인이 아름답게 채색된, 작은 책상 정도 크기의 상자를 가지고 왔다. 그리고 그 상자를 매우 긴장한 듯한 얼굴로 에이사쿠 앞에 놓았을 때, 그는 격렬한 호기심의 눈을 커다랗게 뜨지 않을 수 없었다. 하지만 한편으로는 묘하게 옅은 불안이 느껴지기도 했다. 그것은 주인이 지금 한 이야기로 미루어봐서, 이번에도 역시 그의 날카로운 자책감을 자극하는 것이 아닐까 여겨졌기 때문이었다.

"우스이 씨는 아직 이런 것을 본 적 없으시겠죠? —저는 도쿄의 구단(九段)에서 이런 걸 봤습니다."

얼굴이 창백하게 가라앉았다. 극도의 긴장감이 넘치는 표정으로 그 상자에 묶여 있던 굵은 무명 끈을 풀며 주인은 이런 수수께끼와도 같은 이야기를 했다. 그리고 약간 빛이 바랜 붉은색 모란에 봉황의 극채색 그림이 있는 뚜껑에 두 손을 댄 순간, 에이사쿠는 마른침을 삼키며 지금 거기서 나타날 것에 전신의 흥미를 집중시켜 응시했다. 문득 그 상자의 뚜껑에 대고 있는 주름투성이 두 손이 부르르 떨고 있다는 사실을 깨달은 그는 가만히 주인의 얼굴을 훔쳐본 뒤, 다시 시선을 앞으로 조용히 떨어뜨렸다. 기적에 과학의 메스를 들이대듯, 뚜껑이 열렸다. ……의 초조한 마음을 놀리기라도 하듯 상자 안 물건에는 다시 누른 당지(唐紙)가 싸여 있었다. 주인이 매우 침착하게, 조용히 그 싸인 종이를 벗겨냈는데 안의 물건은 뜻밖에도 지저분하게 더러워진, 여자의 것인 듯한 저고리였다. 그것을 본 순간 그는 긴장되었던 마음이 약간 풀어지는 듯했으나, 그 옷이 죽은 주인의 딸의 물건이라는 사실을 바로 깨달은 순간, 그는 언젠가 자신이 병원의 영안실을 들여다보았을 때와 같은 섬뜩함에 사로잡혔다. 그것은 죽은 사람에 대한 평소의 그리움을 처참하게 배반한 순간의 마음이었다. 그리고 다음 순간 그의 마음이 반동적으로 무엇인가로 옮아가려 하는데, 주인이, 비유해서 말하자면 어머니가 아기의 포동포동한 나체를 만지듯 매우 조심스럽고 자애로운 손길로 그 상의를 집어 들었다. 그리고 자기 환상의 세계 속에서 아름다운 딸의 모습을 좇는 듯한 표정으로 넋을 잃은 채 그 낡고 초라한 옷에 시선을 쏟아부었다. 그러다 자기 앞에 에이사쿠가 있다는 사실을 문득 깨달았는지 주인은 꿈속에서처럼 그에게로 시선을 돌렸다.

"우스이 씨………."

하고 아직 환상 속에서 살고 있는 사람이라고 밖에 여겨지지 않는 목소리로 주인이 에이사쿠를 불렀다.

"네? ………………."

라고 에이사쿠도 주인의 환상 속 세계에서 살고 있는 듯한 기분으로 이렇게 대답했다.

"우스이 씨, 이건 딸의 옷입니다………."

"……………………………."

에이사쿠는 충분히 예상하고 있던 주인의 말을 들은 것에 지나지 않았으나, 그 순간 커다란 힘에 의해 날카로운 현실로 힘껏 떠밀린 듯한 느낌이 들었다. 몸을 쑤시는 듯한 엄숙한 침묵이 권위를 가진 무엇인가처럼 두 사람 사이를 지배했다. 1분, 2분, 3분…………. 존엄한 것을 예배하는 듯한 기분에 잠긴, 또 한편으로는 언제부턴가 일종의 도취를 느끼고 있던 에이사쿠는 문득 주인이 무슨 말인가를 했다는 사실을 깨닫고 얼굴을 들었다.

"우스이 씨……, 여기, 이걸 잘 보시기 바랍니다……."

주인이 무릎을 앞으로 내밀며 그 저고리를 두 손으로 받쳐들듯 해서 그의 눈앞으로 가져왔다. 잠깐잠깐 사이를 두고 졸음에서 깨어나서는 뭔가 아쉽다는 듯한 표정을 짓던 통역은 그 주인의 손에 있는 것을 보고 이상하다는 얼굴로 그것을 들여다보았다.

"이건, —이건, 우스이 씨, 피입니다. …………딸의 피입니다."

단단한 동철로 된 핀과 같은 목소리였다.

"넷!"

하고 에이사쿠는 반사적으로 놀라서 둥그렇게 뜬 눈을 옷 위에 고정시키고 조그맣게 외쳤다.

"이 얼룩진 곳이 전부 딸의 피입니다."

그 동철 핀이 에이사쿠의 폐를 깊숙이 찔렀다. 그는 미간에 경련이 일어난 것처럼 되어, 낮에 그 강에 텀벙 뛰어들었을 때와 같은 전율을 느꼈다.

"…………………………."

하지만 그는 몸에 힘을 주고 손을 굳게 쥐며 말없이 그 혈흔이라는 것을 응시했다. 주인이 도쿄의 구단에서 보았다고 조금 전에 한 말을 그는 떠올렸다. …………

한 해전에서 전사했다는 모 군인의 군모를 그는 구단의 기념관에서 본 적이 있었다. 벌써 세월이 꽤 흘러서 낡아 있었지만 커다란 모란꽃 같은 혈흔이 그 모자 위에 가득 반점이 되어 있었다. 습기 때문에 그 반점은 회색 곰팡이로 변해 있었다. 그는 소년 시절에 처음 그 모자를 보았을 때, 역시 소년다운 의분과 적개심으로 불타올랐었다. ―여기에 있는 딸의 옷은 아무리 오래 되었다고 해도 아직 3년 정도밖에 지나지 않았다. 게다가 혈흔이라 여겨지는 것은, 그가 지금까지 어떤 무늬가 아닐까 생각했을 정도로, 새하얀 천이 약간 회색으로 변한 짧은 저고리의 목깃에서부터 소매에까지 걸쳐서 빈틈없이 배어 있었다. 선혈이 거기에 튀었다기보다는, 오히려 저고리가 핏물 속에 잠겨 있었던 것이라고 상상하는 편이 정확할 듯했다. 그 피의 빛깔은 이미 완전히 풍화되어 옅은 누른빛이 섞인 적갈색을 띠고 있는 듯했으나 흐릿한 등잔 아래서는 그저 끈적끈적한 진흙을 발라놓은 것처럼 보였다. ―예전의, 그것은 자신들의 실생활과는 완전히 멀리 떨어져 있는 과거의 역사적 사실로 본다 할지라도, 그의 어린 마음에 의분과 적개심을 불러일으켰던 군모, 설령 그것이 그의 주위 상황 때문에 완전히 잘못된 관념에 의해 교화된 정조에서 발생한 의분이자, 적개심이었다 할지라도, 그것과 이것은 그의 감수성에 얼마나 커다란 차이로 다가온단 말인가! 지금 그의 체험에서 배어나온 의식과 감정은, 이 잔혹하고 끈적한 혈흔을 보고 그 어린 시절의 회의적인 흥분을 부추기기에는 너무나도 생생했다. 너무나도 현실적이었다. 너무나도 화가 났다. ―그것은 전부 너무나도 자극이 강렬하고 눈이 부셨다. 그는 새빨갛게 달구어져 진흙처럼 흐물흐물해진 도가니 속에 머리를 쑥 찔러 넣은 것 같다는 생각이 들었다. 그리고 그의 웅크린 채 뻗어나가지 못하는 초조한 정념이, 모락모락 답답하게 소용돌이치는 그 새카만 어둠 속 계곡 바닥에서 괴로운 환상이 되어 불꽃의 소용돌이처럼 그려지기 시작했다. …………새하얀 날개와 칠흑 같은 기다란 꼬리를 가진 호랑나비처럼 아름다운 여자가 커다란 군중의 파도 속으로 뱅글뱅글 날아들더니 순식간에 붉은 피로 물들어 쓰러져버렸다. 겨울밤에 맑게 빛나는 달빛 같이 번뜩이는 칼날을 휘두르며 회갈색 인간이 회오리바람처럼 그 위를 빙글빙글 맴돌더니 얼굴 가득 부릅뜬 커다란 눈과 호각을 문 것처럼 보이는 찢어진 입으로 껄껄 고소하다는 듯 조소한 뒤, 다시 소리를 울리며 어딘가로 날아가려 했다. 그러는 동안에도 해일처럼 덮쳐왔다 비말처럼 어지럽게 흩어지는 백의의 군중이 있었다. 성난 파도와 미친 듯한 부르짖음이 괴로운 교향악이 되어 한 커다란 분위기를 만들었다. —

"우스이 씨…………."

"………………, 네?"

에이사쿠는 깜짝 놀라 주인의 얼굴을 보았다. 주인은 에이사쿠가 그다지 감동을 받지 않은 것처럼 보이자 약간 초조한 마음이 되어 무엇인가를 따져 묻는 듯한 투로,

"당신, 여기를 좀 보십시오!"

라고 상대방을 한층 더 강하게 자극하여 부추기는 듯한 모습으로,

"자, 여기 소매 부분…………."하고 바로 왼팔로 그 저고리를 가만히 끌어안듯 해서, —마치 자기 딸의 사체라도 있다는 듯 끌어안고, 오른손으로 저고리의 왼쪽 소매를 받쳐 에이사쿠의 눈 앞으로 불쑥 내밀었다.

"네에…………?"

하고 그가 위협을 받은 것처럼 그 소매를 머뭇머뭇 바라보았다.

"보세요, 여기가 찢어져 있습니다. 이건 군도에 처음 팔을 맞았을 때 생긴 겁니다."

그렇게 말하는 주인의 목소리를 듣고, 에이사쿠는 그 저고리의 소매를 보기에 앞서 눈부신 것이라도 바라보듯 힐끗 주인의 얼굴을 훔쳐보았다. 그 순간 그는 독한 약물의 냄새라도 훅 맡은 것처럼 머릿속이 어질어질 했다. 그리고 바로 눈을 돌렸지만 그의 눈 속에는 그 명검의 날카로운 칼날 같은 빛이 남아 있었다. 그가 돌린 시선을 주인이 내민 소매로 떨어뜨리자 거기에는 소매의 바늘땀을 따라 한 치 정도쯤으로 보이는, 약간 비스듬히 찢어진 구멍이 있었다. 그는 그것을 보자 더 이상 아무런 말도 할 수가 없었다. 그저 울렁울렁 자신의 몸이 열병에라도 걸린 것 같은 기분이 들고 뜨거워져만 갈 뿐, 혀는 묘하게 굳어버렸다. 인간의 감정을 표현하기에 우리의 말은 얼마나 빈약하단 말인가!

"또 있습니다. —이 상처는 처음에 생긴 겁니다."

주인은 다시 이렇게 말했다. 에이사쿠는 그것이 귀에 들어오자, 아직도 자신을 괴롭히려는 것이라는 생각이 들었다. 하지만 주인은 그런 것에는 조금도 신경 쓰지 않는 듯한 태도로 왼쪽 팔에 걸치고 있던 저고리를 휙 뒤집어 등 쪽을 위로 향하더니 오른손으로 그 옷깃을 들어올리며,

"………………여길 또 보세요. 이 등에 있습니다. 이게 두 번째입니다."

라고 자극의 채찍을 휘둘러 에이사쿠를 추궁하듯 오른손을 저고리의 오른쪽 옆구리라 여겨지는 부근으로 찔러 넣자 거기에도 역시 먼젓번 것보다 약간 커다란, 두 치 정도의 찢어진 구멍이 있었다. 그리고 주인이 찔러 넣은 손가락의 안쪽 부분이 그 밑으로 보였다. 손가락 끝이 부들부들 떨리고 있다는 사실을 에이사쿠도 알 수 있었다. 그때는 봄이었는지 하얀 명주인 듯 가벼운 천이 두 겹으로 겹쳐 있고, 바느질한 실도 하늘하늘 풀어져 있었다. 그리고 그 부분은 완전히 염색을 한 것처럼 검붉게 핏물

이 배어 있었다. 가만히 그것을 바라보고 있던 에이사쿠는 어떤 요괴담 속에 나오는 여자가 자신을 가만히 쳐다보고 있는 것 같다는 착각을 느꼈다. 흑흑 날카롭게 울부짖는 여자의 소리가 어딘가에서부터 들려왔다. 그 옷의 찢어진 곳에서부터 모락모락 섬뜩한 요기(妖氣)가 피어오르고 있는 것 같다는 느낌이 들었다. …………

"우스이 씨, 이것이 딸의 치명상이었습니다."

주인은 이렇게 말하며 다시 그 옷을 두 손에 받쳐 들고 에이사쿠의 눈앞으로 가만히 내밀었다. 그 주인 딸의 최후를 결정했다는 보고가 그의 의식에 분명히 들어오고, 또 눈앞의 옷을 자신은 여전히 바라봐야 한다고 그가 생각한 순간, 그는 그 주인으로부터 마침내 자신도 최후의 단죄를 받은 것 같다는 생각이 들었다. 그저 말없이 움직이지 않는 에이사쿠의 모습을 보고 주인은 그 상의를 가만히 상자 안에 넣었다. 그리고 그 아래에 있는 검은 치마에 잠깐 손을 대며 무슨 말인가를 하려다 잠시 생각하더니 갑자기 말을 삼키고 빠른 손놀림으로 상자를 정리하기 시작했다.

"전, 이걸 가끔 꺼내서 바라봅니다……."

라고 주인이 상자의 끈을 묶으며 말했다.

"그러시겠죠……."

에이사쿠는 그제야 비로소 말을 하고 다시 한 번 주인의 손 아래에 있는 상자를 물끄러미 바라보았다. 굵은 한숨이 나왔다.

"처음 제 딸은 ××××× 함께 모였습니다. 그것은 ×××했습니다. ……."

주인은 그 딸의 유해라도 들어 있는 것 같은 느낌이 드는 상자를 앞에 놓고 이렇게 이야기하기 시작했다. 흥분이 약간은 가라앉았는지, 말 가운데 편안해진 듯한 모습이 있었다.

"모두가 34××××××는데, 딸도 함께 모였습니다. ××××××."

(이하 52행 결)[1]

에이사쿠는 말없이 고개를 끄덕였다. 주인의 목소리는 언제부턴가 지금까지의 흥분에서 벗어나 이제는 묵직한 냉정함을 보이고 있었다.

그리고 주인이 이야기하고 있는 사연의 내용과 그 표정은 완전히 상반된 것이라고 느꼈다. 그런 일을 어떻게 그렇게 흥분도 하지 않고 이야기할 수 있을까 여겨졌다. 에이사쿠는 그 딸의 옷을 보였을 때의 주인과, 이후 그 상자를 정리한 뒤 지금의 이야기를 하고 있는 주인의 태도가 다른 사람 같다는 인상을 받았다. 그것은 경우에 따라서는 자기 딸의 비참한 죽음을 바라보면서도 얼굴의 근육 하나 꿈쩍하지 않는 특수한 동양적 강인한 의지를 가진 사람의 그것처럼 보이기도 했다. 그 굳고 냉철한 의지가 이 사람의 일상을 언제나 지배하고 있는 것이다. 그리고 거기서 명석한 이지가 빛나고 있는 것이다. 그 이지가 제아무리 어지럽게 얽힌 일이라도 정리를 한다. 아무리 혼탁한 존재라도 곧 분석을 한다. 그리고 그 이지의 힘이 머지않아 그의 사회와 인생에 뿌리 깊은 반항의 쟁기질을 시작하게 하는 결과를 가져오리라. 하지만 그 굳은 의지와 냉철한 이지

---

1) 나카니시 이노스케는 1948년에 이 작품을 고쳐 인민전선사에서 발행한 『북선의 하룻밤(北鮮の一夜)』이라는 작품집에 실었는데 거기에 다음과 같은 내용이 있다. 「그것은 1919년 3월 1일이었다. 제1차 세계대전 이후, 파리에서 열린 평화회의에서 미국의 윌슨에 의해 '민족자결' 선언이 발표되었다. 모든 민족은 각자 독립된 국가를 가져야 하며, 또 갖기를 거부해서는 안 된다. 미국의 입장에서 보자면 이는 건국정신으로 세계에 선명(宣明)한 것이었다. 인종적 차별대우 · 민족적 차별대우는 인도적인 입장에서 보자면 용납할 수 없는 것으로, 세계의 모든 인종, 민족은 전부 자주적으로 자신의 평화와 행복을 결정할 독립국가를 가지고 있어야 한다는 의미의 선언이었다. 이 선언은 인종적 차별에 시달리는 세상의 모든 피압박 민족의 고통을 달래주어 모든 인종을 환희하고, 희망에 떨쳐 일어나게 만들었다. 일본의 제국주의적 침략 아래 시달리고 있는 조선민족은, 이 선언으로 인해 미국이 일본의 손에서 우리를 해방시켜줄 것이라는 희망을 품게 되었던 것이다.」 황선영, 「요동과 부동」(비교문학 · 문화논집, 20호, 도쿄 대학 비교문화·문학연구회), PP.53~54에서 재인용.

도 주인에게는, 예를 들자면 솜화약을 감싸고 있는 커다란 포탄의 철피(鐵皮)다. 그 철피가 두꺼우면 두꺼울수록 폭발력도 기하급수적으로 강렬함을 더해가게 된다. 그 피 묻은 옷을 끌어안은 주인과, 다시 갑자기 태연하게 그것을 잊은 것처럼, 그것도 기적에 가까운 딸의 죽음을 이야기하는 주인을 비교해보고 에이사쿠는 아무래도 그런 느낌이 드는 것을 피할 수가 없었다.

오래 전 피에 물든, 흐르르한 딸의 옷이 바로 그 솜화약이 아닐까 여겨졌다.

6

"저녁이 늦어졌습니다. 얘기를 길게 했더니 배가 고픕니다. 하, 하, 하, 하."

주인이 처음으로 평소와 같은 웃음소리를 냈다.

"미리 알았더라면 좀 더 빨리 준비했을 텐데."

라고 다시 덧붙였다.

"아니, 갑자기 찾아와서 참으로 죄송합니다."

에이사쿠는 처음 했던 인사를 되풀이했다.

"일본인은 스키야키를 좋아하죠? 하지만 여름에는 더워서 못 먹습니다. ―조선의 시골에는 먹을 만한 음식이 없어서 죄송합니다."

주인은 이렇게 말하고 그곳으로 하인이 날라온 밥상을 바라보았다. 잘 닦아놓은 커다란 놋쇠 대접과 접시 속에는 자반구이와 기름에 튀긴 육류, 그리고 절인 채소 위로 고춧가루의 빨간색이 보이는 것도 있었다. 도자기로 구운 술병에서는 높은 술향기가 났다. 주인은 하인에게 무엇인가 부지런히 지시를 내렸다. 그런 모습을 바라보고 있자니 에이사쿠는 눈물겨울 정도의 기쁨이 느껴졌다. 마음속 깊은 곳에 예리한 끌로 선명하게 새겨진 원한은 완전히 잊은 듯, 그렇게 대접해주는 주인의 마음이 에이사쿠 들에게는 참으로 고마운 것이었다. 주인과 자신들의 마음과 마음 어딘가에 서로 뿌리 깊게 통하는 어떤 관이 있고, 거기에는 먼 옛날부터 은밀하고 가느다랗게 하나의 샘물에서 솟아오른 물줄기가 있는 것이 아닐까 여겨졌다.

"당신이 이런 곳까지 와주신 것은 참으로 드문 일이니 오늘 밤에는 친척들도 불러서 함께 술을 마시기로 했습니다."

주인이 이렇게 말했다. 밥상이 사람 숫자보다 많다고 생각했었는데 그 이유를 알았다. 그렇게 말하는 주인의 얼굴을 에이사쿠가 얼핏 살펴보니 이미 어디에도 그림자는 조금도 없는 듯 여겨졌다. 단지 부드러운 미소가 가득 넘쳐나고 있었으며, 귀한 손님을 맞았다는 기쁨조차 감돌고 있었다. 한바탕 잠을 자고 있던 통역도 주위의 기척에 눈을 뜨고 한두 번 얼굴을 비비더니 자기 앞에 늘어서 있는 수많은 밥상을 보고 놀란 모습이었다.

"자, 많이 드시기 바랍니다. —오늘은 피로하시죠? 여기는 오는 길이 좋지 않으니까요."

주인이 기분 좋게 잔을 들어 에이사쿠에게 따라주었다.

"이 술은 좋은 술이 아닙니다. 별로 맛이 없지요……?"

"아니, 천만에요. 아주 좋습니다."

이렇게 답하며 넘쳐날 듯한 잔을 입술에 댄 순간, 에이사쿠는 지금까지 느끼고 있던 기쁨이 향기 높은 실감이 되어 가슴으로 밀려왔다. 그가 그 잔을 단숨에 비워버리자 아랫배까지 그 강렬한 액체가 알싸하게 타고 내려갔다. 그가 잔을 내려놓자마자 주인이 다시 곧 술을 따라주었다.

"자, 통역 분도 마음껏 드시기 바랍니다."

라고 주인은 통역을 향해서도 손에 쥔 술병의 주둥이를 향하며,

"그야 저도 경성에 있을 때는 여러 가지 술을 구해다 마셨습니다만, 시골로 내려온 뒤부터는 이 맛없는 술로 참고 있습니다. 그래도 많이 있으니 마음껏 드시기 바랍니다."

다시 이렇게 말하고 자신도 맛있다는 듯 마셨다.

"경성에서는 상당한 활약을 하신 듯합니다."

에이사쿠가 연거푸 두어 잔을 마신 뒤 이렇게 말했다.

"아아, 그야 여러 가지로 일을 했었습니다."

주인은 에이사쿠의 말을 듣자 미소를 보이며 약간 자랑스럽다는 듯한 투로 말했는데, 뒤이어 무슨 말인가를 하려다 갑자기 그만두고 입을 다물어버렸다. 그리고 웃음과 함께 얼굴 가득하던 주름도 완전히 펴졌다는 사실을 에이사쿠는 깨달았다. 순간 그는 아차 싶었다. 어렵게 쌓아올린 것을 단번에 무너뜨린 것 같다는 생각이 들어 그는 약간 맥이 풀리는 듯한 느낌이었다. 그는 이처럼 평범한, 누구에게나 거의 천편일률적으로 쓸 수 있는 말조차 성찰하고 깊이 생각하며 써야 하는 사람들은 불행하다고 생각했다. 하지만 이 현실은 역시 어떻게 해볼 수도 없는 것이라는 생각이 들자, 그는 그 실책을 어떻게 회복하면 좋을지 고민하는 마음이 되었다. 그렇게 한동안 말없이 있던 주인이 주먹으로 사람의 머리라도 때리는 듯한 목소리로,

"경성은 좋지 않은 곳입니다. 거기는 노루가 사는 곳입니다."

라고 갑자기 말했다.

"네? 노루가 사는 곳이라고요……?"

에이사쿠는 앵무새처럼 되풀이했으나, 곧 그 목과 다리가 길고 가늘며 사슴을 닮아 나약하면서도 번식력이 좋아 밭을 망치고 다니는, 조선 특산인 노루가 떠올랐기에 주인의 신랄한 야유가 갑자기 우스워졌다. 그는 곧,

"호랑이는 점점 산 속으로 들어가고 있지요?"
라고 말해보았다.

"하, 하, 하, 하. —호랑이도 박제가 되어서야 어디 쓰겠습니까? 하, 하, 하, 하."

뜻밖에도 주인은 유쾌하다는 듯 웃었다. 호랑이는 조선 사람들이 신처럼 떠받드는 동물이다.

"자, 자, 모쪼록 많이 드시기 바랍니다. 친척들도 곧 올 겁니다."
라고 주인은 다시 말하고 술잔을 들었다. 그러는 사이에도 통역은 두 사람의 이야기 따위에는 조금도 신경 쓰지 않고 자작을 하며 마시고 있었다.

"저는 경성에 있을 때 많은 일본인과 사귀었지만 당신과 같은 일본인은 아직 처음입니다. —일본인도 젊은 사람은 정말 훌륭합니다."

주인은 한쪽 무릎을 세우고 왼손으로 바닥을 짚은 채 시종 오른손으로만 모든 동작을 했다. 지금도 술잔을 입 부근으로 가져가며 에이사쿠의 모습을 바라보고 감탄한 듯 말했다. 피로와 공복으로 지쳐 있던 신경이 알코올의 강렬한 자극을 받자 에이사쿠는 갑자기 흥분하기 시작했다. 그러자 지금까지 가만히 잠재되어 있던 오늘 밤의 정신감동이 단번에 불타오르는 것이 느껴졌다. 그는 평소의 울적함에서 벗어난 듯 크게 머리를 흔들며,

"아니, 저희는 틀렸습니다. 일본의 청년들은 겁쟁이들뿐입니다. 저는

조선의 청년들이 용감하다고 생각합니다. 남자도, 여자도. —특히 어르신의 따님 같은 사람은 어떻습니까? 저희는 참으로 부끄럽기 짝이 없습니다. …………."
라고 그는 단번에 말했다.

"아니, 청년뿐만이 아닙니다. 그 누구보다 노인들이 참으로 강합니다. 저는 그 사건의 예심조서를 보고 깜짝 놀랐습니다. 하나같이 60 전후의 사람들뿐이었습니다. 일본인은 중로(中老)에 접어들면 벌써 화롯불을 쬐며 졸기 시작합니다. 저희의 어디가 훌륭하다는 겁니까? 앗하, 하, 하, 하, 하, 하……."

그의 그 기이한 웃음소리는 자조와 싸늘한 수치심과 부정의 미친 듯한 교향악이었다. 그리고 그 울음인지 웃음인지 모를 것을 그치더니 그는 약간 목소리를 낮춰서,

"하지만 일본의 청년 가운데는 겁쟁이기는 하지만 나름대로 당신들을 이해하고 있는 사람들도 있습니다. —겁쟁이가 이해한다고 해봐야 아무 짝에도 쓸모없지만. 앗하, 하, 하, 하."
라며 다시 웃었다.

"그렇습니까? 일본도 변하기 시작했군요……."
라고 주인은 지금까지 별로 말이 없던 에이사쿠가 갑자기 괘종시계가 울리기 시작한 것처럼 소리를 높였기에 약간 어리둥절한 듯했으나 역시 평소의 냉정함을 유지하며 대답했다.

"오늘 밤에 저는 놀랐습니다. 이 통역으로부터 당신에 대한 이야기를 듣고 홍 군의 편지를 받아든 순간에는 뜻밖이라고 생각했습니다."

주인은 다시 이렇게 말하며 잔을 손에서 놓고 담뱃대를 쥐었다. 긴 대에 끼워진 물부리를 물기 위해서 턱을 한껏 당기고 뺨을 볼록하게 하더

니, 바로 어린아이가 젖꼭지에 매달리는 것처럼 빠끔빠끔 빨고 있는 주인을 보고 있자니 에이사쿠는 말로 표현할 수 없을 만큼 소박하다는 생각이 들었다. 이런 노인이 인생의 매우 복잡한 배경 속에서 어떤 사람들로부터는 악마가 날뛰는 것처럼 보이고 있다니, 도무지 믿을 수가 없었다. 그는 문득 이 소박함이 강직함을 낳는 것이라고 생각했다. 자아에게 강직하기 때문에 그만큼 소박한 것이라고도 여겨졌다. 그리고 그는 소박함은 존귀한 것이라고도 생각했다. 만약 인간에게 진보가 있다고 한다면 이 소박함만이 그것을 촉진하는 것이라고도 생각했다. 혁명가는 모두 소박하다고 생각했다.

그때 하인이 와서 무슨 말인가 하자 주인은 담뱃대를 문 채로 고개를 끄덕였다. 그리고 에이사쿠의 얼굴을 보고 싱긋 웃으며,

"친척이 왔습니다."

라고 말했다. 함께 부른 것인지 다른 두어 명도 데리고 들어왔다. 모두 말쑥한 차림새를 하고 있었다. 에이사쿠의 모습을 보더니, 이 사람인가, 라고 말하기라도 하는 것처럼 눈을 커다랗게 뜨고 신기한 듯 바라보았다. 주인이 바로 하인에게 명령해서 등잔의 불을 키우게도 하고 새 술잔을 가져오게도 했다. 그리고 어딘가 자랑스럽다는 듯한 표정을 보이며 친척들을 하나하나 에이사쿠에게 소개하자, 그 사람들은 기분 좋게 인사를 했다. 그 가운데는 명함을 건네준 사람도 있었다.

받아보니 '대한국 전 수의부위 종팔품 △△△'이라고 멋진 붓글씨로 적혀 있었다. 그 명함의 노인은 몸이 커다랗고 코가 높고 새하얀 수염이 있어서 참으로 예전의 무관다웠다. 주인이 옛 무관과 문관의 계급에 대해서 설명해주었다. 그리고 자신의 친척 가운데 무관이 한 명 더 있었는데 지금은 행방불명이라고 들려주었다. 홍 군의 아버지는 서당이라고 불

리는 사설 학원을 열어 문생을 길렀다고 했다. 주인은 그런 이야기들을 회고적으로 들려주다 문득 생각이 났다는 듯,

"오늘은 우스이 씨가 가장 노인입니다."

라고 말했다. 에이사쿠는 그 말의 의미를 알 수 없었기에,

"네…………?"

라고만 말한 채 알 수 없다는 듯한 표정을 지었다.

그러자 주인이 그의 얼굴을 부드럽게 바라보며,

"조선에서는 말입니다, 노인이 상석에 앉습니다. 오늘 밤은 당신이 상석입니다."

라고 설명했다. 그는 지금까지 그 사실을 깨닫지 못하고 있었다. 에이사쿠는 이 방의 상석인 듯한 곳에 앉아 있다는 사실은 의식하고 있었으나, 그래도 손님이 상석에 앉는 것은 그렇게 이상한 일이 아니라고 생각하고 있었던 것이다.

"그렇습니까? 정말 몸 둘 바를 모르겠습니다…………."

라고 에이사쿠는 벌써 꽤나 취한 얼굴에 미소를 지어 보였다.

"당신은 젊어도, 훌륭하니까요…………."

주인이 미소를 지으며 다시 말하고,

"자, 마음껏 드시기 바랍니다."

라며 술잔을 들었다.

"아니, 벌써 많이 마셨습니다. 벌써 배불리 먹었습니다…………."

그는 두어 번 손을 흔들었다. 그리고 뜨거운 숨을 내쉬었으나, 오늘 밤만은 몸의 중심이 흐트러지지 않았음을 스스로도 느낄 수 있었다.

주인은 친척들에게 무엇인가를 열심히 이야기하고는 자신이 매우 감동한 듯한 모습이었다. 통역은 벌써 얼큰하게 취해 있었으나 그래도 묘

하게 귀를 기울이고 있었다. 주인은 조선어의 특징인, 어미를 길게 늘이며 그것을 약간 끌어올리듯 했다가 다시 낮게 억누르는 듯한 투의 말을 귀에 거슬릴 정도로 되풀이해서 무엇인가 열심히 감회를 내비치고 있는 듯했다. 그것이 한마디 끝날 때마다 에이사쿠의 옆얼굴을 보기도 하고, 손가락으로 허공을 두드리는 것처럼 하다가 그것을 바로 에이사쿠 쪽으로 향하곤 했다. 에이사쿠는 주인이 자신에 대해서 무엇인가 이야기하고 있는 것이라 생각했다. 그리고 그것은 자신을 위해서 결코 나쁜 선전이 아닐 것이라고 직감했다. 듣고 있는 사람들은 참으로 옳은 소리라고 말하기라도 하는 듯한 모습으로 에이사쿠 쪽으로 시선을 던지기도 하고, 수염을 쓰다듬기도 했는데 말의 중간중간에,

"그렇지, 정말이요."

라는 대답만을 에이사쿠는 알아들을 수 있었다.

7

잠시 후, 에이사쿠는 통역과 둘이서 침실로 정해진 다른 방으로 안내되었다. 벌써 밤도 꽤나 깊었다. 마루로 나오자 초여름 밤의 공기가 써늘하게 느껴졌다. ―대륙적 기분이었다. 촛대를 든 하인이 앞장서서 두 사람을 안내했다. 마루를 걷고 있자니 에이사쿠는 묘하게 복고적인 정조가 솟아올랐다. 그 방도 안쪽은 천장에서 바닥까지 누른빛 당지가 발라져 있었다. 이부자리가 두 사람분, 정갈하게 깔려 있었다. 그것도 조선풍의 이부자리였기에 이국에 온 듯한 기분을 더해 주었다. 머리맡에는 예의 커다란 놋쇠로 만든 재떨이와 적갈색 바탕에 먹과 주묵으로 화조를 그린 부채까지 준비를 해놓았다. 아직 밤은 그렇게 더운 계절도 아니라는 생

각이 들자 에이사쿠는 주인의 마음 씀씀이가 느껴졌다. 주인도 두 사람을 안내하기 위해 함께 와서는,

"온돌은 바닥이 딱딱하기 때문에 일본인이 자면 몸이 아프니 아래에 요를 여러 장 깔았습니다. 너무 많이 깔아서 더울까요? 하, 하, 하, 하."
라며 웃었다. 그 말을 듣고 에이사쿠는 자신이 군대에 있었을 때, 기동연습을 나가 마을에서 사영(舍營)이라도 하게 되면 그날 묵게 된 민가의 사람들이 진심으로 친절하게 대해주었던 일들을 떠올렸다.

"이거 정말 감사합니다. 저야 뭐, 아무 데서나 자도 상관없습니다. 군대에 있을 때는 늘 풀 위에서 자곤 했었으니까요."
라고 그는 지금 생각하고 있던 것을 솔직하게 말했다.

"변소는 밖에 있습니다. 일본처럼 집 안에 있으면 편리합니다. 조선의 변소는 겨울이 되면 춥습니다."

주인이 방 입구의 높이 솟아 있는 문지방에 앉아 부채질을 하며 말했다. 조선에 살고 있는 일본인들은 어떠한 경우에라도 대화 중에 고국을 이야기할 때면 결코 일본이라고 말하지 않고 내지라고 말한다. 또한 일본화된 대부분의 조선인도 마찬가지였다. 하지만 이 주인은 이야기 가운데 결코 내지라고는 말하지 않았다. 틀림없이 일본이라고 말했다. 일본인이라고 말했다. 에이사쿠는 그 말을 들어도 결코 불만스럽거나 불쾌하지는 않았으나, 어딘가 불안하다는 생각이 들었다.

"무엇이든 필요한 것이 있으면 이 보이에게 말하시기 바랍니다."

주인이 아직도 거기에 있던 하인을 바라보며 말했다. 그 보이라는 말에서 이 사람이 어떤 새로운 것을 이해하고 있는 것이라는 듯한 느낌도 받았다. 주인은 두 사람이 옷을 벗어버린 것을 보고는 갑자기 자리에서 일어나,

"그럼, 안녕히 주무십시오."

라고 말하고 그곳을 떠나버렸다. 통역도 상당히 취해 있었다. 에이사쿠도 기분 좋은 취기가 돌고 술기운에 머리가 약간 아팠으나 그것조차 고통으로는 느껴지지 않았다. 몇 겹이고 겹쳐 깐 부드러운 요 위에 몸을 길게 눕히자 몸 전체에서 커다란 하품이 나오고, 지금까지도 여전히 굳어 있는 듯했던 몸 깊은 곳까지 노곤노곤 녹아버릴 것 같은 느낌이 들었다. 석양이 지평선 너머로 조용히 기울어가는 듯한 기분이 들고, 그는 달콤한 졸음이 느껴졌다. 그러던 순간 그는 이곳이 과연 자신이 오늘 아침에 상상하고 찾아온 이른바 불령선인의 수괴의 집일까 하는 생각이 들었다. 왠지 거짓말인 것 같았다. 혹은 친구인 홍희계가 있지도 않은 말을 해서 자신에게 한방 먹인 것이 아닐까 하는 생각도 들었다. 하지만 저녁에 주인이 보여준 모습을 생각해보면 역시 맞는 것 같다고 느껴지기도 했다. 자신이야 물론 주인이 사랑하는 딸의 남편으로 정해졌던 사람으로부터 소개장을 받아들고 온 것이기는 했지만, 아무리 그렇다 해도 이래서는 지금까지의 상상과 현실 사이에 너무나도 커다란 간격이 있었다. 이런 곳에서 저 사람들이 어떻게 피비린내 나는 처참한 박해를 일본인에게 가했는지조차 이해하기 어려운 수수께끼였다. 그는 문득 어렸을 때 기다란 장대를 들고 지붕 속 등과 같은 곳에서 찾아낸 벌집을 쑤시러 갔다가 심하게 쏘여 울었던 일이 떠올랐다. 꽃으로 꿀을 빨러 온 벌에게 손을 내밀었다가 목으로 날아든 그 벌에게 눈앞이 캄캄해질 정도로 당했던 일도 떠올랐다. 그런 일들을 생각하는 사이 그는 어느 틈엔가 잠에 빠져들고 말았다.

에이사쿠는 순간 잠에서 깨어났다. 기분 좋게 깊은 잠에 빠져 있다가 갑자기 정신이 들었기에 몸은 아직 나른한 도취 상태에 잠겨 있었다. 그리고 왜 잠에서 깨어난 걸까 생각했다. 눈을 뜨기조차 힘들었다. 그랬기에 아주 가느다란 눈꺼풀 틈사이로 그의 꿈결 속이라도 되는 듯 희미하게 밝혀져 있는 등잔의 불빛을 멍하니 바라보았다. 전신의 뼈 마디마디가 빠져나갈 듯 나른했다. 그는 다시 잠에 빨려 들어갈 듯했으나, 그래도 아직은 희미한 의식의 주인이었다. 그러나 그것도 어느 틈엔가 몽롱해지고 잠의 세계로 넘어가는 마지막 일선 부근까지 다다랐는데, 순간 그는 본능적으로 다시 뒷걸음질을 쳤다. 빛이 희미한 별처럼 눈꺼풀을 깜빡여 오싹할 정도로 고요함에 빠진 주변 공기를 마음으로 가만히 응시하고 있자니 그러한 상태에 있는 그의 본능에, 여름의 날벌레 정도로 톡 하고 희미하게 부딪히는 것이 있었다. 그의 의식이 약간 되살아났다. 날벌레가 이번에는 툭 하는 정도로 느껴졌다. 공기의 진동이 그의 의식을 어느 정도 이끌어내기 시작하자 잠자리처럼 느껴졌던 것이 단번에 상당히 커다란 생물로 변해버렸다. 그리고 그 생물이 그의 주변에서 숨 쉬고 있다는 사실을 깨달았다. 순간 자신의 머리가 바늘처럼 빳빳해지고 온몸의 털이 한꺼번에 곤두서는 것이 느껴졌다. 몸속 어딘가에 숨어 있던 불안이 빠르게 그의 가슴을 훑고 지나갔다. 그는 당황해서 무엇을 보겠다는 생각도 없이 눈을 동그랗게 떴다. 그 바로 다음 순간, 그가 누워 있는 발아래 부근에서 조금 전의 그 생물이 달그락달그락 움직였다. 그의 몸이 충동적으로 움찔 오그라들었다. 그리고 드디어 올 것이 오고야 말았다고 생각한 순간, 그의 몸이 거인의 팔에 힘껏 감긴 것처럼 숨이 막히는 것이 느껴졌다. 그는 아직 그것이 무엇인지 알지 못했지만, 도저히 그것을 확인할 용기가 나지 않았다. 구멍 끝까지 내몰린 동물이 어둠 속에서 눈을 번뜩이며 으르렁거리듯, 그는 자신이 더 이상 어떻게 해볼 수도 없는 궁지에 빠져버렸다는 사실을 의식했다. 지금 여기서 무엇인가가 무시무시한 기세로 폭발하면 자신의 몸이 간단히 분쇄되어버릴 것 같다는 초조함이 그를 바싹바싹 타오르게 했다.

순간 그가 누워 있는 오른쪽 벽에 마치 벽 전체를 뒤덮을 것처럼 커다란 그림자가 불쑥 나타났다. 그는 자신도 모르게 앗 하고 외칠 뻔했으나 퍼뜩 놀라 간신히 참았다. 그림자가 슥 사라졌다. 온몸의 신경 하나하나에 핀을 꿰뚫어 놓은 듯한 기분이 들었다. 그는 숨을 죽인 채 석상처럼 되어버렸으나, 초조함에 불타오른 자신을 지키려는 본능적 충동이 여차하면 고무공처럼 튀어오를 것만 같았다. —마치 전기의 플러스와 마이너스가 서로 부딪쳐 불꽃을 일으키듯, 그의 자신을 지키려고 하는 충동적 수단의 적극과 소극이 서로 부딪쳐 몸이 우주에 매달려 있는 것 같다는 느낌이 들었다. 지금 당장에라도 벌떡 일어나 적과 맞서야 한다는 충동에 숨이 막히기도 하고, 그와는 전혀 반대로 매우 이지적인 명석함 속에서 조용히! 조용히! 라고 외치고 있는 것 같다는 느낌이 들기도 했다. 그리고 그것이 서로 위가 되기도 하고 아래가 되기도 해서, 그는 전신이 잠길 것 같은 땀을 흘렸다. 침입자는 틀림없이 이 부근 일대에 살고 있는 배일선인일 것이라 여겨졌다. 오늘 여기에 온 일본인이 있다는 사실을 알아내서는 깊은 밤, 집안사람들이 모두 잠들기를 기다렸다가 몰래 숨어들어온 것인 듯했다. 그는 집안사람이 얼른 이 사실을 알아주었으면, 그리고 주인이 자신에 대해서 설명을 해주면 크게 문제 될 것도 없으리라는 나약하고 비겁한 생각도 떠올랐다. ………………

침입자가 있는 곳은 두 사람이 옷을 벗어놓은 부근이었다. 어떻게 된 일인지 침입자는 거기서 조금도 움직이지 않았다. 그리고 거기에 가만히 웅크리고 있는 모양이었다. 그것을 깨달은 순간 에이사쿠는 약간 마음이 놓였다. 어딘가에 아직은 자신이 살아날 구멍이 있다는 느낌이 들었다.

즉, 침입자는 자신들의 옷이나 물건만을 훔치러 들어온 흔한 밤손님이라는 사실을 깨달은 것이었다. 일본인이 묵고 있다는 사실을 노리고 들어온 것임에는 틀림없으나, 증오심에 넘치는 학살자가 아니라는 점만은 잘 알 수 있었다. 하지만 이곳 조선의 밤손님들은 집안사람이 깨어났다는 사실을 알게 되면 그 순간 반드시 그들에 맞서서 끔찍한 학살을 행하는 것이 일반적이었다. 삼면은 두꺼운 벽이고 오직 한쪽에만 작은 문이 달린 출구밖에 없어 토굴과도 같은 온돌은, 숨어들 때도 역시 문으로 들어갈 수밖에 없다. 혹시 집안사람이 눈을 뜨게 되면 달아날 곳 역시 그 출구밖에 없다. 집안사람과 침입자가 아무래도 서로 맞닥뜨릴 수밖에 없기 때문에 종래의 좀도둑들은 대부분 흉기를 가지고 침입한다. 따라서 집안사람이 눈치를 채는 경우에는 언제나 이유도 없이 참극이 일어난다. 에이사쿠는 그 사실을 알고 있었다. 그리고 침입자가 그런 밤손님이라는 사실을 깨닫자, 그는 갑자기 희망적인 마음이 되었다. 그의 마음은 조용히! 조용히! 라며 소극적인 이지가 점점 승리를 거두어가고 있었다. 그러나 지금 들어온 좀도둑이 옷을 자꾸만 뒤질 때 나는 바스락거리는 소리가 에이사쿠에게는 잠든 맹수의 숨소리처럼 들렸다. 그는 마음이 놓이기는 했으나, 학질에 걸려 몸이 떨리기 시작할 때처럼 기분 나쁜 오한을 느꼈다. 게다가 옆에서 자고 있는 통역이 갑자기 비명이라도 지르지 않을까, 그것이 다시 새로운 걱정거리가 되어 견딜 수가 없었다. 하지만 통역은 세상모르고 높다랗게 코를 골고 있었다.

달그락하고 만년필 같은 것이 딱딱한 온돌 바닥 위로 떨어졌다. 에이사쿠는 깜짝 놀라 얼굴이 갑자기 뜨거워지는 것을 느꼈다. 하지만 그것뿐, 다른 일은 일어나지 않았다. 그리고 여전히 옷을 만지작거리고 있는 듯했다. 그가 가만히 상대방의 모습을 엿보고 있자니 약간 의심스러운 생각이 들기 시작했다. 상대방이 만약 그가 상상하고 있는 것처럼 좀도둑이라면 이쯤에서 대충 달아날 법도 한데 기묘하게도 언제까지고 우물쭈물하고 있었다. 발각될 것을 우려해서 옷을 가져가지 않을 만큼 사려 깊은 것이라고는 여겨지지 않았다. 그런 생각이 들자 그의 의심이 더욱 깊어져서 어느 틈엔가 원래 품었던 불안으로 되돌아가려 하고 있었다. —그는 상대방의 정체가 무엇인지 전혀 종잡을 수 없게 되었다. 그리고 자기 자신조차도 그처럼 기이한 미궁에 빠진 듯한 착각이 들 정도였다.

그때 어수선하게 다시 그림자가 벽에 비쳤다. 상대방이 무엇인가 새로운 동작을 일으켰다고 생각한 순간, 그는 다시 전과 같은 충동을 느꼈다. 하지만 그 그림자가 맞은편으로 슥 사라졌다는 사실을 깨닫자 그는 비로소 전신이 털썩 땅바닥에 내쳐진 것처럼 안도의 한숨이 나왔다. 그리고 뒤이어 처음으로 침입자의 뒷모습을, 살짝 머리를 들어 본 순간 그는 놀라 자신의 눈을 의심했다. 뜻밖에도 그것은 저녁에 본 주인의 뒷모습이었기 때문이다. 에이사쿠는 괴롭다는 듯 조그맣게 소리를 쥐어짜내며 몸을 뒤척여보았다. 혹시 꿈이라도 꾸고 있는 것 아닐까 생각했던 것이다. 하지만 그것은 꿈도 그 무엇도 아니었다. 틀림없이 현실 속 주인의 뒷모습이었다. 그는 그 사실을 확실히 의식하자 갑자기 머릿속이 어질어질했다. 그의 머릿속 구석구석까지 굵은 쇠막대기로 어지럽게 휘저어놓은 듯한 느낌이었다. 그가 지금 누워 있는 곳이 순식간에 괴이한 요기를 띠고, 주위는 어느 틈엔가 스산한 억새꽃 그늘에 뿔뿔이 흩어진 뼛조각이 섬뜩하게 나뒹굴고 있는 황야 같다는 느낌이 들었다. 그리고 저녁에 극도의 격정을 내보였던 주인의 모습이 그 억새 사이에서 불쑥 일어나 긴 눈초리를 창끝처럼 번뜩이며 그를 한껏 노려보았다. —증오와 복수로 불타오르고 있는 그 눈! 인류애가 다 뭐란 말이냐?! 세계 동포가 다 뭐란 말이냐?! 이걸 좀 봐라! 이걸 좀 봐라! 주인은 찢어지고 피에 물든 딸의 옷을 그 떨리는 손으로 잡아 그의 눈앞에서 세차게 흔들며 상처 입은 맹호처럼 미친 듯이 울부짖었다. 어느 틈엔가 주인의 그 눈에 피가 스미더니 날카로운 섬광이 물밀듯이 그의 전신으로 육박해 들어왔다. —사람의 육체를 마음껏 유린한 대검처럼 섬뜩하기 짝이 없는 것이었다. 그러나 한편으로는 여름의 한낮에 활짝 핀 새빨간 양귀비 같은 아름다움도 있었다. —에이사쿠의 머릿속에서 그 눈이 잔혹하게 환멸의 철퇴를 휘둘렀다. 그는 자신도 모르게 튕겨져 나가듯 자리에서 벌떡 일어났다.

지금 주인이 이 방으로 온 것은 에이사쿠 들이 무기를 휴대하고 있는지를 살펴보기 위해서였다. 적의 진형을 정찰해두었다가 그 빈틈을 노려 단번에 두 사람을 제거하겠다는 전략이다. —누구보다 사랑하는 딸의 피를 빨아 마신 원수의 한패거리를! 에이사쿠는 홍 군에게 속은 것이라고 생각했다. 홍 군이 자신들을 유인해서 장인의 복수심을 만족시키기 위한 희생의 제단에 바친 것이라고 생각했다. 어쭙잖은 세계주의자는 그대로 그들의 술수에 걸려들고 만 것이었다. —급조된 감격이 무슨 소용이란 말인가! 당장이라도 주인이 한 줄기 봉홧불을 올리면 우리 두 사람은 비처럼 쏟아지는 철화(鐵火)의 세례를 받게 된다. 에이사쿠는 스스로의 힘으로 벗어날 수밖에 없다고 생각했다. 그는 출발할 때 친구가 호신을 위해서만이라도 권총을 가져가라며 자신의 총을 내준 것조차 웃으며 거절한 어리석음을 안타까워했다. 그는 그 친구가 참된 인간을 알고 있었던 것이라고 처음으로 생각했다. 그는 감격의 유희가 오히려 이러한 인간 동지의 비참함을 낳는다는 사실에 전율하지 않을 수 없었다. 이 광야의 한가운데 백골을 드러내야 할 존재감 없는 세계주의자의 죽음!

지금까지 높다랗게 코를 골고 있다 여겨졌던 통역이 에이사쿠의 모습을 보고 갑자기 벌떡 일어났다. 통역의 눈이 번쩍하고 크게 빛났다. 통역도 자신과 같은 느낌을 품고 있었다고 에이사쿠가 생각한 순간, 그는 새카맣게 어두운 절망의 외침을 올리고 싶었다. 그는 전신에 전류가 흐르는 채, 묵직한 철사나 무엇인가에 묶여 천장에 매달려 있는 듯한 느낌이었다. 두 사람은 속옷만 걸친 채 기계장치가 된 인형처럼 문 옆으로 찰싹 달라붙었다. 그리고 가만히 숨을 헐떡이며 문밖의 동태를 살폈다. 언제 가슴이 깨질 듯한 소리가 들리며 흉포한 학살자들이 이곳으로 몰려들지 모른다고 생각한 것이다. 멀리서 달려들어 물듯이 개가 짖어대고 있었다. 눈이 아찔해질 듯한 박해의 예감이 시시각각으로 그들을 둘러쌌다. 통역의 떨리는 손이 그 문을 잡으려 했다. 에이사쿠는 저녁에 별생각 없이 보아두었던 이 집의 구조 등을 마음속으로 얼른 그려보았다. 통역은 지금 당장에라도 뛰쳐나가려 하고 있었다.

"자, 잠깐 기다려. 문밖은…………?"

에이사쿠는 여기까지 말했으나 나머지는 숨이 막힐 듯해서 잠깐 끊겨 버렸다.

"…………괜찮을까?"

라고 바로 뒤이어 묻듯 말하고 토끼와도 같은 민감함으로 문밖의 모습을 살펴보았다. 통역은 그렇게 말하는 에이사쿠의 목소리에 놀라 새파랗게 질린 얼굴을 이쪽으로 향했다. 그 실신할 듯한 얼굴을 보자 에이사쿠는 통역이 가엾다는 생각이 들었다. 어떻게 해서든 달아나서 이 사람을 죽게 해서는 안 되겠다는 마음도 들었다. 에이사쿠는 폭발물에라도 접근하는 듯한 위험을 느끼며 과감하게 끼익하고 그 무거운 문을 안쪽으로 약간 당겼다. 통역은 펄쩍 뒤로 물러났다. 에이사쿠가 문밖을 가만히 내다보니 희미한 납빛의 달밤이 무엇인가를 암시하듯 정적에 잠겨 있었다.

하지만 사람이라고는 그림자조차 찾아볼 수 없었다. 에이사쿠는 오히려 그 정적을 기분 나쁘게 생각했다. 어딘가에 복병이 숨어 있어서 자신들이 모습을 드러내자마자 한방에 해치우려는 것이 아닐까도 여겨졌다. 하지만 또 우물쭈물하다 시기를 놓쳐서는 큰일이라는 생각이 들었기에 그는 통역에게 신호를 보내자마자 가만히 몸을 웅크리고 문지방을 넘었다. 그 문지방은 바닥에서 상당히 높이 솟아 있었기에 마룻바닥에 나설 때 쿵하고 발을 댔더니 마룻바닥의 이음매가 삐걱하고 울었다. 그 소리를 듣고 그는 오싹함이 느껴졌다. 지금 당장에라도 총알이 날아와 자신의 가슴팍을 꿰뚫을 것만 같은 예감을 온몸으로 느꼈다. 통역도 뒤따라 밖으로 나왔다. 에이사쿠는 빠른 걸음으로 마루에서 뛰어내리자마자 야간 연습의 척후에라도 나선 것처럼 희미하게 밝은 달빛에 의지해 주위로 신경을 곤두세웠다. 한동안 가만히 눈을 부릅뜨고 있어도 동적인 것은 어디에도 보이지 않았고 느껴지지도 않았다. 하지만 그와 통역은 서로 보초선에서 적의 동태를 정찰하듯 여전히 극도의 긴장 상태에 있었다. 쥐 죽은 듯 고요해서 자는 사람의 숨소리까지 들릴 듯했다. 그러나 그 고요함이 폭풍우가 오기 전의 오싹한 스산함이 되어 그들을 위협했다.

순간 에이사쿠는 사막에서 거인이 불쑥 앞쪽에 나타난 것만큼의 놀라움을 느끼며 자신도 모르게 전율했다. —멀리서부터 흉포한 무리들을 불러 모으는 사람의 외침이, 이리처럼 울부짖는 개의 소리에 섞여 무시무시한 울림으로 들려왔다. 에이사쿠는 그 목소리를 듣자 여기에 올 때 지났던 그 여름풀이 무성하게 자란 널따란 초원으로, 도중에서 만났던 것처럼 눈빛이 섬뜩하고 거친 선인들이 이곳 주인의 지시에 응해서 서로에게 호응하며 달빛 속을 물밀듯이 모여드는 모습이 마음속에 그려졌다. 그리고 평소의 울분을 오늘 밤에 풀겠다는 듯 피에 굶주린 목에서 소리를 내고 있었다. —그 순간의 광경이 마치 지옥을 묘사한 그림책이라도 보는 것처럼 그의 눈앞에 굵직굵직한 곡선으로 빙글빙글 묘사되기 시작했다. 두 겹, 세 겹, 네 겹, 언덕에서 언덕으로 미리 약속이라도 해둔 것처럼 일사불란하게 소리를 주고받았다. 에이사쿠는 땅 속에서 솟아오르기라도 한 것처럼 그 집 흙담의 바로 아래로 펄쩍 뛰어 몸을 기댔다. 흙담은 황토로 쌓아올린 낮은 것이었기 때문에 뛰어넘기에 그리 어렵지는 않았다. 그는 당장이라도 거기에 뛰어오르려 하며 여전히 귀를 가만히 기울이고 있었다. 너무 당황한 채 문 밖으로 나서면 오히려 적의 목표가 되기 쉽다는—그는 군대에 있었기에 그런 훈련이 되어 있었다— 사실을 그는 문득 깨달았다.

통역이 에이사쿠의 그림자라도 된 것처럼 바싹 다가왔다. 그는 두 사람이 생쥐처럼 몰래 그 집에서 빠져나갈 장소를 한순간에 찾아내려 애를 태웠다. 하지만 도둑이 많은 조선의 시골에 있는 이러한 집 주위에는 거의 성곽처럼 흙담이 세워져 있다. 두 사람이 몰래 빠져나가기에 적당한 곳은 전혀 눈에 들어오지 않았다. 그는 이제 흙담을 넘는 수밖에 없겠다고 생각했다. 그는 조금 전 들려온 외침과는 반대 방향으로 달아나야겠다고 생각했다. 그래도 다시 한 번 외침 소리의 방향을 정확히 확인하기 위해 귀를 기울였으나 신기하게도 이제는 그것이 뚝 끊어져 들려오지 않았다. 개가 짖는 소리까지 그쳐 밤은 다시 원래의 고요함으로 돌아가 있었다. 그는 당장이라도 함성이 들려올 것이라 생각하고 있었는데 그와는 전혀 반대로 사멸해버린 세계처럼 되어버리고 말았다. 에이사쿠 들을 집안사람으로 착각했는지 어딘가에서 개가 나타나 꼬리를 흔들며 그들 발밑에 엉겨 붙었다. 그 모습이 참으로 평온했다. 우리 주인은 어디에도 가지 않고 나를 풀어둔 채 조용히 자고 있다고 말하기라도 하듯 살갑게 기대왔다. 에이사쿠는 갑자기 멍해졌다. 그는 처음부터 꿈이라도 꿨던 게 아닐까 싶었다. 무엇인가에 홀린 듯한 기분이 들었다. 에이사쿠의 행동대로 하면 틀림없을 것이라 생각하고 있는 것처럼 보였던 통역도 역시 멍하니 서 있었다.

"이보게, 조금 전의 소리는 무엇이었을까…………?"

문 밖으로 뛰쳐나온 이후 에이사쿠가 처음으로 입을 열었다.

"네…………?"

통역이 허탈하다는 듯한 얼굴로 에이사쿠를 바라보았다.

"조금 전의 오우—, 오우—하는 소리는 무엇이었을까…………?"

"네…………?"

통역은 다시 똑같은 대답을 했다.

그러자 다시 생각났다는 듯,

"오우! 오우!"

하고 두 번 정도 들려왔다.

"들어보게, 바로 이 소리야!"

에이사쿠가 쫓기는 듯한 기분으로 말했다.

"아아, 저거 말입니까…………?"

"그래 저거, —무엇일까?"

"저건 올빼미가 우는 소리입니다."

"뭐? 올빼미…………?"

에이사쿠는 그 말을 듣자 높은 곳에서라도 떨어진 것처럼 맥이 풀려버렸다. —그는 너무나도 당황한 자신의 마음에 어처구니가 없었던 것이다. 그리고 그곳의 땅바닥에 털썩 주저앉아버리고 싶을 정도의 피로와 배고픔을 느꼈다. 오랜 세월 도회의 소란스러움 한가운데서 살았다 할지라도 올빼미를 사람의 외침으로 잘못 들은 것은 너무나도 한심스러운 삶에 대한 집착이었다. 그가 아무리 영웅인 양 행세해도 그의 솔직한 삶의 본능이 그런 오만함을 결코 용납하지 않는 것이다! 그것은 그 얼마나 어리석은 희비극이란 말인가? —

모든 사실을 이해할 수 있었다. 그가 잠자리에서 다급히 일어난 뒤, 지금까지 해왔던 모든 행동은 그야말로 한바탕의 희비극이었던 것이다. 어떻게 해볼 수도 없을 만큼 강렬한 그의 삶에 대한 집착에서 일어난, 그것은 한바탕의 몽환극에 지나지 않았던 것이다. 밤은 빈정거리기라도 하듯 조용히 깊어가고 있었다. —그 고요한 밤의 깊은 곳에서 씨익 차가운 미소를 짓고 있기라도 하듯.

"대문을 열고 나갈까요…………?"

통역이 불안하다는 듯한 목소리로 불쑥 이렇게 속삭였다.

"응?"

이번에는 생각에 잠겨 있던 에이사쿠가 대답했다.

"문은 바로 열 수 있으니 얼른 나가시죠…………?"

통역이 다시 이렇게 말했다.

"……………………."

에이사쿠는 어떻게 대답해야 좋을지 몰랐다.

"언제까지고 이런 곳에 있으면 위험합니다."

통역은 이제 또랑또랑 말을 하고 있었다.

"밖으로 나가서 산책이라도 할까…………?"

에이사쿠는 희미하게 푸르스름한 하늘을 올려다보며 자신을 비웃듯 이렇게 말했다. 선인을 이해하고 있는 신세대 같은, 세계주의를 신봉하는 선구자 같은 낯짝을 하고 있던 자신의 얼굴에 침이라도 뱉어주고 싶은 기분이었다. 밤의 기운이 얇은 여름 속옷 속으로 싸늘하게 스며들었다. 벌써 새벽이 찾아오려는 듯했다.

"산책이요…………?"

통역이 어이없다는 듯 되물었다.

"그래, 산책이라도 하며 머리를 식혀야겠어……."

에이사쿠는 자신에게 들려주듯 다시 한 번 말했다. 하지만 걱정을 하고 있는 통역이 딱하다는 생각이 들었기에,

"이보게, 별일 아니야."

라고 조용한 목소리로 속삭였다. 그리고 그 자신도 뭐라 표현할 수 없는 안도의 기쁨에 넘쳐서 자신의 목소리를 들었다.

"……………………."

통역은 대답을 하지 않았다. 그리고 아직도 불안이 영 가시지 않는 듯한 모습으로 주위의 소리를 듣기 위해 가만히 귀를 기울이고 있었다.

"자, 그만 들어가서 자세. 감기에 들겠어. —우물쭈물하다가는 날이 밝겠어."

이렇게 말한 에이사쿠는 재채기를 한 번 했다.

"저는 여기에 있겠습니다."

통역은 무엇인가 결심한 사람처럼 말하고 몸이 굳은 채 서 있었다. 에이사쿠는 통역이 아직도 방에 들어왔던 사람이 주인이었다는 사실을 깨닫지 못한 것이라 생각했다. 그 사실을 알면 혹시 안심하고 방으로 들어갈지도 모른다고 생각했기에,

"이보게, 조금 전 방에 들어왔던 사람은 말이지—."

라고 여기까지 말했을 때, 끼익하고 바로 눈앞에 있던 방의 문이 안쪽에서부터 열렸다. 그리고 눈부신 빛이 마루에서 두 사람이 서 있는 발밑 부

근까지 슥 넘쳐났다. 뜻밖의 일에 당황한 에이사쿠는 깜짝 놀라 몸이 그대로 굳어버리고 말았다. 통역은 놀라 허둥지둥 어둠 속으로 몸을 숨겼다.

"……화장실, 못 찾겠습니까. ……?"

그 목소리는 틀림없이 주인이었다. 깊은 인상으로 남은 저녁때의 친절했던 주인의 목소리와 같은 울림으로 에이사쿠의 가슴에 따뜻하게 스며들었다. 그리고 그 말의 어디에 에이사쿠가 상상했던 것과 같은 피비린내가 있단 말인가? 그는 그런 생각이 들자 자신의 마음이 서글프게 느껴졌다. —그는 그 순간, 그리고 그 자리에서 주인이 자신의 방으로 들어와 짐을 자세히 살펴보고 간 의도를 분명히 알 수 있었다. 그는 통역에게 눈짓을 한 뒤 맥 빠진 모습으로 원래의 방으로 들어갔다.

8

주위가 희붐해지기를 초조하게 기다리다 에이사쿠는 서둘러 자리에서 일어났다. 통역도 뒤이어 일어나더니 바로 에이사쿠 옆으로 다가와,

"뭐 없어진 거 없나요?"

라고 말했다. 그는 쓴웃음을 지으며 손을 흔들었다. 준비해온 칫솔을 입에 물고 그는 벌써 열어놓은 문 밖으로 나갔다. 상쾌하게 바싹 메마른 대륙성 여름으로, 얼음 섬에서라도 불어온 듯한 차가운 이슬의 기운이 아직 완전히 밝지 않은 군청색 하늘에서 방울져 떨어지듯 그의 얼굴을 때렸다. 그의 생명이, 지금 막 껍데기를 깨고 나온 생물과도 같은 기쁨으로 넘쳐나 뛰놀고 있었다. 그 문의 두꺼운 기와지붕으로 기다란 버드나무 가지가 늘어져 있고 짹짹 작은 참새가 분주히 소란을 피우고 있었다. 버

드나무 가지가 산들산들 흔들리면 하얀 버들개지가 꿈결에서처럼 주위로 흩어져 날았다. 툇마루 끝에 내어준 커다란 금속 대야로 두 사람이 세수를 하고 있는데, 그 옆으로 하인이 다가왔다. 공손하게 머리를 숙여 인사를 하고, 이미 아침상을 봐놨으니 주인의 방으로 오라고 말했다.

문을 활짝 열어놓은 주인의 방은 산뜻하고 밝았다. 커다랗게 흘러 들어오는 바람에 아카시아꽃 냄새가, 문지방을 넘은 에이사쿠의 얼굴로 희미하게 밀려왔다. 검은 비단 복건을 쓰고 엷은 갈색의 시원해 보이는 베옷을 입은 주인이 세 사람의 밥상을 늘어놓은 앞에서 조용한 미소를 지으며 기다리고 있었다. 밥상 위에 놓인 놋쇠 식기가 아침 빛에 반짝반짝 빛나고 있었다. 오늘 두 사람의 점심 도시락인 듯한 것이 신문지에 싸여 그 옆에 놓여 있었다.

"이거, 어젯밤에는 대단히 실례했습니다."

주인이 두 사람의 모습을 보자마자 이렇게 말하고 시원시원한 눈을 반짝이며 인사했다.

"어젯밤에는 정말 커다란 신세를 졌습니다…………."

라고 에이사쿠는 진심으로 감사의 말을 전하며 정중하게 주인 앞에서 머리를 숙였다. 순간 그는 갑자기 눈시울이 뜨거워지고, 넘쳐날 듯한 감격에 가슴이 미어지는 듯했다. ―모든 것은 우리 민족이 져야 할 죄다. (끝)

너희들의 등 뒤에서
(汝等の背後より)

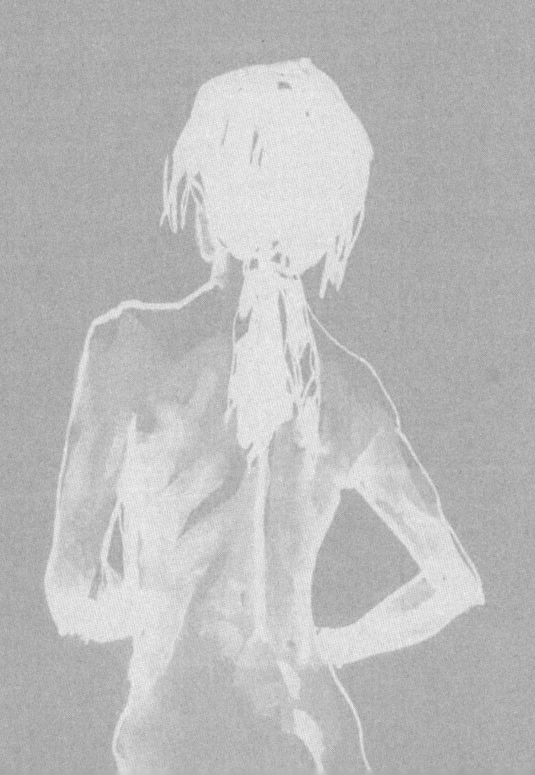

1

밤이 깊었다.

익사한 미인의 살갗을 보는 것처럼 그저 시뿌옇게만 보이는 눈 덮인 황야가 끝도 없이 이어져 있었다.

눈발이 뺨 부근에 쉴 새 없이 싸늘하게 부딪혀 당분간은 그칠 것 같지 않았다. 문득, 거기서 서쪽에 해당하는 먼 벌판의 끝으로 홀로 반짝이는 등불 하나가 보였다.

"흠, 저런 곳에 불이 보이는데……?"

세 사람 중 하나가 문득 이렇게 말했다. 지금껏 적막한 눈의 사막을 걸어온 이 세 사람이, 사람이 살고 있는 곳의 등불인 듯한 것을 보았으니 틀림없이 반가움에 눈을 크게 떠야만 했을 것이다. 하지만 이 세 사람의 가슴에서는 그것과 전혀 다른 불안이 솟아오르기 시작했다.

"흠……?"

하고 다른 한 사람이 가만히 그곳을 바라보다가,

"저 불빛은 아무래도 국경에 있는 S역인 것 같은데?"

라고 다시 덧붙였다.

"너무 가까이 온 거 아닐까요?"

처음 사람이 다시 말했다.

"글쎄……."

라고 상대는 간단히 대답했다.

"신 군, 전등을 잠깐 비춰줘……."

이렇게 말하며 외투의 주머니를 더듬더니 거기서 2만 분의 1 지도를 꺼냈다.

"흠……."

상대방도 거기에 응해 바로 손전등을 켰다.

지금까지 입을 다물고 있던, 무리 중에서 제일 키가 작은 사람이 자신이 입고 있던 두꺼운 외투의 단추를 풀어 그 전등의 불빛을 감싸듯 했다. 빛이 새어나가지 않게 하기 위해서였다. 세 사람은 솥의 발과 같은 모습으로 거기에 서서 지도를 펼쳤다. 전등의 불빛이 도면 위를 달려 지금 자신들이 서 있는 지점을 찾고 있었다.

"역의 전등이 보이니 대충 1천 미터 내외로 접근했겠지요?"

신 군이라 불렸던 사람이 말했다.

"아니야. 눈이 이렇게 내리고 있으니 의외로 가까울 거야."
라고 무리 중에서 나이가 가장 많은 듯한 사람이 고개를 갸웃거렸다.

"그래도 괜찮을 거예요. 이 눈에 저희 모습을 알아볼 수 있을 리 없을 테니……."

자신의 외투로 빛을 가리고 있던 키가 작은 사람이 처음으로 입을 열었다. 뜻밖에도 그 목소리는 젊은 여자였다.

"아니, 꼭 그렇지만도 않아. 이런 밤일수록 경계를 더 삼엄하게 하는 건 당연한 일일 테니." 연장자인 듯한 사람이 말하고 지도 위를 주의 깊게 살펴보며 시계에 달려 있는 나침반으로 방향을 가늠했다.

"정확히 3시 30분이로군. 날이 밝으려면 아직 2시간은 더 있어야 돼. 지금부터 서둘러 가면 날이 밝기 전에 도착할 수 있을 거야."
라며 빠른 손놀림으로 지도를 넣었다.

"음……. O강변에서 얼마나 걸었을까요?"

"글쎄, 아직 20리 정도밖에 되지 않았을 거야. S주 읍내까지 앞으로 30리라고 생각하면 될 거야."

"30리? 아직 많이 남았군……."

"음……, 자네 괜찮은가?"

연장자가 고개를 돌려 젊은 여자에게 이렇게 물었다.

"네, 걱정 없어요……."

라고 상대방은 그런 걱정을 일축하는 듯한 기세로 대답하고,

"그보다 당신이야말로 배 괜찮으세요? 말린 밥을 꺼낼까요?"

라고 물었다.

"아아, 아직 괜찮아. 그런데 눈 속을 걷는 건 의외로 따뜻하군."

그 사내가 주머니에서 손수건을 꺼내 이마의 땀을 닦았다.

여자는 위에 외투를 입고 두건을 쓰고 있었는데 그건 남장을 한 것이라는 사실을 바로 알 수 있었다. 모자를 눈 위까지 깊이 눌러 쓰고 검은 뿔테 안경을 끼고 있었다.

세 사람은 거의 아무 말도 하지 않고 다시 걸었다. 길이라고 할 만한 것은 없었다. 걷고 또 걸어도 온통 눈으로 뒤덮인 어스레한 대설원이 앞에 펼쳐져 있을 뿐이었다. 눈과 입만 내놓고 있었는데 눈썹으로는 끊임없이 땀방울이 떨어지는 듯했고, 그것이 바로 얼어버려 풀칠이라도 한 듯한 느낌이 들었다. 무리 중 콧수염이 있는 사내는 그것이 새하얗게 변해버렸다. 여자의 안경은 알 없이 테만 있는 것이었다. 한 걸음 걸을 때마다 무릎 관절 부근까지 푹푹 눈에 빠졌다. 그랬기에 발을 직각으로 꺾지 않으면 걸을 수가 없었다. 그 한 걸음도 구두가 미끄러져 발이 따로 놀았다. 입고 온 방한용 외투조차 이제 그만 벗어버리고 싶을 정도로 몸이 뜨거웠다.

땀이 피부로 촉촉하게 느껴졌다. 무시무시한 죽음의 나라를 가듯 주위는 고요했다. 세 사람이 걸으며 헐떡이는 숨소리까지 서로에게 들렸다. 구두가 눈에 뽀득거리는 소리가 가장 선명하게 들려왔다. 가끔 생각났다는 듯, 세 사람은 이야기를 주고받았다. 하지만 그럴 때마다 숨이 차고, 콧구멍에서부터 목구멍 부근까지 바깥의 공기 때문에 찌릿찌릿 찢어지는 듯한 아픔이 느껴졌다. 그랬기에 정말 필요할 때 외에는 말을 주고받지 않았다. 그리고 세 사람은 각자 자신의 일을 마음속으로 생각하며 걸었다.

며칠 전, 세 사람이 만난 것은 여기서 훨씬 북쪽에 위치한 한 대도회의, 흐릿한 전등이 켜진 어느 뒷골목에 있는 동지의 집 2층에서였다.

거기서 다시 여장을 점검한 뒤, 열 몇 시간의 기차 속에서도 마치 망명객처럼 주위를 경계하며 국경 훨씬 앞에 있는 조그만 역에서 내렸다. 그리고 전날은 국경 바로 앞에 있는 한 싸구려 여관에서 묵었다. 물론 모두가 가명을 썼다. 그날 오후부터 눈은 더욱 세차게 퍼부었다.

밤이 되자 그들은 기차 여행의 피로를 풀 생각도 않고 큰눈이 내리는 틈을 이용해서 이 O강 위에 깔린 단단한 얼음을 밟으며 국경을 넘어 C의 국토 안으로 발을 들여놓았다.

세 사람이 얼마나 격한 감격에 불타오르며 이번 계획을 세웠는지?!
(이하 7줄 말소)

라고 그들은 마음속으로 굳게 다짐했다.

주위의 동지들조차 눈치채지 못하게 세 사람이 서로 상의해서 지금까지 정을 붙이고 살아오던 한 나라의 대도회의 밤을 가만히 빠져나온 것은 그 해도 저물어가던 11월 초순의 일이었다. 그리고 세 사람은 각자 길을 달리해, 그곳에서 천수백 리 떨어진 북쪽 나라의 도회에서 다시 모인 것이다.

"조 형, 지금 몇 시쯤 됐을까요?"

상당히 지친 듯한 목소리로 앞서 신 군이라 불렸던 사내가 이렇게 물었다.

"글쎄……."

조 군이 시계를 꺼내 보고는,

"3시 반에서 멈춰버렸어."

라며 그 시계를 두어 번 흔들었다.

"큰일이군. 나올 때 잘 감았었겠죠?"

"응, 잘 감기는 했는데— 기름이 언 거겠지……?"

"그런가요. 걸으면 잘 모르겠는데 날이 꽤 추운 모양입니다."

"이 정도라면 영하 30도 이하일 거 같은데. 지금이 하루 중에서 제일 추울 때일 거야."

"난 약간 졸리기 시작했습니다."

"이봐, 정신 차리라고. 여기서 잠들어 쓰러지면 끝장이니까. 조금만 더 가면 돼. 아마 앞으로 1시간쯤만 걸으면 도착할 수 있을 거야."

"그렇게 걱정할 거 없어요. 여기서 쓰러질 거 같았으면 이런 데 오지도 않았을 테니까요."

"자, 이제 얼마 안 남았어. 따뜻한 나라에서 꽤 오래 지냈기에 서로 뚝심이 없어진 거야. 자네도 괜찮은가?"

조 군이 다시 여자에게 이렇게 물었다.

"네, 괜찮아요. 걱정할 거 없어요. 어서 걷기나 하세요."

"권 군한테는 못 당하겠다니까. 아무리 그래도 임신 중의 여자한테 질 수는 없지……."

신 군은 이렇게 말하고 눈에 미끄러지는 구두 바닥으로 부지런히 걸었다. 하지만 말로는 괜찮다고 했으나 세 사람은 상당히 지쳐 있었다. 때때로 마취약이라도 먹은 것처럼 나른한 졸음이 찾아왔다. 근처 눈 위에라도 좋으니 벌렁 누우면 틀림없이 기분 좋게 잠들 것 같이 보였다. 걸음을 걸으며 꿈을 꾸고 있는 듯한 느낌이었다. 어딘가의 민가에 들어가 그 따뜻한 방 안에서 온돌—겨울의 방한을 위한 C인의 온실—의 말로 표현할 수 없는 따뜻함에 몸을 녹이며 잠을 자고 있는 듯한 착각이 느껴져 참을 수가 없었다. 그러다 퍼뜩 놀라 정신을 차리고 나면, 눈 속에 깊이 파묻힌 한쪽 다리가 아무래도 빠지지 않을 정도로 지쳐 있었다.

"이보게! 정신 차려. 여기서 잠들면 안 돼……."

서로 이런 말을 몇 번이고 되풀이했다. 그리고 서로 상대방의 그런 목소리가 갑자기 들려오면 깜짝 놀라서 새하얗게 빛나고 있는 눈 위로 눈을 크게 떴다.

언제부턴가 찌뿌둥하게 어두운 구름으로 뒤덮인 하늘이 동쪽부터 희붐해지기 시작했다. 그리고 그 희미한 빛 속으로 검게 보이는 눈이, 여름밤의 불빛으로 모여드는 나방이처럼 날개를 하늘거리며 아름답게 내리고 있었다. 세 사람의 발걸음은 늪 속을 걷고 있는 것처럼 무거워졌다.

그들이 걷고 있는 옆쪽에서 갑자기 날카로운 목소리가 들려왔다.

"멈춰라! 멈춰라!"

눈 덮인 하얀 벌판을 커다란 곰 같은 것이, 마치 기듯 이쪽으로 달려왔다.

세 사람은 일제히 꿈에서 깨어난 것처럼 몸을 벌떡 세웠다.

"도망쳐!"

조 군이 울부짖는 듯한 목소리로 외치더니 여자의 팔을 힘껏 쥐었다.

그러자 여자는 그 남자의 손을 뿌리치고 갑자기 주머니에 손을 찔러 넣더니 소형 모제르식 권총을 꼭 쥐었다.

"멈춰! 멈춰! 멈추지 않으면 쏘겠다!"

다시 세 번, 그 크고 검은 물체가 연달아 외쳤다. 그리고 잠시 후, 소총을 쏘는 소리가 이 고요한 여명의 천지를 단번에 찢어놓을 듯 울려 퍼졌다.

2

어둠이 완전히 걷힐 무렵에 눈은 그쳐버렸다. 그 뒤로 태양은, 눈이 갠 뒤의 아침이면 언제나 볼 수 있는 것처럼 파랗게 빛나지 않으면 안 될 터였다. 그런데 어떻게 된 일인지 하늘 가득 맹인의 눈동자 같은 색이 된 채 좀처럼 빛을 내뿜지 않았다.

태양이 하계의 끔찍한 추위에 겁을 먹고 하늘 너머에서 떨고 있는 것이 아닐까도 여겨졌다.

잿물을 풀어놓은 듯한 구름이 언제까지고 움직이지 않았다. 하늘이 한꺼번에 밝은 빛을 띠며 희뿌연 눈 위에 비쳤다. 하늘과 땅이 온통 잿빛으로 물든 가운데서 가만히 새벽이 숨 쉬고 있었다. 천지가 순수하고 널따란 궁전처럼 느껴졌다. 무엇 하나 시야를 가로막는 것도 없었다. 무엇 하나 귀에 들어오는 소리도 없었다. 무엇 하나 움직이는 것도 없었다. …….

무생(無生)의 세계가 이 우주를 향해 만물의 사멸을 기뻐하며 허무의 개가를 연주하고 있는 것 같은 장엄한 기운으로 가득 차 있었다.

10분, 20분, 30분, 그런 현상이 계속되더니 갑자기 강렬한 광선이, 불꽃이 터졌을 때처럼 하늘 한쪽에서부터 지상으로 쏟아져 내렸다. 그러자 지상은 하얀 연꽃이 봉오리를 한꺼번에 터뜨린 것 같은 아름다움에 잠겼다. 쪽빛으로 물든 하늘이 눈 덮인 먼 지평선에 입맞춤을 하고 있었다.

일대의 언덕인 듯한 곳이 반짝반짝 빛나는 은빛 고양이의 등처럼 땅 위로 솟아 있었다. 그 위에 옅은 먹으로 그린 것 같은 마른 아카시아나무 숲이 있었다. 멀리서 그것을 바라보니 그 기슭이라 여겨지는 곳에 뜻밖에도 한 점의 검은 물체가 있었다.

다니자키(谷崎) 경장은 이른 아침, A경찰 분서(分署)에서 B주재소까지 순찰을 돌던 도중에 그 검은 점을 발견했다. 그는 눈의 동공이 아플 정도로 강하게 땅에 반사되는 햇빛을 피하며 그 이상한 검은 점을 향해 나갔다.

때로는 야수가 굶주림 때문에 굴에서 기어 나와 그런 곳에서 얼어 죽는 경우도 있었다. 하지만 그런 일은 매우 드물었으며, 그 외에 이 부근에서 일어날 수 있는 일은 아무것도 없었다. 그가 걸어감에 따라서 그 검은 점은 점점 확대되어갔다. 눈썹을 찌푸린 그는 부츠 신은 발을 눈 속에서 끌어올리는 것조차 답답하다는 느낌이 들었다.

겨울로 들어서면서 이 국경에 접한 일대는 불령C인 무리나 거적(巨賊)이 몰래 숨어드는 것을 막기 위해서 비상경계 태세를 갖추었다. 헌병대와 협력해서 다수의 경찰관을 이 경계선에 배치했다. 그래도 그 경계선을 교묘하게 뚫고 자꾸만 남쪽으로 숨어들었다.

다니자키 경장도 오래도록 이 지방의 경비를 맡으면서 몇 번이고 그들과 충돌했다. 그리고 그들의 뛰어난 무기 때문에 몸서리쳐질 정도의 위험을 감수하며 싸웠다.

그의 동료는 벌써 몇 명이나 이 국경의 지하에 뼈를 묻었다. 헌병 출신인 다니자키 경장은 애국적 희생자인 그 동료들을 생각할 때면 늘 뜨거운 눈물을 삼켰다.

그가 멀리서 검은 점을 바라보았을 때는 그저 이상하다는 생각에 눈을 크게 떴을 뿐이었으나 점점 다가감에 따라서 그의 가슴은 불안에 사로잡히기 시작했다. 그가 지금부터 가려 하는 B주재소에는 오타(太田)라는 순사(巡査, 지금의 순경에 해당한다. — 역주)가 단 한 명의 C인 순사보(巡査補)와 함께 있을 뿐이었다. 경찰관을 증원했다고는 하지만 이 황망한 경계선, 그것은 C반도를 횡단하는 천몇백 리의 경계선이기 때문에 도저히 조밀하게 배치할 수는 없었다. 그렇기 때문에 언제 다수의 흉포한 무리에게 습격을 받게 될지 알 수 없는 일이었다. 다니자키 경장은 그런 예감을 품은 채 발걸음을 서둘렀다.

검은 점은 틀림없이 인간 크기의 물체라는 사실을 알 수 있었다. 그리고 그것이 방한용 외투라는 사실도 알 수 있었다. 그의 가슴이 세차게 뛰었다. 몸을 반쯤 눈 속에 파묻은 채 사람이 쓰러져 있었다. 외투의 앞섶을 풀어헤친 채 하늘을 향해 큰대자로 누워 있었다.

"아아, 순사다!"

다니자키 경장이 자신도 모르게 외치고 거의 단걸음에 몇 발짝을 달려갔다.

"오타 순사! 오타 순사!"

그는 숨이 막힐 듯 놀라 두어 번 이렇게 외쳤다. 그리고 멍하니 그 모습을 바라보며 한동안 거기에 서 있었다. 그는 주위를 둘러보았다. 희미하게 사람이 지난 흔적이 있을 뿐, 눈은 그렇게 짓밟혀 있지 않았다.

"당했군! ……."

그는 다시 조그맣게 외쳤다. 그리고 서둘러 시체 옆으로 다가가 그 품 안으로 손을 넣어보았다. 얼음처럼 차갑고 딱딱했다. 그는 문득 시체의 가슴 위에 하얀 종이쪽지 같은 것이 놓여 있다는 사실을 깨달았다. 그는 그것을 덥석 집었다. 거기에는 만년필인 듯한 것으로 무엇인가가 적혀 있었다. 그는 눈썹을 찌푸려 그것을 가만히 읽어 내려갔다.

'×××××××××××××××………………….'

그는 그것을 읽고 그 의미를 분명히 깨달은 순간, 전신의 피가 단번에 역류할 정도로 강한 분노를 느꼈다.

"제길!"

그는 울부짖듯 이렇게 외쳤다. 눈을 부릅뜨고, 지금의 사람이 지났을 것이라 여겨지는 쪽을 노려보았다. 그러다 벌떡 일어난 그의 젊은 뺨에는 슥 하고 핏발이 섰으며 눈동자가 증오로 불타올랐다.

"두고 봐라! 이 원수는 반드시 갚아줄 테니!"

그는 그 상대가 자기 옆에 있기라도 하다는 듯 이를 갈았다.

"오타 순사, 억울하겠지! 조금만 기다려, 내 반드시 자네의 원수를 갚아줄 테니……."

분노에 떠는 목소리로 이렇게 말한 그의 눈에서는 눈물이 줄줄 흘러내렸다.

"어떻게 당한 거지?"

그는 다시 품속으로 손을 넣으며 죽은 자를 타박하는 듯한, 위로하는 듯한 투로 중얼거렸다.

"무기는 어떻게 한 거지?"

그는 다시 주위를 둘러보았다. 하지만 거기서 1, 2간(間, 1간은 약 1.8 m. — 역주)쯤 떨어진 부근에서는, 늘상 휴대하고 있어야 할 권총도 군도도 그리고 여기에 올 때 틀림없이 가지고 왔을 소총도 전혀 찾아볼 수 없었다.

"전부 약탈당한 거로군!"

그는 이렇게 중얼거리고 절망한 듯 일어서더니 훅하고 커다란 숨을 내쉬었다.

태양이 눈부시게 빛나고 있었다. 다니자키 경장은 지금 자신이 시체의 품속에 찔러 넣었던 손으로 다시 그 몸을 움직여보았다. 풀처럼 얼어붙은 진한 피가 눈 속에서 루비처럼 반짝반짝 빛났다.

3

그날의 정오 무렵, 그 부근 일대에는 대대적인 비상선이 깔렸다. 그리고 다수의 경찰대가 헌병대와 협력하여 각자의 부서를 배치받았다. 오타 순사를 사살한 흉도(兇徒)에 대한 대대적인 수색에 착수한 것이다.

동이 틀 무렵에 B주재소 부근을 통과한 서너 명의 수상한 일행이 있다는 사실을 안 오타 순사는 곧 무장을 하고 그들을 추적하기 시작한 모양인 듯했다. 눈 속의 발자취를 단서로 병력을 기다랗고 넓게 벌려 배치한 수색대는 거기서 일이십 리쯤 떨어진 곳에 있는 마을을 포위해 들어가는 방법을 취했다. 군대에서 불하(拂下) 받은 30년식 소총을 짊어진 순사들은 검은색과 갈색, 색색의 외투를 입고 개미처럼 눈 덮인 벌판을 앞으로 나아갔다. 이른 아침에는 하늘도 맑게 갠 모습을 보였으나 오후가 되자 북쪽으로 늘어선 국경의 봉우리들을 스치며 무시무시한 폭풍이 엄습해왔다. 땅 위의 눈을 쓸어 올려 새하얀 흙먼지가 허공에 가득 차 있는 것처럼 보였다. 눈을 뒤집어쓰고 있던 부근의 작은 소나무 숲이 바람에 흩날려 가지가 여름풀처럼 흔들렸다. 눈이고 뺨이고 할 것 없이 거친 모래처럼 얼어붙은 조그만 눈덩이가 세차게 날아와 부딪쳤다. 얼굴과 두 손에는 감각이 전혀 남아 있지 않았다. 붕붕붕, 마치 풀무질을 할 때와 같은 소리를 올리며 바람이 미친 듯이 불어댔다. 넓게 벌려선 선을 기듯이 해서 전진하는 순사들은 수색에 열을 올렸다. 자신들의 동료가 이 눈 속에 묻힌 채 쓰러져버린 것이 곧 자신들의 운명인 것처럼 여겨졌다. 한 명이 살해당했으니 이후로는 몇 명이고 몇 십 명이고 그처럼 눈 속에서 살해당하는 것이 아닐까 여겨지기도 했다. 그들은 때때로 넓게 벌려선 수색대를 바라보았다. 자신과 같은 발걸음으로, 좌우로 벌려선 동료들은 부지런히 전진하고 있었다. 그것을 깨닫자 자신도 그 선을 무너뜨리지 않겠다는 듯 조급한 마음으로 눈에 젖어 주체하기 어려운 무거운 발을 부지런히 움직여 앞으로 나아갔다. 모두가 이 넓게 벌려선 선에 자신이 끌려가고 있는 것 같다는 느낌을 받았다.

군대의 연습처럼, 십여 보 앞장서서 군도를 뽑아 든 다니자키 경장이 눈을 차며 나아가고 있었다. 이제는 숨이 끊어질 것만 같았다. 이제는 쓰러져버릴 것 같다고 느껴졌지만 신기하게도 수색선은 옆으로 무한히 뻗어 바다에서 그물을 끌어올리는 것과 같은 형세가 되어 앞으로 나아갔다.

목표로 삼은 마을 가까이까지 접근했다. 그 기다랗게 늘어선 수색선도 벌써 시오리 남짓 걸었을 것이다. 언덕과 소나무 숲과 산속 으슥한 곳 등, 사람이 몸을 숨길 만한 지점은 전부 이 수색선에 의해 남김없이 조사되었다. 다른 몇 부대는 상당한 속도의 구보로 이미 그 마을의 뒤쪽에 도착했을 무렵이었다. 지금부터는 이 마을 일대를 포위해서 철저히 수색할 단계가 되었다. 묵묵히 움직이고 있던 검은 한 줄기 선에 잠시 후, 몇 분 동안의 휴식 명령이 떨어졌다.

순간,

"구보!"

라고 지휘관인 다니자키 경장이 외쳤다. 대열 속 사람들은 뜻밖의 사태에 놀라 잠시 느슨해졌던 몸을 다시 긴장시키고 오른손의 총대를 고쳐 잡은 뒤 왼손에 쥐고 있는 군도를 더욱 굳게 쥐었다.

"저기에 수상한 사람 두어 명이 보인다. 저들을 체포할 준비를 해라."

앞쪽에 서 있던 다니자키 경장이 다시 외쳤다.

1, 2정(町, 1정은 약 109m. — 역주)쯤 전방의 눈 속으로 틀림없이 사람의 모습이 움직이고 있는 것이 보였다. 가만히 바라보지 않으면 잘 알 수 없었지만 서너 명의 선인(鮮人)인 듯했다. 하얀 옷을 입은 몸을 웅크린 채 앞쪽을 향해 부지런히 걸어가고 있었다. 이 일대의 눈 속에서 처음으로 발견한 사람의 모습이었다. 순사들의 시선이 일제히 그곳으로 쏠린 순간, 언덕과 야트막한 산 때문에 몇 번인가 흐트러졌다가 평지로 나오면 다시 한 줄기 선을 만들었던 경계선의 질서가 단번에 무너지고 말았다. 그리고 어떤 곳은 기러기 떼처럼 늘어서고 어떤 곳은 횡대를 이루며 그 앞쪽의 사람들을 향해 돌진했다. 하지만 앞쪽의 사람들은 그러한 습격에 전혀 무관심한 듯, 여전히 걸음걸이를 바꾸지 않고 걸어갔다.

"멈춰라!"

얼어붙은 공기를 흔들 듯, 앞장서 달려가던 다니자키 경장이 소리를 질렀다. 뒤따르던 경관들은 소총의 총구를 그 한 점을 향해 들이대며 공격해 들어갔다. 다니자키 경장과 그 사람들 사이에는 이제 5, 6간 정도의 거리밖에 없었다.

부르는 소리에 놀란 두어 명의 C인이 뒤를 돌아보았다. 그리고 자신들을 향해 몰려오는 한 무리의 경찰관들을 보자 갑자기 허둥지둥 달아나려 했다. 다니자키 경장이 후방을 향해 군도를 들어올렸다. 얼음 같은 칼날이 햇빛에 번뜩였다. 순간 수색선의 곳곳에서 하늘을 향해 여러 발의 총성이 울려 퍼졌다.

앞쪽의 C인들은 그 소리에 놀라 동시에 날카로운 비명을 지르며 모두 눈 위에 엎드리고 말았다. 격렬한 동작과 함께 경관들은 그곳을 둘러싸 커다란 원형을 만들었다.

C인은 3명이었다. 그들은 이제 막 태어난 강아지처럼 한데 뒤엉켜 눈 위를 뒹굴며 부들부들 몸을 떨었다. 쉰 전후로 보이는 노인과 스물예닐곱쯤으로 보이는 청년도 섞여 있었다. 짐작건대 이 세 사람은 부자지간이거나 형제인 듯했다.

"이봐, 일어나!"

다니자키 경장이 검을 빼든 채 그 곁에 서서 C인들에게 몇 번이고 이렇게 말했다. 그러나 C인들은 여전히 눈 위에서 떨고 있었다.

"이봐, 이놈들을 일으켜 세워서 소지품을 살펴봐!"

그가 다시 거기에 있던 순사들에게 이렇게 명령했다. 순사들이 그들을 잡아 일으켜 세웠다. 세 사람은 겁먹은 눈으로 온통 눈이 묻은 몸을 눈에 보일 정도로 크게 떨고 있었다. 세 사람이 일어난 흔적이 있는 눈 속에 소총 한 자루가 누워 있었다.

"이봐, 이 소총은 어디서 가져온 거야!"

열띤 목소리로 다니자키 경장이 날카롭게 캐물었다. 하지만 누구도 대답하지 않았다. 자줏빛으로 변한 입술이 경련을 일으킨 것처럼 부르르 떨고 있었다. 그 가운데 가장 어린 사내의 허리에 가죽으로 된 권총집이 끼워져 있었다. 순사 한 명이 재빠르게 그 권총집을 집어 올렸다.

"이런 권총집을 가지고 있다니!"

순사가 중얼거리듯 외쳤다. 다니자키 경장이 소총을 집어 들더니,

"이건 틀림없이 오타 순사가 가지고 있던 거야."

라고 자신감에 넘치는 목소리로 말했다.

"맞습니다. 이 30년식은 경찰관 이외에는 가지고 있는 자가 아무도 없으니."

누구나 알고 있는 사실을 곁에 있던 순사부장이 말했다.

"그건 훔친 게 아닙니다. 여기로 오는 길에 주운 겁니다."

커다란 용기를 내서 셋 중 한 사람이 간신히 이렇게 말했다.

"주웠다고? 어디서 주웠지? 적당히 둘러대지 마!"

능숙한 C인들의 말로 다니자키 경장이 말했다.

"아이고, 주운 겁니다. 저희는 결코 훔친 게 아닙니다요……."

원망스럽다는 듯한 표정으로 다시 상대방이 말했다.

"좋았어, 그런 건 나중에 천천히 조사하기로 하지. 너희는 대체 어디서 온 거냐?"

그 말뜻을 알아차리지 못한 것인지, 혹은 다니자키 경장의 험악한 표정에 겁을 먹을 것인지 상대방은 대답이 없었다.

"너희는 어디서 온 거지?"

경찰대 중 C인 순사가 다시 물었다.

"저희 말입니까……?"

라고 생쥐처럼 겁먹은 눈을 들었다.

"그래."

"저희는 고향 집으로 돌아온 겁니다."

"고향 집으로?"

"네……."

"어디서 고향으로 돌아온 거지?"

"한동안 K도에 있었습니다."

"K도에 있었다고? K도에 있다가 왜 고향으로 돌아온 거지?"

"K도에서 집과 가진 물건을 마적에게 몽땅 털렸습니다. 마누라도 목숨을 잃고……."

"그만 됐어. 그런 건 본서에 가서 조사하지. 이놈들이 틀림없이 오타 순사를 살해한 범인일 테니 당장 오랏줄로 묶어 인치하도록 해."

다니자키 경장이 자꾸만 심문을 하고 있는 부하 순사부장을 가로막으며 이렇게 명령했다.

우르르 몰려든 10명 정도의 순사가 그들의 두 손을 잡았다.

"아이고!"

"아이고!"

놀라움과 두려움으로 세 사람이 한꺼번에 소리를 올렸다.

"왜 이러는 거야?! 우리는 아무 짓도 하지 않았어. 나쁜 짓은 아무것도 하지 않았어. 나쁜 짓은 하지 않았다고……."

"뭘 구시렁거리는 거야! 할 말이 있으면 본서에 가서 해!"

지금까지 순사에게 대답을 하던, 셋 중에서 장년으로 덩치가 제일 큰 사내가 강하게 반항하며 고함을 쳤으나 수적 우세에 있는 순사들은 간단히 세 사람을 오랏줄로 묶어버렸다. 노인과 소년은 새파랗게 질려서 한마디도 하지 못했다.

"아이고, 아이고."

라고 줄줄 떨어지는 눈물과 함께 울부짖으며 눈 위에 털썩 엉덩방아를 찐 사람이 있었다.

"뻔뻔한 녀석이로군. 왜 눌러앉는 거지? 일어나!"

순사가 그 허리를 힘껏 걷어찼다.

"무슨 난폭한 짓을 하는 거야? 경찰이 됐든, 헌병이 됐든 아무 나쁜 짓도 하지 않은 사람에게 난폭하게 굴어도 된다는 법은 없어."

장년 사내가 이를 악물고 다시 고함을 치듯 말했다.

"이 녀석, 군소리가 많은 놈이군. 이봐, 상관없으니 끌고 가!"

다니자키 경장은 부하가 살해당했다는 데서 온 분노로 흥분하여 다시 한 번 강한 어조로 명령했다.

"요시다(吉田) 순사! 야마구치(山口) 순사!"

그가 다시 말투를 바꿔 말했다.

"넷."

요시다 순사와 야마구치 순사가 그 앞에 똑바로 섰다.

"요시다 순사는 오사와(大澤) 경장의 부대로, 그리고 야마구치 순사는 나카시마(中島) 순사부장의 부대로 각자 지금부터 가서 유력한 혐의자를 체포했으니 우리 부대는 본서로 돌아간다고 보고하게……."

"넷."

"넷."

하고 두 순사는 곧 대답을 한 뒤 바로 눈 속을 둘로 나뉘어 갔다. 세 사람은 손을 뒤로 묶인 채 그들이 조금 전 걸어온 발자국이 찍힌 곳을 여러 경찰대에 끌려갔다.

"아, 이걸로 살았군……. 오오, 차가운 바람이야!"

뒤쪽에서 누군가가 걸으며 속삭였다.

"누가 아니래. 이젠 살았어. 이런 차림으로 밤이라도 되면 견딜 수 없을 거야."

"나는 오늘의 산개(散開)에는 완전히 질려버렸어. 봉급이 약간 오른 정도로는 도저히 버틸 수가 없잖아?"

"이쯤에서 철수해 다시 집으로 돌아가 청주로 몸을 덥히자고."

"이봐, 그런데 이 적수가 과연 정말로 진범일까?"

적수라는 것은 포박당한 자를 가리켜 지칭하는 그들의 말이었다.

"글쎄……. 그런 건 아무래도 상관없는 일이잖아?"

"응, 그야 그렇지만, 난 아무래도 이상하다는 생각이 들어."

"그런가? 난 명령대로만 하면 틀림없다고 생각해."

"다니자키 경장은 벌써부터 완전히 들떠 있지만, 나는 오타 순사를 죽인 건 녀석이 아니라고 생각해."

"그럴까?"

"생각 좀 해보게. 그 오타 순사의 사체 위에 종이쪽지가 있고 거기에 그럴싸한 말이 적혀 있었다고 하질 않는가? 이 녀석들이 그런 짓을 할 수 있을 것 같은가?"

"흠……, 그도 그렇군."

"그러니 나는 설령 소총과 권총집을 가지고 있었다 해도 그것이 움직일 수 없는 증거라고는 생각지 않아."

"이보게, 담배 있는가? 있으면 한 개비 주게."

"있으려나. 아침에 비상소집 때문에 허둥지둥 뛰어나오느라 가지고 왔나 모르겠네."

"나는 까맣게 잊어먹고 왔어."

"여기 있군……. 그런데 불이 붙으려나."

"걱정할 거 없어. 성냥만 있으면 나는 어디서든 붙일 수 있으니까."

"저 녀석들이 진범이 아니라면 자네는 어떻게 생각하는가? 나는 상당한 교육을 받은 불령C인이라고 생각하는데."

"이보게, 그런 건 아무래도 상관없지 않은가? 일이 다시 묘하게 꼬여버리기라도 해보게. 우리가 버텨내지 못할 거야. 명령대로 하기만 하면 그만 아닌가?"

"그도 그렇군."

"춥다, 추워. 얼른 한잔 쭉 들이켜고 싶군."

"한잔 쭉 들이켜고 나서 살과 살로 몸을 덥히는 놀이라도 하며 잠을 자겠지?"

"무슨 소린가? 한잔하고 나면 살과 살로 몸을 덥히는 놀이를 할 돈이 수중에 남아 있겠는가? 자네처럼 여편네가 있는 몸이 아니니 말일세."

"하지만 여편네나 자식이 있는데 오타 순사처럼 당해버리면 비참하다고. —설마 이 세상에 태어났을 때부터 이렇게 눈 속의 위험한 곳에서 순사를 해야 한다는 조건이 있었던 것도 아닐 텐데 말일세."

"핫, 하, 하. 묘하게 불안해지기 시작했는데. 청주! 청주!"

바람은 아직도 윙윙거리며 대지 전체에 덮인 눈을 노도처럼 휘몰아치고 있었다. 수렵대가 세 마리 커다란 사슴이라도 쏘아 잡은 것처럼 그들을 둘러싼 모습이 아스라이 먼 설원 끝으로 아직 보이고 있었다.

4

S주의 읍내에는 벌써 30년 이상이라는 긴 역사를 가진 천주공교회가 있었다. 기독교가 이 나라 사람들의 마음을 깊이 지배하고 있다는 사실

은 한 번이라도 이 나라 사람들을 접해본 사람이라면 누구나 알 수 있을 것이다. 특히 천주교는 그 가운데서도 가장 일찍부터 널리 퍼져 있었다. 그중에서도 이 나라의 서북부 사람들은 일반적으로 보수적이지만, 그 교를 한번 믿으면 다시는 움직일 수 없는 굳은 신앙을 품게 된다. S주 읍내에 있는 이 천주공교회는 이 나라의 서북부 일대에 수만에 이르는 신자를 보유하고 있어서 그 주교인 토마스 신부는 마치 로마의 교황과도 같은 세력을 가지고 있었다.

토마스 신부는 이름을 이천택(李天澤)이라고 했다. 이 민족 가운데서 태어난 사람으로 소년 시절에 이 나라의 수도로 나가 그곳의 중앙공교회 주교로부터 사랑을 받으며 하나님의 길을 연구한 사람이었다. 벌써 80세에 가까운 나이로 공작의 꼬리처럼 길고 학의 날개처럼 하얀 수염이 그 숭고한 얼굴을 뒤덮고 있었다. 검은 가운 자락을 길게 늘이고 은색 십자가를 가슴에 매달고 현란하게 빛나는 성상을 배경으로 실로 30년을 하루같이 모여드는 어린 양 떼들에게 주의 가르침을 전했다.

신의 지팡이에 의지해 같은 검은색 가운을 걸친 수도사에게 노구를 부축받으며 조용히 성단에 모습을 드러내는 토마스 신부는 하나님의 모습 그 자체였다. 십자가를 긋고 구름처럼 모여든 회중을 축복하는 모습은 그대로 사랑의 형상이기도 했다. 그리고 일제히 일어나는 찬미가의 물결 속에서 묵도하는 그의 모습을 올려다본 자는, 천상의 계시를 지금 여기로 받들어 온 그리스도의 모습을 눈앞에서 보는 듯한 마음이 들었다.

토마스 신부는 지팡이를 언제나 왼손에 쥐고 있었다. 십자가도 왼손을 힘들게 들어 그었다. 왜냐하면 그에게는 오른손이 없기 때문이었다. 가운의 오른쪽 소매는 언제나 축 늘어져 있었다. 하지만 그의 그 오른팔을 잃은 사연을 들은 자라면 누구나 존귀한 사람의 마음에 고개를 숙이고 무릎을 꿇지 않을 수 없으리라. ……

1866년 2월 20일의 밤이었다. —지금으로부터 대략 50여 년 전— 하늘은 창백했으며 기이한 빛을 내뿜는 행성의 반짝임조차 어딘가 불안한 듯했다. 한 번 훑고 지나가기만 해도 만물이 전부 얼어버릴 것 같은 바람이, 벌써 사람의 왕래가 뚝 끊어져버린 C의 수도 K시의 거리거리에서 거칠게 불어대고 있었다. 그런 한 거리의 모퉁이에서 들개가 요란스럽게 울부짖었다. 그리고 그 소리가 점차 어딘가의 외곽으로 멀어져가는 듯 여겨졌다. 그런데 새로운 울부짖음이 바로 그 길가에서 다시 일기 시작했다. 가만히 귀 기울이고 있자니 그런 개의 소리가 서로 호응하듯 저 멀리에서부터 길게 이어져오고 있음을 깨달을 수 있었다. 그리고 그 소리의 배경음이라도 되는 양 어딘가에서 커다란 폭풍우가 흙먼지를 일으키며 덮쳐오듯 우르르, 우르르, 우르르, 탁하고 굵직하게 땅을 울리는 소리가 다가오고 있다는 사실도 알 수 있었다. —한 무리의 병사들이 단단히 무장을 하고 밤을 틈타 출동한 것이었다.

높다란 전투화 소리, 총검의 칼집이 부딪치는 울림, 손에 쥔 소총 끝에서 푸르스름하게 빛나는 칼날의 숲. 이 도시의 동북쪽 구석에 주둔하고 있던 그 한 무리의 부대는, 지금 병영에서 국가 군사령부로부터 비밀 명령을 받은 것이었다.

당시 국왕의 생부인 T군(君)은 나라의 섭정이 되어 권력을 팔도에 휘두르고 있었다. 천주교는 그 무렵부터 마침내 국내에 널리 퍼지기 시작해, 사람들의 마음은 마른 풀이 불을 기다리는 듯했다. 천주교의 선전자들은 옛 로마의 지혜를 배워, 우선은 그 궁정을 먼저 함락시켰다. 그리고 그 위력을 빌려 전국의 방방곡곡에 십자가 예찬의 불길을 올리려 했다.

왕비가 먼저 그 최초의 세례를 받았으며, 당대의 집정자도 역시 뒤이어 성상에 입을 맞췄다. 이 왕성하게 일어난 새로운 힘에 대해서 반항의 선창을 올린 것은 유생들이었다. 그리고 대부분의 반동주의자가 거기에 화답했다. 그들은 천주교도를 국토의 잠절자(潛竊者)라 여겼다. 왕비의 세례는 여인의 정결을 범한 것이라고 비방했다. 집정자의 신앙은 정교를 혼란케 하고 나라를 팔아먹는 짓이라고 비난했다.

함정, 저주, 온갖 배제가 천주교도 위로 일제히 쏟아지기 시작했다. 섭정 T군은 그야말로 분화산 위로 뛰어오를 자라고 협박한 것도 역시 그들이었다.

T군은 그들의 사력을 다한 선동을 보고 불안을 느끼지 않을 수 없었다. 그는 마침내 마음을 굳혔다. 그리고 일거에 천주교도를 처단해 뒤탈을 없애려 했다. 그는 우선 정부의 집정자이자 이 나라 제일의 인물이라 일컬어지는 한 기독교도의 저택으로 이날 밤 은밀하게 병사를 보낸 것이었다.

그 사람의 저택은 이 도읍의 동남쪽 모퉁이에 위치한 S궁 부근에 있었다. 병사들은 그 저택을 포위하고 불을 질렀다. 그리고 벌건 불길을 뚫고 도망쳐 나오는 저택 안의 사람들을 전부 붙들었다. 그러나 그 집의 주인은 모습을 드러내지 않았다. 그는 조용히 기도를 하며 천국으로 돌아갔을 것이라고 훗날 신도들은 믿었다. 그의 부인과 어린 딸은 곧 차가운 달빛이 스며드는 감옥에 던져졌다. 하늘 가득한 불길에 비친 아름다운 여자와 가련한 어린아이의 모습은 이렇게 해서 이 나라의 천주교 홍통(弘通)에 대한 첫 번째 수난자로 새벽빛과 함께 별의 그림자처럼 사라져버리고 말았다. 그날 밤 사로잡힌 주요한 교도의 숫자만 해도 대략 100여 명이었다.

1866년 2월 21일 아침이 찾아왔다. 공포가 시 전체에 넘쳐흘러 거리를 가는 사람들 모두 겁먹은 눈빛으로 주위를 둘러보며 전율했다. 어젯밤 병사들의 총검에 상처를 입은 교도들의 피와 살점이 얼어붙은 거리에 석류처럼 흩어져 있었다. 소란을 틈타 마음껏 약탈을 행한 좀도둑들이 떨어뜨리고 간 것인 듯한 고가의 재보가 보란 듯이 나뒹굴고 있었다. 하늘 한쪽, 어젯밤 불에 타고 남은 곳의 잿더미인 듯한 곳에서 허연 연기가 거무스름한 색과 함께 섞여 희미하게 피어오르고 있었다.

"이봐, 장봉규(張鳳奎) 집에 있는가? 세상이 발칵 뒤집어졌어. 앞으로 무슨 일이 벌어질까를 생각하면 정말 걱정이야."

"누가 아니래나, 이대현(李大賢). 한바탕 소용돌이가 불어닥칠 것 같아. 어젯밤에 내가 문득 눈을 떴더니 철포 소리가 무시무시하게 울리더라고. 설마 멧돼지 사냥꾼이 도성 안으로 들어온 건 아닐 텐데, 라고 생각했더니 이 난리가 났어. 어쨌든 위험한 일이야. 나는 집에 틀어박혀서 이불을 뒤집어쓰고 있겠어. 괜히 엮였다가는 그대로 끝장이니까."

"음. 아무리 엮였다 할지라도 야소(耶蘇, 예수의 음역어. — 역주)가 아닌 사람은 상관없잖아. 들리는 말에 의하면 이번에는 야소의 처단이라고 하질 않나?"

"그렇군. 야소도 요즘에는 점차 위세가 좋아진다고 하니, 탈이 나기 전에 나라님께서 처단에 나서신 게로군."

"그야 물론 나라님께서 본보기로 처단에 나서신 것임에는 틀림없지만, 그건 그렇고 이 세상에는 개보다 못한 사람들도 있다네, 장봉규."

"그런가? 당연히 많은 사람들이 있으니 개중에는 사람 같지 않은 놈들도 있겠지."

"맞아, 그것도 말일세, 나라님의 위광을 등에 업고 평소의 연심을 억지로 채우려 하는 개보다 못한 놈도 있단 말일세. 그놈이 지금까지 멋진 모자와, 기다란 군도를 늘어뜨리고 말 위에 올라 거리를 오가며 혼자 잘난 척하는 얼굴로 우리를 내려다보던 놈이었다는 생각을 하면 부아가 치밀어서…….”

“이보게 대현이! 너무 큰소리 내지 말게. 그 기다란 군도를 늘어뜨린 놈이 지금 요 앞의 네거리를 뛰어다니고 있으니. 만약 그런 소리가 그 녀석들의 귀에라도 들어가보게, 야소가 아니라도 당장 칼이 날아들어 그 자리에서 끝장이 나고 말 걸세. —.”

라고 장봉규가 끔찍하다는 듯한 눈빛으로 두리번두리번 대문 쪽을 둘러보고,

“그런데 자네가 방금 말한, 그 억지로 연심을 채웠다는 놈은 대체 누구인가?”

목소리를 낮추어 이렇게 다시 물었다.

“흥, 목숨이 아까워도 자네 역시 염문에는 관심이 있는 모양이로군.”

“그렇게 사람 속 태우지 말게나. 뭔가, 그런 일이 이번에 있었단 말인가?”

“그렇지. 이번도, 이번도, 바로 어젯밤의 일이야. 어젯밤부터 오늘 아침에 걸쳐서의 일이지. 아니, 아직도 그 물이 듣는 듯한 미녀를 독차지하고 있는 놈이 있어. 아무리 우리 같은 사람이라도 화가 나지 않겠나?”

“오호……? 그거 재밌겠군. 여자는 대체 누구인가? 상대 남자라는 건 어떤 놈이야?”

“그렇게 재촉하지 말고 들어보게. 우리들의 집에는 그렇게 예쁜 여자도 없고 십자가나 성상도 없으니 쳐들어올 리도 없잖아.”

“그런 건 어찌 됐든 상관없어. 대현이, 그렇게 사람 속 태우지 말고 얼

른 말해보게."

"알겠네. 자네도 알고 있겠지? 그 △△문 밖에 대궐 같은 집을 가지고 있는 우의정 나리 말일세……."

"그럼, 우의정 나리 댁을 모르는 사람은 이 장안에 아무도 없다고."

"그 우의정 나리 댁이 어젯밤 사이에 잿더미가 됐다는 건, 자네 몰랐겠지?"

"몰랐는데. 그 대궐처럼 큰 집이 불에 탔단 말인가?"

"불에 탔냐고? 아니, 불을 지른 거야. 금영청(禁營廳)의 병사들이 포위를 하고 불을 질렀어."

"대단한 일을 했군. 우의정 나리도 역시 야소였나?"

"그래, 우의정 나리는 야소의 장본인이라는 소문이야. 그때의 일일세. 우의정 나리에게는 따님이 셋 있어. 본 적은 없지만 틀림없이 아름다운 아씨들일 게야. 그런데 말일세, 어젯밤에 금영청의 병사들이 그 세 아씨를 어딘가로 데려가 버렸어."

"이야, 재미를 본 거로군."

"무슨 재미를 봤단 말인가?"

"무슨 재미냐니? 그야 아씨들을 둘러업고 가서 금영청의 병사들이 돌아가며……."

"당치도 않은 소리 말게. 어쨌든 닥치고 들어봐. 아무리 금영청의 병사들이라 해도, 후광이 비치는 것 같은 아씨들에게 그런 짓을 했다가는 천벌을 받을 거야. ……절단나버리고 말거야."

"뭐가? ……."

"핫, 하, 하, 그건 됐고. 아씨들을 훔친 건 도총관(都摠官) 나리의 아랫것들이라고 해."

"흠, 도총관 나리의 아랫것들이라면 전부 병사들이니 훔쳐내는 건 일도 아니었겠군. 그런데 도총관 나리는 또 무슨 연유로 우의정 댁 따님들을 훔쳐낸 건가?"

"자네도 참, 그야 뻔한 일 아니겠는가? 도총관 나리라 해도 우의정 나리와는 신분이 상당히 다르지 않은가? 지금까지 그림의 떡처럼 여겼던 여자를 이번 소란을 틈타 결국은 빼앗아다 평소의 욕정을 채우려는 걸세."

"잘도 해치웠군. 우리랑은 달라서 몰래 안채로 기어들어가 끌어낼 수도 없는 노릇이니."

"맞아. 그런데 말이지 아씨를 셋이나 끌어내 오다니, 욕심이 너무 과해. ……."

"오호, 셋을 한꺼번에 훔쳐왔단 말인가?"

"응. 제일 위가 스물하나인가 둘인가 그렇고, 아래도 전부 한두 살밖에 차이가 나지 않는다는군. 풍문에 의하면 셋 모두 굉장한 미인이라고 해."

"흠……. 하나같이 꽃다운 나이로군……. 그런데 스물한둘이 되도록 왜 아직 시집을 가지 않은 거지?"

"그건 나도 잘 모르겠어. 아마도 야소를 믿기 때문일 거라고 사람들은 말하고 있어."

"음, 야소의 여자는 시집을 가지 않는가?"

"글쎄, 그 세 아씨들이 나이가 찼는데도 가지 않은 걸 보면 역시 그런 거 아닐까?"

"야소란 거, 참 아까운 짓도 다 하는구먼, 대현이."

"그런데 아주 시집을 가지 않는 건 또 아닌 듯해. 워낙 나는 새도 떨어뜨릴 정도의 권세를 쥐고 있던 우의정 나리 댁의 아름다운 아씨들 아닌가? 혼담은 넘쳐날 정도로 많았나봐. 하지만 아버지인 우의정 나리께서, 역시 야소의 집이 아니면 보내지 않겠다고 고집을 부렸었대. 개중에는 상당한 고위고관의 집안에서 끈질기게 간청한 적도 있었다는군. 큰소리로는 말할 수 없지만 우의정 나리보다 훨씬 더 신분이 높은 분으로부터도 혼담이 있었대. 하지만 우의정 나리께서 그때마다 단호하게 거절을 하셨다는 얘기야. 하나님의 가르침을 믿지 않는 외도(外道)의 집안으로는 우리 딸을 보낼 수 없다며."

"오호, 자기보다 훨씬 더 신분이 높은 사람에게 외도의 집안이라고 했단 말인가? 대단한 기세로군."

"누가 아니래. 항간에서는 이번 소란도 결국은 그런 일들이 원흉이 돼서 일어난 게 아닐까 하고들 떠들어대고 있어."

"결국 모두가 원했던 만큼 원한도 컸단 말이로군."

"응. 그런데 또 다른 얘기가 있다네. ―우의정 나리가 깊은 원한을 사게 된 데는."

"그런가……? 하긴 집에 불을 지르고 일가권속 모두의 목숨을 빼앗거나 감옥에 처넣었을 정도니, 사람들에게 아주 깊은 원한을 샀던 거겠지……."

"그게 말이지, 그냥 딸만 안 줬던 거라면 그나마 나았을 텐데 제일 큰 딸에게는 벌써 버젓이 샛서방이 있었다더군."

"그럴 만도 하지. 여자도 스물한두 살이 되면 혼자서는 도저히 있을 수 없을 테니. 샛서방 한둘쯤은 당연한 얘기야."

"뭘 안다고 그래. ―실은 나도 그 이야기를 듣고 화가 났다고."

"핫, 하, 하, 하. 자네 따위가 아무리 화를 내봐야 자네만 손해라고. 상대는 우의정 나리의 따님이 아닌가. 달걀장수인 현 공에게는 상대가 너무 높은 곳에 있어."

"딴지 걸지 말고 잘 들어보라고. 그런데 자네는 그 큰아씨의 샛서방을 대체 누구라고 생각하는가?"

"그야 말할 필요도 없지 않은가? 그건 말이지, 그 댁에 드나드는 젊은 사내일 거야. 대관의 도련님으로 날달걀처럼 아름다운 얼굴이겠지. —날달걀이라고 해서 달걀장수는 아닐세."

"달걀장수를 아주 무시하는군. 그건 아무래도 상관없어. 어쨌든 그 샛서방이라는 게 그런 사람이 아니야."

"그래……? 집에 드나드는 젊은 사내가 아니란 말이지?"

"그렇다니까. 그건 말이지 전혀 뜻밖의 인물이야."

"그럼 아씨의 아버지인가?"

"신소리 집어치워. 사람들의 말에 의하면 아버지인 우의정 나리는 생불처럼 훌륭한 분이라고 하네. 그런 분이 당신 딸의 샛서방이 되는 엄청난 짓을 할 리 있겠는가? —상대방은 그런 사람이 아니야, 코쟁이야."

"뭐? 코쟁이? 코쟁이라니, 그 코쟁이놈이란 말인가? ……."

"당연하지. 코쟁이든 코쟁이놈이든 같은 말 아닌가? 그렇게 기막혀할 거 없어. 그래서 나도 화가 나는 거야. 아무리 신분에 차가 있다고는 해도 예쁜 아씨를 코쟁이에게 빼앗기면 화가 나지 않겠는가?"

"그렇군. 이거 정말 화가 나는데. 정말 아까워. 그래 어쩌다 그런 코쟁이를 샛서방으로 두게 된 건가? 정말 아깝군……."

"핫, 하, 하, 하. 어떤가? 자네 생각도 그렇지? 이건 우리뿐만이 아니야. 이 장안 사람들 전부가 그래. 그 댁이 불에 탄 것도 어찌 보면 당연한 일이야."

"그렇게 용을 써봐야 소용없는 일이야. 그 샛서방도 어젯밤에 틀림없이 썩둑 베였을 테니. 단념할 수밖에 없지……."

"그렇다면 그 코쟁이 샛서방이라는 놈도 역시 야소겠지?"

"맞아. 야소의 젊은 선교사라더군. 소문에 의하면 재작년쯤에 프랑스에서 건너온 젊은 선교사래."

"흠, 땡중 같은 놈이로군. 그런데 야소의 선교사라고 하면 그 포도알 같은 눈에 매부리코에 벌건 얼굴에 아주 건방진 표정을 짓는 녀석들이라고 하던데?"

"맞아. 옥수수수염 같은 머리털을 하고 시커먼 두루마기 같은 것을 입고 있는 야소의 그 코쟁이야."

"이런 제길. 밥맛 떨어지는군. 그런 이상한 모습을 한 원숭이 같은 놈에게 우의정 나리의 따님이 어째서 반해버린 거지? 아버지인 우의정 나리도 그렇지, 그런 사내에게 딸이 반해버렸는데 그걸 가만뒀단 말인가?"

"우리가 보기엔 저쪽이 외도처럼 보이지 않나?"

멀리서 소총을 일제히 쏘는 소리와 함께 사람이 부르짖는 소리가 여름밤의 모깃소리처럼 희미하게 들려왔다.

"잠깐만! 이거 마침내 날벼락이 떨어졌구먼. 이래서는 야소가 아니라도 위험하겠어……."

"흠……, 이거 난처하게 됐군."

도성 끝의 한 민가 안에서 이런 이야기를 주고받으며 불안한 얼굴로 마주보는 사내들도 있었다.

5

도성의 한쪽에 있는 구릉에 면해서 이 나라의 중앙천주공교회당 건물이 서 있었다. 경사각이 날카로운 고딕 건물의 정상에서는 금빛 십자가가 장밋빛 희망으로 반짝이는 햇빛을 찬란하게 반사하고 있었다.

아침 햇살이 그 언덕을 비출 무렵이 되면 그 건물의 종루 위에서 종소리가 화사한 울림으로 허공에 퍼져갔다. 시내의 신도들 모두 그 종소리를 들으면 각자 집에 모셔둔 성상 앞에 무릎을 꿇고 앉아 진심으로 기도를 올리는 것이 나날의 일과였다.

그런데 오늘 아침에는 아무리 시간이 흘러도 그 종소리가 들려오지 않았다. 신도들은 새벽부터 전해지는 거리의 심상치 않은 기운에 크게 걱정하며 근심스럽다는 듯 언덕 저편으로 장엄하게 솟아 있는 예배당을 올려다보았다.

교회당 앞에는 프랑스식으로 꾸민 널따란 정원이 있었다. 나무가 적은 이 나라지만 그 주변에는 아카시아네, 미루나무네, 소나무네 하는 것들이 울창하게 심어져 있었다. 봄부터 여름에 걸쳐서는 아름다운 화초들이 가득 피어났다.

그러나 지금은 2월 말이었다. 며칠 전에 내린 눈이 곳곳의 구석에 아직 허옇게 남아 있었다. 주변에 있는 나무들은 싸리비처럼 되어 겨울의 쓸쓸함을 더해주고 있었다.

그 회당 안에서 무엇인가가 폭발한 것 같은 커다란 소리가 일었다. 우지끈하고 전면의 유리문이 산산조각 나더니 그곳으로 하얀 연기가 피어올라 창밖으로 뿜어져 나왔다. 저마다 요란하게 소리를 지르며 대여섯 명의 병사들이 한꺼번에 우르르 그곳의 계단을 내려왔다. 손에 들고 있는 소총 끝에서는 총검이 하얗게 번뜩이고 있었다. 바로 뒤이어 일고여덟 명쯤 되는 두 번째 무리들이 내려왔다. 그 가운데 둘러싸인 서너 명의 검은 옷을 입은 선교사들은 두 팔이 묶인 채 조용히 머리를 숙이고 있었다. 장교인 듯한 자가 소리 높여 호령하자 한 무리의 병사들이 앞의 정원에 정렬하더니 거기서 시내로 이어지는 널따란 길을 내려갔다. 회당 쪽에는 아직도 무엇인가가 있는 듯한 기색이었다. 하얀 연기는 어느 정도 잦아들었으나 안에서 무시무시한 소리가 들리며 무엇인가가 부서진 듯한 모양이었다. 순간 깨진 창으로 백의를 입은 한 사내가 원숭이처럼 잽싸게 뛰쳐나오더니 앞의 나무들 속으로 달려 들어갔다. 그와 동시에 소총 소리가 회당 안에서 들리더니 번쩍하고 번개와도 같은 불꽃이 창가로 보였다. 다시 그곳의 계단으로 병사들이 내려왔다. 이번에는 십여 명이 한 무리를 이루고 있었다. 그리고 대여섯 명의 사람들을 거의 짊어지듯해서 끌어냈다. 앞마당으로 나오자 얼어붙어 딱딱한 땅 위로 그 사람들을 내팽개쳤다.

그 사람들은 말없이 땅바닥에 엎드려 있었다. 어서 빨리 하나님의 분노가 이 박해자들 위에 내리기를 기도하고 있는 것처럼 보였다. 고함을 치고 있는 병사들은 각자의 구둣발로 눈사람을 차서 깨뜨리듯 발길질을 해대고 있었다. 그러나 수난자들은 여전히 말이 없었다.

대여섯 명의 병사들이 검을 끼운 소총을 거꾸로 드는가 싶더니, 순간 금속과 금속이 세게 긁히는 것 같은 날카롭고 급박한 사람의 외침이 들려왔다. 주위의 공기로 그 비명이 괴이한 울림을 전했다. 병사들은 소리 높여 서로 흥겹게 웃고 있었다. 뒤이어 소가 우는 듯한 신음이 요란스럽게 울리기 시작했다. 병사들은 그 가운데 한 사람의 호령에 따라 2열종대로 서더니 발을 맞춰 앞의 병사들이 내려간 길을 내려갔다. 뒤에는 아직 꿈틀거리고 있는 대여섯 명의 사해가 버려져 있었다.

태양은 맑은 하늘에서 높게 빛나고 있었다. 그 아래의 교회당에서는 시커먼 연기가 뭉게뭉게 피어올랐다. 시뻘건 불길이 저주의 뱀처럼 봉우리와도 같은 검은 연기에 엉겨 붙어 있었다. 지금까지 앞마당에 쓰러져 꿈틀거리고 있던 사람들 속에서 갑자기 벌떡 일어선 사람이 있었다. 전신을 부들부들 떨며 몇 번이고 쓰러질 것 같은 몸을 지탱해 지금 자기 앞에서 마치 선풍에 일어난 회오리나, 화산 정상의 불기둥처럼 한꺼번에 솟아오른 불의 난무를 흐릿하게 뜬 눈으로 가만히 바라보았다. 그는 핏물로 만들어진 것 같은 짙은 다홍색 몸을 힘껏 버티고 선 채 한손을 공중으로 휘둘러 커다랗게 십자가를 그었다. 하나님을 향해 호소하는 듯한 모습이기도 했다. 하늘을 향해 저주의 글귀를 쓰는 듯한 모습이기도 했다. 그의 흐릿하던 눈이 갑자기 섬뜩한 빛을 띠기 시작했다. 허연 이를 드러낸 채 고뇌의 몸부림을 참을 수 없다는 듯한 표정이 비장한 빛을 뿜으며 그의 얼굴에 깊이 떠올랐다. 잠시 후 그는 다시 원래 자리에 풀썩 쓰러졌다.

교회당의 불길이 넓은 하늘에 한 덩이의 기이한 구름을 남기고 완전히 잿더미로 변해버린 것은 벌써 저물녘이 가까운 때였다. 기이한 구름에는 저녁노을이 아름답게 물들어 빛을 머금고 있었다. 그 빛이 흘러 아카시아의 마른 가지가 땅 위로 옅은 그림자를 그리고 있었다.

하얀 재가 어지럽게 날리고 있는 교회당의 앞길을 마치 기듯 해서 내려가는 검은 그림자가 하나 있었다. 온몸이 피로 물들어 있었지만 아직 스무 살이 조금 넘은 청년이라는 사실을 상상해볼 수 있었다. 그는 어둠을 틈타 망령과도 같은 모습으로 시내를 향해 나아갔다.

그는 마치 꿈과도 같았던 오늘의 일들을 몇 번이고 마음속에 그려보았다. 그는 매일 오전 4시에 일어났다. 그리고 아침 기도를 마치고 나면 오전 6시였다. 그는 오늘도 평소와 다름없이, 그리고 주교의 뒤를 따라서 아침을 먹기 위해 식당으로 들어갔다. 그런 다음 평소와 다름없이 밥상 앞에서 감사의 기도를 올리고 있던 찰나 힘차게 발소리를 울리며 문을 박차고 뛰어든 것은 무장을 한 수많은 병사들이었다.

"너희들은 이곳의 선교사냐?"

당장에라도 달려들듯 징과 같은 소리를 올리며 앞에 선, 사관인 듯한 자가 외쳤다. 주교 외에 몇 명의 전도사들도 있었다.

병사들의 모습을 본 주교는 말없이 한 차례 하늘을 올려다보다, 곧 가만히 머리를 숙였다. 그것은 옛날 그리스도가 수난의 날을 예기하고 그 제자들에게 알린 것처럼, 뒤에 선 채 어수선한 이 모습에 놀란 자신의 제자들에게 자신의 결심을 암시하는 듯한 모습처럼 보이기도 했다.

주교는 병사들에 의해서 바로 잡혀갔다. 그는 그 은사의 모습을 보고 용감히 몸을 날려 은사를 되찾으려 했다. 그러나 그는 곧 수많은 병사들에 의해 가로막히고 말았다.

"뭘 버둥거리고 있는 거야. 이봐, 꽁꽁 묶어버려!"

사관이 다시 커다란 소리로 이렇게 외쳤다. 젊은 그는 전신의 피가 끓어오르는 것을 느끼며 몸을 돌려 뒤에 있는 식탁 위로 뛰어올랐다.

"오오, 나는 하나님을 믿는다!"

그가 손을 높이 들어 십자가를 그었다.

"뭐랏!"

그의 몸으로 억센 팔이 몇 개나 덮쳐와, 그는 그 자리에 쓰러져 짓눌리고 말았다. ……

6

높은 곳에 위치한 중앙교회당에 불길이 솟아올랐을 무렵, 이 거리의 각 요충지에 있는 대문은 전부 닫혀 있었다. 문 안팎에서는 군대가 엄중하게 경호를 하고 있었다. 그곳을 지나려는 자는 전부 보초에 의해 끌려가 위병소에서 심문을 받았다. 성상을 흙바닥에 던져놓고는 그 위를 건너가게도 하고, 신을 신은 채로 짓밟게도 했다. 이렇게 해서 그 지나려는 자의 신앙을 시험했다. 설령 천주교도가 아니라 할지라도 그리스도를 믿는 자들은 모두 그 시험을 거부했다. 그리고 그들은 곧 교외의 형장으로 보내졌다.

시내 곳곳에 있는 천주공교회, 강의소, 수사원, 수녀원, 신학교, 그리고 천주교도들이 운영하고 있는 병원, 고아원에 이르기까지 전부 병사들을 보내 학살케 했다.

신도들의 집에는 각 호별로 병사들이 들어가 가족들을 잡아다 총검의 날빛으로 용서 없이 찔렀다. 길가에 쓰러져 이제 내리치려 하는 병사의, 치켜 올린 개머리판 아래서 얼굴 전체를 눈물로 적신 채 목숨을 비는 노인이 있었다. 무슨 일인가 놀라 집 밖으로 달려 나온 노파를 한 방에 쏘아 쓰러뜨렸다.

길 위에는 들개처럼 맞아 쓰러진 시체가 쌓여 나뒹굴고 있었다. 어머니의 유해에 매달려 엉엉 울고 있는 아이가 있었다. 아버지나 형제의 비참한 죽음을 바라보며 시치미를 떼고 그대로 지나쳐야 하는 사람도 있었다. 2월의 차가운 삭풍이 그런 시체 위를 스치고 지나며 흐르는 핏물을 자홍색 유리처럼 얼게 했다.

오전 중에는 그래도 병사들만이 대를 이루어 시내를 활보했으나 오후가 되자 섬뜩한 얼굴을 한 다수의 사람들이 복면으로 얼굴을 반쯤 가린 채 손에 손에 칼이나 창, 몽둥이를 들고 병사들에게 협력했다. 그들의 박해는 병사들의 그것보다 훨씬 더 잔인했다.

새롭게 봉기한 박해자는 천주교의 종교적 적인 불교도와 유교도였다. 그들은 미타(彌陀)의 자비를 내보이기 전에 호법(護法)의 날카로운 칼을 휘두르는 것이라 칭하고 피에 흥분한 맹수처럼 날뛰며 시내를 돌아다녔다. 인(仁)을 펼치기 전에 괴력난신(怪力亂神)을 이야기하는 사교(邪教)를 멸하려는 것이라 외치며 사람을 저주하는 악마처럼 동서로 분주히 달렸다.

중앙교회당에서 저녁의 어둠을 틈타 거리로 기어 나온 청년은 이제 어디를 보아도 불길이 활활 타올라 시가의 하늘을 굉장한 기세로 물들이고 있는 광경을 보았다. 그는 이리저리 날뛰는 박해자들을 볼 때마다 겹겹이 쌓여 누워 있는 시체들 속으로 자신의 몸을 숨겼다. 그의 전신도 피를 뒤집어썼기에 곁을 지나는 자들도 이미 숨이 끊어진 시체일 것이라 생각해 뒤돌아보는 자가 없었다. 그는 마치 적을 앞에 둔 병사가 사물들 뒤에 몸을 숨기며 약진해 나가는 것처럼 처참하게 참살당한 교우들의 시체를 참호 삼아 오늘 행해지고 있는 대학살의 모습을 정찰했다. 그는 오늘 아침 교회당 앞에서 병사들에게 오른팔을 찔렸으나 그 상처는 생각 외로 가벼웠다. 그는 병사들이 떠나고 난 뒤 주위에 떨어져 있던 새끼줄을 주워다, 왼손과 입으로 상박부를 단단히 묶었다. 그는 프랑스인에게서 이미 생리학적 지식을 얻었기 때문에 지혈을 위한 그런 응급처치는 행할 수 있었던 것이다.

그는 왼손으로 땅을 짚으며 기어서 걸었다.

그는 교우들의 시체 뒤에 숨어 눈물로 얼굴을 적시며 끊임없이 기도했다. 지상에 사는 인간들의 이 무시무시한 모습을 바라보고 있자니 그는 이제 그만 박해자 앞으로 몸을 던져 단번에 살해당하고 싶어졌다. 그리고 은혜로 가득 찬 천국으로 돌아가고 싶었다. 그가 경애하는 주교도, 제자들도 벌써 박해자들의 손에 의해서 천국으로 돌아갔을 것이라 여겨졌다. 지상의 유한한 생명을 아껴 천상의 무한한 생명을 향수하지 못하는 자신은 멸시받아 마땅하다고 그는 생각했다. 그는 이 도시에서 신도들이 가장 많이 살고 있는 TD문 부근까지 기어오는 동안 몇 번이고, 몇 번이고 자기 옆을 달려 지나는 박해자에 맞서 살해당해버릴까 싶었다. 하지만 그는 이 지상에 자신이 수행해야 할 사명이 아직 남아 있는 것 같다는 생각이 드는 것을 막을 수가 없었다. 지상에서 괴로워하는 이 수많은 인류를 남겨두고 자신만이 천국에서 무상의 향락을 맛보는 것은 결코 최선의 길이 아닌 것처럼 느껴져 견딜 수가 없었다. 전신이 불길에 휩싸인 것처럼 팔의 상처가 아파왔다. 주위가 갑자기 어두워지고, 당장에라도 숨이 막혀버릴 것만 같았다. 그는 이런 고통을 참기보다는, 단칼에 목숨을 잃는 것이 낫지 않을까 생각했다. 그리고 이제는 그 사나운 박해자가 오면 상대가 피의 미소를 지을 수 있도록 반드시 살해당해 버리자고 각오했다. 땅을 울리며 병사들이 왔다. 기다란 창을 들고 복면을 한 커다란 사내들이 왔다. 그때마다 그는 가슴을 두근거리며 지금이다! 지금이다! 라고 마음속으로 외쳤다. 그러나 그 각오와는 전혀 상반되게 그는 퍼뜩 놀라 으슥한 곳으로 몸을 숨겼다. 그리고 참살당한 사람처럼 위장하기도 하고, 시체를 위에 덮어쓴 채 숨을 죽이기도 했다. 그는 지상에서 아직 무엇인가 해야 할 일이 있다고 하나님이 자신에게 묵시를 주고 계신 것이라고 생각했다.

그가 TD문 부근까지 왔을 때는 이미 밤도 상당히 깊었을 때였다. 얼어붙을 것만 같은 추위가 그의 뼛속까지 사정없이 파고들었다. 시종 땅

바닥에 대고 있던 그의 무릎과 왼손은 돌처럼 딱딱해져서 감각을 잃었다. 주위에는 싸움터에 버려진 전사자들과 같은 시체들이 산더미처럼 쓰러져 있었다. 그리고 아직도 여전히 멀리에서부터 흙이라도 나르는 것처럼 번갈아가며 그 부근의 들판으로 사체를 버리러 왔다. 그 모습을 보고 그는 자신도 모르게 눈을 가렸다. 그리고 소리 죽여 흐느껴 울었다.

사체의 처리는 이 도시의 백정이라 불리는 천민들이 관청으로부터 명령을 받아 행했다.

이 나라에서 백정이란 특종 부락을 이루어 살고 있는 하나의 천민계급이었다. 천주교는 그 전도를 우선 궁정에서부터 시작했기에 신도의 대부분이 상류계급이었다. 백정들은 평소 학대받았던 것에 대한 복수를 이번 기회에 마음껏 할 수 있었다. 그들은 그날 저물녘부터 병사와 종적(宗敵)들 사이에 섞여 함성을 지르고 증오에 불타오르는 눈을 번뜩이며 시내를 돌아다녔다. 상처 입어 쓰러진 자의 다리를 잡아 질질 끌며 거리를 돌아다녔다. 괴로움에 몸부림치고 있는 자를 몇 명이고 모아다 그 몇 개의 목을 새끼줄로 한데 묶어 끌고 다녔다. 그리고 그것을 TD문 밖에 버렸다. 끈적끈적한 피가 부근의 시내로 기름처럼 흘러들고, 2월의 희미한 달빛이 그 위로 쏟아지자 피가 인(燐)처럼 빛을 발했다. 피비린내가 이 거리의 구석구석까지 훑으며 돌아다니는 들개들을 끝도 없이 불러들였다. 희미한 어둠 속에서 까마귀들이 시체 위를 어지러이 날고 있었다. 개에 놀란 까마귀가 까악까악 요란스럽게 울었다. 아래서는 단말마의 신음소리가 커다란 소용돌이를 이루고 있었다. 청년도 한동안은 그 가운데 끼어 신음소리를 올리고 있었으나 그의 팔에 난 상처가 눈이 아득해질 정도로 쑤셔 견딜 수가 없었다. 전신에 극심한 오한이 느껴졌으며, 이가 서로 부딪힐 정도로 덜덜 떨렸다. 그러나 자기 옆에서 괴로움에 몸부림치고 있는 사람들의 고통에 비하면 아무것도 아니라는 생각이 들었다. 그래도 그는 그저 신음하기만 했다. 땅 위의 잔혹한 죄악을 증오하는 저주의 말을 읽어 내려가듯, 격렬하게 신음했다. 기이한 오색 섬광이 현란하게 그의 눈앞에 그려졌다. 그리고 눈물이 얼어붙어 뺨의 살이 찢어지는 것처럼 아팠다. 그는 신음하며 눈물을 흘렸다.

얼마쯤 뒤, 그는 TD문에서 3, 4정 정도 떨어져 있는 한 조그만 사당 옆으로 기어갔다. 그는 이 하룻밤을 동사는 면할 수 있을 만한 곳에서 보내고 싶었던 것이다. 우선은 그런 곳에서 하룻밤을 보낸 뒤, 일단 북쪽에 있는 고향으로 돌아가야겠다고 생각했다. 가는 도중 구걸을 해서라도 고향으로 한번 돌아가 보고 싶었다. 고향으로 돌아가 상처를 치료한 뒤, 다시 이 세상의 악과 싸우겠다고 결심했다. 그의 마음에서는 아직 그러한 희망의 횃불이 희미하게 불타오르고 있었다.

사당은 벌써 황폐해질 대로 황폐해져 있었으나 그래도 밤이슬을 피하기에는 크게 문제가 없을 터였다. 당의 문을 열면 안에는 두어 명의 사람들이 몸을 눕힐 만한 공간도 있을 것이었다. 눈이나 밤이슬에 젖지 않은 흙 위에서 설령 잠은 들지 못한다 할지라도 조용히 새벽을 기다릴 수는 있으리라. 이 부근은 낮에도 사람들의 왕래가 매우 적은 곳이니, 여기서 몰래 산을 타고 고향으로 돌아가는 것은 그리 어려운 일이 아닐 것이라고 그는 생각했다.

그는 마침내 그 사당의 옆까지 왔다. 그리고 앞쪽으로 돌아가 거기서 안으로 들어가야겠다고 생각했다. 그런데 그 안에서 사람의 기척이 느껴지는 것 같다는 사실을 그는 깨달았다. 그는 깜짝 놀라 몸을 움츠렸다. 사당 안의 사람은 혼자가 아니라는 사실을 바로 알 수 있었다. 몸부림치고 있는 듯한 가느다란 소리가 들려왔다. 그리고 그 소리와 함께 어우러져 굵게 신음하는 듯한 소리도 들려왔다. 거기에 또 그곳과는 조금 떨어진 맞은편 구석에서 속삭이는 듯한 목소리도 들려왔다. 그는 두근거리는 가슴으로 가만히 귀를 기울였다. 상처 입은 사람들이 이곳으로 도망쳐 들어온 것이 아닐까 생각한 것이었다. 그 가느다란 목소리가 틀림없이 여자라는 사실을 알 수 있었다. 여자가 괴롭다는 듯 자꾸만 몸부림치고 있다는 사실을 알 수 있었다. 드문드문, 당장에라도 숨이 끊어질 것처럼 희미하고 가느다랗게 쥐어짜내듯 조그만 신음소리를 올리고 있었다. 거칠고 굵게 소처럼 콧김을 내쉬고 있는 것은 틀림없이 남자였다. 뜨겁게 내뱉는 숨소리만이 쉴 새 없이 들려왔다. 그는 그 사람들이 틀림없이 상처를 입고 이곳으로 도망쳐 들어온 것이라고 생각했다. 그랬기에 그는 자신도 역시 그 안으로 들어가 그 사람들과 함께 여기서 하룻밤을 보내고 싶다는 마음이 들었다. 그는 한손으로 땅을 짚고 무릎으로 그 사당의 처마 밑을 기어 앞의 문 쪽으로 돌아갔다. 문은 위쪽 절반이 문살로 되어 있고 아래쪽에는 판자가 붙어 있었다. 하지만 그 판자가 절반 이상이나 깨져서, 문 밖에서 들여다보면 사당 안을 잘 볼 수 있었다. 맑은 하늘에서는 달이 희미한 빛을 땅 위로 쏟아내고 있었다. 그 빛이 처마 끝으로 비스듬하게 쏟아져 사당 안도 비추고 있었다. 정면에는 비석 2개가 서 있었다. 그 표면에 달빛이 반사되어 희뿌옇게 보였다. 문이 깨진 틈으로 비석 앞을 들여다본 순간 그는 자신의 목이 단번에 굳어버린 것처럼 놀랐다. (이하 77자 말소)

그는 당황해서 목을 움츠렸다. 부끄러움의 땀이 그의 온몸을 적셨다. (위의 '이하 77자 말소'는 여기로 오는 것이 맞는 듯. — 역주)

때문에 하나님으로부터 자기 혼자만이 시련을 받고 있는 것이라는 느낌이 들었다. 그는 사당의 기둥을 한손으로 짚고 꿈을 꾸는 사람처럼 기도를 계속했는데 언제부턴가 정신이 아득해져가는 것을 의식했다.

7

문을 박차듯 그곳에서 뛰쳐나온 사람이 있다는 사실을 문득 깨달은 그는 놀라 얼굴을 들었다. 커다란 사람의 그림자 두 개가 어두컴컴한 골목으로 달려가는 것이 보였다. 그의 몸은 신기하게도 가벼워져 있었다. 쑤시던 상처의 통증이 언제부턴가 멈춰 있었다. 그가 오른팔을 만져보니 차가운 돌처럼 되어 감각을 완전히 잃었다. 그의 신경이 강한 자극을 받아 그에 따른 격한 반동으로 그는 몇 분 동안 최면상태에 빠져 있었던 것이다. 만약 그 문 안에서 요란한 소리를 내며 뛰쳐나온 사람이 없었다면 그는 아마 그대로 얼어 죽었을지도 몰랐다.

그는 멀리 어둠 속으로 그 두 개의 그림자가 사라지자 자신도 모르게 사당 안을 들여다보았다. 그러자 거기서는 아직도 한 사람이 누운 채로 자꾸만 몸부림을 치고 있었다. 그는 다시 놀라 그 모습을 가만히 바라보고 있었는데 그것이 여자라는 사실을 알 수 있었다. 문 앞까지 온 그는 자신의 진퇴를 어떻게 해야 좋을지 모르겠다는 듯 한동안 멍하니 서 있다가, 문득 무엇인가를 마음에 각오한 모습으로 문을 붙들고 그 안으로 들어갔다.

그러자 여자가 갑자기 몸을 꿈틀거리며 앞서와 같이 가느다란 신음소리를 냈다. 그러나 그는 굳게 믿는 바가 있다는 듯 여자 옆으로 다가갔다. 여자는 젊고 아름다운 모습을 하고 있는 듯했으나 몸은 흙투성이가 되었고 얼굴은 새파랗게 질려 있었다. 입에는 재갈이 물려 있었으며, 두 팔은 뒤로 묶여 있었다. (이하 29자 말소[2]) 그는 얼굴을 돌리고 몸서리를 쳤다. 여자는 그가 다가갈수록 더욱 몸부림을 치며 몇 번이고 충동적으로 달아나려 조급해하는 모습을 보였다. 그는 혀가 굳어 말조차 나오지 않았으나 불쑥 왼손을 내밀어 서둘러 여자의 허리 아래를 여자가 입고 있던 치마를 펼쳐 가려주었다. 부드러운 옷의 촉감을 그는 자신의 손에 느꼈다.

"저는 결코 당신을 괴롭히러 온 사람이 아닙니다. ……하나님께서 분명히 당신을 축복하실 것입니다……."

그는 이 말만을 간신히 할 수 있었다.

"잠깐 기다리세요. 곧 당신의 몸을 풀어드릴 테니……."

그는 다시 이렇게 말할 수 있었다. 이때까지 그의 모습을 보고 있던 여자가 약간 차분해지기 시작했다. 여자의 머리 쪽으로 약간 다가간 그는 같은 왼손을 뻗어 여자의 입에 물려 있던 재갈을 풀었다. 그러자 여자는 뜻밖이라는 표정으로 그의 얼굴을 가만히 바라보았으나, 재갈이 풀리자 크게 숨을 한번 내쉬더니 뒤이어 울음을 터뜨렸다. 놀란 그가,

"앗! 그렇게 커다란 소리를 내서는 큰일 납니다. ……."

라고 손으로 막으며,

"거리에는 아직 악한 자들이 여럿 어슬렁거리고 있으니 언제 또 이곳으로 들어올지 알 수 없는 일입니다! ………………."

라고 다시 강하게, 하지만 속삭이듯 말했다.

"자, 몸을 일으키세요. 손을 풀어드릴게요."

---

2) 이익상의 번역에는 '그리고 아래 몸둥아리는 왼통 벗기여젓섯다.'라는 구절이 있다.

그는 이렇게 말하고 가만히 여자의 몸 밑으로 팔을 넣어 여자가 몸을 일으킬 수 있도록 힘을 보태주었다. 그의 말을 듣고 여자는 슬픔에 북받쳐 오르는 소리를 참으며 가만히 몸을 일으키려 했으나, 반쯤 일으킨 몸을 스스로는 버티지 못하고 다시 털썩 원래대로 쓰러지려 했다. 그런데 뒤에서 끌어안듯 하고 있던 그의 팔이 여자 몸의 무게를 견디지 못했기에 그와 동시에 마치 여자의 몸을 한쪽 팔로 끌어안듯 해서 그도 거기에 쓰러져버리고 말았다. 그는 그 여자와 자신의 자세를 깨닫는 순간 당황해서 일어나려 서둘렀으나 무거운 여자의 몸 아래에 깔린 팔을 지칠 대로 지친 그의 힘으로는 어떻게 해볼 수도 없었다. 여자도 입을 굳게 다물고 있었다. 그는 몇 번이고 절망한 듯 한숨을 쉬며 잠시 그대로 있었는데, 그 순간 갑자기 여자 몸의 온기와 숨이 막힐 듯한 이성의 냄새가 코를 찌르자 쇠채찍으로 세게 얻어맞은 듯한 느낌이 들었다. 그래서 정신없이 몸을 일으켜 여자 몸에서 떨어져버렸다. 어찌 된 일인지 그 순간은 총검에 찔린 팔의 통증조차도 잊고 있었다. …….

벌떡 일어난 그의 몸에는 신기하게도 말로 표현할 수 없는 젊은 용기가 충만해 있었다. —오랜 세월, 벌써 60세 이상이 된 주교 곁에서 생활하며 늘 하나님의 길에 정진해온 그는 몸도 마음도 주교처럼 노성(老成)한 기운을 기르고 있었다. 그는 때로 22세인 자신의 몸이 그 주교라도 된 것 같다는 느낌까지 받을 때가 있었다. 또한 그렇게 되어 가는 것이 존귀한 일인 것처럼도 느껴졌다. 주교는 매우 건강한 프랑스 사람이었다. 문명이 발달한 나라에서 이렇게 외딴 곳까지 건너와 온갖 박해도 돌아보지 않고 열렬하게 전도하고 있는 사람답게 참으로 용감하고 남성적인 부분도 있었다. 그도 그런 기질에 감화되어 있었으나, 또 한편으로 그는 어쩐지 그런 사람에게 의지해보고 싶다는 마음도 가지고 있었다. 그럴 때면 그는 자신이 남성인지 여성인지 분명하게 의식되지 않는 경우도 있었다.

그는 우연히 이러한 기회에 놓인 지금 비로소 자신이 남성이었다는 사실을 매우 극명하게 의식했다. 그리고 역시 자신이 젊은 22세의 남성이었다는 사실도 매우 극명하게 의식했다. 거기서 그의 말로 표현할 길 없는 새로운 용기가 세차게 생겨나는 것이 신기하게도 느껴졌다. 지금까지는 오로지 하나님과 주교에 의지하는 일에만 마음을 써왔던 자신이, 다시 자신보다 훨씬 나약한 여성이 있고 그녀가 자기 손의 강한 도움이 없으면 도저히 살아갈 수 없다는 사실을 깨닫자, 그의 몸 깊은 곳에서 굉장한 기세로 새로운 용기가 솟아오르는 것이 느껴졌다. ……

"자, 얼른 일어나세요. 괴로우셨죠? 바로 노끈을 풀어드리겠습니다. …….."

그는 설령 여자가 더 이상은 조금도 힘을 내지 못한다 할지라도 자신의 한쪽 팔로 반드시 일으키겠다 생각하고 다시 여자의 몸 밑으로 자신의 팔을 넣어 있는 힘껏 안아 일으켰다. 이번에는 여자가 쉽게 몸을 일으켰다. 그는 여자의 가느다란 두 손목을 잔혹하게 묶고 있는 삼끈 같은 것을 찾았다. 그 매듭에 손톱을 넣어보았으나 도저히 풀릴 것 같지가 않았다. 그는 바로 자신의 입술을 거기에 대고 송곳니로 질끈질끈 끈을 씹었다. 그러나 좀처럼 쉽게는 풀리지 않았다. 여자의 부드러운 팔의 살갗이 그의 뺨에 닿았다.

끈이 풀렸다. 그러나 여자는 두 팔을 여전히 등 뒤로 돌린 채 가만히 있었다.

"이제 끈이 풀렸습니다."

그가 여자의 얼굴을 들여다보며 말했다. 그리고 세게 묶여 있었으니 틀림없이 아주 아플 것이라 생각해서 그 팔을 가만히 문질러주었다.

"아프시죠……?"

그가 안쓰럽다는 듯 다시 여자의 팔을 쓰다듬었다. 여자는 실신한 것처럼 언제까지고 말없이 고개를 숙이고 있었으나 어깨가 눈에 보일 정도로 물결치고 있었다.

"하나님께서는 당신을 틀림없이 축복하실 겁니다. 어디 몸이 안 좋은 데는 없나요?"

그가 진심으로 여자를 위로하며 다시 이렇게 말했다. 그때 여자가 처음으로 고개를 끄덕여 보였다. 그리고 갑자기 온몸을 부들부들 떨기 시작했다. 그도 극심한 추위가 스멀스멀 느껴지기 시작했다. 밤은 이미 꽤나 깊어 있었다.

"저희가 언제까지고 여기에 있는 것은 위험합니다. 나쁜 놈들이 다시 되돌아오면 큰일입니다. 얼른 다른 곳으로 달아납시다……."

그가 여자를 재촉하듯 말했다. 그리고 여자 곁으로 다가가 부축해 일으키려 했다. 여자는 그 말을 듣더니 갑자기 벌떡 일어났으나 비틀비틀하다 다시 그 자리에 털썩 쓰러지고 말았다.

"앗! 괜찮으세요? 당신, 못 일어서시겠나요……. 하나님 아버지, 부디 저희 두 사람의 하인과 하녀에게 당신의 커다란 은혜를 베푸소서!"

그는 거기에 쓰러진 여자를 한 팔로 힘껏 끌어안고 눈물을 흘리며 이렇게 기도했다. 여자가 청년의 몸에 힘껏 매달렸다.

그는 다시 불안하다는 듯 문 밖을 보았다. 조용한 천지는 죽음처럼 고요했다.

저 멀리 장안의 하늘에는 불에 타고 있는 집들이 어수선한 구름이 되어 떠 있었다. 달빛에 그것이 어렴풋이 하얗게 보였다. 청년은 그 장안의 하늘을 가만히 바라보았다. 그리고 어렸을 때부터 자신을 사랑해준 주교와 평소 친하게 지내던 교우들의 안전을 걱정했다. 그는 오늘 아침에서부터 지금까지의, 그 무시무시한 인간들의 모습을 마음속으로 다시 생생하게 그려보았다. 눈물이 쉴 새 없이 뺨을 타고 흘러내렸다.

"아아, 하나님이시여! 저는 결코 당신의 존재를 의심하지 않습니다. — 그것은 참으로 슬픈 일입니다!"

그는 마음 깊은 곳에서 솟아오르는 무시무시한 미혹에 몸을 떨며 외치듯 이렇게 말했다. 그러자 여자가 그 떨리는 목소리에 갑자기 정신이 든 것처럼 그의 몸에 걸치고 있던 팔에 순간적으로 힘껏 힘을 주어 히스테릭하게 왈칵 끌어안으며,

"여보세요! 여보세요! 하나님 이름은 이제 그만 부르세요! 저는……, 저는 이제 하나님을 믿지 않아요!"

여자는 그리고 소리를 내어 울기 시작했다.

"저는……, 제 눈앞에서 아버지와 어머니를 잃었어요. 형제도 모두 살해당했어요. 저희 집은 불에 타고 말았어요. 그리고 저는 이 사당으로 끌려왔어요……."

더듬더듬 그녀가 목메어 우는 소리로 여기까지 말했다. 그리고 얼굴을 청년의 가슴에 묻었다.

"그것은 참으로 슬픈 일입니다! 그러나 저는 결코 하나님의 존재를 의심하지 않습니다! ……."

청년은 다시 이렇게 말했다. 그리고 살을 에는 듯한 추위를 느끼며 가녀린 여자의 몸에 가만히 몸을 대고 있었다. 그러자 그는 희미한 온기를 여자의 몸에서 받을 수 있었다. 왼손에 더욱 힘을 준 그는 여자의 몸을 한층 더 깊이 자신 쪽으로 끌어당겨 서로의 몸으로 파고드는 추위를 막

으려 했다. —그는 조금 전 이곳을 들여다보았을 때의 그 추잡한 사람들의 모습을 마음속으로 떠올렸다. 그러자 자신도 모르게 가슴이 뛰었다. 그리고 그와 동시에 그는 숨이 막힐 것만 같은, 도저히 더는 어떻게 해볼 수 없을 것만 같은 격렬한 유혹을 의식했다. 그는 온몸이 갑자기 불처럼 뜨거워지기 시작했다. 그는 몸을 뒤척여 여자의 몸에서 자신을 떼어내려 했으나 여자의 몸은 마치 커다란 바위가 그의 무릎 위에 쓰러져 있는 것 같았다. 그는 그 순간에 문득 자신의 부상당한 오른팔이 어느 틈엔가 건강한 팔처럼 되어 여자의 몸 일부에 단단히 감겨 있다는 사실을 깨달았다. 꺼져 들어갈 것 같은 숨결이 자신과 여자 사이에서 교환되고, 그런 자신의 숨결도 역시 조금 전 그가 들었던 것과 조금도 다를 바 없다는 사실을 의식했다. 그는 자신도 역시 조금 전 여기에 있던 박해자들 속에 있었던 것이 아닐까 하는 생각이 들었다.

(이하 3행 말소)

그때의 스물두 살이었던 청년이 지금의 토마스 신부였다. 그로부터 50년이 지났다.

8

"그러면 자네들은 한동안 여기에 머물겠다는 말인가?"

아름다운 성모의 그림이 걸린 아래, 모란과 같은 빛깔로 타오르고 있는 난로 앞에 의자를 놓고 누긋하게 앉은 토마스 신부가 왼손만으로 하얀 턱수염을 쓰다듬으며 이렇게 말했다. 창 밖에는 희끗희끗 눈이 내리고 있었다.

“네, 아무래도 지금 안으로 들어가는 것은 아직 위험할 듯하니 잠시 선생님께서 숨겨주셨으면 합니다.”

이렇게 말한 것은 그 눈 내리던 밤에 국경을 넘어온 사람 중 가장 나이가 많은 조성식(趙盛植)이었다.

“흠, 그건 어렵지 않은 일일세. 여기에 몇 년을 있어도 그것은 결코 상관치 않겠네. 하지만 자네들은 어떤 정신으로, 지금부터 안으로 들어가려 하는 겐가?”

“그 정신이라는 것은 어젯밤에도 선생님께 말씀드린 것과 같습니다.”

옆에 있던 젊은 신춘용(申春容)이 대답했다.

“아니, 그것은 자네들의 목적에 지나지 않네. 목적이라기보다는 이상이라고 말하는 편이 더 적당하겠지. 그 어떤 이상이 있다 할지라도 자네들의 전도정신이 헌신, 희생이 아니고서는 할 수 없는 법이야. —나는 어젯밤부터 자네들의 이야기를 가만히 듣고 있었네만, 자네들 말은 아주 잘하더군. N(일본. — 역주)과 S(중국. — 역주)에 오래 머물며 여러 가지 학문도 연구했을 테고, 또 견문도 넓혔을 테지만 그건 단지 자네들이 말을 잘하고 견문이 넓다는 것뿐일세. 그 이상은 아무것도 없다는 사실을 나는 이미 꿰뚫어 보았다네. 사회의 개조도 필요하겠지, 민족의 해방도 역시 급선무겠지. 그러나 그것은 말을 아무리 잘한다 할지라도 결코 해낼 수 있는 일이 아닐세. 물론 논의는 원리의 연구이니 쓸데없는 것이 아니라는 사실은 나도 알고 있으나…….”

토마스 신부의 오른팔은 견갑골 부근에서 절단되었는데 어찌하다 몸을 비틀면 꿈틀꿈틀 움직였다. 신부의 이야기를 들으며 신춘용은 그것이 움직이면 웃음이 터질 것처럼 우스워서 견딜 수가 없었다. 주먹을 꼭 쥐어 휙휙 휘둘러대고 있는 것처럼 여겨졌다. 그는 고개를 숙여 픽 웃음을 터뜨려버리고 말았다. 옆에 있던 권주영(權朱英)—세 사람 가운데 남장을 하고 온 여자—이 춘용의 무릎을 찔렀다. 그 사실을 눈치채지 못한 토마스 신부는 자신의 말이 우스워서 웃은 것이라 생각하여 말을 뚝 끊고 춘용을 힐끗 바라보았다. 그러자,

"선생님 말씀이 참으로 옳습니다……."

하는 수 없이 조성식이 이렇게 말해 얼버무렸다.

"애란(愛蘭)과 애라(愛羅)에게는 내가 늘 들려주는 말이네만—."

토마스 신부가 말을 이으며 자기 바로 옆에 얌전히 앉아 있는 두 자매인 듯한 젊은 여자들을 바라보았다.

"오늘은 자네들 세 사람이 멀리서 나를 찾아왔으니 옛날얘기를 한번 들려주기로 하겠네."

라며 토마스 신부는 약간 마음이 풀어진 모양이었다.

"자, 이것을 보게. 여기에 걸려 있는 족자를 좀 보게. 나는 언제나 이것을 두 사람에게 보라고 말한다네."

다시 이렇게 말하며 토마스 신부가 자기 바로 옆의 벽에 걸려 있는 한 폭의 족자를 가리켰다. 벌써 색이 완전히 바래버린 싸구려 석판 인쇄와 같은 것이었는데 그 족자의 가운데 위쪽에는 월계수에 둘러싸인 십자가가 인쇄되어 있고, 그 아래에는 십여 명쯤 되는 사람들의 반신 초상화가 늘어서 있었다. 낡기는 했으나 얼굴 등은 분명하게 알아볼 수 있었다. 프랑스인인 듯한 용모를 한 사람들도 두어 명 있었지만, 나머지는 전부 이 민족의 복장을 하고 있었다. 그 가운데는 커다란 삿갓을 쓰고 있는 사람도 있었다. 십자가 위에는 서양의 글귀가 적혀 있었으나 그것은 잉크가 날아가 읽을 수가 없었다.

“자네들은 이 족자 속 사람들을 어떤 사람들이라고 생각하는가? ……”

두 자매는 또 평소의 그 얘기가 시작되는가 싶어 따분하다는 듯한 얼굴을 했으나, 나머지 세 사람은 기대가 된다는 듯 그곳으로 시선을 돌렸다.

“이 사람들은 지금으로부터 50년 전에 이 나라의 땅에 피를 흘린 순교자들일세. 물론 순교자들은 이 사람들뿐만이 아닐세. 이 사람들 외에도 아직 만 명 이상이나 되는 사람들이 흉포한 박해자 때문에 목숨을 하나님께 바쳤다네. 우리는 그 일을 생각하면 그저 이 땅에 몸을 던져 하나님께 우리의 죄를 깊이 사죄하는 수밖에 없다네…….”

이렇게 말한 토마스 신부는 평소 성단에서 하는 것처럼 손바닥을 아래로 향해 땅에 몸을 크게 엎드리는 듯한 자세를 취했다. 그의 마음에는 어느 틈엔가 그 처참한 학살의 아침부터 저녁에 걸쳐서의 모습이 생생하게 떠오르기 시작했다. 그리고 그날 밤 사당 안에서의 기억도…….

잠시 눈을 감고 있던 그가 번쩍 눈을 떴다. 그리고 자신의 눈앞으로 악마처럼 덮쳐오는 그 괴로운 기억을 몰아내듯 다시 한 번 눈을 감고 얼굴을 좌우로 흔들더니 뒤이어 말했다.

“피로 죄를 갚는 것만큼 존귀한 전도도 없네. 이는 결코 원리의 연구만으로는 촉구할 수 있는 것이 아닐세. 오직 하나, 자신의 강한 신앙뿐일세, 열렬한 정신뿐일세. —오직 믿고 행하는 열렬한 정신으로만 촉구할 수 있는 것일세. 이 정신이 없다면 자네들의 이번 전도는 결코 인류에게 광명을 가져다줄 수 없을 걸세…….”

“선생님, 저희는 선생님처럼 하나님을 믿지 않습니다만…….”

신춘용이 젊은 목소리로 말했다.

"흠, 그야 나도 자네들의 이야기를 들어 잘 알고 있네. 자네들도 알고 있을 테지만 나는 다른 전도자들처럼 무슨 일이 있어도 하나님을 믿으라고 강요하지는 않네. 내가 선교사들로부터 비난을 받고 있는 것도 바로 그 점 때문일세. 그러나 설령 하나님을 믿지 않는다 할지라도 전도의 정신에는 결코 변함이 없다고 나는 생각하는데, 자네들은 어떤가? 자네들도 이 족자에 그려진 순교자들과 같은 정신이 자네들의 운동에는 필요하지 않다고 말하지는 않겠지?"

"그야 물론 그렇습니다. 저희는 참된 순교자와 같은 정신을 품고 있지 않으면 어떤 일도 할 수 없습니다. ……."

조성식이 감격한 것처럼 이렇게 말했다.

"그래, 그렇겠지. 나도 역시 그럴 것이라 생각하네. 신 군은 그렇게 생각하지 않는가? ……."

"………………."

신춘용은 입을 다물고 있었다.

"그래, 나도 젊었을 때는 여러 가지로 방황했다네. 때로는 하나님의 존재조차 의심했었다네. ……너무나도 처참한 인간의 악을 이 눈으로 직접 보았기에 나의 굳은 마음도 갈피를 잡지 못하고 흔들렸던 것일세. 그리고 저 존귀한 순교자들과 같은 행동은 도저히 할 수 없을 것 같다는 생각이 들자, 나는 그만 이 현실 속 인간인 채로 살아가는 것이 오히려 하나님의 뜻에 합당한 것 아닐까 하는 생각까지 하게 되었다네. 그리고 나는……."

토마스 신부는 이렇게 말하고 침을 꿀꺽 삼켰다. 희고 굵은 눈썹을 찌푸려 어두운 얼굴을 하더니 무엇인가 결심한 듯 다시 입술을 열었다.

"나는……, 무시무시한 악마의 달콤한 유혹에 빠지려 했던 적조차 있었다네. 그때 나는 죄의 끔찍함에 몸서리를 치면서도 이것이 진짜 인간의 모습이 아닐까 생각하기까지 했었다네. 그 이후부터 나는 이 한쪽 팔을 잃었을 때보다 훨씬 더 괴롭고 훨씬 더 끔찍한, 그리스도가 광야에서 40일 밤낮을 보낸 것보다 훨씬 더 긴 영혼의 번뇌 속에서 생활했다네. 그 동안에는 약자를 괴롭히는 강자에 대한 복수심도 일었다네. 방종한 육체의 기쁨을 동경하기도 했다네. 그것이 전부 땅 위에서 살고 있는 사람의 자연스러운 본모습이라는 생각이 드는 것을 막을 수가 없었다네. 나는 완전히 타락해 있었던 것일세. 지옥의 밑바닥에 떨어져 있었던 것일세. 지금으로부터 50년 전, 이 순교자들을 만들어낸 대학살의 아수라장에서 내가 한 여인을 데리고 이 고향으로 돌아온 해부터 십여 년이라는 세월 동안, 나는 완전히 하나님에게서 멀어져 거의 야수와 다를 바 없는 생활을 했다네. 그 때문에 내가 데려온 여인조차 몇 번이나 눈물을 흘리며 내게 충고했는지 모른다네. 충고를 하면 할수록 나의 죄업은 더욱 깊어 갔다네. 이에 그 여인은 마치 나에 대한 원한 때문에 죽은 사람처럼 세상을 떠나고 말았다네."

토마스 신부는 그 무서운 죄에 대한 참회라도 하듯 이렇게 말을 이었다.

"그 여인은 원래 상당한 집안의 딸로 일가 모두 신자였으나 나와 동거하게 된 뒤부터는 그 여인 역시 신앙이 타락해버렸다네. 그리고 마지막까지 끝내 구원받지 못한 채 세상을 떠나고 말았다네. —그 여인은 죽기 전에 내 손을 꼭 쥐고 이렇게 말했어. 저는 태어나지 말았어야 했어요. 제가 죽어 만약 연옥 속에서라도 하나님을 만나게 된다면 하나님께 단 한마디라도 원한을 말씀드리는 것이 무엇보다 커다란 즐거움이 될 것입니다. 저는 지금부터 그것을 기대하며 죽어갈 것입니다. —나는 그 말을 듣는 순간 인간이 무서워졌다네. …….”

토마스 신부는 말을 끊더니 후하고 굵은 한숨을 내쉬었다. 그리고 거기에 있는 주영을 힐끗 보았다. 그때 토마스 신부의 고전적인 얼굴에는 견딜 수 없을 정도로 커다란 번뇌가 깊이 새겨져 있는 것처럼 보였다. 평소 성단에 섰을 때의, 봄날 바다와 같은 온화함과 자애로 빛나는 얼굴과는 달리 생생한 인간의 고통을 한가득 담고 있었다.

“나는 천국으로 부름을 받을 때까지 그 여인의 영혼 앞에서 끊임없이 참회를 할 것이네. 죄가 있는 자는 단 한 번의 참회만으로는 안 되네. 자신의 일상생활 자체가 참회가 되어야만 하네.”

라며 그는 지금도 그 참회의 고백을 하고 있다는 듯,

“그 여인에게서 한 사내아이가 태어난 것은, 손가락을 꼽아 헤아려보니 내가 그 여인을 데리고 돌아온 뒤 꼭 10개월째 되던 때였다네. 그래, 그해의 11월 초순이었다네. 그 여인이 산욕에 괴로워하며 우리 집 안방에 누워 있었을 때, 이곳 북국의 어두운 하늘에서는 벌써 쉴 새 없이 엷은 눈발이 펄펄 날리고 있었다네. 나는 오랜 세월 은혜를 입었던 주교님의 안부를 걱정하며 어두운 하늘을 가만히 올려다보고 있었는데 언제부턴가 다시 그해 2월 말의 끔찍했던 학살의 밤이 마음속에 떠오르기 시작했다네. 그 여인이 박해자들에게 시달리던 때의 광경이 말로 표현할 수 없는 가슴속 괴로움으로 밀려왔다네. 산욕 때문에 흘러나오는 여인의 신음소리가 마치 그때 여자가 내던 신음소리인 것처럼 들려와서 말이지…….”

신부는 자신도 마치 신음하는 듯한 목소리였다. 고목의 가지를 보고 있는 것 같은 몸에서도 뜨거운 불꽃이 활활 타오르고 있는 것처럼 여겨졌다. 그러다 무엇인가 퍼뜩 생각이 떠올랐다는 듯 그는,

"그 여인은 말일세, 부모님과 형제 모두 학살당하고 말았다네. 집도 불에 타고 말았다네……."
라고 여기까지 말했다가, 그 뒤부터는 다시 다음과 같은 이야기를 했다.
"태어난 아이는 두 살, 세 살, 자랄수록 더욱 사랑스러워졌다네. 나는 몇 번이고, 몇 번이고 그 아이의 얼굴이나 모습을 가만히 바라보는 때가 있었다네. ……나는 예전에 주교님 밑에 있을 때, 프랑스인으로부터 생리학이나 의학 서적을 배운 적이 있었는데 그때가 되자 다시 한 번 그런 책들을 읽어보고 싶어 견딜 수가 없었다네. ―아니, 아이를 기르는 데는 그것이 꽤나 필요한 것이었기에……."
그렇게 말꼬리를 가만히 흐리고, 자기 앞에 있는 사람들을 둘러보았다.
"그 뒤로부터 나는 무시무시한 죄의 연못으로 떨어져 갔다네. 아이가 자라나는 것처럼 나의 죄업도 자라났다네. 나는 어떤 이유에서인지 아이의 엄마가 된 여자가 보기 싫어서 견딜 수가 없었다네. 하지만 한편으로는 살모사와도 같은 집착을 그 여인에게서 느끼기도 했다네. 그 여인을 괴롭히는 것이 나의 이유를 알 수 없는 증오와 애착을 한없이 달래주었던 것일세. ―불타오를 것 같은 나의 복수심도……."
신부는 여기까지 말하고 입을 꾹 다물었다. 그리고 무겁고 어두운 침묵에 빠져 있다가 문득 다시 얼굴을 들더니,
"……무서운 일이야. 아니, 그것은 전부 나의 부끄러운 죄에 대한 참회일세. 그 이후부터 나는 연옥 속에서 십자가에 매달려도 여전히 다 갚지 못할 죄만 저질렀다네. 수많은 여인들을 가지고 놀았으며, 또 그 사람들의 마음을 전부 농락했다네. 한때는 완치되었던 오른팔의 상처도 그 죗값으로 절단하게 되었다네. 불구자가 된 몸은 한층 더 자포자기하는

마음에 빠져 애석하게도 하나님조차 저주하게 되었다네. 그 무렵은 대학살의 여파로 인해 이 나라에서의 전도는 불이 꺼진 것과 같은 형국이었다네. 우리는 목숨을 중히 여긴 나머지 타인 앞에서는 공공연히 하나님까지 모욕했다네. ……인간의 마음만큼 잔혹하고 천한 것도 없는 법일세."

하얀 수염이 가을 들판에 핀 억새꽃처럼 빛나고 있었다.

"하지만 말일세, 만약 내가 그러다 몸의 파멸을 맞았다면, 다시 이렇게 하나님의 부름을 받아 존귀한 가르침을 전도할 일은 영원히 없었을 걸세. 내가 자네들에게 들려주고 싶은 이야기는 지금부터야……."

신부의 그 긴 이야기도 아직 서론에 지나지 않았다는 사실을 깨달은 주위 사람들은 약간 질렸다는 듯 신부의 얼굴을 바라보았다.

해는 벌써 완전히 기울어 북국의 눈에 뒤덮인 시골의 집들은 태고와도 같은 정적에 휩싸여 있었다.

교회에서 일하는 하인이 램프를 가지고 들어왔다. 위에 걸린 마리아 그림의 금박이 옅은 불빛을 받아 아름답게 반짝였다.

"지금부터가 자네들에게 들려주고 싶은 이야기일세. 이제 얼마 남지 않았으니 잘 들어보게."

토마스 신부는 미리 이렇게 당부했다.

"가을도 벌써 깊은 어느 날 밤의 일이었다네. 대나무로 만든 깊은 방립(方笠)을 어깨 부근까지 뒤덮어 쓰고 차분하게 상복을 차려입은 사람이 우리 집으로 찾아왔다네. 나와 동거하고 있던 여인은 이미 죽은 뒤였고, 여인이 낳은 아이도 그 무렵에는 열예닐곱 살이나 되어 있었는데 당시의 나와는 언제나 사이가 좋지 않았기에 그 전년(前年)쯤부터 집을 나가버렸다네. 나는 그만 세상에 대한 희망을 완전히 잃고 부근의 아이들을 약간 모아 글을 가르치며 쓸쓸하게 살아가고 있었다네. 그런데 나그네 하나가 갑자기 나를 찾아왔기에 나는 이상히 여기며 그 사람을 내 방으로 맞아들였다네. 나그네는 새까만 까마귀안경을 끼고 말없이 내 곁으로 다가와 주위를 둘러보더니 입고 있던 두루마기 안에서 가만히 은십자가를 보였다네. 그 순간 나는 비명을 지르고 싶을 만큼 놀라서 황망히 주위를 둘러보았다네. 나는 은색으로 반짝이는 십자가의 존귀함 때문이 아니라, 내 몸으로 닥쳐올 생명에 대한 위험 때문에 가슴이 덜컥 내려앉았던 게야…….”

그렇게 말했을 때 신부의 얼굴은 죽음에 대한 두려움에 떨고 있는 늙은 양과 같은 추함과, 한편으로는 살아 있는 인간다움으로 가득 차 있었다.

“나는 주위에 사람이 없다는 사실을 마침내 깨닫고는 안심이 되었으나 두려운 마음으로 나그네의 얼굴을 쳐다봤다네. 그런데 그 얼굴을 가만히 바라보고 있자니 내 몸이 부들부들 떨려오기 시작했다네. 쌀쌀한 늦가을 밤이었음에도 온몸에서 땀이 흥건하게 배어나오기 시작했다네. 나는 자신도 모르게 그 나그네 앞에 엎드려버리고 말았어. 그건 벌써 20년 가까이나 뵙지 못했던 주교님이 내 눈앞에 나타나신 것이 아닐까 여겨졌기 때문이라네.

‘그리스도에 속한 우리는 이제 하나님 아버지를 위해 목숨을 바칩시다.’

그것은 까맣게 잊고 있던 프랑스어였다네. 그런데 그 목소리가 얼마나 엄숙한 힘으로 넘쳐났는지 자네들은 모를 걸세. …….”

신부가 눈을 반짝이며 모두를 보았다.

“나는 번개를 맞아 땅바닥에 찰싹 달라붙은 사람처럼 몸을 잔뜩 웅크려 그 사람 앞에 엎드렸다네. 나는 한마디 말도 못하고 그저 몸을 떨고 있었다네.

'자, 제가 하나님 아버지를 대신해서 당신을 축복하겠습니다.'

나그네가 내 머리 위에서 십자를 그으려 했다네. 그 사실을 깨달은 나는 허둥지둥 그 사람의 손에 매달렸다네.

'아아, 잠시만 기다려주십시오. 저는 그럴 자격이 없습니다. ……지금의 저는 더러운 죄 속에 빠져 있습니다. 당치도 않습니다, 당치도 않습니다.'

내가 울부짖는 것 같은 목소리로 이렇게 말하자 나그네가 다시 엄숙한 목소리로,

'하나님 아버지께서는 그 어떤 죄도 용서하십니다. 참회하십시오. 자, 십여 년 동안의 당신의 참회를 제가 지금 하나님 아버지를 대신해서 듣겠습니다.'

나는 그칠 줄 모르고 눈물을 흘렸다네. 하나님의 커다란 은혜에 얼마나 울었는지 모른다네. 나는 그때 다시 용서를 받고 십자가에 입 맞췄다네."

신부가 십자가를 그었다.

"자네들은 그 나그네가 누구였는지 알겠는가? 지금의 중앙교회에 계시는 로엘 주교님이시라네. 멀리 프랑스에서 우리가 하나님에게서 멀어져 괴로워하고 있다는 사실을 가엾이 여기시어 삼엄한 관헌의 눈을 피하기 위해 머리카락을 새카맣게 물들이고, 얼굴 전체에 누런 물감을 바르고 방갓에 상복을 입은 토착민의 모습으로 변장해서 위험한 국경을 넘어 전도를 위해 들어오신 것이라네. 혹시 잠깐이라도 관헌의 눈에 그 모습이 띄기라도 해보게. 바로 교수대로 보내질 것이라는 사실은 잘 알고 계

셨다네. 주교님은 몇 달이고, 몇 달이고 드실 것이 없어서 풀뿌리와 들판의 물로 굶주림을 면했다고 하셨다네. 낮에는 산속에서 주무시고, 밤이 되면 짐승처럼 산속에서 기어 나와 여기저기에 흩어져 있는 전 신자들의 집 처마를 따라 도를 전하고 다니셨다네. 우리 집에 오셨을 때도 밤이슬에 흠뻑 젖은 몸으로 차가운 바람을 맞아 얼어붙은 것처럼 차가웠다네. 게다가 주교님께서는 아직도 여름옷을 입고 계셨다네. 나는 그 거룩한 모습을 보자 예전에 헤어졌던 주교님을 뵌 것 같은 마음이 들어, 그 무릎에 매달려 하룻밤을 울음으로 새웠다네. —인간에게 신앙만큼 강한 것도 없는 법일세. 어떤가? 자네들에게도 이 전도자와 같은 정신이 있는가? …….”

약간 지친 듯했으나 거기에 오히려 묵직한 무게가 있어서 젊은 사람들의 마음에 파고드는 듯한 목소리로 이렇게 말하고 신부는 잠시 입을 다물었다. 모두는 그 길고 긴 이야기에 지루한 듯 크게 한숨을 내쉬었으나 상대방의 무엇으로도 움직일 수 없는 경험에서 나온 철학에는 입을 다물고 있을 수밖에 없었다. 조성식은 이 노인의 위대한 인격에는 감탄하지 않을 수 없었다. 하지만 신춘용은 신부가 단지 기독교 신자라는 이유만으로, 그 이야기에 도저히 공감을 하고 싶은 마음이 들지 않았다. 그는 그저 이 신부의 집에 당분간은 임시로 머무는 것이 여러 가지 의미에서 자신에게 편리하다고 생각했을 뿐이었다. 토마스 신부의 그 긴 이야기가 끝나고 난 뒤, 모두 식당으로 들어가 저녁을 먹었다.

9

식사는 이 나라의 간단한 요리들이었다. 하지만 식후의 과일도 그저 형식처럼 더해져 있었다. 그리고 아주 옅은 홍차가 나왔다.

"저는 선생님과 동거했던 여인의 마음이 참으로 인간다운 것이라고 생각해요."

권주영이 문득 이렇게 말했다. 모두가 조금 전에 들은 토마스 신부의 이야기에 대한 단편적인 감상을 이야기할 때였다.

"그래요. 저도 그렇게 생각합니다."

신춘용이 아름다운 눈을 반짝이며 바로 이렇게 찬성했다.

"그렇겠지. 자네들 같은 무신론자에게는 그렇게 여겨지겠지."

토마스 신부도 이렇게 말했다. 그리고 어떤 이유에서인지 그는 주영을 가만히 바라보았다.

"제가 그 여인이었다 할지라도 저 또한 틀림없이 그런 마음이 들었을 거예요. 그렇게 시달렸는데 어떻게 더 하나님의 사랑을 믿을 수 있었겠어요?"

주영은 흥분해서 얼굴이 살짝 붉어졌다. 스물예닐곱쯤으로 야무진 몸매에 작은 체구의 여자였다. 언제나 세련되게 귀를 덮어 머리를 묶고 연푸른색 상의에 검은색 바지를 입었다. 가끔 가슴을 누르며 괴롭다는 듯 기침을 하는 것이 이 여자의 버릇이었다.

"맞아, 실제로 그렇게까지 잔인하게 시달린다면 누가 하나님의 존재 따위를 믿겠습니까!"

신춘용이 오히려 토마스 신부에게 반항하는 듯한 투로 말했다. 연상인 조성식은 지금까지 입을 다물고 있다가 앞에 있는 홍차를 한 모금 마시고는,

"그건 말이지, 러시아의 소설에도 그런 얘기가 있어."

라며 무겁게 입을 열었다.

"오호, 그런가요? 역시 학살당하나요?"

신춘용이 바로 물었다.

"아니, 학살을 당하지는 않아. 하지만 극심한 허무주의자가 되어버리지."

"흠, 그거 재미있는데요. 어떤 줄거리입니까?"

"줄거리는 아주 간단해. 조금 전에 선생님께서 들려주신 이야기가 훨씬 더 심각하지. 하지만 열정적인 야소교도가 마침내 허무주의자가 되어 치가 떨리는 복수의 학살을 하며 돌아다니니 참으로 끔찍한 일이야."

"역시 러시아 사람인가요? ……."

"맞아. 그러나 러시아 사람이 아니라 할지라도 허무주의는 강한 행동에 나서지 않으면 그런 건 아무짝에도 쓸모없는 거야. 특히 동양적인 허무주의자는 산림(山林)에 숨어서 사는 신선과 다를 바 없어. 무릉도원의 꿈을 꾸고 있는 자들과 조금도 다를 바가 없어."

"그래서 저희는 지금 강한 행동에 나서려 하고 있는 거 아닙니까? 안 그렇습니까, 주영 씨?"

"그렇고말고요. 저희가 언제까지 이런 눈 속에 숨어 있을 줄 알고요? 반드시 전진할 거예요!"

"맞습니다, 전진입니다, 전진이다. 'V NAROD(브나로드, 민중 속으로'라는 뜻. — 역주)!'다."

"핫, 하, 하, 하. 신 군의 말은 언제나 군가처럼 음악적이야."

조성식이 웃었다.

"네, 군가입니다. 인간 투쟁의 군가를 부르며 저희는 전진하는 겁니다."

"이보게, 하지만 우리는 'V NAROD!' 가지고는 안 되네."

"'AUX ARMES('무기를 들어라'라는 뜻. — 역주)!' 맞습니다. 틀림없이 그 시대가 닥쳐온 겁니다."

"…………."

신춘용은 이렇게 말하고 거기에 있던 과도를 집어 통통 기세 좋게 앞의 식탁을 두드렸다.

"'V NAROD!' ……? 그건 이런 뜻 아닌가? 러시아 청년들이 시골의 마을로 전도에 나설 때 구호로 쓰던 말."

그 정도의 프랑스어나, 또 러시아어는 알고 있는 토마스 신부가 이렇게 말했다.

"그렇습니다, 선생님. 지금으로부터 50년 전에 러시아의 청년 허무주의자들이 인민 속으로 전도를 떠났을 때의 모토입니다."

신춘용이 바로 대답했다.

"흠, 매우 용맹스러운 말이로군."

"네, 그렇습니다. 저희의 가슴은 지금 그러한 감격으로 가득 차 있습니다. 저희는 ……………………으로 전진할 것입니다. 선생님께서 오늘 말씀하셨던 순교자나, 방갓을 쓰고 산야에서 묵으며 전도하셨다던 그 주교처럼 지금부터 전진할 것입니다."

"흠, 그건 아주 훌륭한 일일세. 조금 전에도 내가 말한 것과 같은 정신만 있다면 (이하 32자 말소) ……………………. 그런데 또 하나, 뭐라고 했었지? 그래, 맞아 'AUX ARMES! AUX ARMES!' ……그건 프랑스 혁명 때 민중들 사이에서 외치던 말 아니었나?"

"……? 그랬었지요, 조 형?"

신춘용이 물었다.

"맞아. 민중 속에서 어떤 청년이 연설을 하다 외친 말이야."

조성식이 이렇게 설명했다. 토마스 신부는 그것을 가만히 듣고 있다가,

"'AUX ARMES!'란 ×××××라는 뜻이었지? 자네들은 그게 옳은 일이라고 생각하는가?"

"네, 선생님. 지금과 같은 상황에서는 그 외에 달리 방법이 없다고 저희는 생각하고 있습니다."

신춘용이 바로 대답했다.

"아니, 달리 방법이 있고 없고를 떠나서, 그것이 옳은 일일까?"

토마스 신부가 추궁했다.

"물론 그렇게 생각하고 있습니다."

"옳은 일이라고?"

"네."

신춘용은 단지 이렇게만 대답했다.

"아니, 옳고 그름은 다른 문제입니다."

옆에 있던 조성식이 말했다.

"흠, 옳고 그름은 다른 문제라? 그건 또 무슨 소린가? 세상에서는 옳은 일이 아니면 성취할 수 없는 법이라네."

"네, 그 성취하느냐 못하느냐도 역시 저희들의 문제가 되지는 않습니다. 저희는 이러한 인간 사회에서 필연적으로 살아가고 있으니 자신이 하고 싶은 일을 자신의 생각대로 해나가면 되는 것입니다. 그것이 맛있다고 생각되면 먹고, 가고 싶다고 생각되면 가고, 즐기고 싶다고 생각되면 즐기고. 단지 마음이 가는 대로 살아가면 되는 것입니다. 그러나 이 사회에서는 그 요구를 도저히 만족시킬 수 없다는 사실을 저희는 잘 알고 있기 때문에 그 장애가 되는 것이라면 어느 것에든 반항해 나가겠다

는 것입니다. 거기에는 옳고 그름도, 또 성취 여부도 없습니다."

"그렇다면 자네들은 야수처럼 살아가겠다는 겐가?"

"설령 야수와 같다 할지라도 어쩔 수 없습니다. 이렇게 하지 않는 한 너희는 살아가서는 안 된다는 법칙을 믿을 수 없으니, 이렇게 저희의 생각대로 살아가는 것이 야수라 불린다 해도 그건 어쩔 수 없는 일입니다."

"흠……, 그렇다면 자네의 그런 마음과 'AUX ARMES'라는 마음가짐은 일치하는 것인가?"

"일치합니다. 자유롭게 살아가려 하기 때문에 그것을 제지당하는 경우에는 그런 마음이 반드시 일어납니다."

"그렇군. 그 마음은 잘 알겠지만, 그러나 자네의 살아가고 싶다는 요구와 그 'AUX ARMES'에서 일어나는 결과는 커다란 모순을 불러오는 것 아닌가? 오히려 그 결과 때문에 그 요구가 파멸되지는 않겠는가?"

"그렇습니다. 경우에 따라서는 오히려 파멸을 초래하는 결과가 되어버리고 맙니다. 하지만 그 파멸을 고려하고 있을 수만도 없는 것이 저희들의 절박한 심정입니다."

"그야말로 봄 꿩이 제 울음에 죽는다는 우리나라의 속담 그대로 아닐까?"

"어쩌면 그럴지도 모르겠습니다. 하지만 꿩도 봄이 되면 울지 않을 수 없는 것처럼, 저희도 앞을 가로막히면 'AUX ARMES'라고 외치지 않을 수 없습니다. 머리를 얻어맞으면 상대가 설령 아무리 강하다 할지라도 맞받아치지 않고는 견딜 수 없는 인간의 감정을 가지고 있는 한은 어쩔 수 없는 일입니다."

"…………애란아, 지금 몇 시냐?"

조성식의 말을 가만히 듣고 있던 토마스 신부가 갑자기 말을 돌려 언니에게 이렇게 물었다.

"네, 여덟 시입니다."

"여덟 시라고? 그럼 나는 이제 하나님의 허락을 얻어 잠자리에 들어야겠구나. 자네들도 편안히 시간을 보내도록 하게."

토마스 신부는 애란의 부축을 받아 침실로 가버렸다.

"자, 그럼 나도 자기로 할까. —하지만 아직 이른데. T시나 S시에 있었을 때는 아직 초저녁이었는데. 밝은 전등이 켜진 거리를 동지들과 팔짱을 끼고 ×××를 부르며 걸었지……."

신춘용이 깊은 감회에 젖은 듯 말하고 반짝이는 눈동자를 힐끗 한번 그쪽으로 던져 들으라는 듯 젊은 동생인 애라를 보았다.

"주영 씨! ×××라도 부를까요? 왠지 심심해서 견딜 수가 없습니다. 노인의 케케묵은 야소 설교는 듣기 따분합니다."

"어머, 너무 큰소리로 말하지 마세요. 선생님이 아직 저기에 계실 거예요."

권주영이 나무랐다.

"무슨 말을 해도 소용없어. 지금부터 안으로 들어가면 예의 방갓을 쓴 프랑스인처럼 눈에 띄는 즉시 목숨을 잃고 말 거야. ×××고 뭐고 없어!"

조성식이 내뱉듯 이렇게 말했다.

"맞는 말입니다. 이제 저희의 앞길에는 어둠뿐입니다. 희망도 없고 환락도 없습니다. —"

신춘용도 이렇게 말하다, 문득 떠올랐다는 듯,

"그런데 그 총집은 어떤 식으로 수색할 생각입니까? 저는 어제부터 계속 그게 마음에 걸립니다만."

하고 불안하다는 듯 조성식의 얼굴을 보았다.

"어떤 식으로라니, 어쩔 수 없지. 그 권총만 절대로 발각되지 않을 곳에 버릴 수밖에 없어."

"버린다고요? 앞으로 우리에게 그 중요한 무기가 없으면 커다란 손실입니다."

"맞아요. 굳이 버릴 필요는 없어요. ……."

주영은 이렇게 말했다가 문득 자신들 옆에 애라가 있다는 사실을 깨달았기에 서둘러 다른 두 사람에게 눈짓을 주었다. 그러자 두 사람도 갑자기 입을 다물어버리고 말았다.

"뭐, 조금 이르기는 하지만 그만 자기로 하겠습니다. 눈은 아직도 내리나? 정말 잘도 내리는군."

신춘용이 이렇게 말하며 자리에서 일어나 창밖을 가만히 내다봤는데 희멀건 눈의 벌판이 달밤처럼 보였다.

"아아, 추워라!"

라며 그는 목을 움츠리듯 몸서리를 치고,

"그렇지만 아름답습니다. A시에서 저녁부터 이런 눈 속을 헤치고 왔지만, 그렇게 한 게 왠지 제가 아니라는 느낌이 듭니다. —인간이란 참으로 묘한 존재로군요."

신춘용이 그곳의 창가로 역시 밖을 내다보러 온 조성식에게 감상에 젖은 듯 이렇게 말했다.

"맞아. 인간은 누구나 모두 그런 거겠지. 과거의 어느 기회에 갑자기 굉장한 영웅적 기분에 사로잡혀 한 일도 나중에 생각해보면 참으로 못할 짓을 했다고 생각되어 몸서리를 치게 되는 법이니까. 하지만 그런 영웅적인 기분에 사로잡혀 있을 때에만 인간이란 것이 다른 동물보다 조금 위대한 것일지도 몰라. 그러나 인간은 언제까지고 그런 기분을 가지고 있을 수는 없는 법이야."

"네, 어쩌면 그럴지도 모릅니다. 결국 인간의 위대함이란 그런 기분을 갖는 기간의 분량에 따라서 결정되는 것 아닐까요?"

"그렇지만도 않겠지. 사람은 누구나 그런 기분이 드는 경우도 있을 테고, 들지 않는 경우도 있을 테니. 그건 그때의 상황이나 경우에 따라서 달라지는 듯해. 저런 녀석이, 라고 생각하고 있던 사람이 기가 막힐 정도의 위대함을 내보일 때도 있고, 평소 위대한 혁명가인 양 이야기하던 놈이 언제까지고 아무것도 못 하는 경우도 있으니까. 어쨌든 인간이란 모두 그런 요소를 똑같이 가지고 있는 것 아닐까?"

"글쎄, 그런 것이겠지요. 그렇다면 인간은 개개인 모두가 위대하기도 하고 위대하지 않기도 한 셈이로군요?"

"그런 셈이겠지. 그 위대하지 않기도 한 분량이 가장 많은 거야. 오히려 그것이 본질을 형성하고 있는 거야."

"흠…………."

"이렇게 눈 덮인 넓은 들판을 보고 두려운 마음을 품는 것도 틀림없이 그런 거야. 이러면서도 'AUX ARMES'를 외치고 있는 사람들이니까. ……."

"음……. 하지만 추운 건 누가 뭐래도 추운 겁니다."

신춘용이 갑자기 불만스럽다는 듯 자리에서 일어났다.

"우리 이제 그만 자요."

주영이 조성식 옆으로 다가왔다.

"음……."

하고 조성식은 아직도 말없이 창밖을 바라보고 있었다.

"무슨 생각을 그렇게 깊게 하세요?"

주영이 남자 곁으로 다가갔다.

"여기에 온 지 며칠이나 지났지?"

멍하니 꿈을 꾸는 듯한 목소리로 조성식이 이렇게 물었다.

"며칠이나 지났냐니요, 아직 나흘째잖아요."

"아직 그것밖에 되지 않았나? —난 벌써 일주일이나 지난 느낌이야."

"물론 당신의 그런 마음은 저도 잘 알고 있어요. 하지만 어쩔 수 없잖아요. 당분간은 주위의 형세를 살핀 다음에 해야지, 그렇게 하지 않고 앞으로 나갔다가 우물쭈물하게 되면 그것으로 끝이에요."

"음, 나도 그렇게 생각하기는 하지만, 우리가 언제까지고 여기에 머물러 있는 것은 결코 좋은 일이 아니야. ……자네는 어떻게 생각할지 모르겠지만……."

"네, 잘 알고 있어요. —하지만 저는 이미 단단히 각오하고 있어요. 어차피 낙오자는 생기게 마련이니까요. ……이제 와서 그런 것 생각해봐야 어쩔 수 없는 일이에요."

주영은 이렇게 말하고 급히 뒤를 돌아보았는데 거기에는 이미 아무도 없었다.

"음, 아무래도 마음이 뒤숭숭해……."

"저기요."

"왜 그러지?"

"당신은 왜 그렇게 마음이 약해지신 거죠? 어차피 마지막에는 결국 혼자라고 저는 생각하고 있어요……."

"응? 마지막에는 혼자라고?"

"그렇게 생각하고 있어요."

"흠……? 그럼 나도 믿지 못하겠다는 말인가?"

"아니요, 결코 그렇게 생각하고 있는 건 아니에요. 하지만 오늘 선생님께서 말씀하신 것, 그것이 저의 정신이에요."

"음, 그야 물론 그 정신도 필요하지. 그 점에 있어서는 나도 마찬가지야. 자네는 토마스 신부에게서 어렸을 때 그런 정신을 배웠을 테니 틀림없이 굳은 결심을 가지고 있겠지. 하지만 오늘의 모습에서는 때때로 그 무저항주의다운 아름다운 술에 취한 것 같은 기색이 보이던데. 표면상으로는 오히려 반대하는 말을 했지만, 오랜만에 할아버님 같은 그 노인을 만나자 어렸을 때 주입받은 씨앗에서 싹이 살짝 움직이기 시작한 것처럼 보였어."

"그런 얘기는 그만두세요, 불쾌하니까요. 인간은 역시 어리석게도 보잘것없는 자신에 대한 긍지를 갖고 있는 법인데, 거기에 상처가 될 만한 말을 들으면 기분이 결코 좋지는 않으니까요. ……."

"알겠네. 그럼 자네를 믿고 나의 그런 억측은 취소하기로 하지."

"네, 취소해주세요. —그럼 이만 주무세요. 꽤 늦었어요."

"뭘, 아직 10시도 되지 않았는데. —신 군은 아니지만 T시나 S시의 밤이 떠오르는군……."

"네……. 하지만 그런 궁핍한 생활은 이제 그만 청산하는 편이 좋을 거예요. ……그렇다고 해서 지금부터 당장 행복한 생활이 펼쳐지는 건 아니지만……. 어쨌든 한시라도 빨리 인간을 그만두면 되는 거겠죠."

"흠, 우리가 먼저 원하지 않아도 머지않아 저쪽에서 그만두게 해줄 거야. —그런데 자네 몸의 용태는 어떤가? 벌써 꽤나 힘들어졌겠지?"

"아니요, 아직 괜찮아요. 하지만 힘들어지기 시작할 무렵에는 모태가 생존해 있지 않을 테니 걱정할 것 없어요."

"하, 하, 하. 그렇게 마음을 먹고 나면 인간도 만사가 아주 간단해지지.

그만 저리로 가세. 벌써 모두 잠들었겠지?"

"행복한 사람들은 일찍 잠드는 법이에요. ……어머! 저기에 아직 누군가가 있어요!"

여자가 남자의 손을 쥐며 의자에서 일어나 맞은편 쪽으로 가려 할 때, 문 뒤에서 또각 하고 사람의 발소리가 들렸다. 여자는 퍼뜩 놀라 눈을 크게 뜨고 그 부근을 보았다.

"누구십니까?"

조성식이 이렇게 물어보았다. 그러나 상대방은 대답이 없었다.

"벌써 모두 잠들었는데, 누구십니까? ……."

주영이 눈썹을 찌푸렸다.

"누구……?"

이렇게 주영도 물어보았다. 그래도 여전히 대답은 없었다. 하지만 그 문이 끼익하고 반대편으로 조금 열렸을 때, 주영은 주머니에 가만히 오른손을 넣어 거기에 넣어둔 권총을 쥐었다. 조성식도 주위를 재빠르게 둘러보며 약간 준비자세를 취했다.

"누구죠? 말도 없이 들어오는 게?!"

약간 날카롭게 주영이 외쳤다.

"네……, 저, 저에요."

약간 허리를 숙이고 머리에 손을 얹어 송구스럽다는 듯한 모습으로 살짝 미소를 지으며 마침내 대답을 하고 거기에 모습을 드러낸 젊은 사내가 있었다.

"아아, 너였니? ……난 또 누구라고……."

주영이 마침내 안심했다는 듯 말했다.

"그래, 자네였는가? 왜 얼른 대답을 하지 않은 거야?"

조성식도 따지듯 물었으나, 역시 휴우 하고 한숨을 내쉬었다.

들어온 사람은 생글생글 웃으며 한두 번 머리를 숙였다.

10

"네가 이런 시간에 무슨 일이니? 평소 같았으면 벌써 잠들었을 시간이 잖아?"

주영이 참으로 이상하다는 듯 물었다.

"네, 저는 매일 밤 가장 먼저 잠자리에 들지만, 오늘 밤에는 선생님들께 잠깐 여쭙고 싶은 것이 있어서 모두가 이야기를 마칠 때까지 기다리고 있었습니다."

"무슨 일인가? 묻고 싶다는 건……."

조성식이 두 팔을 위로 크게 뻗어 기지개를 켜며 피곤한 듯 하품을 했다. 들어온 사람은 2, 3년 전부터 이 교회에서 하인으로 일하고 있는 청년이었다.

"네……. 그게, 이런 말씀을 드리면 건방진 놈이라 웃으실지 모르겠습니다만……."

청년이 쑥스럽다는 듯 다시 머리를 긁었다.

"무슨 말이든 상관없어. 무슨 말이든 좋으니 어디 해봐. 내가 알고 있는 일이라면 전부 얘기를 해줄게."

주영이 가볍게 말했다.

"네……."

청년이 송구스럽고 참으로 감사하다는 듯한 태도를 보이며,

"실은 오늘, 선생님들이 여기서 신부님과 여러 가지 말씀을 나누시는

것을 실례인 줄 알면서도 문 옆에서 들었습니다."
라고 말했다.
"흠……."
조성식이 청년의 모습을 바라보았다.
"너 오늘 우리가 한 이야기를 숨어서 전부 들은 거니? 어머, 그거 잘됐네. ……넌 크리스천이지?"
주영이 이렇게 물었다.
"네, 여기에 온 뒤부터는 신부님의 설교를 듣고 하나님께 의지하고 있습니다."
"그래……. 그럼 너는 틀림없이 착한 사람이겠지? ……우리처럼 이렇게 악한 무리는 아니겠지?"
주영이 약간은 놀리는 듯한 투로 말했다.
"아니, 천만의 말씀이십니다. 저는 결코 착한 사람이 아닙니다. ……바로 그렇기 때문에 하나님께 일심으로 의지하고 있습니다."
"바로 그렇기 때문에 착한 사람이라는 거야……."
주영이 다시 이렇게 말하고 미소 지었다.
"그건 그렇고, 무얼 물어보고 싶다는 거지?"
조성식이 두 사람의 이야기를 정리하듯 물었다.
"네, 감사합니다."
청년은 이렇게 말하며 잠시 고개를 기울여 가만히 생각하는 듯하다가,
"오늘 화제가 되었던 내용을 가만히 생각해보았는데, 과연 이 세상에 하나님이 계신지, 저는 아무래도 알 수 없게 되었습니다. 그래서……."
하며 조성식과 주영의 얼굴을 똑같이 바라보았다.
"어머! 이 사람, 훌륭하네요……?"

주영이 가늘고 투명한 듯 아름다운 얼굴을 반짝였다. 하지만 어딘가 약간 치켜세우는 듯한 기분도 있었다.

"아니, 결코 그렇지 않습니다. ……저는 신부님께서 성단에 서서 하시는 설교를 늘 옳다고 생각하며 들었습니다만, 오늘 신부님의 말씀을 듣고 있자니, 사실 이런 말씀을 드리면 신부님께 얼마나 야단을 맞을지 모르겠습니다만……."

그가 약간 망설이는 듯하다가,

"제가 오늘 깊이 느낀 것은, 무엇보다 먼저 신부님부터 하나님을 충분히 믿고 계신 것인지, 저는 완전히 알 수 없게 되었습니다. ……."라며 눈을 반짝였다.

"어머! ……."

기가 막힌다는 듯 주영이 청년의 얼굴을 바라보았다.

"음……."

조성식도 신음하는 듯한 조그만 소리를 냈다.

주영은 조금 전 자신이 이 청년을 놀리고 싶어 했다는 사실이 약간 부끄럽게 여겨지기 시작했다. 사실 두 사람 모두 토마스 신부의 오늘 이야기를 그렇게까지 깊이 생각하지는 않았었다.

"이쪽 선생님께서……."

청년이 조성식을 가만히 가리키며,

"오늘 저녁을 먹을 때에도 그런 이야기가 러시아의 소설에도 있다고 말씀하셨는데 저는 워낙 배운 것이 없어서 아직 그런 소설을 읽은 적은 없지만, 지금으로부터 약 1년쯤 전에 그와 비슷한 이야기를 읽은 적이 있었습니다. ……."

그는 그 기억을 새로이 불러내려는 듯, 관자놀이 약간 윗부분에 왼손

을 가볍게 대며,

"그 이야기 혹시, 러시아 하카스 주의 지사가 한 가난한 철도기수의 아름다운 아내를 빼앗아 자신의 첩으로 삼았는데, 그 첩은 지사의 호사스러운 생활에 마음을 빼앗겨, 어느 날 지사의 저택으로 찾아온 가엾은 남편과 두 아이를 자신이 타고 있던 마차의 바퀴로 치어 부자 세 사람을 모두 불구로 만들어 버렸다는 이야기 아닙니까?"

"맞아. 그 이야기야. 자네 잘도 알고 있군. ……."

조성식이 신기하다는 듯 청년의 얼굴을 바라보았다.

"그냥 그런 이야기였다고 기억하고 있습니다. —그 아름다운 아내도 기수가 오랜 세월 일해서 어렵게 모은 돈으로 크림의 여자시장에서 사온 것이라는 이야기 아닙니까?"

"그래, 그랬었지."

"기수가 그 불법을 하카스 재판소에 호소하자 그 공판이 열리기도 전에 '너는 시민의 복종의무에 반했으니 사흘 이내에 본 주에서 퇴거할 것'이라는 명령서가 시청에서 날아왔다는 이야기였습니다. 지사의 집 문 앞에 새빨간 피로 물들어 쓰러진 세 부자를 도와주러 온 한 여성 음악교사는 권력자들의 그런, 차마 눈 뜨고 볼 수 없을 정도로 무자비하고 잔인한 행태를 보고 두터웠던 기독교에 대한 신앙을 버리고 말았습니다. 그리고 그 일인일살(一人一殺)주의의 허무당에 가맹하여 자신과 결혼한 그 기수와 함께 불구가 된 두 아이들을 버리고 끔찍한 암살을 계획하며 러시아 안을 여기저기 유랑한다는 이야기였지요? ……."

"그래, 맞아, 맞아. 당신!"

주영은 아직 그 이야기를 몰랐으나 청년의 그 이야기를 듣는 동안 자신도 모르게 피가 끓어올라 이렇게 외치지 않을 수 없었다. 그리고 지금까지 '너'라고 부르던 것을 '당신'이라고 고쳐 부르게 되었다.

"음, 그런 이야기였지."

조성식도 무거운 어조로 말했다.

"오늘 선생님들의 이야기를 듣고 있을 때, 저는 문득 그 이야기가 떠올랐습니다. ……."

앞서 생글생글하던 때와는 달리 이렇게 말한 청년의 목소리에는 음울한 그림자가 짙게 드리워져 있었다. 그리고 어둡게 흐려진 이마를 가만히 들어 두 사람의 모습을 힐끗 보더니,

"하지만 그 책을 읽었을 때는 신부님의 설교를 늘 감사히 듣고 있던 때였기에 이건 외도(外道)의 책이라 생각하고 있었습니다. ……."

라고 덧붙였다.

"음, 그래, 대단하군. 자네는 그런 것들을 어떻게 알았는가?"

조성식이 이렇게 물었다.

"네, 실은 예전에 어떤 곳에서 사이좋게 지내던 친구가, 지금은 S시에 있습니다만, 한 1년쯤 전에 그런 이야기가 담긴 책을 보내주었습니다."

"S시에 있는 친구가?"

"네……."

"흠……, S시에서 그 사람은 무엇을 하고 있는가?"

"글쎄, 무엇을 하고 있는지 1년 정도 전까지는 가끔 편지도 왔었는데 지금은 소식이 뚝 끊겨버리고 말았습니다. 그때의 편지에서는 S시도 대단할 것 없다. 한심한 인간들만 살고 있다고 했습니다."

"음. ―이름이 뭔가? 그 사람은……."

"서혁(徐赫)이라고 하는데, 혁이라는 건 아마도 본명이 아닌 것 같습니다."

"서혁?"

"네."

"S시에 그런 사람이 있었던가?"

조성식이 여자에게 물었다.

"글쎄요, 그런 이름은 처음 듣는데요."

"너는 어디서 그 사람과 함께 있었지?"

조성식이 청년에게 물었다.

"네……. 아니, 그게, 어떤 곳에서 잠깐 일을 했었습니다."

"어떤 곳에서 잠깐이라니, 역시 이 지방인가?"

"네, 여기서 조금 떨어진 곳입니다. ―그건 신부님께도 이미 충분히 참회를 했으니 말씀드려도 상관은 없습니다."

청년은 이렇게 말하고 다시 조성식의 얼굴을 힐끗 보았다.

"참회를 했다고? ―참회를 하지 않으면 안 될 곳에 있었단 말인가?"

"네, 저희처럼 하나님께 무거운 죄를 진 사람들은 물론 어디에 있든 참회를 해야 합니다만, 특히 깊고 깊은 죄인들이 모인 곳이었습니다."

"왜 그렇게 자신을 죄인취급 하려 드는 거지? 어딘가, 그 깊은 죄인들이 모여 있다는 곳은? ……감옥인가?"

"네, 바로 감옥입니다. ……."

라며 청년이 상대방의 얼굴을 자신의 이마 너머로 보았다.

"음. 감옥이라면 특별히 그렇게 부끄러워할 필요도 없지 않은가?"

"아니, 그렇지 않습니다. 이 세상에서도 가장 끔찍한 인간들이 모인 곳이니 저희는 한번 그런 곳에 들어갔던 이상은 하나님께 더욱 용서를 빌지 않으면 안 됩니다."

"그야 물론, 야소 신자들만 모여 있는 너희들이 보기에는 당연한 이치겠으나……. 그래서 어느 정도나 들어가 있었나?"

조성식은 담배에 불을 붙였다.

"네, 부끄러운 일입니다만 그럭저럭 7년, 만 6년하고 조금 더 있었습니다."

"7년? ……그래?"

라고 조성식이 담배연기를 뱉으며 뜻밖이라는 듯 놀라 여자 쪽을 보았다.

"아주 오래 있었네요. ……무슨 일이었죠? 7년이나 있었다니……."

주영이 물었다.

"아닙니다, 아씨. 인간의 죄란, 아무런 짓을 하지 않아도 원래부터 깊은 것이니 저희 같은 사람이 감옥에 들어가는 것은 당연한 일입니다."

"그런 말이 어디 있어요? 어떤 법률상의 범죄가 있지 않은 한 감옥에 들어갈 리 없잖아요."

주영이 진지하게 물었다.

"그야 물론 그렇습니다. 그러나 꼭 그렇지만도 않은 경우 역시 아주 많습니다. 하지만 그것도 전부 하나님의 뜻이라고 저는 생각하고 있습니다."

"좀 이상하지 않나요? 설령 법률이 옳은 것이라 할지라도 법률은 법률만의 죄로 충분하지 않나요? 당신이 하나님에 대한 죄라고 말한 것은 도덕상의 문제겠지요? 물론 법률 속에 하나님에 대한 죄도 포함되어 있기는 하지만, 하나님에 대한 죄는 천국에서 벌하는 것만으로도 충분해요. 법률상 죄가 없는데 굳이 거기까지 하나님에 대한 죄를 끌어들여 이유도 없이 형벌을 참을 필요는 어디에도 없잖아요. 당신의 말은 그런 의미 아닌가요?"

주영이 분명한 목소리로 조목조목 따지듯 말했다.

"그러니까 법률상의 죄는 법률만의 벌로 충분하다는 말씀이십니까?"

"그래요. 설령 법률로 인민의 죄를 벌하는 것이 도리에 합당하다 할지라도요. ……."

"그렇습니까? ……그렇다면 예수님이 십자가에 달린 죗값은 본디오 빌라도가 유태인의 법률에 따라서 행한 것이 아니라는 말씀이십니까? ……."

"………….."

"아씨, 저는 그렇게 생각하는 것이 참으로 예수님을 믿는 길이라 알고 있습니다. 지상에서 어떤 인간으로부터 잔학한 짓을 당한다 할지라도 전부 하나님의 뜻이라고 생각하고 감사히 받아들이지 못한다면 저는 하나님을 믿고 싶지 않습니다."

"아아, 정말 무서운 신념이네요!"

주영이 자신도 모르게 몸서리를 치며 청년의 얼굴을 바라보았다.

"땅 위에 사는 약자들이 모두 그 야소교 신자가 되어버린다면 이 세상은 어떻게 되어버리겠어요? ……."

그녀는 이렇게 말하고 얼굴을 흐렸다. 그리고 참을 수 없다는 듯 눈을 적셨다.

"그래서 당신은 법률상의 죄가 아닌 것 때문에 7년이나 감옥에 있었단 말인가요? ……."

라고 다시 물었다.

"네, 저는 전혀 알지도 못하는 일 때문에 7년 동안 감옥에 있었습니다. ……."

"세상에……. 그런데 당신이 대체 무슨 짓을 했다고 하던가요?"

"제가 강도상해를 했다는 겁니다."

"어머, 강도상해를? ……그건 당신이 전혀 모르는 일이었죠?"

"그렇습니다. —물론 그 무렵의 저는 혈기왕성한 젊은이였습니다. 술도 마시고, 여자도 사고, 도박도 하고, 집안의 물건을 훔쳐다 팔아치우고, 그 때문에 허구한 날 아버지와 싸움이나 해대고. 도무지 어떻게 해볼 도리가 없는 건달이었기에 다른 사람들이 보기에는 칼을 들고 강도질을 하러 들어가는 정도는 식은 죽 먹기라고 여겨졌던 것이겠지요."

라고 말한 뒤 청년은 숨을 내쉬었다.

"—운이 없었던 것인지 바로 그 무렵에 제가 집에서 훔친 좁쌀 때문에 아버지와 심하게 다투다 상처를 입었는데 어떻게 된 일인지 그것이 움직일 수 없는 증거가 되어 헌병대에 잡혀갔다가 결국 그대로 1심에서도, 2심에서도 징역 10년형을 선고받았습니다. 그때의 예심조서에는 마을의 면장이 얼토당토않게 악의적인 증언을 한 것으로 되어 있는데, 복죄(服罪) 이후 훨씬 뒤에야 그 사실을 알았습니다. 그 면장은 평소부터 저희 아버지와 견원지간처럼 사이가 좋지 않았던 데 앙심을 품고 있었던 것입니다. 그런데 제가 저질렀다고 하는 그 강도상해의 진범이 뜻밖에도 제가 있던 감방에 함께 있었습니다. ………………."

"세상에! 어떻게 그런 일이 있을 수 있죠!"

"그런데 말입니다, 아씨. 가만히 이야기를 나누어보니 우습게도 제 사건도 그 사내가 저지른 것으로 되어 있었습니다. 다시 말해서 하나의 사건 때문에 두 명의 서로 다른 진범이 벌을 받고 있는 것이었습니다. 물론 두 사람을 잡은 경찰은 서로 다른데, 거기다 저는 헌병대였고 그 사내는 경찰서였으니 틀림없이 관리들도 깨닫지 못했던 것이라 생각합니다. 재판관도, 이 나라에는 그런 사건들이 워낙 많아서 전혀 깨닫지 못했던 듯합니다. 어쨌든 인간이 타인을 재판할 힘을 가지고 있다는 것은 무서운 일이라 생각합니다."

"정말 그래요! 당신은 그런데도 역시 아무 말도 하지 않은 채 포기하고 있었단 말인가요?"

주영이 이렇게 조바심을 쳤다.

"아니요, 천만의 말씀입니다. 저 역시 그런 말도 안 되는 이유로 오랜 감옥생활을 하고 싶지는 않았습니다. 그 진범도 '어차피 나는 무기징역을 먹었고 또 실제로 그 사건은 내 범죄 속에 포함되어 있으니 여기서 재심을 청구한다면 내가 반드시 증인이 되어 자네를 나가게 해주겠네.'라고 말했습니다. 그래서 저도 바로 담당 간수에게 이야기를 했습니다만, 그 간수는 N인이라도 되었던 건지 '이제 와서 무슨 잠꼬대 같은 소리를 하는 거야.'라며 상대도 해주지 않았습니다. N인들은 저희를 애초부터 타고난 거짓말쟁이라고 생각하고 있는 거겠지요?"

"누가 아니래요? 자기들이야말로 거짓말쟁이면서!"

"하지만 그 정도의 일로 제가 어떻게 포기할 수 있었겠습니까? 그래서 검사나 예심판사가 감옥 안을 순시하러 올 때마다 면회를 청해서 그때마다 열심히 호소했는데 처음에는 간수와 마찬가지로 상대도 해주지 않았으나 제 태도가 너무나도 진지했기에 한 나이 많은 검사가 한번 조사해보겠다고 답해주었습니다. 아니, 제가 그때까지 만났던 검사와 판사들도 모두 입으로는 그렇게 말했지만 누구 하나 진짜로 조사를 해주지는 않았습니다. 하지만 그 나이 든 검사는 어쨌든 한번 훑어보기는 한 모양이었습니다. 12개월 지나서 그 사람이 저를 감옥의 전옥실로 불러, '실은 자네 말대로 조사를 해보니 아주 거짓말도 아닌 것 같은데 자네는 그걸 어떻게 할 생각인가?'라고 물었습니다. 저는 물론 재심을 청구할 생각으로 확실한 증인도 있다고 대답했습니다. 그러자 그 나이 든 검사는 머리를 갸웃거리더니, '재심은 별로 온당하지 않아. 어떤가, 내 말대로 해보지 않겠는가?'라고 말했습니다. 그래서 저는 일단 그 사람의 말을 들어보기로 했는데, '자네의 형기도 벌써 3분의 1이 지났으니 조금만 더 참고 기다리면 내가 전옥과 상의해서 가출옥시켜주겠네.'라는 것이었습니다. 그래서 언제 그 가출옥이라는 걸 시켜줄 거냐고 물었더니, 법률로는 3분의 2 이상 지나지 않으면 안 되니 앞으로 3년만 참으면 된다는 것이었습니다. 나이 든 검사는 어쨌든 당사자가 아니니 앞으로 3년만 참으면 된다고 가볍게 말했지만, 제게 있어서는 3년만이 아니었습니다. 그랬기에 저는 그 요구를 분명히 거절했습니다만, 우리나라의 속담에 아랫사람은 입이 있어도 말을 못한다는 말이 있는 것처럼, 저도 꽤나 고집스럽게 버텼으나 온갖 수단을 가리지 않고 설복하려 했기에 결국은 그 가출옥을 기다리기로 했습니다. 그 대신 이전까지는 쌀을 찧는 노역을 했었는데, 이후부터는 미결감의 잡역부로 일하게 되었습니다. 선생님들께 이런 말씀을 드려도 잘 이해 못 하시겠지만, 미결감의 잡역부는 죄수들의 노역 중에서는 가장 편안한 데다 미결수에게 들어오는 차입 음식물을 심심찮게 얻어먹을 수도 있기 때문에 모두가 그 일을 희망합니다. 제가 그 전에 하고 있던 쌀 찧는 힘든 일과는 비교도 안 될 정도로 편안한 일입니다. 어쨌든 그렇게 해서 나머지 3년이라는 긴 시간을 기다리기로 한 겁니다."

조성식은 그런 사람들의 상상조차 하지 못했던 생활을 처음으로 듣고는 놀라지 않을 수 없었다. 주영은 참혹한 얼굴로 말이 없었다.

"그런데 선생님, 그 뒤부터 제가 얼마나 멍청한 놈이었는지를 잘 알게 되었습니다."

라며 청년이 어두운 얼굴을 했다.

"그 후부터였습니다. 저는 그 나이 든 검사와 또 옆에서 온갖 말로 열심히 거들었던 전옥의 말을 그대로 믿고 그 3년 동안을 손가락을 꼽아가며 기다렸습니다. 한번 생각해보시기 바랍니다. 아침이면 5시부터 일어나서, 이 북부 감옥의 추워서 뼈가 아리는 날에도, 더워서 살이 녹는 듯한 날에도 아무런 낙도 없이 같은 노역을 되풀이합니다. 그것도 저는 꿈에도 모르는 범죄 때문에 그렇게 했습니다. 저는 그 3년이라는 시간을 얼마나 초조하게 기다렸는지 모릅니다. 그런데 어땠는 줄 아십니까? 그 3년이 거의 다 되었을 무렵, 어느 사이엔가 그 감옥의 전옥은 전임해버리고 말았습니다. 저는 그 이야기를 듣고 새파랗게 질려서 황망히 전옥이 어디로 갔는지 물었습니다만, 간수와 간수장들은 그런 것에는 일절 상대를 해주지 않았습니다. 그래도 여러 가지로 수소문을 해서 마침내 알아냈습니다. 그래서 편지를 써야겠다고 생각했으나 안타깝게도 기결수는 2개월에 1번, 자기 친족에게만 연락을 할 수 있다고 되어 있기에 어쩔 수 없이 그 방법은 포기할 수밖에 없었습니다. 원래 가출옥은 전옥의 의견에 따라 행해지는 것이기 때문에 바로 신임 전옥에게 면담을 요청해 그 이야기를 했더니 그런 일은 인계한 적 없다는 대답이었습니다. 그렇습니다. 표면적인 감옥의 사무는 아니니, 신임 전옥이 그렇게 대답하는 것도 이상한 일은 아니었습니다. 그래서 저는 바로 검사국의 그 나이 든 검사에게 서신을 보내기로 했습니다. 기결수라도 관계관청으로는 서신을 자유롭게 보낼 수 있습니다. 그런데 울고 싶어도 울음조차 나오지 않을 만큼 우습게도 저는 그 나이 든 검사의 이름을 잊어버리고 말았습니다. 아니, 잊은 것이 아니었습니다. 처음부터 묻지 않았던 것입니다. 저는 그 순간 제 머리를 짓이겨버리고 싶을 만큼 저의 무지를 한탄했습니다. ……."

청년은 이렇게 말하고 몸을 떨며 바닥에 눈물을 떨어뜨렸다.

"저는 이제 모든 것을 체념하는 수밖에 없다고 생각했습니다. 그때가 되어서야 다시 재심을 신청할 정도의 용기도 없었고, 무엇보다 저를 위해서 증인이 되어주겠다고 했던 무기수도 제가 미결의 잡역부가 된 것과 동시에 훨씬 멀리 떨어진 분감으로 보내졌기에 재심은 완전히 절망적인 상황이 되어버리고 말았던 것입니다."

여기까지 말하고 청년은 잠시 입을 다물었다.

"그 전옥은 3년의 기한이 다가왔기에 달아난 거겠지?"

조성식이 물었다.

"아니, 그렇지는 않습니다. 그런 일 때문에 전임을 할 정도로 윗사람들은 저희를 중히 여기고 있지 않습니다. 그건 물론 그 사람들의 사정에 의한 것이었을 겁니다."

"그 검사는 더 이상 감옥에 오지 않았나요?"

주영이 물었다.

"네, 그 일 이후, 아직 전옥이 있을 동안에 한 번 둘러보러 온 듯했습니다만, 다음부터는 모습을 보이지 않았습니다. 대충 그 사람도 전임을 했거나, 혹은 벌써 나이가 많았으니 퇴직이라도 한 것이 아닐까 여겨집니다."

"어머 세상에, 정말 너무들 하네요……."

애써 듣고 있던 주영이 이제는 지쳤다는 듯 이렇게 말하고 커다랗게 한숨을 쉬었다.

11

"선생님들, 막 주무시려는데 들어와 쓸데없이 제 신상에 관한 이야기만 해서 참으로 죄송합니다. 사실 오늘 밤에는 선생님들께 이야기를 듣고 싶어서 찾아뵌 것인데 오히려 제가 넋두리를 해서 폐만 끼친 듯합니다. 이미 늦었으니 그만 주무시기 바랍니다. ……눈은 아직도 내리고 있는 듯합니다."

청년은 이렇게 말하고 가만히 창밖을 내다보았다.

"아니, 아니에요. 괜찮아요. 우리는 오래 밖으로만 돌아다녀서 고국에 대해서는 전혀 아는 것이 없으니 당신들의 이야기를 충분히 듣고 싶어요. 오늘은 밤을 새워도 상관없어요. 눈 내리는 밤은 따뜻하니 언제까지 잠을 자지 않아도 상관없어요. —하지만 당신이야말로 아침에 일찍 일어나니 졸리지 않나요?"

주영이 상대방을 생각해서 이렇게 말했다.

"저 말입니까? 아닙니다. 이런 이야기를 할 때는 밤을 꼬박 새워도 상관없습니다. 밤이면 신부님께 허락을 받아 교우의 집에서 신앙 이야기로 날을 새운 적도 많습니다."

"당신은 무슨 일에나 아주 열심이로군요."

이렇게 말하고 주영은 상대방의 얼굴을 가만히 바라보았다.

어딘가 의연한 모습이 있고 고집스러워 보이는 얼굴이었다. 게다가 오랜 감옥생활이 그의 가슴에 여러 가지 체험적 철학을 부여했기에 그 표정은 결코 단순한 것이 아니었다. 주영이 상대방의 얼굴을 보고 있자니 언제부턴가 일종의 위압감 같은 것이 느껴지기 시작했다. 그녀가 지금까지 접해왔던, 수많은 동지라 칭해졌던 남성들 가운데 누구에게서도, 그리고 생사를 함께하기로 약속한 신춘용에게서도, 특히 그녀의 애인인 조성식에게서조차 전혀 느껴본 적이 없는 무겁고 가슴이 무지근해질 정도의 일종의 위압감을 그 상대방에게서 느꼈다. 그녀가 그것을 의식한 순간, 이번에는 일종의 말로 표현하기 어려운, 걷잡을 수 없는 분노가 느껴졌다. 자신이 지금까지 품고 있던, 그 누구도 범한 적이 없던 높은 긍지를 이 상대방에게 유린당하고 있는 것 같다는 기분이 들었기 때문이었다. 자신이 한없이 경멸하고 있던 야소교 신자이고, 거기에 배운 것이 없는 시골 출신으로 이런 곳에 있는 교회의 하인으로 고용되어 있는 사내에게, 지금까지 그 어떤 이성에게도 침범당하지 않았던 자기 마음의 어떤 영역으로 가차 없이 모습을 드러낸 이 침입자에게, 그녀는 아무래도 그러한 분노를 느끼지 않을 수 없었다. 그녀는 그 분노를 풀기 위해서는 이 남자를 자신이 가지고 있는 무기로 마음껏 두들겨주어, 경멸하고 모욕해야 한다고 생각했다. 주영은 자기 곁에 있는 조성식을 가만히 바라보았다.

"자, 그만 자야 하지 않겠나? 너무 늦었어."

지금까지 상당히 흥분해서 듣고 있던 조성식도 이제는 피곤한 듯 이렇게 말했다.

"네."
라고 대답했지만 주영은 뭔가 아쉬운 기분이 들었다.

"네, 그럼 안녕히 주무십시오. 저도 이만 물러나겠습니다."

청년은 이렇게 말했으나, 아직도 거기에 서 있었다.

"아니, 괜찮아요. 조금 더 이야기를 나누다 가세요. 늦었다고 해봐야 아직 12시도 안 됐잖아요."

주영이 시계를 올려다보았다. 그러나 12시가 되려면 이제 15분 정도밖에 남지 않았다.

"나는 그만 자야겠어. 자네는 조금 더 얘기를 해도 상관없겠지?"

조성식이 무덤덤한 얼굴로 자리에서 일어났다.

"네, 저는 조금 더 얘기를 나누겠어요. 재미있으니까요. —저희에게 많은 것을 생각하게 하니……."

주영이 조성식의 뒷모습을 바라보며 말했다.

"뭐, 그보다 더한 짓들도 하는데. 목숨을 잃지 않은 것이 그나마 다행이지."

조성식은 이렇게 말하고,

"그럼 나는 먼저 자겠네."

라고 주영의 옆얼굴을 힐끗 바라보며 나가버렸다.

"당신은 그래도 여전히 그것을 하나님의 뜻이라고 생각하고 있나요?"

주영이 그런 조성식 쪽으로는 눈길도 주지 않고, 청년에게 추궁하듯 물었다.

"아씨, 저는 그렇게 생각하고 있습니다. 저는 그렇게 생각하지 않으면 도무지 이 세상에서 살아갈 수 없기 때문에 아무래도 그렇게 생각하고 싶어집니다."

청년이 이렇게 확인하듯 말하고,

"만약 그렇게 생각하지 않았다면 저는 아마 목을 매고 죽었을지도 모릅니다. 어디를 보아도 전부 새카맣게 어두운 벽입니다. 그 벽이 사방팔방에서 몸 쪽으로 차츰차츰 다가와 더 이상은 몸을 움직일 수 없게 되어버린 것이 이 세상 속이니, 저희는 무엇인가를 꼭 붙들고 있지 않으면 얼마나 무시무시할지 모를 일입니다. 만약 그 꼭 붙들고 있는 것이 흔들흔들 움직이기 시작한다면 그것만큼 무서운 일도 없을 것입니다. 저는 바로 지금 그 두려움을 온몸으로 느끼고 있습니다. ……."

그는 가만히 주영의 얼굴을 보았다.

"당신이 붙들고 있는 게 지금 흔들리기 시작했다는 말인가요? —즉, 하나님의 존재가 의심스러워지기 시작했다는 말인가요?"

"그렇습니다, 아씨. 제게는 하나님의 모습이 점차 흐려져 가는 것 같다는 기분이 듭니다. —하나님께서 만드셨다는 인간의, 조금도 인간답지 못한 비참한 모습을 차례차례로 보아오는 동안 제 마음속에 들어왔던 하나님의 모습이 점차 흐려졌습니다. 하나님보다 더 확실한 것이 나타나지 않으면 저는 그만 자살이라도 하고 싶다는 생각이 들 겁니다. 1년 전에 S시의 친구가 보내준 책을 얼마 전에 다시 꺼내 읽어보았는데, 저는 아무래도 그것이 제 마음에 조금씩 힘을 주고 있는 것 같다는 생각이 들었습니다. 그리고 오늘 식사를 할 때 선생님께서 신부님께 말씀하셨던 '봄이 되면 총에 맞을 줄 알면서도 울지 않을 수 없는 꿩'의 마음을 저도 잘 알게 되었습니다."

그가 한숨을 돌렸다.

"하지만 아씨, 그 이야기는 처음 신부님께서 하신 말씀인데 선생님의 대답은 봄이 되면 꿩은 울지 않으면 안 된다는 것이었지요?"

"네, 그랬었죠."

"저도 그 마음은 알겠지만, 단지 봄이 되었기에 우는 것이라면 그것만 가지고는 만족할 수 없습니다."

"그런가요? 하지만 세상이 그렇게 되면 울지 않을 수 없다는 말 아닐까요? 울지 않고는 견딜 수 없다는 말 아닐까요?"

"아닙니다. 그 울지 않을 수 없다는 마음은 알고 있습니다만, 저는 총에 맞을 각오로 우는 꿩은 그나마 행복하다고 생각하고 있습니다. 만약 꿩이 울지 않는다면 그건 총에 맞지 않아도 되기 때문입니다. 그러나 저희는 이미 총에 맞았습니다. 총에 맞아, 말하자면 비명을 지르고 있는 것입니다. 그 비명을 저는 지금까지 하나님 때문에 가만히 참고 있었던 것입니다. 그런데 요즘에는 도저히 참을 수 없게 되어버렸습니다."

"……."

"그래서 말입니다, 아씨. 이건 물론 실례가 되는 말일지 모르겠으나, 저는 여기에 오신 세 분의 손님들을 이삼일 전부터 돌봐드리고 있습니다만, 이 세 분이야말로 봄이 되어 총에 맞을 줄 알면서도 스스로 나서신 훌륭한 분들이 아닐까 생각하고 있습니다. —저는 그 애처로운 마음을 생각하면 자신도 모르게 눈물이 납니다."

주영은 그 말을 듣자 얼굴이 뜨거워졌다. 그러나 상대방은 여전히 말을 이어갔다.

"말씀을 듣자 하니 세 분은 T시에 오래 계시면서 훌륭한 대학을 졸업하신 분들 같은데 그런 신분을 가진 분들이 어째서 먼저 밤처럼 커다란 눈이 내리는 속을, 그것도 한밤중에 그렇게 오셨는지를 생각하면, 저는 참으로 감사의 눈물이 솟아오릅니다. 이렇게 저희들을 위해서 온 힘을 기울이는 분들이 계신데 저만 편안하게 있을 수는 없다고 어젯밤쯤부터 깊이 생각하게 되었습니다. 그래서 저도 여러 가지로 결심을 해보았습니다. 아씨, 부디……."
라며 청년은 주위를 주의 깊게 살펴보고 약간 목소리를 낮춰서 다시 말했다.

"저도 선생님들과 같이 갈 수 있게 해주십시오. 저는 설령 그것 때문에 총에 맞아 죽는다 해도, 그것은 충분히 각오하고 있습니다. 그때가 되어도 비겁한 행동은 결코 하지 않을 것입니다. ……."

청년은 점차로 흥분해서 주영의 곁으로 다가갔다.

"아니요, 총에 맞아도, 라니요. 저희는 결코 그런 사람들이 아니에요. 당신 무슨 말을 하는 건가요?"

주영이 갑자기 딱딱한 태도를 보였다. 그러자 청년은 곧 여자의 얼굴을 가만히 바라보며 천천히 곁으로 다가갔다. 여자는 그 눈빛을 받자 지금까지 엄숙함을 내보이던 태도가 어느 틈엔가 일종의 공포로 변해버렸다는 사실을 스스로도 의식했다.

"이봐요! 뭐하는 거예요? 실례 아닌가요?"

여자는 여기까지만 간신히 말하고 두근대는 가슴 때문에 숨이 막히는 듯했다. 그리고 주머니의 권총에 가만히 손을 넣어 평소처럼 한 치의 빈틈도 없는 주의를 기울이려 했으나 지금에 한해서만은 이상하게도 주저하지 않을 수 없었다.

"아씨……."

청년이 섬뜩하리만큼 차분한 태도로, 날개를 펼쳐 자그마한 자를 덮는 듯한 모습을 보이며 이렇게 낮은 목소리를 냈다.

"네?"

여자는 그 목소리를 듣고 눈을 다시 동그랗게 떴다. 그녀는 자신의 가슴이 왠지 두근거리고 있다는 사실에 화가 나서 견딜 수가 없었으나, 그것을 어떻게 해볼 수가 없다는 사실을 깨달았다.

"조심하시기 바랍니다. 선생님들의 신변에서 아주 날카로운 눈빛이 번뜩이고 있습니다. 물론 그 사건은 그대로 끝나버린 듯합니다만……."

"네? 그 사건이라니……?"

여자의 가슴을 날카롭게 찌르는 것이 있었다.

"아니, 안심하세요. 제가 목숨을 걸고서라도 틀림없이 선생님들을 지켜드릴 테니……."

상대방에게 이런 말을 들은 여자는 더 이상 그 사실을 부정할 수 없었다.

"그대로 끝났다니 무슨 뜻이죠? ……."

여자는 마침내 이렇게 물었다.

"그 눈 속에서의 일로 선생님들께 혐의를 두고 있지는 않다고 하니."

"네? 당신, 당신이 어떻게 그 사실을 알고 있나요?"

"그야 당연히 알고 있지 않겠습니까? 그 사건이 일어난 곳은 여기서 그리 멀지 않는 곳에 있으니."

"네, 그야 물론 그렇지만, 저희에게 혐의를 두고 있지 않다는 사실 말이에요……."

"그거 말씀이십니까? 그건 그 사건의 혐의자로 제가 알고 있는 사람의 일가가 경찰서로 끌려갔기 때문입니다. —하지만 그건 이 부근의 커다란 사건이 되어 있으니 제가 아니라도 누구나 알고 있는 사실입니다. 경찰관이 그렇게 간단히 살해당한 것은 흔한 일이 아니니."

"……."

"그 사건으로 부자 3명이 끌려갔는데 그들은 한 반년쯤 전에 이 마을에서는 더 이상 살 수가 없어서 K도 쪽으로 돈을 벌러 갔던 자들로, 집에는 60세 정도의 노모와 열한두 살이 된 손자가 남아 있었습니다. 저도 그 노모를 잘 알고 있기 때문에 가끔 가서 하나님에 대한 이야기를 들려드렸습니다. 신부님께 받은 월급을 떼어주고 있었습니다. 우리 마을에는 먹고살 길이 없어서 곳곳으로 돈을 벌러 나가는 자들뿐입니다. ……."

"……."

"부자 세 사람이 이러한 때에 왜 돌아온 것인지는 보르겠으나, 그쪽은 마적이 마구 설치고 다니며 돈을 강탈하고, 집을 불태우고, 부인을 욕보이고, 정말 눈 뜨고는 못 볼 상황이라고 합니다. 그 세 사람도 틀림없이 그것 때문에 돌아온 것이라 여겨집니다. 저희 형제들은 이제 어디에서도 살아갈 수 없는 것입니다."

"그런데 어쩌서 그 사람들이 혐의를 받게 된 거죠? ……."

"그건 말입니다. 그 경찰관을 쏴 죽인 것인 듯한 권총의 집과 경찰관이 가지고 있던 소총을 그 세 사람이 가지고 있었기 때문입니다."

"네! 총집을……?"

"그렇습니다. 선생님께서 가지고 계신 권총이 쏙 들어갈 만한 총집을 가지고 있었다고 합니다."

"……."

"하지만 아씨, 저는 이렇게 생각하고 있습니다. 어차피 시골로 돌아와 봐야 먹고살 길이 없는 농부 3명이 서로를 잡아먹듯 하며 이 땅에서 꼼지락꼼지락 하고 있는 것보다는 무기나 사형으로 죽는 편이 훨씬 낫다고. 그리고 그 생명이 선생님들처럼 고귀한 운동을 하는 사람들의 생명을 대신할 수 있다면 그보다 더 좋은 일도 없다고, 그렇게 생각하고 있습니다. ……."

"……."

"그끄저께 밤……, 바로 선생님들이 오셨던 이튿날입니다. 노모의 집 부자 세 사람이 잡혔다는 소리를 들었기에 저는 이상하다고 생각하며 고개를 갸웃했습니다. 그 부자가 경찰관을 쏘아 죽였을 리 없다며 팔짱을 끼고 가만히 생각하다 잠시 후 저는 퍼뜩 생각이 떠올라 무릎을 쳤습니다. 아씨, 아씨의 외투자락에 뚫린 구멍, 그 구멍은 무슨 구멍입니까? ……."

"네?"

여자의 얼굴빛이 슥 바뀌었다.

"저는 그 눈에 젖은 선생님들의 외투 등을 난로에 말려 다리미질을 했는데 마침 아씨가 입고 계셨던, 꽤나 두꺼운 남성용 외투 자락에 상당히 커다란 구멍이 있었습니다. 벌레가 쏠은 걸까? 아니면 못에 걸려 찢긴 걸까? 좋은 외투인데 참 아깝게 됐다고 생각하며 바라보고 있자니, 아무래도 벌레가 쏠은 것도 못에 걸려 찢긴 것도 아닌 듯했습니다. 참 이상한 구멍도 다 있구나 하며 별생각 없이 밝은 창가로 가져가 바라보니 그 주위가 약간 타 있었습니다. 그럼 난로 때문인가? 이렇게 생각하며 냄새를 맡아보았는데 털이 탄 듯한 냄새가 코를 찔러 그것이 탄 지 얼마 지나지 않았다는 사실을 알 수 있었습니다. 그날 아침에 난로에 그렇게 태운 것이라고는 여겨지지 않았지만, 그 이상 특별히 생각할 필요도 없었기에 그대로 내버려두었습니다. 아씨, 저는 부자가 경찰에 잡혀갔다는 이야기를 들은 날 저녁에 몰래 당신 외투의 구멍을 다시 한 번 만져보았습니다만, 그것은 아씨, 틀림없이 총알에 뚫린 구멍이었습니다. ……."

"그럼! 당신은? ……."

"아니, 그렇게 놀라실 필요 없습니다. 제가 어떻게 선생님들을 배신할 수 있겠습니까? 저는 선생님들을 처음 본 순간부터 영혼과 육체를 전부 바치고 싶다는 생각이 들었습니다. 그랬기에 당신들을 지키기 위해서라도 저는 그런 행동을 반드시 할 필요가 있었습니다."

청년이 꾸미지 않은, 한없이 자연스러우면서도 장엄함에 가까운 어조로 말했다.

"……."

여자는 눈부신 것이 옆에 놓인 것 같다는 마음이 들었다. 상대가 여전히 말을 이었다.

"그런데 그 구멍이 말입니다, 외투 자락에 났다니 이상하다는 생각이 들었습니다. 총알이 빗나갔다 해도 모자나 몸통 부분에 나 있어야 할 텐데 옷자락에 뚫려 있다는 것은 이상한 일이라고 죽 생각해 왔습니다. 그때 저는, 이건 사격에 아주 익숙하거나, 그도 아니면 굉장히 가까운 거리에서 쏜 것이라고 추측했습니다. 그런데 그 총을 쏜 자는 이 부근의 경비를 맡고 있는 군인 출신 경찰관으로, 다음 발을 쏘기 위해 총알을 장전하는 사이에 적이 달려들어 권총으로 쏜 듯하다는 말을 들었을 때, 저는 그 외투 자락의 총알 흔적이 무엇인지도 짐작할 수 있었습니다."

"당신! 더 이상 아무 말도 하지 마세요!"

여자가 갑자기 부르짖듯 말했다. 그녀는 자신의 몸이 아주 간단히 단단한 붕대에 친친 감겨버린 듯한 느낌이 들었다.

"저 왠지 속이 안 좋아지기 시작한 거 같아요. ……. 전 그만 자야겠어요. ……."

여자가 머리를 세게 누르며 비틀비틀 자리에서 일어났다.

"네, 그렇게 하십시오, 아씨. 안녕히 주무십시오. ……아마도 너무 오래 이런 얘기만 해서 마음이 상하신 듯합니다."

"아니요, 그런 건 결코 아니지만……."

얼굴이 창백해진 여자가 출구의 문과는 반대 방향으로 꿈을 꾸는 사람처럼 걸어갔다. 청년이 그 모습을 가만히 바라보고 있다가 조용히 곁으로 다가갔다.

"자, 아씨, 저쪽으로 가서 주무시기 바랍니다. 몸에 탈이 나면 큰일이니……."

이렇게 말했으나 다시 문득 떠올랐다는 듯,

"아, 아씨. 내일은 일요일의 예배와 설교가 있으니 충분히 조심하시기 바랍니다. 탐정이 신자들 속에 섞여 여럿 올 테니…….”
라며 여자의 얼굴을 들여다보았다.

“네, 탐정이라니요? …….”

여자가 위협적으로 눈을 떴다.

“네. 그건 예전부터 그래왔던 일인데, 선생님들께서는 특별히 조심을 하셔야 할 겁니다. 저는 그 탐정들의 얼굴을 전부 알고 있으니 그때는 아씨께 신호를 보내 알려드리겠습니다.”

“그런가요……. 고마워요.”

“저는 일요일 아침이면 일찍부터 회당을 청소하고 마지막으로 그 앞의 돌계단을 씁니다. 언제나 청소가 전부 끝나갈 무렵부터 신자들이 드문드문 오기 시작합니다만, 내일은 돌계단에서부터 앞쪽 광장을 훨씬 늦게 청소해서 신자들이 올 무렵에는 거기서 슬슬 청소를 하고 있겠습니다. 그러니 아씨는, 글쎄 어디가 좋을까요? 아아, 이 방이 딱 좋겠네요. 이 방에서 가만히 지켜보십시오. 눈에 반사된 빛으로도 여기서부터라면 회당의 돌계단과 광장이 잘 보입니다. 이 방의 커튼을 전부 내리고 수녀원에서 온 수녀처럼 검은 가운을 입은 뒤, 이 커튼 틈으로 내다보고 계시기 바랍니다. 그 탐정이 오면 제가 손을 들어 머리를 긁으며 정중하게 인사를 할 테니 그때 그 사람의 얼굴과 모습을 잘 기억해두면 나중을 위해서 틀림없이 도움이 될 것이라 생각됩니다.”

“네……. 고마워요.”

여자는 같은 말을 되풀이했다. 그리고 몸을 갑자기 돌려 문 쪽으로 향하려다 상대방의 어깨에 가만히 손을 얹었다.

“당신……?”

여자가 조그만 목소리로, 완전히 지쳐버렸다는 듯 남자에게 속삭였다.

"네?"

라며 약간 뜻밖이라는 듯한 모습으로 남자가 자신에게 눈을 흘기는 여자의 얼굴을 바라보았다.

"당신, 이름이 뭐죠?"

여자가 약간 아양을 부리는 듯한 목소리로, 그러나 아직은 어딘가에 자신의 권위를 잊지 않은 듯한 투로 물었다.

"제 이름 말입니까?"

"네."

"김성준(金城俊)입니다. ……."

"김성준…… 씨라고 하나요?"

"네."

"몇 살……?"

"제 나이 말씀이십니까?"

"네."

"스물아홉입니다."

"스물아홉……, 그래요? 그럼 저보다 2살 많네요."

"그렇습니까?"

"저, 아직 젊죠? ……하지만 말이에요, 전 이미 틀렸어요……."

"……어째서입니까? 아직 젊지 않습니까?"

"아니요, 틀렸어요. ……저, 가슴이 좋지 않아서……."

"네?"

"저, 가슴이 좋지 않아요. 여기. 보세요. 여기가 아주 좋지 않아서……."

여자는 이렇게 말하며 남자의 손을 가만히 잡더니 자신의 가슴 부근으로 가져갔다.

"네? 여기를 좀 눌러보세요. 이 안은 벌써 완전히 못 쓰게 돼서 텅 비어버리고 말았어요……."

"……."

"몸 안에 늘 후끈후끈 열이 있고 오한이 들어서, 이건 아주 좋지 않은 징조에요. ……그러니 전, 이젠 틀렸어요……."

여자의 아름다운 뺨에 붉은빛이 확 번지고, 눈까지 반짝이고 있었다.

"저는요, 당신이라면 틀림없이 무슨 일이든 다 잘할 것 같다는 생각이 들어요……."

"……."

"전 지금까지 당신 같은 사람……."이라고 말하던 여자가 남자의 어깨에 기대어 목이 멘 듯 한두 번 기침을 하더니, 문득 그곳의 벽에 자신의 그림자가 비친다는 사실을 깨달았기에 당황해서 상대방으로부터 몸을 떨어뜨렸다.

"어머, 저, 이렇게 늦게까지 뭘 하고 있는 걸까요. ……."

여자가 갑자기 기가 막힌다는 듯한 목소리를 냈다.

"전 이제 그만 자겠어요……. 그럼."

거기에 비친 그림자와도 같은 여자의 모습이 다시 한 번 남자의 얼굴을 물끄러미 바라보다가 문을 조용히 열더니 미끄러지듯 나가버렸다.

시계는 오전 2시 가까운 곳을 가리키고 있었다.

12

크리스마스의 밤에는 이 눈에 덮인 시골 교회도 역시 떠들썩했다. 많은 신도들이 산더미처럼 공물을 바쳤고, 풍성한 선물이 신자들 사이에서 교환되었다. 그 이튿날 김성준은 하루 동안의 위로휴가를 얻었다. 그는 토마스 신부에게서 특별히 더 받은 월급의 증액분과 충실한 교회의 서번트에게서 받은 수많은 선물을 커다란 자루에 담아 젊은 산타클로스 같은 모습으로 그것을 등에 짊어졌다. 평소와 다름없이 곧 눈이 내릴 것 같은 하늘이었다. 먼 곳은 회색 구름에 완전히 뒤덮였으나, 그래도 태양이 있는 곳만은 희끄무레한 빛을 내뿜고 있었다. 길 위의 눈이 단단히 얼어붙어 마치 돌덩이가 흩어진 길을 걸어가는 듯했다. 잊을 만하면 하나 둘, 조그만 나방이처럼 눈발이 날아들었다. 그것이 뺨에 부딪히면 오싹오싹 찌르는 것 같은 추위가 전해졌다. 바람은 그리 세게 불지 않았지만 낮은 기온 때문에 걷고 있으면 저절로 허리가 구부러졌다. 콧구멍과 눈썹이 얼어붙는 것이 느껴졌다.

김성준은 무명으로 만든 커다란 자루를 짊어지고 있었는데 그것을 때때로 오른쪽 어깨에서 왼쪽 어깨로 바꿔 짊어졌다. 길을 가는 그의 마음 속으로 지금부터 찾아갈 집의 노모와 그 손자가 기뻐하는 얼굴이 얼핏얼핏 그려졌다. 그리고 얼마 전에 S감옥으로 면회를 갔던 노모의 아들 장가진(張嘉鎭)을 떠올렸다. 아들이라고는 하지만 벌써 40세가 되어 자녀도 있었다. 그리고 그 사람들의 모습 사이로 다시 아름다운 권주영의 모습이 선명한 색채로 섞여들곤 했다. 신춘용과 조성식의 모습도 있었다. 그는 그런 사람들을 생각하면 자신도 모르게 커다란 한숨이 저절로 나왔다. …….

"나는 전혀 모르는 일이야, 김성준……."

이렇게 말하고 갑자기 눈물을 줄줄 흘렸다. 장가진이 비명을 올리듯 외쳤을 때,

"이놈! 왜 그런 소릴 하는 거냐!"
라고 면회장에 입회한 간수부장이 커다란 목소리로 호통을 쳤다. 그리고 앞의 반원형을 이루고 있는 면회장의 창이 덜컹 떨어져버렸다.

면회장에서 변호사 이외의 사람은 피고인으로 혐의가 걸린 사건에 대해서는 일절 아무런 말도 할 수가 없었다. 김성준은 노모로부터 여러 가지 전해달라는 말을 듣고 장가진이 있는 감옥으로 면회를 간 것이었으나, 그곳의 창을 열고 얼굴을 본 순간 장가진이 갑자기 그렇게 외쳤기에 그것 외에 이쪽에서는 한마디도 이야기할 수가 없었다. 김성준은 7년 가까이 그러한 경험을 했기에 거기에는 조금도 놀라지 않았으나 그때의 장가진의 그 목소리를 들은 순간에는 그의 몸이 부들부들 떨려왔다. —그는 상대방의 그러한 마음은 너무나도 잘 알 정도로 알고 있었다. 그리고 문득 주영의 그날 밤 모습이 마음속에 떠오르자 그는 그 목소리가 자신의 두개골을 깨부순 것만 같은 느낌이 들었다. 그는 면회장의 횃대를 붙든 채 정신을 잃은 사람처럼 멍하니 서 있었다. …….

그는 풀이 죽어 집으로 돌아왔다. 그 돌아오는 길에 인간의 삶을 얼마나 저주했는지!

오늘 들은 장가진의 비참한 부르짖음과 그날 밤 본 주영의 아름답고 감상적인 얼굴이 그의 가슴속에서 풍차처럼 웅웅 소리를 내며 빙글빙글 맴돌았다.

'아씨, 저는 이렇게 생각하고 있습니다. 어차피 시골로 돌아와 봐야 먹고살 길이 없는 농부 3명이 서로를 잡아먹듯 하며 이 땅에서 꼼지락꼼지락 하고 있는 것보다는 무기나 사형으로 죽는 편이 훨씬 낫다고. 그리고 그 생명이 선생님들처럼 ××운동을 하는 사람들의 생명을 대신할 수 있다면 그보다 더 좋은 일은 없다고, 그렇게 생각하고 있습니다.'

나는 그 진주처럼 휘황하게 빛나는 아름다운 여자 앞에서 틀림없이 이렇게 말했다. 그건 또 얼마나 무서운 말이란 말인가! 나의 영혼이 그때 틀림없이 무엇인가에 홀려 있었던 것이다. 그래, 틀림없이 그 악마에게 사로잡혀 있었던 것이다. 나는 그 7년 동안 뼈를 깎는 듯한 번뇌와 고통을 맛보았으면서도, 그 고통에서 한발 멀어지자 벌써 내 자신이 그런 사람들을 대수롭지 않게 생각하게 되었을 뿐만 아니라 경우에 따라서는 그 어두운 구멍 속으로 직접 밀어 떨어뜨리려 하는 무시무시한 마음을 갖게 된 것이다. 저주받아 마땅한 마음이다! 잔인한 마음이다! 나는 악마다! 흡혈귀다! 나는 한시라도 빨리 그 가엾은 사람들을 구해내야 한다!

그는 빠른 걸음으로 걸었다. 걸음을 서둘렀다. 그 탄흔이 남아 있는 외투. 총집에 꼭 들어맞는 권총. 그것이다. 그것이 누가 뭐래도 움직일 수 없는 확실한 증거다!

그는 비몽사몽간에 용기를 내서 걸었다. 나는 듯한 발걸음이었다. 그러나 잠시 후, 그는 그 길 위에 멍하니 서 있었다. 지금 당장에라도 경찰서로 달려가 장가진 부자의 무죄를 호소해야겠다고 용기를 내었던 마음이 아침안개처럼 되어 어딘가로 사라져버리고 말았다. 그리고 거기에서는 대리석처럼 푸르스름한 빛이 감도는 아름다운 피부의 표면에 붉은빛을 살짝 띤 기품 있는 주영의 얼굴이, 윤기 있고 새카맣게 빛나는 두 눈동자로 가만히 그를 노려보고 있었다.

아, 아씨! 그는 마음속으로 세차게 외쳤다.

'당신, 이름이 뭐죠?'

이런 소리가 들렸다.

'몇 살? ……스물아홉? ……그래요? 그럼 저보다 2살 많네요.'

이런 소리가 들렸다.

'아니요, 틀렸어요. ……저, 가슴이 좋지 않아서…….'

이런 소리가 들렸다.

'저, 아직 젊죠? ……하지만 말이에요, 전 이미 틀렸어요…….'

이런 소리가 들렸다.

'저, 가슴이 좋지 않아요. 여기. 보세요. 여기가 아주 좋지 않아서…….'

이런 소리가 들렸다.

'네? 여기를 좀 눌러보세요. 이 안은 벌써 완전히 못 쓰게 돼서 텅 비어버리고 말았어요…….'

이런 소리가 들렸다.

'그러니 전, 이젠 틀렸어요…….'

이런 소리가 들렸다.

'저는요, 당신이라면 틀림없이 무슨 일이든 다 잘할 것 같다는 생각이 들어요…….'

이런 소리가 들렸다.

'전 지금까지 당신 같은 사람…….'

이런 소리가 들렸다.

담홍색 얼굴이 반짝반짝 눈부시게 눈앞으로 다가오고 부드러운 팔이 그의 어깨에 뱀처럼 가만히 감겼다. ……그는 정신을 잃을 것만 같았다. 발이 공중에 떠 있는 것 같아 몸이 어떻게 되어 있는 건지 알 수가 없었다. 감옥의 면회에서 교회로 돌아온 그는 장가진의 노모의 집에도 가지 않고, 또 언제나 난로 옆 사람들 속에서 가만히 이쪽으로 깊은 의미가 담긴 듯한 눈길을 던지는 주영이 곁으로도 가지 않고 신부에게 허락을 얻어 자기 방에 드러눕고 말았다.

그는 커다란 자루를 짊어지고 오늘도 다시 어두운 번뇌에 잠긴 채 걸었다.

자신이 아무리 이런 짓을 해도 그건 마치 이 나라 사람들이 흔히 말하듯, 등치고 간 내먹는 것 같은 위선이나 다를 바 없는 짓이라고 그는 생각했다. 눈물을 흘리며 기뻐할 노모와 손자의 얼굴을 자신은 도저히 똑바로 쳐다볼 수 없을 것이라고 생각했다. 하지만 이번 일의 경우, 그는 아무래도 이렇게 하는 것 외에는 달리 방법이 없었다.

그는 자신이 살아 있다는 사실이 참으로 귀찮게 여겨졌다. 그가 감옥에 있을 무렵에는 세상으로 나가기만 하면 거기서는 커다란 행복과 자유가 기다리고 있을 것만 같았다. 전옥과의 가출옥 약속은 연기가 되어 사라져버렸지만, 대사면을 만나 그는 감형이라는 은혜를 입었다. 그리고 태양이 붉게 타오르고 있는 벌판으로 풀려난 순간에는 바로 지금부터 시작이라고 생각했다. 그리고 한달음에 고향으로 돌아가 보니, 자신이 태어난 집이 어디인지 거의 짐작조차 할 수 없을 정도로 커다란 벽돌건물들이 세워져 있었다. 주위에는 몇 개나 되는 시커먼 굴뚝들이 세워져 있고, 거기서는 연기가 천천히 솟아오르고 있었다. 주위에서 일하고 있는 사람들도 하나같이 낯선 사람들뿐이었다. 그는 순간 언젠가 딱 한 번, 자신이 있던 감옥에서 모습을 보았던 아버지 김기호(金基鎬)를 떠올렸다.

그때는 워낙 고집스러운 아버지이니 또 그 면장과 싸움이라도 해서 2, 3개월 정도의 징역을 먹은 것이라 생각했다.

그 이후로는 아버지의 모습을 볼 수 없었기에, 아마도 벌써 형기를 마치고 돌아간 것이라고 혼자서 생각했었다. 그가 아버지 김기호에 대해서 알고 있는 것은 그것뿐이었다.

하지만 고향으로 돌아와 보니 아버지도 없고 어머니도 없었다. 뿐만 아니라 감옥에 있을 때 줄곧 꿈에서 그립게 보아왔던 자신의 생가조차 사라지고 없었다. 그는 망연해서, 자신은 아직도 감옥 속에 있고, 그 감방의 바닥 위에서 평소와 다를 바 없이 꿈을 꾸고 있는 것이 아닐까 하는 생각까지 해보았다. 그러나 역시 그것이 현실이었다. 그는 그것을 확실히 의식하자 울고 싶어도 울음이 나오지 않는 슬픔이 가슴 가득 번져갔다. 그리고 고집스럽기는 했으나 깊이를 알 수 없는 자애를 베풀어주었던 아버지가 견딜 수 없이 그리워졌다. 어렸을 때부터 어떤 어리광도 다 받아주었던 어머니가 그리워서 견딜 수가 없었다. 길가의 풀 위에 털썩 쓰러진 그는 몸을 떨며 소리 높여 울었다. …….

그는 마지막으로 아버지와 싸웠던 때의 일들이 떠올랐다. 분노에 차올라 달려드는 아버지의 몸을 그가 휙 한 번 밀었더니 아버지는 힘없이 뒤로 나자빠졌다. 그때 그는 아버지도 나이를 먹었구나 생각했다. 아버지는 마침 옆에 있던 작은 괭이를 치켜들고 다시 달려들어 휙 휘둘렀고 그때 그는 놀라 몸을 피했으나 그 작은 괭이가 어깨를 스치며 땅에 박히고 말았다. 그는 너무나도 야속한 마음에 아버지의 멱살을 잡고 땅바닥에 처박으려 했다. 그 바람에 아버지는 한쪽 팔을 깨진 항아리 위에 세게 찔리고 말았다. 그리고 피가 심하게 흐르는 것을 보고 그는 놀라서 순간적으로 도망치고 말았다. 그와 아버지와는 이것이 영원한 이별이 되어버리고 만 듯했다. 그는 얼마 지나지 않아 그가 드나들고 있던 여자의 집에서 돌아오는 도중에 헌병대에 붙잡혀버리고 만 것이었다.

헌병대에서 그는 틀림없이 아버지가 고소한 것이라고 생각했다. 하지만 그 일에 대해서는 한 번도 조사하지 않았다. 대신 전혀 뜻밖의 범죄 때문에 어느 틈엔가 형을 선고받았고, 그로부터 6년이 지났다. 아버지는 자신이 상처를 입혔지만 그 아들을 고소하지 않았다는 사실을 알게 되었다. 아버지의 자애로움이 그의 폐부에까지 스며들었다. 그는 다시 한 번 아버지를 만나 그 깊은 죄를 사죄하고 싶었다. ……하지만 그 고향조차 벌써 예전의 흔적을 찾아볼 수 없었다. 그는 여전히 풀 위에서 통곡할 수밖에 없었다.

그는 그러던 중에 헤어진 여자를 떠올렸다. 아버지나 어머니보다 그 여자가 더 사랑스러웠던 17세 때, 그 여자를 알게 되었다. 그로부터 그럭저럭 3년 동안 그는 꿈을 꾸는 듯한 기분으로 그 여자의 집에 드나들었다. 감옥 안에서의 꿈도 그 여자와의 여러 가지 추억을 보는 경우가 가장 많았다.

그는 풀 위에서 일어나, 언제나 설레는 가슴으로 지나다녔던 시골길을 7년 만에 눈물이 날 정도의 그리움에 잠겨 걸었다. 그렇게 그는 마음속 그 길을 의지 삼아 가려 했으나, 그의 기억에 남아 있는 작은 솔밭과 길가의 선정비(善政碑)와 또 언제나 여자의 집에서 돌아올 때면 반드시 그 앞의 커다란 돌에 앉아 아침에 헤어질 때 여자가 애달프게 속삭인 말을 가슴속으로 곱씹어보던 사당 등은 전부 없어지고, 붉은 흙이 탄탄하게 깔린 널따란 도로로 변해 있었다. 그는 누가, 무슨 소용이 있어서 이런 곳에 이처럼 큰길을 만든 것일까 생각했다. 그는 자신도 모르게 뒤를 돌아보았다. 그러자 그 도로는 지금 자신이 목표로 찾아온 고향 위에 세워진 빨간 건물과 검은 공장이 있는 널따란 일곽으로 이어져 있었다. 그는 문득 그것이 하나의 커다란 분묘 같다는 생각이 들었다. 분묘의 비석이 겹겹이 서 있는 것처럼 느껴졌다. 그리고 그 아래에 자신의 아버지와 고향 사람들이 잠들어 있는 것이 아닐까 하는 생각이 들었다. ―이 나라에서는 특히 분묘를 화려하게 꾸미는 것이 습관이었다.

'무덤이다. 무덤이다. 저 아래에 모두 묻혀버리고 만 것이다!'

그는 마음속으로 이렇게 외쳤다. 그는 그래도 여전히 여자의 집이 건너편 언덕을 넘고, 다시 조그만 솔밭길을 지나면 멀리 높다란 버드나무가 한 그루 보이는 아래에 지금도 서 있어, 거기서 그녀가 숫되게 옅은 화장을 하고 붉은 옷고름을 늘어뜨린 채 가만히 문 앞에 서서 그가 오기를 언제나처럼 기다리고 있을 것 같다는 생각이 들었다. 그리고 그의 이 7년 만의 얼굴을 보이면 아주 놀라며 기뻐할 것이라고 생각했다. 그는 여자와 헤어졌던 아침의 일을 떠올렸다. 아버지와의 싸움으로 피가 묻은 옷을 그녀는 새것으로 갈아입혀주었다. 은근히 작별을 이야기하자 여자는 눈시울을 붉혔다. 아침이 되어 그는 일단 여자의 집에서 나왔다. 그리고 3, 4정쯤 와서 그 버드나무를 돌아본 순간, 가슴이 먹먹해지고 뜨거운 눈물이 흘렀다. 그는 견딜 수 없어서 다시 한 번 되돌아갔다. 모퉁이에서 모습이 사라질 때까지 배웅을 하고 있던 여자는 그가 다시 여자의 집으로 달려가 그 방으로 들어서자 깜짝 놀라 얼굴을 들었다. —여자는 그 방구석에 쓰러져 울고 있었던 것이다. 얼굴 전체가 눈물에 젖어 새빨갛게 물들어 있었다.

그는 달려들 듯해서 다시 입술을 맞췄다. …….

그는 이런 추억에 잠긴 채 그 언덕을 넘어 조급한 마음으로 앞쪽의 표식이 되어 있는 버드나무를 서둘러 찾았다. 그러나 거기에는 방대한 가스탱크 같은 것이 마왕처럼 웅크리고 있었다. 그 꼭대기를 비추고 있는 태양이 번쩍번쩍 짓궂은 조소를 그에게 던지고 있었다.

"흠……."

하고 그는 속에서 올라오는 듯한 신음소리를 냈다.

'저건 무덤이 아니다! 저건 무덤이 아니다!'

그는 이렇게 생각했다. 하지만 그는 그것을 대체 어떻게 생각해야 할지 도무지 떠오르지 않았다.

'모든 것이 이렇게 엉망이 되어버렸구나. 지금부터 나는 대체 어떻게 하면 좋단 말인가? …….'

그는 거기서 다시 털썩 엉덩방아를 찧었다. 새로운 눈물이 줄줄 흘러나왔다.

잠시 후 그는 벌떡 몸을 일으켰다. 그의 품속에는 7년 동안 감옥에서 일한 대가로 풀려날 때 받은 노역임금이, 그래도 10원 정도는 있었다. 그는 그 돈을 소중하게 품고 고향으로 온 것이었다. 그것은 아버지께 용서를 바라는 그의 공물이기도 했다. 아버지가 기뻐할 만한 반주(飯酒)의 취기를 마련해서 즐겁게 해드리고 싶다는 희망의 과실이기도 했다. 그리고 또 그 가운데서 두어 장을 빼두었다가 끊긴 지 오래인 여자의 미소에 자신도 황홀하게 취하고 싶었던 것이었다.

그는 그 돈이 든 지갑을 내팽개치고 옆에 있는 소나무 가지에 목을 매달아 죽어버릴까도 싶었다. 고향의 땅 위에 솟아 있는 그 커다란 건물과, 이곳 여자의 집을 뭉개고 보란 듯이 떡하니 자리 잡고 있는 괴상한 탱크에 전부 불을 붙여 하나도 남김없이 새카맣게 태워버리고 싶다는 생각을 하기도 했다.

태어나서 열아홉 살이 될 때까지, 그의 반생은 불이 붙다 만 불꽃놀이와도 같은 것이었다. 자기 자신이 이 세상에 존재하고 있다는 인식을 마침내 하기 시작했을 무렵, 그는 이미 어둡고 차가운 감옥 속에 있었다. 마치 좁은 뒷골목의 어두컴컴한 길을, 어둠 속에서 이리저리 머리를 얻어맞으며 그대로 슥 지나쳐온 듯한 반생이었다. 아무것도 없었다. 그저 소라와도 비슷한 주먹으로 얻어맞은 것과 같은 아픔에 대한 추억만이 그의 반생애에 남아 있을 뿐이었다. 오로지 그것뿐이었다. 나머지는 새카만 어둠이었다.

하지만 그는 감옥 속에서 참된 인간을 알게 되었다. 자신들보다 우월한 문명을 가진 N민족 사람들과 친하게 지냈다. 그는 거기서 여러 가지 지식을 얻었다. N어에도 능숙해졌다. 오랜 시간이 흐른 뒤에는 N어로 된 책도 읽을 수 있게 되었다. 세계 속에 여러 민족이 있다는 사실도 알게 되었다. 인류의 생활에 대해서도 어렴풋하게나마 이해하게 되었다. 그 인류 가운데는 사회가 있고 부자가 있고 가난한 자가 있어서 서로가 끊임없이 무시무시한 이빨을 갈며 괴로움에 몸부림치고 있다는 사실도 알게 되었다. …….

다시 말해서 그는 감옥이라는 비사회적인 곳에서 살며 오히려 그 주위 사람들로부터 생생한 사회, 인생의 단면을 본 것이었다. 그 감옥이라는 곳이, 온갖 인류의 시시각각으로 새롭게 새겨진 피비린내 나는 생활의 단면을 언제나 눈앞에서 보여주었기 때문이었다. 가난해서 물건을 훔치는 자, 사람을 속여 물건을 빼앗는 자, 화를 참지 못해 사람에게 상처를 입히는 자, 사랑에 미쳐서 사람을 죽이는 자, 성욕에 눈이 어두워져 여인을 욕보이는 자. —그러한 사람들 하나하나가 이 인류의 생활이란 과연 어떤 것인가를 마치 이야기처럼 들려주었기 때문이었다. 유년 시절에 부근 최고의 학자였던 백운선생(白雲先生)조차 혀를 내두를 정도였던 그는, 그 인류의 생활을 분명하게 알 수 있었다.

그는 그런 인간들이 어디까지고 강하게, 강하게 살아가려 하는 굉장한 요구에는 새삼스럽게 전율했다. 그들에게는 아무런 이상도 없었으며 주의도, 주장도 없었다. 단지 그들은 살아가기만 하면 되는 것이다. 다시 말해서 식욕과 색욕을 위해서 그토록 격렬하게 몸부림치고 있는 것에 지나지 않는다고 생각하지 않을 수 없었다. 그리고 그것이 참으로 생생한 인간처럼 보였다. 어디까지나 인간의 도리인 것처럼 여겨졌다.

그는 그런 생각을 할 때마다 잠시 같은 방을 썼던 죄수 '52호'가 떠올랐다. 달걀귀신처럼 얼굴이 평평하고 완전히 짓뭉개진, 나병이 딱딱하게 굳어버린 것 같아 달걀귀신을 꼭 닮은 '52호'를 떠올리는 것이었다.

'52호'는 얼굴이라 여겨지는 곳 부근에서 눈이 이상하게 번뜩이고 있었으며, 코와 입이 구멍처럼 뚫려 있었다. 머리털도 없었다. 귀도 없었다. 그랬기에 언뜻 보면 오래 된 목탁처럼 보이기도 했다. 그러나 손과 발은 다른 사람들과 조금도 다르지 않았다. 단, 피부가 큼지막하게 짓물렀다가 나은 것이 모란처럼 곳곳에 피어 있었다. 그러나 그는 결코 나병환자가 아니었다.

'52호'의 죄명은 간통, 방화, 강간, 강도상해라는 매우 복잡한 범죄였다. 그의 형기는 유기 가운데서 가장 무거운 15년이 2개 겹쳐 있었다. 거기에 다시 7년과 짧은 것이 하나 더 남아 있었다. 하지만 그의 실제 형기는 20년이다. 그는 이미 마흔 몇 살이었으니 아마도 감옥 안에서 세상을 떠나리라.

'52호'는 10년 이상이나 산중의 굴 속에서 살았다. 그가 스무 살 무렵, 한 집의 유부녀와 간통했을 때부터 그의 범죄가 시작되었다. 그가 여자의 남편에게 간통을 들켰을 때, 붙들려서 불로 찜질을 하는 사형(私刑)을 당했다. 그는 그 잔혹한 화상을 입은 채로 달아나 산 속에 숨어버렸다. 그는 산 속, 사람의 발길이 닿지 않은 신선한 흙을 발라서 마침내 그 심한 화상을 치료했다. 그는 다시 정부가 있는 마을로 밤의 어둠을 틈타 숨어들었다. 그러나 여자는 도깨비처럼 변해버린 남자의 모습을 보고 놀라 달아났다. 그는 부근의 숲속으로 여자를 몰아 강간을 했다. 그리고 여자를 거기에 묶어놓은 뒤, 여자의 집으로 되돌아가 남편이 없는 것을 요

행으로 알고 전에 자신에게 사형을 가해 화상을 입혔던 것에 대한 복수를 할 마음으로 그 집에 불을 질렀다. 그리고 돈이 될 만한 것들을 긁어모아 다시 산 속으로 들어가버렸다.

그는 이 방법에 맛을 들여 해마다 거의 평균 한두 번, 사람들이 잊을 만할 때쯤 되면 틈을 타 전의 정부를 습격했다. 어떨 때는 그 여자에게 상처를 입힌 적조차 있었다. 정부는 두려움에 다른 마을로 이사했다. 그러나 그는 그 사실을 알아내서는 그 마을을 습격했다. 신기하게도 그는 다른 사람은 건드리지 않았다. 그랬기에 마을 사람들은 오히려 그를 동정하는 마음을 품고 있었다.

그에 대한 수색도 하지 않았다. 산에서 내려오는 달걀귀신. 그의 사연을 들은 마을 사람들은 인간의 무시무시한 집념에 공포심을 느꼈다. 새로운 문명의 경찰기관이 그 일대 마을들에까지 은혜를 베풀기 시작했을 때에는 더 이상 그런 괴기스러운 인간이 사는 것을 용납하지 않았다. 그는 10년 만에 경찰관의 수사대에 체포되었다. 기뻐한 것은 매정한 정부와 사형을 행했던 남편이었다. 마을 사람들은,

"달걀귀신이 잡혔어, 가엾게도……."라고 숙덕거렸다. 그리고 마을의 로망이 하나 사라졌다는 데 쓸쓸한 마음을 느낀 사람도 있었다.

"나는 뭣 때문에 태어난 건지 모르겠어. 혹시 강간을 하기 위해서 태어난 걸까……. 핫, 핫, 하, 하, 하, 하."

아직 20년 가까이 형기가 남아 있는 오십 줄의 달걀귀신은 픽픽 바람이 새서 알아들을 수 없는 목소리로 이렇게 말했다. 웃고 있는 것일 테지만 그의 얼굴로는 도무지 분간을 할 수 없었다. …….

'나도 역시 그 달걀귀신과 다를 바 없다!'

그는 이렇게 생각했다.

'달걀귀신이다! 달걀귀신이다!'

그는 울먹이는 목소리로 이렇게 외치며 그 고향에서 가까운 들판을 돌아다녔다.

13

온통 진흙으로 더러워진 거리가 있었다.

누르스름한 그 진흙은 인간의 음탕한 동작에서 배어나오는 짙은 고름과, 짓눌려서 응응 신음하며 쥐어짜내듯 흘러나오는 땀 등에 완전히 들러붙어서, 집의 낮은 처마와 거기에 걸린 발과 걸어가는 사람들의 옷과 머리카락과 콧구멍과 귓불과 눈썹까지 솔로 틈틈이 바른 것처럼 물들였다. 사람들은 오래 된 연못 속을 헤엄쳐가는 듯했다. 정체를 알 수 없는 더러운 것에서 피어오르는 냄새가 코를 확 찔렀다.

어두운 거리였다. 누런 빛깔의 거리였다. 동양 민족의 극좌에 속하는 사람들이 사는 거리였다.

김성준은 그곳을 한껏 취해서 걷고 있었다. 고향의 들판에서 그는 결국 이런 곳으로 오고 말았다. 기차 안에서의 기억이 얼핏얼핏 날 뿐, 대체 여기가 어디인지, 자신이 무엇 때문에 이런 곳에 온 것인지는 전혀 알 수가 없었다. 자신이 그 달걀귀신처럼 되어 산 속에서 이런 거리로 예전의 정부를 괴롭히기 위해 온 것이 아닐까 하는 생각도 들었다. 여기서 강간을 하고 약탈을 해서 자신은 다시 그 무시무시한 감옥으로 끌려가는 것이 아닐까도 여겨졌다. 하지만 그것도 순간일 뿐, 자신이 어디에 있는지조차 여전히 알 수 없었다. 감옥의 감방 속에서 꿈을 꾸고 있는 건지, 고향의 들판에서 울고 있는 건지, 기차 안인지, 어젯밤에 기어들어간 술

집 여편네의 방인지, 뭐가 뭔지 전혀 알 수가 없었다.

그의 눈앞에는 어느 틈엔가 아름다운 봉숭아꽃이 핀 들판이 있었다. 그 가운데 유채꽃이 흐드러지게 피어 있었다. 하얀 나비가 자신이 걸어가는 앞에서 하늘하늘 맴돌았다. 그때 조그만 계집아이가 나타났다. 한 손으로 머리에 인 물항아리를 가만히 쥐고, 다른 한손으로는 치맛자락을 쥐고 있었다. 하얀 팔뚝 살이 포동포동 드러나 있었다. 문득 그 얼굴을 들여다보니 그것은 그가 예전에 찾아가던 여자였다. 여자는 생긋 미소를 지어 보였으나, 곧 눈물이 그렁그렁한 새빨간 눈으로 그를 원망스럽다는 듯 바라보았다. ……윙윙 등불 속에서 여름의 날벌레가 무리 지어 날아다니는 것처럼 다시 여자를 그리워하는 마음이 모락모락 피어오르기 시작했다. …….

"……."

그는 노래라도 불러볼까 생각했다. 그것으로 자신의 마음을 위로해보고 싶은 것이었다. 그러나 목이 메어 아무래도 목소리가 나오지 않았다.

"달은 뜨고,

배 나간다……."

그는 문득 슬픈 목소리를 내어 불러보았다. 그 노래는 여자의 장기였다. 조용한 성격의 여자는 그런 노래를 좋아했다.

"인제 한번 작별하면,

언제 다시 올까……."

이렇게 여기까지 부르자 눈물이 뚝뚝 떨어졌다.

"이놈! 이 넋 빠진 놈아! 정신 차려!"

그의 귓가에서 이렇게 N어로 날카롭게 호통을 쳤다. 그리고 그의 몸에 와락 무엇인가가 부딪쳤다.

"핫, 하, 하, 하……."

그는 커다란 소리로 웃었다.

"뭐냐 이 약골 같은 놈아! 겁쟁이 놈아! 언제까지 그렇게 빼기게 둘 줄 알았냐?"

그는 같은 N어로 이렇게 외치듯 중얼거린 뒤, 그 사람의 뒷모습을 노려보다 침을 탁 뱉었다. 감옥에서 그 민족 사람들과 함께 일을 하며 그는 그들의 성격을 잘 알게 되었다. 그들의 실상을 아주 잘 알게 되었다.

"입으로만 강한 척하면 뭐하냐? …… 핫하, 하, 하. 한심하기는."

그는 다시 내뱉듯 중얼거렸다. 그리고 다시 원래대로 고개를 움츠리고 비틀비틀 걷기 시작했다. 좁은 길이었기에 자칫 사람과 부딪히기 쉬웠다. 그러나 그는 어깨를 활짝 펴고 성큼성큼 기세 좋게 걸었다.

"누가 뭐래도 우리들의 길이다. 우리가 걷고 있는데 부딪히기라도 해보라고, 하찮은 녀석들! 이놈저놈 할 것 없이 가만 놔두지 않겠다, 이 도둑놈들아!"

그는 마치 술주정을 하듯 중얼중얼 혼잣말을 하며 걸었다. 이리저리 아무데로나 가다 그의 마음속 충동이 일어나는 대로 어두컴컴한 집의 창을 흘겨보기도 하고, 길에서 딱 마주친 젊은 여자에게 헤헤 묘한 웃음을 지어 보이기도 하고, 들개와도 같은 모습으로 어슬렁어슬렁 걷기도 했다. 걷는다기보다 앞으로 슬금슬금 미끄러져 들어가는 것처럼 보였다.

문득 고개를 들어 올려다보니 전봇대에 흐릿한 전등 하나가 켜져 있었다. 주위를 둘러보아도 새카만 어둠이었다. 이상한 곳에 와버렸다고 그는 생각했다. 다시 퍼뜩 정신을 차리고 보니 그 전등의 불빛에 검은 사람의 그림자가 우두커니 서 있었다. 그는 어라! 하는 마음이 들어 흐린 눈으로 가만히 바라보았다. 사람의 그림자가 움직이자 허리에서 절그럭절

그럭 군도 소리가 났다.

"흐흥, ……이다."

그가 조그맣게 중얼거렸다. 그 군도 소리는 그가 6년 동안 신물이 날 정도로 들어온 소리였다. 노역장에서 일하고 있을 때, 감방에서 자고 있을 때, 울컥 치밀어 오르는 불쾌함과 반감을 가지고 듣던 울림이었다.

"흐흥, ……이다."

그는 그 앞을 지날 때 다시 이렇게 중얼거렸다.

"이봐!"

상대방이 묵직하고 낮고 권위에 찬 목소리로 불렀다.

"네?"

그가 시치미를 떼고 상대방의 얼굴을 바라보았다. 네까짓 것들에게는 놀라지 않는다고 그는 생각했다.

"어디를 가는 거냐? ……."

"아무데도 안 가."

그가 바로 이렇게 대답했다.

"뭐라고? 아무데도 안 간다고? 그래도 지금 걷고 있잖아?"

"집으로 돌아온 길이야. 어디를 가는 게 아니야."

"되먹지 못한 말을 하는 놈이로구나, 너는. —돌아왔다니, 어디로 돌아온 거냐?"

"저, 저기에 집이 있어. 저기, 저쪽에 등이 얼핏 보이잖아. 저기가 그, 우리 집이야."

"흠……, 그럼 근처 공사장의 인부로 얼마 전에 고용돼서 온 C인이로군."

"그, 그래. 틀림없이 그래. 그 공사에 품팔이를 하러 온 거야. 지금 집으로 돌아가는 길이야."

그가 교묘하게 맞장구를 쳤다.

"그럼 얼른 돌아가. 술에 취해서 언제까지고 돌아다녀서는 안 돼. ……."

"응, 돌아가야지."

"얼른 가."

"……."

그는 대여섯 간 앞까지 예의 앞으로 고꾸라질 듯한 모습으로 비틀비틀 걸었다.

"핫, 하, 하, 하, 하. 고소한걸. 하, 하, 하, 꼴 좀 보라지. 한심한 녀석!"

그는 멋쩍은 듯한 웃음이 새어나왔다.

"이제 너희들에게는 바보처럼 속지 않아. 같잖은 수법에 걸려서 헌병대로 끌려간 건 옛날 일이야. 지금의 김성준 님은 예전의 김성준이 아니야. 제길! 이제 그런 수법에는 걸려들지 않아. 핫하, 핫하, 핫하. 하, 하……, 어리석은 것들. ……."

그는 시종 껄껄 웃으며 어두운 뒷길을 꿈틀거리듯 갔다.

그는 즐거워서 견딜 수가 없었다. 왠지 커다란 소리로 노래를 부르고 싶어서 견딜 수가 없었다.

"××××××가 수면…………."

그는 감옥의 같은 방에 있던 N인 죄수에게서 배운 음탕한 노래 등도 자랑스럽다는 듯 부르며 갔다.

그렇게 가다 보니 새빨간 핏덩어리 같은 등불들이 줄줄이 아름답게 늘어서서 반짝반짝 빛나고 있었다. 새카만 어둠 속에서 가지에 달려 익은 남천의 열매처럼 보였다.

"이것 봐라!"

김성준이 조그맣게 외쳤다. 지금까지 코를 베어가도 모를 정도의 어둠에 잠겨 걷고 있던 그는, 갑자기 눈앞을 바라본 순간 자신도 모르게 이렇게 외치지 않을 수 없었다. 등불 속에서 여러 사람들이 움직이고 있다는 사실을 잘 알 수 있었다. 그는 갑자기 볼일이라도 생긴 듯한 기분이 들어 그곳으로 다가갔다. 칙칙한 붉은색으로 칠한 유리가 끼워진 헌등(軒燈)이 좁은 길 양옆의 처마에 늘어서 있었다. 빨간색이기는 했으나 빛이 아주 탁해서 어둡고 음침했다. 걷고 있는 사람들의 발밑은 어두컴컴했다. 스쳐 지나는 사람들의 얼굴조차 제대로 보이지 않았다. 그런데 그 헌등에는 이상한 영어가 적혀 있었다.

'Mery'라고 적어놓은 것이 있었다. 그리고 그 아래에 N어의 가타카나로,

'メリー.'라고 읽는 법을 써놓았다.

"흠……, 메리라?"

그는 감옥에서 배운 N문자를 입 안에서 자랑스럽다는 듯 중얼거렸다.

"메리라니, 대체 뭐지?"

그는 N어로 다시 이런 말을 중얼거리고 문득 그 희미한 등불이 비치는 창 안을 들여다보았다. 유리에는 천박하게 채색된 묘한 무늬가 그려져 있었다. 다갈색 커튼이 완전히 내려져 있었다. 안은 생각 외로 밝았다. 뚱뚱하게 찐 살에 계수나무 색 살갗을 가진 여자가 둥그런 눈동자를 빙글빙글 크게 돌리며 그의 얼굴을 바라보고 방긋 웃었다. 그 눈동자가 청동색으로 빛났다.

"들어오시오. 영감!"

앵두 같은 입술 사이로 백옥 같은 이를 보이며 뚱뚱한 여자가 그를 불

렸다.

"오호!"

그는 다시 놀랐다. 상반신은 완전히 알몸이고 창의 커튼과 같은 다갈색에 얇은 숄처럼 생긴 것을 변명처럼 두르고 있었다. 모조품인지 뭔지는 모르겠으나 팔찌를 번쩍번쩍 빛내며 그 풍만한 팔을 휙 그의 눈앞으로까지 내밀더니 손바닥을 위로 해서 나비가 날개를 펼치고 나는 듯한 모습으로 그를 불렀다. 그리고 대여섯 번 그것을 되풀이하더니,

"조금 들어오셔요! ……."

이렇게 애가 끓는 듯 기이한 목소리를 내며 지금까지 펼치고 있던 손바닥을 휙 접는가 싶더니 이번에는 커다란 주먹을 만들어 그것을 다시 그에게 내보였다.

"영감, 보셔요……."

그는 그 여자가 주먹으로 만든 것의 생김새를 보고는 자신도 모르게 웃음을 터뜨렸다.

"이런, 망할 것! 핫, 핫, 하, 하, 하."

그러자 여자도 방긋방긋 웃었다. 황갈색 머리카락이 등불에 반짝반짝 빛났다.

"핫, 하, 하, 하……."

그는 이유도 없이 웃었다. 그는 태어나서 처음으로 이렇게 이상한 모습을 한, 이렇게 털빛의 색이 다른 여자를 본 것이었다. 이 여자들은 언제쯤부터 이런 곳에 온 것일까 하고 생각했다. 그는 비틀거리는 몸을 창가에 기대고 그 농익은 과일 같은 여자의 살을 가만히 바라보았다. 그는 또 그 여자가 있는 방 맞은편 찬장에 여러 가지 색채를 한 양주병이 늘어서 있는 것을 보았다. 그는 실제로 그 자리에 못 박힌 사람처럼 조금도

움직일 수가 없었다. 덜컹하고 그곳의 앞쪽 문이 열렸다. 그는 자신보다도 키가 큰, 얼핏 보면 열 살이나 많을 것 같은 크고 뚱뚱한 여자에게 힘껏 멱살을 잡혔다. 그리고 질질 집 안으로 끌려 들어갔다. 그의 꾀죄죄한 옷 따위에 여자는 조금도 신경 쓰지 않았다. 그는 위에서 고무공이 누르고 있는 것 같다는 느낌이 들었다. 치밀어 오르듯, 지금까지 한 번도 맡아본 적이 없는 여자 살갗의 독한 기름 냄새가 코를 찔렀다. 액취(腋臭)에 코가 떨어질 듯했다. 그러나 그는 그 강한 탄력이 있는, 냄새나는 고무공에 힘껏 안겨 끌려 들어갔다.

"돈 있소! 돈 있소?!"

그의 귓가에 대고 여자가 야단을 치듯 이렇게 외쳤다. 그는 완전히 당황했다.

"있소! 있소!"

그가 황급히 대답했다.

"있소?"

여자가 재차 확인했다.

"있소!"

그는 이제 귀찮다는 듯 소리를 질렀다.

"주소!"

그의 대답하는 목소리에 응하듯 여자도 외쳤다. 그 서양말 같은 억양에 그가 무슨 뜻인지 몰라 우물쭈물하며 여자의 크고 사나운 얼굴을 바라보았다.

"주소!"

여자가 다시 외쳤다.

"돈이요?"

"그래!"

"얼마?"

"조금……. 한밤?"

"왓하, 하, 하, 하."

그는 더 이상 참을 수 없었기에 커다란 소리로 웃었다. 그러나 여자는 무뚝뚝했다.

"한밤! 한밤!"

그가 호령하듯 외쳤다.

"한밤?"

담배라도 팔 듯 여자가 태연하게 확인을 했다.

"그렇지."

"오 원, 주소!"

여자가 솥뚜껑 같은 손을 내밀었다.

"오 원?"

그는 펄쩍 뛰어오를 듯이 놀랐다. 그리고 지금까지의 취기가 싹 가시는 듯했다. 5원이라는 돈은 그가 감옥에서 삼사 년이나 일을 해야 받을 수 있는 돈이었다.

"없소! 없소!"

별안간에 그가 외쳤다.

"없소?"

여자의 눈빛이 바뀌었다.

"없소!"

라고 그도 지지 않고 부르짖었다.

"가!"

갑자기 일어난 여자가 그 선인장 같은 두 손으로 그의 가슴을 힘껏 밀었다. 그는 불시에 당했기에 바닥에 엉덩방아를 찧고 말았다.

"뭐야!?"

그는 바닥에 엉덩방아를 찧은 채로 눈을 부릅떠 여자를 휙 노려보았다.

"가!"

여자도 지지 않고 다시 날카롭게 외쳤다.

"이게 다 뭐야! 제길!"

그는 이렇게 N어로 소리친 뒤, 바로 거기에 떡 버티고 서서 다짜고짜 여자의 뺨을 찰싹 있는 힘껏 한 번 후려쳤다. 여자가 원숭이 울음과도 같은 소리를 올렸다. 우당탕 방의 안쪽 커튼 뒤에서 코끼리같이 커다란 사내가 두엇 나타났다 싶은 순간, 그는 몇 개나 되는 쇠붙이 아령 같은 주먹으로 눈에서 별이 보일 만큼 두들겨 맞았다. 그는 몸을 웅크려 그 주먹 세례를 피하며 옆의 식탁 위에 있던 위스키인지 뭔지, 각이 진 병을 쥐어 그것을 정신없이 휘둘렀다. 수많은 유리병이 한꺼번에 깨지는 듯한 커다란 소리가 들려왔다. 그 이후부터는 어떻게 되었는지 그는 전혀 기억이 나지 않았다. …….

며칠 후, 그는 자신이 어떤 한적한 교외에 있는 시료병원의 한 방에 상반신을 하얀 붕대로 감은 채 누워 있는 모습을 발견했다. 상처는 의외로 깊었으나 경과는 나쁘지 않았다.

1개월여쯤 뒤에 그의 상처는 완전히 나았다. 그때 그는 그 병원의 한 C인 의사로부터 편지를 받아들고 그곳에서 상당히 떨어진, 지금의 S주 읍내에 있는 천주공교회의 토마스 신부를 찾아갔다. 그리고 그는 그 교회의 하인으로 고용되었는데, 그로부터 벌써 3년이 지나버렸다.

14

토마스 신부가 그에게 가장 먼저 가르친 것은 인간의 비천한 욕망을 끊으라는 것이었다.

인간이 단지 식욕과 색욕 때문에 더욱 커다란 죄를 만들어가고 있는 모습을 생생하게 보아온 그는 신부의 가르침 하나하나에 복종하게 되었다. 그리고 모든 것을 신의 섭리에 맡기기로 결심했다. 원래 마음이 순수하고, 또 오래 차가운 감옥 생활을 했기에 인간의 따뜻한 자애에 굶주려 있던 그는 할아버지 같은, 거기에 사랑 그 자체와도 같은 토마스 신부의 인격에 접한 순간, 아무런 이유도 없이 그 품으로 녹아들어 갔다. 그가 아버지 김기호의 최후를 들은 것은 지금으로부터 겨우 반년쯤 전이었다. …….

어느 따뜻한 봄의 일요일로, 그날은 평소와 다름없이 오후에 신부의 설교가 있었다. 근방의 신도들이 편안한 얼굴로 하나둘 교회 마당으로 모여들었다. 그는 교회 안팎에서 부지런히 일을 하고 있었다. 그러다 그와 거의 같은 또래 정도의 사내 하나가 그의 모습을 유심히 바라보고 있다는 사실을 깨달았다. 처음에는 그 사실을 몰랐지만 그 사내가 묘하게 그의 곁으로 다가와 자신의 모습을 가만히 바라보고 있기에 약간 기분 나쁘다는 생각이 들기 시작했다. 혹시 전에 감옥에 있을 때 감방이나 노역장에서 친하게 지내던 사람이 자신의 모습을 본 것이 아닐까도 생각해 보았다.

지금까지 몇 번이고 그런 일이 있었다. 그럴 때면 그는 돈푼이나 주어가며 신앙을 권했다. 그러나 그들은 돈은 받아가지고 갔으나, 그가 들려주는 귀찮기 짝이 없는 이야기에는 귀도 기울이지 않았다. 지금 그의 모습을 빤히 바라보는 사내도 역시 그런 부류가 아닐까 생각했다. 그런데 그도 때때로 그 상대방의 모습을 살펴보고 있자니 그 사내가 천천히 그의 곁으로 다가왔다.

"김성준이 아닌가? ……오랜만일세!"

사내가 마침내 그에게 말을 걸었다.

"네……?"

그도 가만히 상대방의 얼굴을 바라보았으나 그것은 감옥에서 친하게 지내던 사람이 아니었다.

"오오, 박만석(朴萬錫) 아닌가? ……오랜만일세. —자네 어쩐 일로 여기에 왔는가?"

그가 놀라며 상대의 모습을 자세히 살펴보았다. 완전히 나이 들기는 했으나 어딘가에 어렸을 때의 얼굴이 남아 있어, 가슴속에서 반가움이 솟아올랐다.

"역시 김성준이었군……?"하고 그 사내가 신기하다는 듯 숨을 내쉬었다.

"나 역시 고향에 있어봐야 아무런 쓸모도 없기에 여기로 나왔다네. 자네 오래 보이지 않던데, 그 동안 어떻게 지냈는가?"

이렇게 반갑다는 듯 말하고, 가만히 목소리를 낮추어 주위를 둘러보며,

"자네, 언제 나왔는가?"

라고 물었다.

"2, 3년 전에 나왔어."

그도 예전에 쓰던 사투리로 말투가 바뀌어, 자신이 나온 것을 대수롭

지 않은 일인 것처럼 커다란 목소리로 답했다.

"흠……, 그거 다행이로군. 하지만 자네 아버님은 참으로 딱하게 됐어. 나는 다른 사람에게서 잠깐 얘기를 들었을 뿐이지만……."

상대방이 이렇게 말했다.

"그래? 자네, 아버지가 어떻게 되셨는지 알고 있는가?"

그도 지금 막 아버지에 대해서 물어보려던 참이었다.

"응, 다른 사람에게 들어서 자세한 내용은 잘 모르지만."

상대방이 이렇게 운을 뗀 뒤,

"듣자 하니 자네가 들어간 뒤에 바로 들어갔다고 하더군."

하고 말했다.

"응, 그건 나도 알고 있어."

그는 감옥에서 아버지의 모습을 보았을 때의 일을 마음속으로 다시 떠올렸다.

"그런가, 알고 있었는가……."

상대방은 이렇게 말하고 다음부터는 입을 다물어버렸다.

"자네, 그 뒤에 아버지가 어떻게 되셨는지 알고 있는가?"

그가 재촉했다.

"그게……."

라고 말했을 뿐, 상대방은 다시 입을 다물었다.

"알고 있구나. ―그 뒤로 아버지는 어떻게 되셨지? 난 하나도 몰라. 자네 알고 있으면 얘기해주지 않겠는가?"

"음……."

상대방이 그의 얼굴을 물끄러미 바라보며,

"사람들이 하는 말이니 믿을 만한 것은 못 되지만……."

하고 여전히 확실한 말은 하지 않았다.

"그래, 그러면 사람들이 뭐라고 하던가?"

그가 조바심을 쳤다.

"내가 보고 온 일이 아니라 사실인지 아닌지 알 수는 없지만……, 자네 아버지는."

하고 여기까지 말한 뒤, 이번에도 전에 그랬던 것처럼 목소리를 낮추며 주위를 둘러보았다.

"응."

그가 목을 길게 뺐다.

"자네 아버님은 감옥에서 사형을 당하셨다고 하네……."

"뭐! 사형을? ……."

"응, 사람들이 하는 말이니 믿을 만한 건 못 되지만."

상대방은 다시 같은 말을 하고 안됐다는 듯 그의 얼굴을 바라보았다.

"……."

그는 더 이상 말이 나오지 않았다. 그가 법정에서 자신은 꿈에도 모르는 범죄로 징역 10년 형을 선고받은 순간에조차도 이만큼 강한 충격을 온몸으로 느끼지는 않았다. 그는 비록 아버지의 행방은 모른다 할지라도 아버지는 아직 이 세상의 어딘가에 살아 있어서 언젠가는 다시 만나볼 수 있을 것이라는 마음을 품고 있었다. 그 감옥에서 만났을 때도 설마 아버지가 사형을 받을 만한 중범죄로 왔으리라고는 꿈에도 생각지 못했었다. 그런데 지금 이 고향 친구로부터 들은 말에 따라 상상을 해보면 아버지는 그때 이미 사형수였던 것이다!

그는 3년쯤 전에 감옥에서 풀려나 잠깐 고향에 갔었을 때의 일을 떠올려보았다. 옛날의 흔적이라고는 조금도 남아 있지 않은 고향 마을에 붉은 건물, 검은 굴뚝. 그리고 나이 든 아버지는 그때 이미 자신이 시달리던 그 감옥의 음울한 한쪽 구석에 있는 교수대에 올려져 창백한 얼굴에 콧물을 흘리며 교수형에 처해졌던 것이다! 그는 지금 그 이야기를 들은 순간 머리끝에서부터 발끝까지 두꺼운 철봉으로 푹 관통을 당한 느낌이었다. 온몸의 피가 단번에 어딘가로 빠져버린 듯했고, 땅바닥에 내팽개쳐진 개구리처럼 부들부들 몸이 심하게 떨려왔다.

"성준이……."

상대방 사내가 그의 모습을 보고 이렇게 그의 이름을 부른 것까지는 알겠는데, 그 다음에도 무슨 말인가 했으나 그의 윙윙 울리는 귀에는 들리지 않았다.

"음……."

그가 잠시 후, 열병에 걸린 환자처럼 웅얼댔다.

"성준이, 자네에게는 정말 안된 일일세……."

상대방이 자신의 죄라도 사과하는 것처럼 말했다.

"아니, 어쩔 수 없는 일이지……."

그는 이렇게 중얼거렸으나, 그래도 여전히 아버지의 사형이 아무래도 믿어지지가 않았다.

"아버지는 무슨 일로 사형을 당하신 거지? ……."

다시 물어보았다.

"그게……."

상대방이 무엇인가를 생각하듯 고개를 숙이고,

"그게 말일세, 송우근(宋宇根)이의 여편네를 죽였다고 하던데……."

라고 말했다.

"송우근이의 여편네를 죽였다고? 송우근이의 여편네는 누구지?"

그는 뜻밖의 이야기에 놀랐다.

“송우근이의 여편네 이 소사 말일세. 자네도 알 텐데, —참, 자네가 없었을 때의 일이었지.”

“송우근도 죽었는가?”

“죽었다고 하더군.”

“흠, 어쩌다 죽었지?”

“D강에 던져져 물귀신이 되어 있었다고 하던데.”

“음……, 살해당한 건가?”

“응, 살해당한 거야. 토지를 판 돈을 가지고 있었기에 도적놈한테 목숨을 잃었다고 하네.”

“흠……, 그것 참 딱하게 됐군.”

“자네가 떠난 뒤, 마을에서도 정말 여러 가지 일들이 있었네. 우리 집도, 소작을 부치던 논밭도 전부 빼앗겨버렸어. 그리고 지주가 전부 비싼 값에 N인에게 팔아치웠다네.”

“음…….”

“그리고 지금은 커다란 회사가 세워져 있어. 자네도 한번 보면 입이 떡 벌어질 거야.”

“응……. 그건 나도 알고 있어.”

“알고 있었는가? 그랬군. 낯설고 물선 타향에서 고생을 하는 것도 이젠 진력이 났다네. 죽을 고생만 하고…….”

“응……. 그런데 우리 아버지는 어쩌다 송우근의 여편네를 죽인 건가? 자네 알고 있는가?”

“자세히는 모르네. 듣자 하니 자네 아버지가 갖고 계시던 돈을 전부 빼앗았다고 하던데.”

"아버지가 돈을 가지고 계셨단 말인가?"

"돈을 가지고 계셨지. 송우근이처럼 토지를 판 돈이 있었으니."

"음, 아버지도 토지를 파셨다고?"

"그게, 관가에서 팔라고 했어. 팔지 않으면, …………………, 누구도 그냥 두지 않으니 팔 수밖에 없지."

"뭐, 팔지 않으면 ………………?"

"응, 관가에서 그렇게 말했어. 마을 사람들은 …………………………, 모두 팔았어. 그래서 모두 눈물을 흘리며 판 거야."

"흠……, 그래서 아버지도 판 건가?"

"맞아. 그 문제로 면장하고 대판 싸움을 했다고 하는데 그래도 어쩔 수 없이 팔았나봐. 우는 아이하고 마름에게는 당할 수 없다고 하질 않는가?"

"……그런데 그 돈을 송우근이의 여편네한테 어떻게 빼앗겼다는 거지?"

"그게, 자네에게 이런 얘기를 하기는 좀 그렇지만, 아버님께서 젊은 송우근이의 여편네를 업어오려 했다던데……."

"아버지가 여편네를 업어오려 했다고?"

"응……."

"거짓말 말게. 우리 아버지가 젊은 여편네를 업어올 리가 없어. —거짓말 말게, 만석이……."

"……그래, 맞아, 성준이. 나도 그렇게 생각해. 자네 아버님이 젊은 여편네를 업어오려 했을 리 없다고 나도 생각하네."

"응, 우리 아버지는 완고한 사람이야. 그러니 젊은 여자를 업어올 리 절대 없어. 마을의 추잡스러운 놈들하고는 다르단 말이야."

"맞아. 나도 그 얘기는 아무래도 좀 이상하다고 생각했어. ……그런데 말일세, 성준이. 동네에 떠돌던 소문에 의하면……."

하고 상대방이 다시 먼젓번처럼 목소리를 낮춰서,

"송우근이의 여편네는 그때 N인의 갈보가 되어 있었는데, 자네 아버님이 돈을 가지고 있다는 사실을 N인이 알게 되었대. 그래서 자네 아버님에게 술을 마시라고 꼬드겨서 가지고 있던 돈을 전부 빼앗았다고 하네. ……송우근이의 여편네가 전부 앞잡이가 돼서 말일세."

"음, 역시나. 틀림없이 그랬을 거야. 그래……, 틀림없이 그랬을 거야."

"송우근이의 여편네, N인하고 한통속이 되었던 거야. 그래서 동네 사람들 모두 이렇게 말하고 있어. 여편네가 죽은 건 자업자득이라고."

"맞아! 맞아!"

그는 두어 번 이렇게 외쳤다. 어디까지나 근면하고 정직하던 자신의 아버지가 그렇게 커다란 범죄를 저질러 끔찍한 사형에까지 처해진 데는, 거기에 어떤 커다란 원인이 있을 것이라고 그는 생각했다. 그는 상대방이 지금 들려준 그 불완전한 설명만으로도 그 동안의 사정을 충분히 상상해볼 수 있었다.

"아버지는 결코 나쁜 사람이 아니야. 하지만 아마도 고집스럽고 성미가 급해서 그런 일을 한 걸 거야. 하지만 그건 아버지 잘못이 아니야. — 아버지는 결코 나쁜 사람이 아니니까……."

그는 이제 완전히 지쳐버린 사람처럼 힘없는 목소리로 몇 번이고, 몇 번이고 이렇게 되풀이했다.

그리고 그때 처음으로 그는 인간의 죄라는 것에 대해서 다시 한 번 생각해보고 싶어졌다. 지금까지는 토마스 신부가 인간의 죄라고 정의해서 들려준 것을 진심으로 믿었던 그도, 친아버지가 상상만 해도 전율이 느껴지는 사형을 당했다는 이 말을 듣고는 모든 것이 아버지의 죄에 의한 결과라고만은 여겨지지 않았다.

그는 다시 한 번, 20년이라는 긴 세월 동안 사랑을 베풀어주었던 아버지의 얼굴을 떠올려보았다. 지금 그의 입장에서 보자면 아버지는 배우질 못했다. 무지(無智)하기도 했다. 하지만 바로 그렇기 때문에 아버지는 구슬과도 같은 마음의 순진함을 결코 잃지 않을 수 있었다. 아버지는 아주 완고하고 누구에 대해서나 늘 불손한 태도를 취했다. 특히 지위가 있거나 권력을 가진 자에 대해서는 더욱 그랬다. 하지만 바로 그 점이, 아버지가 순진한 마음을 가지고 있다는 사실의 방증이었다.

"나는 누구 앞에서도 머리는 숙이지 않아. 나는 머리를 숙여야 할 만큼 나쁜 짓은 하지 않았어."

그의 아버지는 항상 이렇게 말했었다. 아버지는 마을에서 필요로 하는 비용은 언제나 가장 앞장서서 냈다. 그것은 평소 사이가 좋지 않은 면장이 찍소리 못하도록 하기 위한 방법이기도 했으나, 또한 마을을 위해서는 어디까지나 온 힘을 다하겠다는 애향심에서 나온 것이기도 했다. 그리고 일단 자신이 옳다고 생각하면 한 걸음도 물러나지 않는 태도를 취했다. 그 때문에 면장과 싸우는 일도 많았으나 언제나 지는 것은 면장이었다. 싸움에 이기고도 늘 마음을 가다듬어 자신을 다스릴 줄 아는 것이 그의 아버지였다. 따라서 자기 가족의 행위 가운데 털끝만큼이라도 부정이 있으면 아버지는 악마처럼 미워했다. 어렸을 때 그는, 생각지도 못했던 일로 심하게 꾸지람을 듣거나 때로는 매를 맞은 적도 있었다. 그가 스무 살 전후가 되어 아버지를 원수처럼 여기게 된 것도 그 때문이었을지 몰랐다. 그러나 비록 감정적으로는 억누를 수 없는 반발심을 아버지에 대해서 품고 있었다 할지라도, 아버지의 행위나 하는 말이 불합리하다고 생각한 적은 없었다. 그리고 머리가 나쁘지 않은 그는 그때마다 아버지의 입장을 잘 이해할 수 있었다. 그는 아버지를 미워한 적은 있었으나 나쁜 사람이라고 생각한 적은 한 번도 없었다. 그는 자신의 아버지를 정직함과 성실함으로 똘똘 뭉쳐 화석처럼 되어버린 사람이라고 생각했다. 마을에 필요한 비용이라면 언제나 과분할 정도로 돈을 내던 그의 아버지는, 돈에는 그다지 집착하지 않았다. 친척들에게도 상당한 도움을 주었다. 따라서 가족들에게도 결코 인색한 가장이 아니었다. 어렸을 때의 그에게는 돈도 꽤 들여서, 다른 마을 사람들에게 뒤지지 않도록 마음을 써주었다. 그는 그러한 기개를 가진 아버지를 다른 사람들에게 자랑하고 싶은 마음이 든 적조차 있었다. —무서운 아버지였으나, 흠모하는 아버지이기도 했다.

그런 그가 어찌, 자신의 아버지가 다른 사람의 젊은 과부를 참살하고 자신도 사형에 처해졌다고 상상할 수 있겠는가? 그리고 그 죄가 온전히 아버지의 것이라고는 더더욱 상상할 수가 없었다. 만약 그것이 아버지의 죄라면, 대체 인간의 죄란 무엇이란 말인가? 그는 법률상의 죄와 하나님의 율법상의 죄라는 것도 따로 놓고 생각해보았다. 그러나 법률이 그 법전에서 벌하고 있는 죄를 하나님의 율법에 비추어보았을 때, 죄가 아니라 여겨지는 것은 하나도 없었다. 토마스 신부는 흔히 이 두 가지 죄를 구분했다. 그리고 그것은 깊이 생각하지 않아도 쉽게 알 수 있는 도리인 것처럼 이야기했다. 하지만 지금의 그는 아무래도 그것을 믿을 수가 없었다. 그 죄는 둘이자 하나라고 여겨졌다. 법률이 벌할 때는 신도 벌했다. 만약 법률이 용서를 한다면 신 앞에서도 역시 용서를 받을 터였다. 단지 신의 처벌은 법률의 처벌보다 몇 배나 더 무거울 뿐이었다. …….

그 무렵부터 그는 예수의 가르침을 의심하기 시작했다. 토마스 신부의 훈계도 그다지 마음에 와 닿지 않았다. 단지 모든 행복을 빼앗겨버린 아버지와 아들의 가슴 아픈 모습만이 그의 가슴에 생생하게 되살아날 뿐이었다.

반년 가까이 그에게는 어두운 날이 계속되었다. 그는 폭풍우 치는 바다 한가운데서 한 줄기 밧줄에 묶여 내려져 있던 닻을 잃어버린 배와 같은 불안이 서서히 느껴지기 시작했다. 지금까지는 자신 역시 어디까지나 커다란 죄인이라고 믿고 있었으나, 그것도 어쩐지 부정하고 싶어졌다. 그의 아버지가 그 감옥의 교수대 위에서 그에게 그렇게 외치고 있는 것처럼 느껴졌다. 그것으로 인해 자신의 공허한 마음이 채워지기 시작한 것 같기도 했다. 지금까지 커다란 권위에 짓눌려 있던 자신을 아버지가 피투성이가 된 교수대 위에서 그 무거운 돌을 가만히 치워준 것 같다는 생각이 들었다. 하지만 그렇다고 해서 그는 커다랗게 휴우 한숨을 내쉬고 몸을 쉬게 할 수는 없었다. 그의 몸이 압박에서 점점 벗어남과 동시에 그는 어두운 골짜기로 급격히 떨어져 가는 듯한 두려움을 느꼈다. 지금까지는 그 어두운 골짜기로 떨어지지 않기 위해서 간신히 한 포기 풀에 단단히 매달려 있었다. 그런데 지금 그것이 뿌리째 쑥 뽑히기 시작한 것이었다. —그는 자신의 몸을 지탱하기 위해서 얼른 다음의 무엇인가를 찾지 않으면 안 되었다. 하지만 그는 그러한 것을 도저히 찾아낼 수 없다는 사실을 잘 알고 있었다.

그러한 가운데 그는 용감하게 국경의 눈을 밟으며 찾아온 세 젊은 손님을 집으로 맞아들이게 된 것이었다.

15

"할머니, 계신가요?"

김성준은 토굴처럼 어두컴컴한 장가진의 집 안을 들여다보았다. 그리고 짊어지고 온 커다란 자루를 그 집의 바닥 위에 털썩 내려놓았다. 그 기척에 놀랐는지 구석에서 몸을 벌떡 일으킨 것은 노모인 듯했다. 하지만 어두워서 모습은 잘 보이지 않았다.

"할머니, 주무세요?"

그가 다시 말을 걸었다.

"아아……."

노모는 하품인 듯, 한숨인 듯한 것을 크게 한 번 하더니,

"누구요? ……."

라고 물었다.

"저에요, 할머니. 김성준이에요. ……."

"아아, 성준이냐."

라고 마침내 알아차린 모양이었다.

"성준이에요, 할머니. 제법 추운데요."

"그래, 추워서 견딜 수가 없어. 이렇게 추운데 너는 뭐 하러 온 게냐?"

"괜찮아요, 할머니. 젊은 사람이야 아무렇지도 않지만 할머니 같은 노인네들은 힘드시죠?"

라고 말하며 그는 안으로 들어갔다.

"그러게 말이다, 성준아. 이 나이가 되니 요즘의 추위는 몸에 스미는구나."

"할머니, 집의 온돌이 얼음처럼 차갑잖아요? —할머니는 불을 안 때세요?"

"응, 안 때."

"안 때다니요, 할머니. 요즘 같은 때 이렇게 차가운 방에 있으면 몸이 얼어버려요. 이런 데서 잘도 주무시네요."

"이런 데라니, 성준아. 우리가 살 데라고는 여기밖에 없지 않느냐. — 차가워도 어쩔 수가 없어."

"그야 그렇지만, 이건 너무 심한데요, 할머니. 혹시 불을 땔 나무가 없는 건가요?"

"응, 없어."

"그래요? 그럼 좀 더 일찍 제게 말씀하시지 그러셨어요. 제가 지금부터 가서 나무를 사올게요. 금방 올 테니 할머니 기다리고 계세요. 얼마나 추우시겠어요."

김성준은 이렇게 말하고 바로 문 밖으로 뛰어나갔다.

노모는 김성준이 나가고 난 뒤, 그가 지금 놓고 간 자루를 그 구석에서 발견했다. 순간 노모는 그 옆으로 기어가 그 자루에 가만히 손을 대보았다. 뭔지는 모르겠으나 딱딱한 것과 부드러운 것이 잔뜩 들어 있다는 사실을 알 수 있었다. 빠른 손놀림으로 그 자루의 주둥이에 묶여 있던 끈을 푼 노모는 서둘러 안을 들여다보았다. 고운 색종이로 싼 서양과자와 건포도와 사과와 수많은 떡 등과 같은 것들이 주둥이 부근까지 가득 들어차 있었다. 노모는 너무나도 많은 물건에 깜짝 놀라 바들바들 떨며 문 바깥쪽으로 신경을 곤두세웠으나 성준이의 모습은 아직 보이지 않았다. 가슴을 두근거리며 갑자기 그 자루 안으로 손을 불쑥 넣은 그녀는 커다란 손바닥 가득 안의 물건을 집었다. 그리고 그 떨리는 손을 자루에서 빼 잠깐 들여다본 노모는 소리를 지르고 싶을 정도의 놀라움과, 두려움과, 기쁨이 느껴져 숨이 막힐 것만 같았다. 현기증이 날 것 같은 몸을 비틀비틀 일으킨 노모는 그 손에 쥔 것을 어딘가에 숨기기 위해 좁은 방 안을 한두 번 오갔다. 하지만 입에 풀칠을 하기 위해 대부분의 물건을 팔아치운 노모의 집에는 쥐새끼 한 마리 숨을 곳이 없을 정도여서 딱히 숨길 만한 곳이 없었다. 그러자 그녀는 더욱 다급해져서 토방에 맨발로 내려섰다. 그리고 마침내 아궁이 속으로 지금 손에 쥐고 있는 것을 던져 넣었다. 그녀는 크게 안도의 한숨을 내쉬며 가슴을 쓸어내렸다.

다시 방으로 들어간 노모는 똑같은 행동을 한 번 더 할까 싶었으나, 그것은 그만두었다. 이제는 벌써 김성준이 돌아올 시간이라는 사실을 깨달았기 때문이었다.

그녀는 자루 곁으로 가서 서둘러 원래대로 주둥이를 묶었다. 순간 자기 옆에 아주 조그맣고 하얀 종이에 싼 물건이 떨어져 있는 것이 눈에 들어왔다. 그녀는 다시 문 바깥을 한번 둘러본 뒤, 그 하얀 종이를 펼쳐 보았다. 안에서는 오십 전짜리 은화 네다섯 개가 반짝반짝 빛나고 있었다.

"아이고!"

그녀는 이때 처음으로 소리를 지르고 그것을 바로, 이번에는 빈 채로 허리에 차고 있던 주머니에 쑤셔 넣어버렸다.

김성준은 노모가 자루 옆에서 우물쭈물하는 모습을 문 밖에서 얼핏 보았다. 그러나 그는 아무것도 모른 채 방으로 들어왔다.

"자, 할머니, 지금 방을 땔 나무를 아궁이 앞으로 잔뜩 가져오라고 말하고 왔어요. 금방 따뜻해질 거예요. ……."

그는 이렇게 말하며 노모를 보았다.

"……."

노모는 입을 다문 채 어딘가 차분하지 못한 모습을 보였다. 그러나 그

런 모습에는 조금도 눈치를 채지 못하고 그는,

"창수는 집에 없나요, 할머니? 어디 놀러 갔나……?"

이렇게 말하고 그곳에 있던 자루를 자기 앞으로 당겼다. 노모는 여전히 입을 다문 채 그 자루를 빤히 바라보고 있었다.

"할머니, 어젯밤에는 왜 안 오셨어요? 어젯밤은 예수님이 태어나신 날이어서, 교회가 크리스마스라는 축제로 떠들썩했는데. 할머니도 창수를 데리고 오시라고 전에부터 말씀드렸잖아요."

"그랬었지. 여러 가지 선물을 준다고 해서 내 잊지는 않았지만, 모두들 예쁜 옷을 입고 갈 텐데……."

"……."

그는 이 말을 듣고 입을 다물었다.

"할머니, 아무 옷이나 입고 와도 상관없어요. 하나님께서는 가난한 사람들을 어여삐 여기시니까요."

그가 잠시 후 말했다.

"아니, 나야 그래도 상관없지만, 창수가 가엾잖냐. 할머니 좋은 옷 사주세요, 라고 조르면 내가 괴로워서. 안 그러냐, 성준아……."

"……."

"하지만 성준아, 나는 우리 집 남자들이 얼른 돌아올 수 있게 해달라고 매일 하나님께 의지해서 기도를 올리고 있단다. 신부님께서 하나님께 기도를 올리면 남자들이 틀림없이 돌아올 거라고 늘 말씀하셨거든. 나는 지금도 여기서 기도를 하고 있었어. 그렇지? 성준아, 기도만 열심히 하면 남자들이 틀림없이 돌아오겠지?"

"……."

"성준아, 나는 우리 집 남자들이 사람을 죽이는 끔찍한 짓 따위 절대

하지 않았을 거라고 생각한다. 나는 그렇게 끔찍한 귀신 같은 아이를 낳은 적이 없어. 우리 애들 가운데 그런 애는 하나도 없어. 지금까지 싸움 한 번 한 적 없는 애들뿐이야. ―어린 창수를 보라고, 할머니에게 효성이 지극하다고 온 동네에 소문이 났어. 성준아…….”

“…….”

“오늘은 말이다, 면장 댁에 훌륭한 사람들이 모인다고 해서 창수는 심부름꾼이 되어 갔단다. 이렇게 추운데 술이며 고기를 사기 위해 돌아다니고 있을 거야.”

“그래요? 그거 참 딱하네요. 이제 겨우 열 살, 열한 살밖에 안 됐는데 남의 집으로 일을 하러 가다니 정말 기특하네요. 그런 기특한 아이의 아버지가 사람을 죽일 리 없죠. …….”

김성준은 여기까지 말했으나 그 다음 말은 너무 속이 보이는 듯하여 도무지 입에서 나오지 않았다. 그리고 그는 이렇게 부끄러운 거짓말이 자신의 입에서 잘도 나온다고 느낀 순간, 뺨이 갑자기 뜨거워지기 시작하고 귀에서 아우성을 치는 듯한 소리가 들리기 시작했다. 자신은 참으로 잔인한 인간이라고 그는 생각했다. 그는 자신의 손으로 그 세 사람을 죄 속에 떨어뜨린 것 같다는 느낌이 들었다. 그리고 지금 이 가엾은 노모와 손자를 굶어 죽게 만드는 것도 전부 자신인 것 같다는 마음의 가책이 느껴지기 시작했다. 순간 자신의 아버지를 사형에 처한 것도 이런 잔인한 인간의 마음이었을 것이라는 생각이 들자, 그는 마음속에서 아버지를 죽인 것 같다는 착각이 들었다. 그는 자신도 모르게 오싹함이 느껴졌다. 그리고 한시라도 빨리 그 사람들을 구하는 것이 자신의 사명이라고 마음속으로 다시 한 번 생각했다. 이제는 더 이상 망설이고 있을 때가 아니었다. 지금 당장 경찰서로 달려가 이 노모의 아들들이 누명을 쓴 것이라는 사실을 알려 그들이 이 집으로 돌아올 수 있게 하겠다고 그는 각오했다. 그렇게 해서 이 노모와 손자에게 길고 우울했던 겨울에서 찬란한 봄의 하늘을 올려다보는 것 같은 기쁨을 주지 않으면 안 된다고 기도했다.

"할머니, 가진이 아저씨는 얼마 안 있어 곧 돌아올 거예요. 조금도 걱정하실 것 없어요. ……."

김성준이 가벼워진 마음으로 이렇게 말했다. 거기에는 그의 강한 자신감도 묻어 있었다.

"그래, 성준아. 틀림없이 돌아오겠지? 너도 언제나, 언제나 하나님께 기도하고 있다고 얼마 전에 신부님께서 말씀하시더구나. 하나님께 기도하면 틀림없이 돌아올 거라 생각하고 나도 매일 기도만 하고 있단다. 성준아, 틀림없이 돌아오겠지?"

"네, 틀림없이 돌아올 거예요. 이제 곧 돌아올 거예요, 할머니. 조금만 참고 기다리세요. 틀림없이 혐의가 풀려서 돌아올 거예요. ……."

"아무렴 그래야지. 그 아이들이 순사를 죽이다니, 그런 끔찍한 짓을 했을 리 없다고 나도 생각하고 있다. 하나님도 전부 알고 계실 거야. 틀림없이 돌려보내 주실 거야. ……성준아, 근데 남자들 언제쯤 돌아올까?"

노모가 지금 당장에라도 그 세 사람이 돌아올 것처럼 기쁜 표정으로 이렇게 물었다.

"음……."

노모의 그 기뻐하는 얼굴을 보고 김성준은 옆구리를 세게 쿡 찔린 것처럼 이렇게 신음했다. —그의 눈에는 그 집에 있는 주영이 두 손을 묶인 채 많은 순사와 헌병들에 둘러싸여 끌려가는 모습이 생생하게 떠올랐다. 그리고 지금까지 그가 품고 있던 결심과 희망이 연기처럼 사라져가고 있다는 사실을 분명히 깨달을 수 있었다. …….

"할머니, 이거 가져왔으니 많이 잡수세요. ……."

김성준이 조금 전 노모의 말에는 답하지 않고 갑자기 이렇게 말했다. 그리고 커다란 자루를 앞으로 끌어당겼다.

"……."

노모는 약간 당황해서 그의 얼굴을 멍하니 바라보았다. 노모는 지금까지의 이야기와 이 자루 가운데서 대체 어느 쪽을 먼저 처리해야 좋을지 모르겠다는 듯한 얼굴을 하고 있었다.

"창수도 있었으면 좋았을 텐데. 하지만 곧 돌아오겠죠, 할머니……."

그는 이렇게 말하며 자루 속에서 조금 전 노모가 들여다보았던 물건들을 꺼내 늘어놓기 시작했다. 그 외에도 창수가 좋아할 만한 산타클로스 인형과 반짝반짝 빛나는 구슬과 아름다운 색채의 크리스마스카드 등이 끝도 없이 거기에 늘어섰다.

"아이고! 아이고!"

물건을 꺼낼 때마다 노모가 기쁘다는 듯 소리를 올렸다.

김성준은 자루 안의 물건을 전부 꺼냈다. 그러자 좁은 방에 가득 들어찬 것처럼 물건들이 늘어서 있었다.

그는 여전히 자루를 거꾸로 들어 흔들어보았다. 하지만 더는 아무것도 들어 있지 않았다. 그는 고개를 갸웃거리고, 거기에 늘어놓은 물건들을 다시 한 번 둘러보며 커다란 인형 등은 살짝 들어보기도 했다. 하지만 역시 아무것도 없었다. 그는 다시 고개를 갸웃거렸다. 그 모습을 본 노모가 불안하다는 듯한 얼굴을 했다. 그때까지도 김성준은 눈치를 채지 못했다.

"분명히 여기에 넣어가지고 왔는데……?"

그는 이렇게 혼잣말을 했다. 노모도 두리번두리번 무엇인가 찾는 시늉을 했다.

그는 무릎 부근에서부터 자신의 뒤쪽까지 다시 세심하게 둘러보았다. 노모를 기쁘게 해주어야겠다고 생각한 것은 떡이나 사과 따위가 아니라 오히려 그가 지금 찾고 있는 것이었기 때문이었다.

"별 이상한 일도 다 있네……?"

그는 다시 중얼거렸다. 순간 자신이 앉아 있는 한쪽의 약간 맞은편 구석에 하얀 종이가 구겨져 떨어져 있는 것이 눈에 들어왔다. 그는 별일이다 하는 생각에 불쑥 손을 뻗어 그것을 주워보았다. 그리고 바로 주름을 펴보니 그가 여기에 올 때 교회에 있는 자매 중 동생인 애라에게, 그녀가 늘 사용하고 있는 서양 종이를 한 장 얻어 거기에 50전짜리 은화 4개를 쌌던 기억이 있는, 바로 그 서양 종이였다. 이런 종이가 이 노모의 집에 이렇게 있을 리가 없었다. 그는 문득 자신이 나무를 사러 갔을 때의 일을 떠올렸다. 돌아와 보니 노모는 이 자루 앞에서 우물쭈물하고 있었다. 그때에는 아무것도 몰랐으나, 이렇게 되고 보니 그는 모든 사실을 알 수 있었다.

"자, 할머니. 이 떡을 잡수세요. 이건 신자의 집에서 잔뜩 보내온 걸 제가 받아가지고 온 거예요. ……."

그가 왠지 풀이 죽어 거기에 앉아 있는 노모에게 권하듯 아주 쾌활하게 말했다.

"성준아, 정말 고맙구나……."

노모는 이렇게 말했으나 여전히 어딘가 겁을 먹은 듯했다. 이에 그는,

"할머니, 저는 이만 돌아갈 테니 할머니 혼자 많이 잡수세요. 방도 조금 전에 나무를 가져올 사람한테 불을 피워달라고 말해두었으니 금방 따뜻해질 거예요. 창수가 오면 이걸 주세요. ……."

라고 말했다. 이러한 경우에는 그렇게 하는 것이 노모에 대한 자신의 친

절이라고 그는 생각했다.

"성준아, 날도 추운데 이렇게 일부러 와줘서 고맙구나……."

노모는 다시 똑같은 감사의 말을 전하고 불안함 속에서도 기쁘다는 듯한 웃음을 가득 지었다.

"할머니, 또 오겠지만 날이 추우니 몸조심하고 계셔야 돼요. 창수도 불쌍하니 많이 귀여워해주세요. ……그럼 안녕히 계세요."

김성준은 문 밖으로 나섰다. ―그는 슬픔이 밀려왔다. 그는 인간이 지상에서 살아가기 위해 무슨 짓을 하든 그것은 전혀 죄가 되지 않는다고 생각했다. 신도 그것을 벌할 수는 없을 것이라고 생각했다.

석양이 그의 옅은 그림자를 잔설 위에 늘어뜨렸다. 뽀드득뽀드득, 그의 발밑에서는 눈이 밟히는 소리가 났다.

"성준아……, 성준아……."

그가 한없이 우울한 기분으로 멍하니 1정쯤 왔을 때, 여자의 갈라지는 듯한 외침이 차가운 공기를 흔들며 그의 이름을 불렀다.

문득 돌아보니 장가진의 노모가 있었다. 그는 이상히 여기며 발걸음을 멈췄다. 노모가 손을 들어 저녁 해를 가리며 허겁지겁 달려왔다.

"성준아……."

가까이 다가오더니 노모가 슬픈 듯한 목소리로 그를 불렀다.

"무슨 일이세요, 할머니?"

"성준아, 용서해다오. ……너 경찰서에 가려던 길 아니냐? ……."

"네? ……."

성준이 깜짝 놀라 노모의 얼굴을 바라보았다.

"너, 경찰서에 가려던 길 아니냐? ……내가 지금 경찰서로 끌려가면 창수 혼자 남으니 불쌍해서 어떻게 하면 좋단 말이냐. ……제발 부탁이니 용서해줬으면 한다, 성준아…….”

김성준은 처음 그런 노모의 말을 갑자기 들었을 때는 대체 무슨 소리인가 싶어 뜻을 알 수가 없었으나, 두어 마디쯤 듣고 보니 바로 짐작이 갔다.

“핫, 하, 하, 하, 하…….”

그는 웃음을 터뜨려버리고 말았다. 그러나 노모는 아직도 안절부절못하는 모습으로 그의 웃는 얼굴을 이상하다는 듯 바라보며,

“내, 그 돈을 돌려주려고 여기에 가져왔다. 성준아, 경찰서에는 가지 말아라. 응? 성준아…….”

노모가 그에게 매달리듯 말했다.

“무슨 말씀 하시는 거예요, 할머니. 누가 경찰서에 간다고 그러세요. —할머니, 꿈이라도 꾸신 거 아니에요?”

김성준이 능치는 듯한 말투로 노모를 안심시키기 위해 이렇게 말했다.

“그래, 그래. 다른 사람도 아니고 성준이가 경찰서에 갈 리 없다고 생각하기는 했다만, 내 너에게 못 할 짓을 했다고 생각해서 사과를 하러 온 거다. …….”

노모는 참으로 미안하게 됐다고 말하는 듯한 얼굴을 하고 있었다.

“그렇게 하지 않으셔도 돼요, 할머니. 그건 그렇고 방은 따뜻해졌나요? 이렇게 추운데 밖에 나오시면 몸에 좋지 않아요.”

“내 몸 같은 건 어떻게 되든 상관없다. 나까지 경찰서에 끌려가면 창수 놈, 혼자 남아서 결국 죽어버리고 말 거야. 나는 요즘 경찰이 무서워서 견딜 수가 없어. 지금 당장에라도 우리 집 남자들처럼 나도 질질 끌려가는 게 아닐까 걱정이 돼서 견딜 수가 없구나.”

“할머니, 그런 걱정은 하지 않으셔도 돼요. 그 돈은 말이죠, 할머니한

테 드리려고 가져왔던 거예요. 그러니 마침 잘됐지 뭐예요."

"그러냐……?"라고 노모는 약간 맥이 빠진다는 듯한, 그러나 드디어 안심이 된다는 듯한 모습을 보였다.

"이거 정말 고맙구나. 내가 정말 몹쓸 짓을 했다. 너의 친절한 마음도 모르고……."

다시 이렇게 말한 노모는 눈물을 흘렸다.

"할머니, 그런 말씀은 그만하시고 얼른 집으로 들어가세요. 창수도 돌아올 때가 됐잖아요. 할머니가 안 계시면 틀림없이 걱정할 거예요. 자, 할머니, 얼른 들어가세요. ……저도 그만 갈게요."

그는 발걸음을 떼었다. 그 모습을 본 노모도 다시 같은 말을 되풀이하며 사과를 하고 왔던 곳으로 돌아갔다.

그는 차가운 겨울의 저녁 해를 등에 받으며 돌아가는 노모의 뒷모습을 돌아보았다.

두 손을 등 뒤로 돌리고 몸을 앞으로 구부려 걷고 있기 때문에 열한두 살 정도 된 아이와 키가 비슷했다. 그 몸으로 지금 여기까지 허겁지겁 달려온 노모의 모습을, 그 얼굴을 다시 생각하자 그는 더 이상 참을 수 없을 정도로 격렬한 비분이 느껴졌다. 그런 노모의 마음을 생각하는 감상적인 애상이 아니라, 좀 더 근본적인, 그런 크고 어두운 인생에 대한 불과 같은 비분이었다. 그는 인간의 죄를 벌한다는 하나님에게 맹렬하게 달려들어 반역하고 싶어졌다.

"무기를 들어라!"

얼마 전 저녁식사를 하던 중, 세 젊은 손님들의 대화 가운데서 들은 그 말이 그의 영혼 깊은 곳까지 물어뜯고 말았다.

16

맑은 날이 며칠 동안 계속되었다. 새들의 지저귐도 갑자기 힘차게 들려왔다. 얼마 전까지만 해도 높다란 나막신을 신고 눈이 녹아 질퍽한 붉은 흙이 깔린 길을 짓이기며 다니던 사람들도 이 무렵에는 가벼워 보이는 짚신으로 갈아 신어 버렸다. 그리고 그 길에는 연둣빛 냉이가 소녀를 떠오르게 할 만큼 부드러운 교태를 머금은 채 돋아 있었다. 땅 위에서는 아지랑이가 짙게 피어올라 에테르가 증발하는 것처럼 흔들리고 있었다. 산과 들 어디를 바라보아도 온천장의 한낮을 걷고 있을 때처럼 따사로움과 불투명한 대기로 가득 들어차 있었다. 어딘지 모르게 밝은 우울함이 떠돌고 있고, 땀이 밴 흙의 냄새가 새롭게 후각으로 찾아왔다. 살아 있는 생물의 숨 냄새를 맡고 있는 듯했다. 땅 아래서 무엇인가가 움직이고 있는 듯했다. —대지가 태동하고 있는 것일지도 몰랐다.

북쪽으로 보이는 국경의 고개 위에 끈질기게 남아 있던 눈도 마침내 사라져버렸다. 고개의 모습은 이제 지금까지처럼 어둡고 우울한 모습이 아니었다. 그것은 말로 표현할 수 없이 깊은 희망을 띠고 있는 젖먹이의 눈동자를 닮았다. 구름은 희뿌연 빛을 발하며 하루 종일 움직이지 않았다. 밭의 보리는 하늘빛을 띠고 있었다. 딱딱한 관을 쓴 종달새가 은자(隱者)와도 같은 얼굴로 밭이랑을 천천히 걸어갔다. 저편 산 밑을 지나는 조랑말의 방울이, 새끼 고양이가 장난을 칠 때만큼의 소리로 울려왔다.

송진 냄새에 목이 메었다. 땅 속의 씨앗들이 지각을 울리며 튀어나왔다. 가지에서는 멋들어지게 싹이 돋았다.

“××××××××××

××××××××××……”

“××××××××

×××××××××

×××××××××

×××××××××……”

“××××××××

×××××××××

×××××××××××

××××××××

×××××××××××

××××××××××……”

“××××××××

×××××××××……”

“××××, ……××××××!”

라고 그 가운데서 여자의 목소리가 들려 부르던 노래를 멈추게 했다. 노랫소리가 뚝 끊겼다.

“저길 봐요. 저쪽에서 우리를 가만히 엿보고 있는 게 누구죠? ……네?”

맞은편에도 야트막한 언덕이 있어서 거기에도 풀이 새파랗게 돋아 있었는데 그 언덕 뒤에서 얼굴만을 내밀어 이쪽을 응시하고 있는 사람이 있었다. 하지만 얼핏 봐서는 알 수가 없었다.

"저건 사람이에요. 저 검은 건 머리고요. ……."

조금 전의 여자가 약간 기분 나쁘다는 듯 이렇게 말했다.

"정말 머리일까요?"

라고 다른 여자가 놀란 듯 말했다.

"누구지? 무례한 놈이로군."

그 가운데 젊은 남자가 이렇게 외치더니 갑자기 바닥에서 돌멩이를 집어 들었다.

"아앗, 신 선생님 그만두세요."

그를 말리는 여자가 있었다.

"아니, 괜찮아. 저건 스파이야."

이렇게 외친 춘용이 손에 쥔 돌을 던지려고 하자 얼굴은 쏙 들어가 버리고 말았다.

"제길! 들어가 버렸어. 무례한 놈이야."

춘용은 그래도 돌을 던졌다.

"이제 노래는 그만 불러요. ……."

자매 중 언니인 애란이 말했다.

"네."

신춘용은 그래도 속이 덜 풀린 모양이었다.

"그래, 얘기를 나눕시다."

조성식도 말했다.

"얘기를 나누고 있으면 잠이 와요."

주영이 입을 열었다.

"저 요즘 들어 밤에는 전혀 잠을 자지 못하고 있어요. ……열이 나서."

그녀가 고민이라는 듯 가는 눈썹을 찌푸리며 다시 말했다. 그리고 생각났다는 듯 기침을 했다. 실제로 주영의 병세는 상당히 나빠져 있었다. 뺨을 새빨갛게 물들이고 괴롭다는 듯 기침을 해대는 모습만 보아도 그 용태를 잘 알 수 있었다. 기쁘다는 듯 반짝이고 있는 봄날 오후의 태양이 그녀의 얼굴을 꽃처럼 아름답게 보이게 했다.

주영은 이후부터 다른 사람들이 노래를 그만두고 정신없이 장난치며 떠드는 것을 멍하니 듣고 있었다. 그녀는 이야기를 시작하면 언제나 흥분하는 것이 버릇이었다. 그러면 자꾸만 기침이 나왔다. 특히 요즘에는 그것이 한층 더 심해지기 시작했다. 그녀는 다른 사람과 의견을 주고받기 시작하면 아무래도 질 수 없었던 것이다. 어디까지나 자신의 의견을 고집하며 상대방이 굴복할 때까지는 용서할 수가 없었다. 그때까지 그녀는 격하게 이야기를 했다. 다른 사람이 굴복할 때까지 그녀는 격하게 말을 했다. 기침이 그녀의 말을 심술궂게 거부하고 있는 것이 아닐까 여겨질 정도로 가슴을 짜내듯 목구멍을 막았다. 작년 겨울부터 몸을 너무 무리한 것에 대한 반동도 찾아왔고, 임신도 이미 6개월째가 되었기에 몸의 양분을 현저히 태아에게 빼앗기는 탓이기도 하리라.

그녀는 이제 웬만한 일이 아니고서는 다른 사람들이 이야기하는 속으로 들어가지 않았다. 게다가 그녀는 요즘, 의론 같은 것 아무리 해봐야 결국은 같은 자리를 빙글빙글 맴돌 뿐이라고 생각하게 되었다. 그렇기 때문에 아무래도 예전처럼은 진지해질 수가 없었다. T시에 있을 때 언제나 의론을 하다 지쳐 쓰러져 잠들던 생활을 여기에 와서까지 여전히 되풀이하는 것과 다를 바 없는 일이라고 생각했다. 커다란 권태가 그녀를 단단히 붙들어버리고 말았다.

그녀는 목숨을 걸고 그 눈 속을 지나온 두 남자들이 거기서 열심히 이야기하고 있는 것을 가만히 듣고 있었다. 애란과 애라 자매도 그것을 부러워하듯 듣고 있다가 상냥하게 고개를 끄덕이기도 하고 때로는 질문을 하기도 했다. 이 자매들도 요즘에는 남자들의 이야기에 흥미를 갖기 시작해, 그런 질문을 하게 되었다. 이 남자들의 의론도 결국은 자신들 그룹에 새롭게 맞아들인 젊은 여성들에게 들려주기 위한 것에 지나지 않았다. 그런 만큼 남자들은 의론을 하는 보람도 있었을 테지만, 주영은 남자들과 같은 감격으로 그 동성을 대할 수는 없었다.

그 사람들의 이야기를 잠시 듣고 있자니 주영은 묘하게 반감이 일어났다. 남자들의 이야기는 지금까지 귀에 딱지가 앉도록 들어왔기에, 그 이야기를 온실에서 자란 꽃 같은 두 자매에게 아주 자랑스럽다는 듯 들려주는 것도 전혀 쓸모없는 일은 아니라는 생각이 들기도 했지만, 그녀는 귀찮아서 견딜 수가 없었다. 자매들은 걸핏하면 성경 속의 말을 인용해서 그 남자들의 의론을 깨보려 했지만, 그것은 상대방에게 바로 분쇄 당했으며, 그녀들은 새삼스럽게 감탄했다. 그 감탄하는 모습이 또 주영의 냉소의 표적이 되었다. 야소교신자에게서 흔히 볼 수 있는 어딘가 위선자 같은 모습이, 참된 도덕가인 양하는 모습이 보기 싫어서 견딜 수가 없었다. 숙녀인 양하는 얌전한 태도도 마음에 들지 않았다.

그녀는 이제 지긋지긋하다는 생각이 들어 그 잔디밭에서 벌떡 일어났다. 열심히 이야기를 나누고 있던 네 남녀가 얼핏 그쪽을 보았으나 바로 모르는 척하고 이야기를 계속했다.

"어머, 주영 씨. 어디 가세요?"

그래도 언니인 애란이만은 주영의 등 뒤에 대고 이렇게 물었다.

"네, 저, 저쪽을 잠깐 산책하고 올게요. ……."

주영은 뒤돌아보지도 않은 채 이렇게 말하고 일부러 커다란 걸음으로 걸어갔다. 그 모습을 보고 애란도 다시 자신들의 이야기 속으로 들어가 버렸다. 조성식이 힐끗 주영의 모습을 다시 한 번 보았으나 바로 시선을 원래대로 되돌렸다.

푸른 풀이 곳곳에 자란 그 들판을 고개를 숙인 채 말없이 걷던 주영의 눈에 갑자기 눈물이 가득 고였다. 그곳의 들판을 걷고 있자니 어렸을 때부터 20여 년 동안의 일들이 새록새록 가슴에 솟아오르기 시작했다. 그녀는 아버지의 얼굴이 떠올랐다. 헤어질 때의 말이 가슴속에 치밀어 올랐다. 어머니의 얼굴이 떠올랐다. 죽기 직전의 모습이 눈앞에 생생하게 그려졌다. 첫사랑의 얼굴이 애욕과 증오의 불꽃이 되어 타오르기 시작했다. 그리고 자신의 지금 이런 상황을 생각해보니 그녀는 아무래도 눈물을 참을 수가 없었다. …….

그녀는 여기에 온 지 이삼일쯤 지난 날, 토마스 신부로부터 신부와 동거했던 한 여인에 대한 이야기를 들을 때, 그 이야기가 진행되어감에 따라서, 이상한 착각에 사로잡혔다. 그리고 그 여인이 자신과 어떤 관계가 있는 사람이 아닐까 생각했다. 자신이 그 사람의 동생인 것처럼도 여겨졌다. 그 사람이 어머니인 것처럼도 느껴졌다. 그래서 서둘러 손가락을 꼽아 헤아려보니 시대에 커다란 차이가 있었기에 약간 안심했으나, 한편으로는 묘하게 실망하기도 했다. 그랬기에 그 다음에는 문득 할머니가 아닐까 생각도 해보았다. 손가락을 꼽아보니 이번에는 거의 그 무렵이 되었기에 자신도 모르게 가슴이 뛰었다. 그녀는 그 이야기에서 어떤 신비한 것이라도 찾으려는 듯, 그때 토마스 신부의 얼굴을 가만히 바라보았는데 순간 부들부들 몸이 떨려오는 것 같은 이상함이 느껴졌다. 거기서 거룩한 순도자(殉道者)의 조각상 같은 모습으로 이야기하고 있는 신부의 그 구릿빛 얼굴에 거뭇하게 덮인, 참으로 색을 좋아할 것 같은 독살스러운 혈액이 지금 자기 온몸의 혈관에도 유전되어 있는 것이 아닐까 생각되기까지 했다. ……토마스 신부와 그녀 사이에 던져진 이 하나의 어두운 수수께끼를, 이후 그녀는 얼마나 생각했는지 모른다. 그녀는 가만히 신부의 방으로 가서 의문이 풀릴 때까지 캐물어볼까도 생각했었다. 그러나 지금까지 그럴 만한 기회가 없었다. 물론 신부와 둘만 있게 될 때도 있었다. 그러나 아무래도 그러한 말을 꺼내기 어려운 압박감을 그녀는 언제나 신부에게서 느꼈다. 사랑을 이야기하는 그 노옹에게서 그녀는 언제나 무쇠와도 같은 답답함을 느끼고 있었다. 그녀가 철들었을 무렵, 그녀의 아버지는 이곳에서 훨씬 남쪽에 있는 H시에서 살고 있었다. 아버지에게는 상당한 자산도 있었기에 그녀는 거기서 행복하다고 해도 좋을 생활을 했다. 새로이 세워진 문명국의 고등보통여학교—고등여학교—에도 입학할 수 있었다.

어느 날, 아버지는 며칠간의 여행에서 기운 없는 모습으로 돌아왔다. 그리고 급히 아버지가 태어난 고향으로 일가를 들어 돌아가자고 했다. 이제 겨우 열대여섯 살이 된 그녀는 어째서 그렇게 급히 이곳에서의 생활을 정리해야 하는 건지 이해할 수 없었다. 그러나 무슨 일이든 가장인 아버지의 뜻에 따를 수밖에 없었기에 집안사람들은 아버지의 명령에 따라서 이사 준비를 할 수밖에 없었다. 그녀의 어머니가 빨래를 할 때 쓰는 양잿물을 마시고 자살한 것도 그때의 일이었다.

그녀는 어머니의 그 마지막에 대한 슬픈 추억 이후, 자신의 반생을 다시 새로이 마음에 새겨간다. …….

17

그 무렵 그녀의 일가는 D강변에 자리한, 그 부근에서는 중류계급에 속하는 사람들만이 사는 기와집 가운데서도 상당히 커다란 집에서 살고 있었다.

아버지가 젊었을 때부터 살아온 정든 이 H시를, 일가를 들어 떠나기로 했기에 집안에는 언제나 저물녘 같은 음울함이 계속되고 있었다. 아버지는 시종 말없이 한숨만 내쉬었다. 그러나 어머니는 평소의 억척스러움을, 그때만은 극단으로까지 끌어올렸다. 아버지가 처음 돌아와서 그렇게 말했을 때는 저녁이었음에도 불구하고 그 말을 듣자마자 갑자기 낯빛을 바꾸더니 입은 옷 그대로 어딘가로 달려나갔다.

"너희가 아무리 발버둥 쳐봐야 소용없어. 상대방이 너무 커……. 우리는 이제 그만 시골로 들어갈 수밖에 없어. ……."

어머니가 나가는 뒷모습을 바라보며 아버지는 포기했다는 듯 이렇게 말했다. 하지만 어머니는 그런 말을 귀담아듣지 않았다.

그날 밤, 어머니는 늦게까지 돌아오지 않았다. 아버지는 점점 걱정이 되기 시작했다. 그리고 어느 틈엔가 아버지도 밖으로 나가고 안 계셨다. 그녀는 일가가 앞으로 어떻게 되는 걸까 생각하며 어두운 마음으로 집 마당에 가만히 서 있었다. 벌써 가을이었다. 버드나무 잎이 바스락바스락 떨어졌다. 나무 끝에서는 진주와도 같은 달이 빛나고 있었다.

어머니가 한 순사의 보호를 받으며 아버지와 함께 돌아온 것은 밤도 상당히 깊어서였다. 그것을 본 그녀는 깜짝 놀라, 그 심상치 않은 분위기에 가슴이 고동쳤다.

"서장님께서도 그렇게 충분히 설명을 해주셨으니 잘 알았으리라 생각하지만, 어쨌든 마음을 가라앉혀서 좋지 않은 일이 일어나지 않도록 하는 게 좋을 거야."

따라온 순사가 이런 말을 했다.

"네, 폐를 끼쳐서 죄송합니다. 여자란 어쩔 수가 없습니다. 이런 사건으로 경찰서에까지 가다니, 저도 당황스럽습니다."

아버지도 역시 이런 말을 했다.

"맞아, 민사소송까지 경찰에 책임이 있는 건 아니니까. 그리고 그렇게 강짜를 부리면 경찰관도 아주 곤란해진다고. 자네의 말은 그렇다 해도, 서장님의 말씀까지 듣지 않는 데는 깜짝 놀랐어. 서장님께서도 자네 혼자 데려가면 다시 뛰어들어올 것 같아서 나보고 같이 가라고 하신 거야. 마음씨 좋은 서장님이야."라고 순사가 아주 감탄했다는 듯 말했다.

"그러셨습니까? 여러 가지로 폐를 끼쳤습니다. 어쨌든 여자가 한 일이니 모쪼록 용서해주시기 바랍니다."

아버지가 소홀함 없이 사과를 했다.

"아니, 그렇게까지 말할 건 없어. 우리에게는 어디까지나 인민을 보호할 의무가 있고 그 목적만 달성하면 그만이니."

젊은 순사가 상관에게서 들었을 법한 말을 그대로 옮겼다.

"지당하신 말씀이십니다. 하찮은 일 때문에 고생 많으셨습니다. 이제 그만 살펴 돌아가시기 바랍니다."

"사정을 들어보니 참으로 딱하다는 생각이 들기는 하지만 그래도 법률을 어기는 일을 해서는 안 돼."

그 C인 청년 순사는 아직도 이런 말을 하며 그 자리에 앉아 있었다. 그리고 천진한 주영이 놀란 얼굴로 서 있는 모습을 힐끗힐끗 바라보았다.

"그렇습니다. 이미 고등법원에까지 가서 졌으니 더는 어쩔 수 없는 일입니다. 이젠 이 집도 땅도 전부 남의 손에 넘어갔습니다."

아버지는 새삼 분하다는 듯한 모습으로 다시 이렇게 말했다. 그리고 힘없이 커다란 한숨을 내쉬었다. 그녀는 그때 비로소 일가의 구체적인 운명을 알게 되었다.

"딱하게 됐군……."

순사가 다시 한 번 주위를 둘러보았다.

"이 집 말고도 또 세를 놓은 집이 있었지?"

"네, 신시가에 얼마간 가지고 있었습니다만, 그것도 전부 저당 잡혀 있었습니다."

"그러니까 그 담보가 기한 만료가 되었단 말인가?"

"그렇습니다. 하지만 채무는 그보다 훨씬 전에 갚을 생각으로 몇 번이고 몇 번이고 채권자의 집에 갔었습니다만, 늘 여행을 갔다는 둥 집에 없다는 둥 해서 만날 수 없었습니다."

"흠……."

"저는 채무자가 나쁜 마음을 품고 그러는 것이라고는 전혀 생각지도 못했습니다. 결국은 그게 저의 실수였던 겁니다. ……."

이렇게 말한 아버지가 갑자기 흥분하기 시작했다.

"그렇게 된 거로군."

"저희는 새로운 법률에 대한 지식이 없기 때문에 상대방의 사정에 의한 것이라면 채무의 변제가 늦어져도 상관없는 것이라고 생각했습니다. 또 그것 때문에 상대방이 담보를 가져가리라고도 생각지 않았습니다. 저희는 그 채무자인 N인과 예전부터 친하게 지냈기에 설마 아는 사람끼리 그처럼 부당하게 뒤통수를 치는 일은 없을 것이라고 생각했습니다."

"흠, 그도 그렇군."

순사가 옳은 말이라는 듯 고개를 끄덕였으나 다른 말은 없었다.

"소송을 하게 되어 변호사에게 물어보았더니 그때 제가 그 채무를 재판소가 지정한 은행에 공탁해두었으면 좋았을 것이라고 했습니다."

"그래, 맞아. 그렇게 했어야 했어. ―그건 민법에 있어."

순사가 허둥지둥 법률통인 것처럼 이렇게 말했다. 그리고 다시 주영이 쪽을 슬쩍 보았다.

"그런데 말입니다."

라고 아버지가 참으로 답답하다는 듯 입술을 떨며,

"아까도 말씀드렸듯이 그런 법률이 있는 줄 몰랐기에 저희는 그저 예전처럼만 생각하고 있었습니다. 그래서 소송을 일으킨 건데 1심에서부터 지기만 하고 어마어마한 비용이 들어 결국에는 이렇게 되어버리고 말았습니다."

"흠……, 그거 딱하게 됐군."

순사가 참으로 안됐다는 듯 말하고 잠시 생각하다,

"앞으로는 아무래도 법률을 공부하지 않으면 안 돼."

라고 자신의 식견을 과시하듯 자랑스럽게 그 결론을 내렸다.

"그렇습니다. ……."

아버지는 순사의 의견에 찬성하는 것처럼도 보였으나, 어딘가 맥이 빠진 모습으로 입을 다물어버렸다. 아버지에게는 그런 결론을 듣는 것만으로는 도저히 억누를 수 없는 강한 분노가 있었던 것이다.

"그래서 저는 이 아이에게 충분히 학문을 시켜서 다른 사람에게 지지 않도록 해줄 생각입니다."

얼마의 시간이 흐른 뒤, 아버지가 다시 생각났다는 듯 주영을 가리키며 이렇게 말했다.

"그래, 그렇게 하는 게 좋을 거야. 앞으로는 여자도 학문을 하지 않으면 안 돼. —어쨌든 세상이 진보할수록 학문이 없으면 살아갈 수 없으니까."

순사는 군소리 없이 동감하더니 이번에는 공공연하게 주영의 모습을 빤히 바라보았다.

그날 밤 어머니는 흐느껴 울며 거의 새벽까지 잠을 자지 않았다. 아버지는 주영에게 그 일에 관한 이야기를 대충 들려주었다. 그리고 자신이 이 H시에 알몸으로 나와서 거의 40년 동안 피땀 흘려 모은 재산이 이것으로 다시 원래의 알몸으로 돌아가 버렸다고 말했다. 세상이 변했기에 자신과 같은 사람은 더 이상 이런 도시에서 살 수 없게 된 것이라고 말했다. 그리고 그 술회를 마치고 난 뒤,

"너는 지금부터 법률을 공부하도록 해라. ……."

라고 아까 순사에게 했던 말을 했다.

"아버지, 제가 법률을 공부해서 무엇 하나요?"

그녀가 약간 놀란 듯 물었다.

"그야 물론 법률을 공부해서 부자에게도, N인에게도 지지 않도록 하자는 게다. ……그리고 나의 원한을 풀어주는 게다."

라고 다시 아버지가 말했다.

"하지만 아버지, 제가 법률을 공부한들 소용이 있을까요? 저는 여자인걸요……."

"아니, 쓸모가 있다. 여자든 뭐든 상관없으니 법률을 열심히 공부해서 누구에게도 지지 않도록 해야 한다. 나는 법률을 몰랐던 것이 분해서 견딜 수가 없구나……."

아버지가 이를 갈며 안타까워하고 있다는 사실을 그녀는 잘 알 수 있었다. 그녀는 갑자기 슬픔이 밀려왔다.

"아버지, 물론 법률을 연구해서 재판관이나 변호사가 되면 좋겠지만 여자는 방법이 없잖아요."

여학생인 그녀에게 그 정도의 지식은 이미 충분히 있었기에 이렇게 말했으나, 자신이 여자로 태어난 것이 참으로 한탄스럽게 여겨졌다.

"주영아, 내게 자식이라고는 너 하나밖에 없으니 네가 나의 정신이 되어 지금부터 나의 원한을 풀어주지 않는다면 나는 죽어서도 눈을 감지 못할 게다. ……."

아버지는 이렇게 말하며 주먹으로 눈물을 훔쳤다.

"네, 아버지. 제가 반드시 아버지의 정신이 되어, 반드시……."

여기까지 말한 그녀는 가슴이 미어져 더는 말을 이을 수가 없었다.

"아버지, 저, 무슨 일이 있어도 법률을 공부할게요. ……여자지만 법률을 공부하면 남자에게 이기지 말란 법도 없다고 생각해요. 네, 무슨 일이 있어도 저는 법률을 공부하겠어요! ……."

그녀는 힘차게 몇 번이고 이렇게 말해서 아버지의 마음을 위로하려 했다.

"그래, 그렇게 해주어라. 나는 비록 집과 땅을 빼앗겼지만 결코 이대로는 죽지 않을 것이라고 생각했다. 내가 그 어떤 힘든 일을 해서라도 네가 법률 공부를 할 수 있도록 비용을 마련해줄 테니, 주영아 너는 지금부터 법률 공부를 해주어라."

"네, 꼭 그렇게 할게요, 아버지……."

"앞으로는 여자라도 법률을 공부하면 변호사가 될 수 있지 않을까? ……."

"글쎄요, 아버지……. 어떨지요?"
라고 그녀는 다시 약한 마음이 되었다.

"하지만 아까 그 순사가 여자라도 앞으로는 법률을 공부하면 변호사가 될 수 있다고 하지 않았던가? ……."

"아니……, 아버지, 그건 아니에요. 앞으로는 학문을 하지 않으면 안 된다고 했잖아요?"

"그랬었나? ……어쨌든 그런 말을 한 것 같았는데."

아버지의 그 목소리에는 힘이 하나도 없었다.

"주영아, 네가 남자였다면 내가 얼마나 기뻤을지 모르겠구나……."

아버지가 전신을 떠는 듯한 목소리로 다시 이렇게 말했다.

"네……."

그녀는 목이 메어 이 대답이 잘 나오지 않았다. 하지만 그 마음속에서 강인한 여자의 반항적 감정이 솟아오르는 것을 아무래도 억누를 수 없었다. ―그녀는 세상의 모든 남성들이 미워졌다. 자신들에게 우월한 소질이 있다고 아버지가 확실하게 단정했던 그 남성에 대해서 그녀는 격한 질투와 반항심을 느꼈다.

"하지만 아버지, 제가 남자보다 더 강한 여자가 되면 되잖아요? ……!"

이렇게 야무지고 힘찬 목소리로 그녀가 말했다.

"그래……, 그러면 되겠구나!"

아버지도 신이 난다는 듯 대답했다.

"그럼, 되겠어요. 아버지, 전 반드시 강하고 강한 여자가 되겠어요. ―남자보다 훨씬 훨씬 더 강한 여자가 되겠어요. ……그래서 남자들에게 꼭 이기겠어요!"

"그래……, 그러면 되겠구나!"

아버지가 울분이 풀어진 듯한 목소리로 다시 외쳐 기특한 딸의 목소리에 응했다.

“아버지, 제가 여학교를 졸업하거든 얼른 T시로 보내주세요!”

“그래, 보내주다마다. 꼭 보내주마.”

“그럼 저는 T시에서 법률학이네, 정치학이네 여러 가지를 반드시 배워올게요.”

“그래, 그러면 되겠구나. ……정치학도 역시 변호사에게는 필요하겠지?”

“뭐든 다 필요해요, 아버지. 남자에게 이겨야 하잖아요. 이것저것 여러 가지 학문을 한 남자들을 이겨야 하잖아요?!”

“그래, 그래. 남자에게 이기는 거다. 부자에게도 이기는 거다. N인에게도 이기는 거다!”

“그래요, 아버지. 모두에게 이기겠어요! 그러려면 아버지, 어떤 학문이든 필요하잖아요?”

“그럼, 필요하고말고. ……그런데 주영아, 너 틀림없이 이길 수 있는 거지? 응? 이길 수 있는 거지?”

“네, 이기고말고요, 아버지! ……제가 아버지의 정신이 되어야 하는데 어떻게 이기지 않을 수 있겠어요! 그러니 아버지, 제게 학문을 시켜주세요. 제가 학문으로 반드시 모두를 이겨 보일 테니, 아버지 꼭 학문을 시켜주세요!”

“그래, 그래. 내 반드시 네게 학문을 시켜주마. ……나는 지금부터 인간의 빈 껍질이 되어 오로지 너 하나만 공부시키도록 하겠다. 나는 이제 매미의 빈 껍질이다. 네가 그 커다란 매미다. ……커다란 나무 위에서 네가 맴맴 커다란 소리로 울어주어라. 모든 사람들의 머리 위에서 커다란 소리로 내 몫까지 함께 맴맴 울어줘라. …….”

아버지의 그 매미처럼 굵고 커다란 목소리가 이제는 눈물과 함께 울먹이고 있었다. 그리고 가녀린 딸의 몸을 꼭 끌어안은 채 몇 번이고 몇 번이고 커다란 주먹으로 눈물을 훔쳤다. 그녀도 역시 아버지의 무릎에 얼굴을 묻고 마음껏 펑펑 울었다. 어머니도 옆에서 거들었다. 그녀 일가의 밤은 그렇게 깊어갔다.

18

지금까지는 그녀의 집에 친밀하게 드나들던 사람들도 일가가 시골로 돌아가려 할 무렵에는 얼굴을 보이지 않게 되었다. 그랬기에 더욱 깊어만 가는 가을이 일가에게는 견딜 수 없는 적막함이었다.

밤이면 D강의 하늘을 울며 건너가는 기러기 소리도 구슬프게 들렸다. 강가에 울리는 빨랫방망이 소리도 더는 들을 수 없다는 생각에 눈물을 훔쳤다. 그러나 그녀는 아무래도 아직은 학교를 그만둘 수가 없었다. 북쪽에 있는 아버지의 고향으로 돌아가면 그 다음부터는 어떻게 학문을 해야 좋을지 몰라 그녀는 아버지에게 몇 번인가 물어본 적이 있었다.

“내가 반드시 학문을 할 수 있도록 해줄 테니 조금도 걱정할 것 없다.”

그때마다 아버지는 자신 있는 목소리로 말했다.

“그럼 아버지, 거기에도 여학교가 있나요?”

그녀가 불안하다는 듯 눈썹을 찌푸렸다.

“물론 여학교는 있지. —하지만 그 학교로 부족하다면 T시로 보내주마.”

라고 아버지는 간단하게 대답했다. 그녀는 그 말을 믿었으나, 그래도 여기에 있는 동안은 하루도 쉴 마음이 들지 않았다. 벌써 3년 가까이나 다닌 자신의 모교가 그녀에게는 얼마나 정겨운 곳이었겠는가? 지금도 십여 년 전 모교의 그 모습이 말로 표현하기 어려울 만큼의 그리운 정취가 되어 그녀의 가슴에서 배어나오고 있었다.

모교는 이 나라를 통치하고 있는 C총통부가 세운 것이었는데 C인 거리 야트막한 언덕의 고조(高燥)한 곳에 위치해 있었다.

버드나무와 미루나무와 아카시아의 짙은 그림자가 그 교정과 강당의 책상 위에 조용한 파문을 그리고 있었다. 옛날에는 대관의 저택이었다고 하는 크고 고풍스러운 건물이 학교로 쓰였다. 그러나 강당의 칠판이나 의자나 책상에서는 전부 새 나무의 냄새가 났으며, 거기에 책방에서 산 지 얼마 안 되는 교과서를 올려놓고 역사네, 지리네, 처음 듣는 신기한 이름의 학과를 배우는 것이 꿈 많은 소녀의 마음에는 얼마나 선명하고 화사한 감격이었겠는가?

그녀는 거기서 문명을 자랑하는 N국의 역사와 지리를 배웠다. 그리고 거기에 적혀 있는 풍속과 자연을 배웠다. 교사는 그 나라의 금구무결(金甌無缺)한 국체(國體)와 순수하고 아름다운 인정, 수려한 산하를 거듭 되풀이해서 그녀에게 가르쳐주었다. 당시 소녀였던 그녀의 순수한 마음이 그 나라의 역사나 지리를 통해서, 그 나라 사람들을 얼마나 동경하게 되었는지.

거기에 적혀 있는 사람들은 인격이 고매하고, 만인을 널리 사랑하는 것을 생애의 사명으로 삼고 있는 성인들이었다. 백성들에게 생활의 도를 가르치고, 약한 것을 돕고 강한 것을 꺾는 대정치가였다. 만 권의 책을 읽어 가슴에는 깊이를 알 수 없는 조예를 가지고 있으면서도 밭에 나가서 농부와 사귀며 인의를 들려주는 대학자였다. 그리고 일국의 백성들은 모두 그 사람들에게 감화되어 있었다. 그것은 세계에서 예를 찾아볼 수 없을 정도로 순박하고 선량한 풍속, 인정을 가진 민족이었다. —그녀는 그 민족들을 얼마나 숭모(崇慕)했는지. 지난 3년 동안 그 학교의 창을 통해서 그 사람들이 살고 있을 구름 너머를 얼마나 동경하는 마음으로 바라보며 생활해 왔는지. 그런데 아버지로부터 자기 집이 몰락하게 된 사연을 들었을 때, 그리고 상대방이 그 민족 사람이라는 사실을 들은 순간, 그녀는 거기에 커다란 의문이 들기 시작했다. 그녀가 지금까지 상상하고 있던 그 민족이, 지금 아버지의 소송 상대가 되어 있는 그 현실 속 민족의 인간이라고 그녀는 도저히 받아들일 수가 없었다. 그녀는 그 가운데 어떤 것이 진짜 민족인지 몇 번이고 되풀이해서 마음속으로 생각해 보았다. 그러나 당시의 그녀에게는 어느 쪽이라고 답을 내릴 수 없는 커다란 수수께끼였다. 커다란 스핑크스였다. 그녀는 그 수수께끼를 풀기 위해서 몇 번이고 학교의 교과서를 꺼내 유심히 읽어보았다. 그러나 거기에서, 지금 아버지의 상대가 되어 아버지를 괴롭히고 있을 뿐만 아니라 일가까지도 괴롭혀 영락의 늪으로 던져 넣으려 하고 있는 것과 같은 인물은 약에 쓰려 해도 찾아볼 수가 없었다. 거기서 자라난 도덕과 습관과 인정에 지금 아버지의 상대가 되어 있는 것과 같은 사람이 가지고 있는 악덕은 먼지만큼도 없었다. 그녀는 그곳을 지상낙원처럼 상상하여, 언젠가 그 나라로 옮겨 살게 될 날을 기대하고 있었다. 그런데 그 아름다운 상상이 지금 이 사실 때문에 흔들리기 시작했다는 점을 얼마나 슬퍼했는지.

그녀의 스핑크스는 결코 풀리지 않았다. 그녀가 그 나라의 민족들에게 회의심을 품게 된 것은 그 뒤의 일이었다. 연구적인, 비평적인 태도를 취하게 된 것은 그 후의 일이었다.

어머니의 죽음 이후 그녀의 스핑크스는 한층 더 크고 어두운 것이 되었다.

내일이라도 당장 일가가 이 땅을 떠나야 할지도 모른다며 불안하게 지내던 어느 날, 그녀는 역시 학교에서 돌아오는 길에 이쪽으로 다급히 오고 있는 동네사람을 만났다.

"그래, 주영아. 안 그래도 지금 너희 학교로 데리러 가는 중이었다."

이렇게 말하며 그녀의 얼굴을 바라보았다. 그 모습이 심상치 않았기에 그녀는 가슴이 덜컥 내려앉았다. 요즘 그녀는 바람소리에도 놀랄 정도로 두려움에 떨고 있었다. 이번에도 또 자신의 집에 무슨 일이 일어날 것만 같다는 예감이 그녀의 예민한 마음에 늘 떨림을 일으키고 있었다.

"네? 아저씨……."

그녀는 상대방의 얼굴을 불안한 듯 바라보았다.

"자, 얼른 집으로 가자. 얼른 가지 않으면 늦는다. ……."

상대방은 이렇게만 말하고 앞장을 섰다.

"아저씨, 무슨 일이에요? ……."

그래도 그녀는 간신히 이렇게 물었다.

"……."

그러나 상대는 말없이 걸어갔다. 그녀는 갑자기 다리가 굳어버린 듯했다. 얼굴이 새빨개지고 온몸이 한꺼번에 뜨거워진 것 같다는 느낌이 들었다. 그녀는 그때 어떻게 해서 집까지 갔는지 거의 기억하지 못한다.

집에 들어선 순간 평생 잊지 못할 인상이 그녀의 마음에 새겨졌다. 거기에는 몸을 침상 위로 막 옮긴 어머니가 신음하며 누워 있었다. 아버지가 울먹이는 소리로 어머니의 몸을 끌어안고 있었다. 그리고 순사 2명이 그 옆에서 무엇인가를 수첩에 적고 있었다. 동네사람들이 어리둥절한 얼굴로 부근을 어슬렁거리고 있었다. 그녀는 그 광경을 보고 새파랗게 질려서 석상처럼 멈춰서 버렸다.

"주영아, 이리로 오너라. ……."

그녀를 부르러 왔던 사람이 이번에는 아주 침착하게 그녀에게 말했다. 그러나 그녀는 몸이 굳어버려서 도저히 움직일 수가 없었다.

"아아, 주영이, 왔느냐. ……어머니가 말이다……, 어머니가 말이다."

아버지는 이렇게만 말할 뿐, 눈물을 흘렸다. 그녀는 넋이 나간 사람처럼 어머니 곁으로 달려가 어머니의 몸에 매달려 울기 시작했다. …….

이삼일 뒤, 쓸쓸한 상여가 그녀의 집에서 나왔다. 그녀의 어머니는 양잿물을 마시고 자살한 것이었다.

어머니는 H시에서 태어났다. 역시 주영이를 닮아서 아담한 체구에 살빛이 하얀, 이 부근에서는 아름다운 부류에 속하는 여자였다. 정든 고향에서 40년 넘게 살아온 어머니는 일가가 파탄할 운명에 빠져 멀리 북쪽의 설국으로 가야 한다는 사실이 끔찍하게 싫었을 것이다.

하지만 어머니는 자신의 집에서는 죽지 않았다. 어머니는 오랜 세월 자신의 남편과 법정에서 다툰 상대의 집으로 가서 그 현관 옆에서 독을 먹은 것이었다. 자줏빛 피를 토하며 괴로워하는 C인 여자가 있다는 사실을 안 그 집안의 사람이 바로 부근의 파출소에 신고했는데 경찰서에서는 그 여자가 며칠 전에 경찰서장까지 애를 먹게 만들었던 여자라는 사실을 알고 그녀를 집으로 보낸 것이었다.

장례식을 전부 마치고 난 뒤, 아버지와 딸은 동네 사람들의 배웅을 받으며 북국으로 떠나버렸다. 그것은 그녀가 열여섯 되던 해의 늦가을이었다.

먼 북쪽의 국경으로는 눈이 하얗게 보였다. 어느 조그만 역에서 내린 두 사람은, 거기서부터 말의 등에 올라 이틀 정도 여행을 계속했다. 그리고 도착한 곳이 S주 읍내에 있는 토마스 신부의 집이었다.

주영은 지금도 그때의 쓸쓸했던 첫 여행을 잊을 수가 없다. 그녀는 그 여행에서 처음으로 인생이라 불리는 것을 어렴풋하게나마 알게 되었다. 그녀가 다른 사람에게서 배운 종이 위의 인생과 적나라한 인생 사이에는 커다란 간격이 있다는 사실을 알게 되었기에 그녀는 아무래도 놀라지 않을 수 없었다. 그리고 그녀는 슬픔과 분노 때문에 몇 번이고 자신의 지난 인생을 저주하는 마음이 들었다.

토마스 신부 댁에는 열한두 살과 일고여덟 살쯤 된 두 여자 고아가 있었다. 그들이 지금의 애란과 애라였다. 그녀의 우울함은 두 소녀로 인해 조금 누그러졌지만, 그러나 그녀의 소망은 학문이었다. 아버지는 곧 길을 떠나게 되었다. 아버지는 거기서 국경을 넘어 멀리 북유럽 근처에 있는 도시로 돈을 벌러 가기로 했다. 그것은 그녀의 학비를 대기 위한 계획이기도 했다. 딸에 대한 사랑에 영혼까지도 매달리고 있는 아버지는 그 길을 힘차게 떠났다. 그때 아버지의 품속에는 토마스 신부가 써준 한 통의 소개장이 있을 뿐이었다.

"주영아, 나는 지금부터 그리로 가서 돈을 벌어다 보내줄 테니, 너는 T시로 가서 법률을 공부하도록 해라. 알겠느냐? 꼭 훌륭한 법률학자가 되어야 한다. 그래서 나의 원한을 풀어주어야 한다!"

무명 보퉁이를 등에 짊어지고 집을 나서기까지 아버지는 몇 번이고 이런 말을 되풀이했다.

"나 역시 너를 훌륭하게 키워서 다시 한 번 옛날처럼 살아보고 싶기도 하고……."

아버지는 또 이런 말도 했다. 아버지는 평화롭고 행복했던 당시를 아직도 그리워하고 있는 것이었다. 그녀는 단지 고개만 끄덕였을 뿐이었다. 말을 하면 그와 함께 눈물이 쏟아져 내릴 것이 괴로웠기 때문이었다.

이렇게 해서 그녀는 결국 고아처럼 되어버리고 말았다. 그러나 그녀는 눈앞에서 불타오르고 있는 것 같은 희망으로 그 적막함을 위로할 수 있었다. 하루라도 빨리 T시로 건너가는 것이 그녀에게는 유일한 녹지(綠地)였다. 그녀는 T시로 가서 학문을 하기만 하면 이 슬픔도, 외로움도, 분노도 눈처럼 녹아내릴 것이라고 생각했다. 강한 여자의 자부심이 그녀를 이렇게 구해준 것이었다.

토마스 신부는 어미 닭이 덥혀놓은 병아리의 둥지와도 같은 마음을 가진 노인이었다. 아버지로부터 아직 편지도 오지 않았는데 그 무렵 마침 신자 가운데 T시로 가는 사람이 있다며 그녀에게 충분한 준비를 시켜준 뒤, 모든 것을 그 사람에게 맡기고 그녀를 T시로 보내주었다. T시에 사는 신도의 집에 그녀를 묵게 하는 일까지 신부는 그 사람에게 의뢰를 해 주었다. 그것은 그녀가 열여덟 살이 되던 해의 이른 봄이었다.

이 나라에서 그녀와 같은 여성이 이렇게 유학을 하는 것은 아직 드문 일이었다. 이러한 그녀의 향기 높은 자부심은 그녀의 모든 비애를 보상하기에 충분한 것이었다. 그리고 그 눈부신 자부심과 희망 때문에 자신의 가슴에 숨겨져 있던 문명국 사람들에 대한 동경이 마음속에 다시 되살아났다는 사실을 그녀 자신은 깨닫지 못했다. 그 나라의 언어, 역사, 지리와 그 외에도 지금까지 자신이 습득한 여러 가지 지식을 가지고 있다는 사실이 이때만은 오히려 일종의 자랑스러움까지 느끼게 해주었다. 그녀는 예전에 노닐었던 땅을 밟는 듯한 마음이 되어 T시로 건너갔다.

그녀에게는 꿈과도 같은 날들이 몇 개월이나 계속되었다. 이제 일가의 몰락에 대한 것은 그녀의 마음에 그림자도 드리우지 않게 되었다. 어머니가 돌아가신 밤의 일도 떠올리지 않았다. 아버지의 소식도 기다려지지 않았다. 매달 말쯤 되면 불편함을 느끼지 않을 정도의 돈이 신부에게서 왔다. 그녀의 새로운 세계가 태양처럼 반짝이고 있었다.

19

그녀가 묵고 있던 집의 주인은 그녀와 같은 민족의 무관이었다. 원래는 C국의 가문 좋은 집에서 태어나 그 나라의 육군 근위대 장교로 세력을 떨치고 있었다. 그러나 그 나라의 군대가 해산된 후에는 전관예우를 받아 T시에 있는 군대의 한 주요한 직에 있었다. 젊은 주인은 그렇지 않았으나 그의 어머니가 열렬한 천주교 신자였기 때문에 그 인연으로 그녀는 그 집에 기거하게 된 것이었다.

집은 시내 언덕지대의 시원한 곳에 있었다. 그녀는 거기서 근처의 미션스쿨에 다니고 있었다. 주인은 나무가 많은 길을 언제나 말에 올라, 역시 부근의 병영으로 다녔다.

밤이 되면 일가는 떠들썩했다. 주인에게는 여동생들이 여럿 있었는데 모두 여러 가지 놀이에 심취해 있었다. 나무들마다에 새싹이 돋을 무렵이면 나무그림자 아래에 아름다운 등불이 켜지고 피아노 소리 등도 들려왔다. 주인의 동료인 젊은 사관들이 그 사람들 사이에 섞여 어린아이처럼 뛰어다녔다. 그녀는 벌써 그러한 분위기에 완전히 잠겨 있었다. 그리고 자신이 이처럼 화려한 생활을 하는 사람이 된 것을 진심으로 축복했다.

그녀의 두 번째 여름이 찾아왔다. 집안 사람들은 이번 여름의 휴가를 어디에서 보낼지 이야기하며 매일 그 계획에 들떠 있었다. 그녀도 그런 사람들의 이야기를 들으면 자신도 모르게 가슴이 뛰곤 했다.

"저기, 주영 씨. 이번 여름방학에는 저와 △△에 가지 않겠습니까? ……."

그것은 초여름의 한 저물녘이었다. 그녀가 정원으로 나가 거기에 달린 전등 아래서 미치광이처럼 일찍 나오는 부인잡지의 하기 증간호를 뒤적이고 있는데 그녀의 귀 옆에서 이렇게 속삭이는 청년이 있었다. 그는 주인의 동료로 같은 부대에서 근무하고 있는 나미키(並木)라는 젊은 기병 소위였다.

"네……?"

그녀는 놀라 귓불까지 새빨갛게 달아올랐다.

"같이 갑시다. 괜찮겠죠? 이삼일만이라도 상관없으니……."

"아니……."

그녀는 터질 것만 같은 가슴의 두근거림을 느꼈다.

"하지만 이 댁 분들께 미안한 걸요……."

그녀는 대담하게도 이렇게 말할 수 있었다.

"아니, 그건 괜찮습니다. ……."

나미키 소위가 대수롭지 않다는 듯 다시 이렇게 대답했다.

"……."

"당신의 학교에도 수학여행이라는 것이 있나요?"

상대방이 약간 엉뚱하다 싶은 질문을 그녀에게 했다.

"네……, 아니……."

그녀는 마음속으로 상대방이 괜찮다고 한 그 이유를 들려줄 것이라 기대하고 있었는데 뜻밖의 것을 질문했기에 약간 실망하기도 했고, 불만스럽기도 해서 이런 대답을 했다.

"이 부근에 당신과 같은 학교에 다니는 사람은 없지요?"

상대방이 다시 이런 질문을 했다.

"네, 그야……."

그녀는 더욱 심드렁하게 대답했다.

"그런가요? 그럼 됐습니다."

상대방은 다시 앞으로 돌아가 혼자 고개를 끄덕였다. 하지만 그게 무슨 뜻인지 그녀는 알 수가 없었다.

"그럼 주영 씨, 당신은 이 집 사람들께 이렇게 얘기하면 됩니다. 학교에서 일주일쯤 여행을 간다고요. 그렇게 하면 걱정할 것 없습니다. 그렇게 합시다."

나미키 소위는 그것이 이미 결정된 일이라도 되는 양 이렇게 말했다. 그 말을 들은 순간 그녀는 온몸이 설렘으로 뛰놀았다. 그녀는 그 비교적 쉬운, 그러나 대담한 계획을 결행할 때의 숨 막힐 듯한 환희를 상상하고 있었던 것이다.

"네, 좋아요. ……."

뜨거운 숨결이 그녀의 뺨을 훅 스치고 지나갔다.

그녀는 눈동자를 흑요석처럼 반짝이며 고개를 끄덕였다. 그리고 어깨를 흔들며 지나가는 듯한 깊은 한숨이 나왔다.

"그럼 가는 거죠? 어디 보자, 그 날짜는……."

상대방이 잠깐 생각하더니,

"△월 ×일로 합시다. 어때요? 당신은 그래도 상관없겠지요? ……."

다시 이렇게 말했다. 그녀는 그저 고개를 끄덕여 보이기만 했다. 그곳은 조그만 온천마을이었다. 그래도 여관은 열 곳 정도 있었으나 두 사람은 사람들의 눈을 피하기 위해 일부러 그 끝자락의, 중류쯤에 위치한 곳의 조용한 방으로 들어갔다.

방은 그 여관의 뒤뜰에 면한 3평 정도의 아늑한 곳이었다. 숨결조차 죽여가며 여기까지 온 그녀는 그 방에 들어서자 후하고 안도의 한숨이 나왔다. 그리고 이런 남자와 자신이 둘이서 왔다는 사실에 스스로 놀라기도 했으나, 또 그것이 왠지 자연스러운 일인 것처럼 느껴지기도 했다. 어떨 때 그녀는 쾌활하게 웃기도 하고 남자에 대한 대담함을 내보이기도 했으나, 또 한편으로는 묘하게 무섭다는 생각이 들기도 해서 두려워하는 듯한 모습을 보이기도 했다. 그러나 남자는 시종 청년다운 용기로 가득한 거동을 취했다.

주영은 자신을 이런 나라의 청년에게 허락하게 될 줄, 지금까지는 아예 꿈에도 생각지 못했었다. 그녀는 그 사람들에 대해서, 설령 지금까지 배운 풍속이 어떤 것이든, 인정이 어떤 것이든, 일종의 혐오감을 품고 있었다. 그 나라의 문명을 동경하는 마음이, 곧 그 나라의 이성을 동경하는 마음은 아니었다. 특히 매우 쇄국적인 습관 속에서 자란 그녀들의 전통적 피가 그것을 용납하지 않았다. 그러나 그녀가 그러한 감정을 완전히 현혹당한 것은 그녀가 T시로 건너와 그 무관의 집에 기거하게 된 이후의 일이었다. 그녀는 이 집에 와보고 인간의 행복이란 이러한 것이 아닐까 생각하게 되었다. 지금까지의 그녀가 상상조차 할 수 없었던 모든 화려한 생활이 거기서 생생하게 숨 쉬고 있었다. 그녀는 평생 이런 생활을 계속하는 것, 그것이 전 인생의 목적이 아닐까 느껴지기도 했다. 그 느낌은 그녀가 가지고 있는 자부심보다도 훨씬 더 컸다. 혐오감보다도 훨씬 더 강했다. 지금까지 이 나라 사람들에 대해서 품고 있던 혐오감은 오히려 그녀의 고루함을 뒷받침하는 것인 양 여겨졌다. —다시 말해서 그녀는 화려한 생활에 정복당하고 만 것이었다.

그녀는 일주일 가까이 보낸 그 온천장에서 남자를 통해 지금까지 전혀 알지 못했던 세계를 보게 되었다. 그리고 그녀는 남자에 대해 근심스러운 애욕의 집착을 불태우게 되었다.

그 일주일 동안 그녀의 몸은 남자에게 한도 없이 시달리기만 했다. 그녀는 그것을 고통이라고 생각지 않았으며, 또 그 때문에 남자를 미워할 마음은 조금도 들지 않았다. 그녀는 오히려 그것을 바라고 있었다. 그러나 한편으로 그녀는 남자라는 것에 놀라기도 했다. 스물대여섯의 터질 것 같은 힘으로 넘쳐나는 상대 남자의 육체는, 이제 겨우 열아홉이 되었을 뿐인 그녀를 놀라게 하기에 충분했다.

그녀는 탕 속에 잠겨 있을 때 무지근한 현기증을 느꼈다. 이에 급히 탕 속에서 나와 푸른 잎사귀 때문에 어둑어둑한 복도를 지나 자기 방으로 돌아가려 하는데 갑자기 주위가 어두워지더니 자신도 모르게 정신이 아득해져갔다.

정신을 차리고 보니 그녀는 방으로 돌아와 폭신한 요 위에 누워 있었다. 의사가 다녀간 듯 약병이 머리맡에 놓여 있었다. 그녀의 의식이 돌아온 것을 안 사내는,

"이젠 괜찮아……?"

라고 부드럽게 말하며 그녀의 뺨 부근으로 얼굴을 가져왔다.

"네……."

그녀가 천진하게 남자의 얼굴로 시선을 던지자,

"그래……, 이젠 괜찮은 거지? ……."

이렇게 말한 사내는 그녀의 몸에 자신의 몸을 가만히 가져다 댔다. 그리고 뜨거운 숨결을 내뱉으며 불타오르는 듯한 입술을 가져왔다. 그녀는 다시 현기증이 날 것만 같았다. …….

이후부터 그녀는 남자를 위한 노예였다. 남자의 말은 전부 여자의 율법이 되어버렸다. 그리고 남자를 만날 때마다 그녀는 남자가 요구하는 어떤 일도 받아들이지 않을 수 없었다. 그녀는 그것을 스스로도 이상히 여겼으나, 그것을 어떻게 해볼 수도 없는 강한 것을 사내는 쥐고 있었다. 그녀는 어떨 때는 그것을 비참하다고 생각했다. 저주스럽다고도 생각했다. 그렇게 생각하면서도 그녀는 남자에게로 끌려갔다. 그리고 끌려가는 것만큼 그녀 몸의 파탄이 가까워졌다.

20

그해 겨울, 나미키 소위는 한 지방의 연대로 전임을 명받았다. 헤어질 때 남자는 그녀를 꼭 부르겠다고 말했으나, 몇 개월이 지나도 남자로부터의 연락은 없었다.

아카사카 부근의 언덕에는 벌써 벚꽃이 피어 있었다. 사람들의 마음은 황홀하게 몽환의 세계를 떠돌고 있었다. 어느 날 주영은 신변의 물품들을 조그만 자루 속에 넣어 그것을 들고 T시의 역으로 갔다. 그녀는 거기서 3등차의 표를 샀다. 표에는 산요(山陽) 선에 있는 한 시의 이름이 적혀 있었다.

이제 그녀의 모습은 완전히 새로운 시대의 이 나라 여자처럼 보였다. 머리 모양과 기모노를 입은 품새가 몸에 착 달라붙었다. 사람들은 봄기운에 들떠 있었다. 근거리의 역에서는 꽃놀이 나온 사람들이 광대와 같이 익살스러운 모습으로 떠들어대고 있었다. 그녀는 그런 사람들의 모습을 보기조차 싫었다. 그녀는 이 나라 사람들이 어딘가 낙천적이고 언제나 쾌활하게 들떠 있는 성격의 민족이라는 사실을 이제야 비로소 깨달은 것 같다는 생각이 들었다. 자신들에 대해서 아주 자랑스럽다는 듯 짐짓 친절한 척 행동하는 것 같아 화가 나서 참을 수가 없었다. 자신이 이처럼 어딘가 불안한 입장에 놓이고 보니 그런 마음이 특히 강하게 들었다.

'너희는 한쪽 구석에 얌전히 틀어박혀 있기만 하면 되는 것이다. 그리고 너희가 가지고 있는 가장 좋은 것을 우리에게 건네주기만 하면 되는 것이다. 그 가장 좋은 것이 우리에게는 필요하다. 우리는 너희에게서 그 필요를 충족시키기만 하면 그것으로 너희에게는 더 이상 볼일이 없다.' 거기서 떠들어대고 있는 사람들이 마음속으로 그녀에게 이런 말을 하고 있는 것 같다는 기분이 들어 견딜 수가 없었다.

주영은 삼등 대합실의 구석에서 그런 사람들을 가만히 바라보았다. 남자 주제에 붉은색이 들어간 하얀 수건을 쓰고, 새하얗게 분을 바른 녀석도 있었다. 묘한 가발을 쓰고 샤미센(일본 고유의 세 줄 현악기. — 역주)을 들고 있는 녀석도 있었다. 여자답지 않게 정종을 병나발 부는 사람도 있었다. 개중에는 그 샤미센을 뜯으며 선율에 맞춰 노래를 부르는 사람도 있었다. —이 모든 것이 그녀에게는 강한 반감을 일으키게 하는 것들뿐이었다. 그리고 그녀는 그 속으로 나미키 소위의 모습이 얼핏얼핏 보이는 것 같다는 생각도 들었다. ……기차는 작은 역을 뛰어넘으며 서쪽으로 달렸다. 간사이(関西)에 와 보니 그 부근의 분위기가 여자의 마음을 한층 더 상하게 했다.

O시 부근에서부터는 주영이와 같은 고국, 같은 민족 사람들이 여럿 기차에 타고 내렸다. 하지만 그들의 모습은 하나같이 추레해 보였다. 타국에서 유랑하는 사람들의 불안함이 그 모습에도 그대로 드러나 있었다. 남자들은 사양을 하느라 한쪽 구석에 앉아 있었다. 여자들은 허리를 구부려 묘하게 추운 사람처럼 웅크려 있었다. 주영은 그 사람들을 보자 고

향이 떠올랐다. 아버지와 어머니의 얼굴이 마음속에 떠올랐다. 그리고 까닭 없이 눈물이 솟아났다. 아버지의 말이 새삼 가슴을 때렸다. 어머니의 비참한 최후에 자신도 모르게 입술을 씹었다. 그녀는 이렇게 여행을 하고 있는 자신을 생각하며, 뭔가 잘못됐다는 생각에 한숨이 나왔다.

이 나라 민족의, 그것도 군인에게 처녀로서 가장 중요한 것을 건네주어 버렸다는 사실이, 넘쳐나는 듯한 회한이 되어 가슴으로 밀려왔다.

'져서는 안 된다!'

이렇게 외친 아버지의 말을 생각하면, 완전히 져버리고 만 자신이 분해서 견딜 수가 없었다. 나는 지금, 져버린 그 사내에게로 대체 무엇을 하러 가는 것일까 하는 생각이 들었다. 그토록 달콤한 말을 속삭여놓고 벌써 반년 가까이나 지났는데 엽서 한 장 보내지 않는 남자에게 나는 무엇을 하러 이렇게 먼 길을 찾아 떠나가는 것일까 하는 생각이 들었다. 이 부근에서 이렇게 방황하고 있는 고국의 사람들 하나하나가 모두, 자신과 같은 운명에 떨어진 것이 아닐까, 그녀에게는 여겨졌다. 모두가 자신처럼 비참한 상황에 굴종하고 있는 것처럼 여겨지기도 했다.

주영은 T시를 떠난 이튿날 오후에 주고쿠(中国) 지방의 한 시에 내려섰다. 그곳은 그 연선(沿線) 가운데서도 상당히 커다란 도회였다. 시의 상공에는 커다란 옛 성이 솟아 있었다. 시 가운데로 강이 흐르고 양쪽 기슭에는 아름다운 집들이 늘어서 있었다. 나미키 소위가 근무하고 있는 연대는 옛 성의 터에 세워져 있었다.

주영은 나미키가 근무하고 있는 연대는 알았으나, 그 숙소는 알지 못했다. 나미키로부터 단 한 번도 소식이 오지 않았기 때문이었다. 그랬기에 그녀는 그 연대로 찾아가는 것 외에 달리 방법이 없었다.

그녀가 기차에서 내린 것은 벌써 오후도 6시가 지난 시각이었다. 지금부터 바로 연대로 찾아가봐야 나미키는 만날 수 없을 것이라고 그녀는 생각했다. 이에 그녀는 이 시에서 하룻밤을 묵지 않으면 안 되었다. 하지만 처음 떠난 혼자만의 여행이었다. 게다가 낯선 지방이었다. 어디에 여관이 있는지조차 알 수 없었다. 그녀는 파출소에 물어볼까도 싶었으나 왠지 떳떳하지 못한 마음이 들었기에 그 앞을 그대로 지나쳐, 여행에 지친 몸을 번화가 쪽으로 옮겼다.

차부가 그녀의 모습을 보더니 귀찮을 정도로 따라왔다. 그녀는 그 인력거를 타고 여관으로 갈까도 싶었지만 문득 자신의 호주머니를 생각하자, 그것 역시 망설여졌다. 그녀는 정처 없이 타박타박 걸었다.

거리에는 벌써 눈물방울 같은 등불이 켜져 있었다. 그녀의 마음은 꺼져 들어갈 듯 외로웠다. 그리고 그에 따라서 몸이 달아오르듯 남자가 그리워졌다. 이 시의 어딘가에서 예전에는 자신에게 맞췄던 남자의 입술이 그리운 숨을 쉬고 있을 것이라는 생각이 들자 견딜 수 없이 보고 싶었다. 이 도시가 말로 표현할 수 없을 만큼 정겹게 느껴졌다. 그러자 그녀의 눈시울이 뜨거워지며 쉴 새 없이 눈물이 흘러내리기 시작했다. —남자가 정차장에라도 마중을 나왔다면 얼마나 기뻤을까 하는 생각이 간절하게 들었기 때문이었다.

그녀는 남자를 원망하는 마음과 그리워하는 마음이 한데 뒤섞여 미칠 것처럼 혼란스러웠다. 밤거리의 등불이 눈물로 젖은 그녀의 눈에는 뿌옇게 번져서 보였다. 따뜻한 봄밤의 정취가 그녀의 마음을 한층 더 슬프게 만들었다. 거기서 무슨 말인가를 하고 있는 사람들의 말에는, 그녀의 귀에 익숙하지 않은 사투리가 섞여 있었다. 그녀가 살고 있는 T시와는 집들의 모습도 어딘가 달랐다. 상가 등의 생김새도 달랐다. 예전에 처음 T시에 왔을 때 느꼈던 불안함보다 더욱 커다란 고독이 그녀의 가슴을 물어뜯었다. 자신은 부평초 같은 여자가 되어 이렇게 영락해가는 것이 아닐까 하는 생각도 들었다.

그녀는 어느 틈엔가 번화가에 들어서 있었다. 거기에는 커다란 가게가 늘어서 있고 등불이 환하게 밝혀져 있었다. T시의 아오야마(青山)에서 도겐자카(道玄坂) 부근까지 이어진 거리와 도로의 폭도, 번화함도 거의 비슷했다. 그녀는 여관을 찾고 있었다. 그러나 그 부근에서는 보이지 않았다.

봄밤에 매혹되어 그 부근을 산책하는 사람들이 많았다. 학생인 듯 보이는 사람들이 곧잘 눈에 띄었다. 젊은 부부도 있었다. 연인인 듯한 사람들도 있었다. 그녀는 순간 1년 전의 자신이 떠올랐다. 몰래 집에서 빠져나와 그녀는 나미키와 도겐자카 부근을 산책하곤 했다. 때로는 긴자(銀座) 쪽으로 가기도 했다. 어떨 때는 뒷골목의 희미한 등이 켜진 방에서 몇 시간을 보낸 적도 있었다. ……그녀는 그때 남자가 했던 말을 떠올렸다. 그리고 어린 소녀의 마음으로 그것을 굳게 믿어 이런 낯선 도시에까지 와서 헤매고 다니는 자신과, 이 도시에 살면서 모른 체하는 남자의 지금의 마음을 생각하자, 그녀는 남자라는 것을 아무래도 원망하지 않을 수 없었다. 내일은 틀림없이 남자를 만나서 이 슬픈 가슴을 한껏 원망해보리라 생각했다.

21

연대의 긴 담을 따라서 벚꽃이 피어 있었다. 말발굽에 흩어져 일어나는 먼지 때문에 꽃잎이 누런색으로 보이기까지 했다. 맞은편에서 오는 장교의 긴 지휘도(指揮刀)가 아침 햇살에 번쩍번쩍 빛났다. 그런 모습을 만날 때마다 주영은 가슴이 뛰었다.

영문 앞까지 왔다. 거기서 나미키 소위와의 면담을 청하는 것은, 지금까지 집에서 심부름으로 부대를 찾아간 적이 여러 번 있었기에 비교적 익숙한 일이었다. 그러나 오늘만은 왠지 자꾸만 망설여졌다. 그래도 그녀는 허리를 약간 숙인 채, 거기에 서 있는 보초 앞으로 다가갔다.

"저기……, 나미키 소위님을 뵙고 싶은데……."

그녀는 인사를 한번하고 이렇게 말했다.

"네? 나미키 소위님……. 어느 중대이십니까?"

보초가 다리를 끌어 받들어총을 하며 물었다.

"……?"

"어느 중대인지 모르십니까?"

"네, 잘 모르는데……."

"그렇습니까? 그럼 저쪽의 위병소로 가보십시오."

라며 보초가 손으로 가리켰다. 주영은 다시 인사를 하고 영문을 지나 바로 거기에 있는 위병소 앞으로 갔다. 위병지령인 하사근무상등병이 앞에 테이블을 놓고 앉아 있었다. 주영이 그곳으로 모습을 드러내자 병사 십여 명의 눈길이 일제히 그녀에게로 쏠렸다.

"저기……, 잠깐 실례하겠습니다."

그녀는 이렇게 말하며 허리를 숙였다.

"네."

하며 지령이 그녀를 심문하는 듯한 태도를 취했다.

"저기……, 나미키 소위님을 뵙고 싶은데……."

"네, 나미키 소위님 말씀입니까?"

라고 지령이 되물었다.

"네, 나미키 소위님이요."

"어느 중대입니까?"

라고 보초와 같은 질문을 했다.

"……어느 중대인지는 잘 몰라요."

"그럼 △중대의 나미키 중위님 아닐까?"

라고 지령이 혼잣말을 했다.

"저기, 그분 혹시 중위님 아니십니까? —나미키 아키오라고 하는?"

"네, 나미키 아키오라고 합니다."

"그럼 나미키 중위님인데."

나미키는 중위가 되어 있었던 것이다.

"그럼……, 나미키 씨가 중위님이 되셨다는 말씀이신가요? ……."

주영이 숨이 차오르는 듯한 목소리로 물었다.

"네, 나미키 중위님 말씀이십니까? 네, 중위님이 돼서 오셨습니다."

지령은 이렇게 말하고 바로 옆에 있던 위병을 불렀다.

"이름이 어떻게 되십니까?"

그 말을 들은 주영은 약간 망설였다.

"네……, 히라야마 후미요(平山文代)라고 합니다."

"히라야마 후미요 씨십니까?"

"네……."

"그럼 히라야마 후미요 씨가 중위님을 뵙고 싶어 한다고 자네가 가서 전하고 오게. 그리고 이분을 장교집회소의 응접실로 안내하도록."

"네……."

직립부동자세로 서 있던 이등병이 소학생처럼 대답했다.

"그럼 이 병사와 함께 가시기 바랍니다."

지령이 장교를 면회하러 온 영애 같은 여자에게 정중히 말했다. 주영도 정중하게 인사를 하고 착검한 총을 멘 병사의 뒤를 따라갔다.

병영의 넓은 뜰에 봄빛이 쏟아져 반짝반짝 빛나고 있었다. 병사들이 그 병영의 뜰을 무거운 전투화를 끌며 걸어가고 있었다. 더러워진 국방색 연습복을 입고, 새까맣게 탄 젊은 얼굴에 수염을 가득 기르고, 마치 서른 이상이나 된 사람으로밖에는 보이지 않는 병사도 있었다. 그 병사들의 눈이 아름다운 주영에게로, 무엇인가에 굶주린 것처럼 힐끗힐끗 던져졌다.

"이봐, 누구 면회를 온 거지?"

함께 걸어가는 위병에게 이런 질문을 던진 사람도 있었다.

"후후……."

위병은 아무런 말도 하지 않고 싱글싱글 웃기만 했다.

"누구야? 장교인가?"

다시 물었다.

"……응."

"누구야? 굉장한 미인이잖아."

주영이 듣고 있는데도 아무렇지 않게 말했다.

"나미키 중위야."

"나미키 중위, ……흠, 잘도 놀아나는구나."

그 병사는 다시 저벅저벅 막사가 있는 쪽으로 전투화를 끌며 걸어갔다.

맞은편 일대에 벚꽃 동산이 있었다. 그녀는 아카사카의 미쓰케(見付)를 떠올렸다. 나미키와 집안 아이들과 함께 벤케이바시(弁慶橋) 부근을 곧잘 산책하던 기억이 떠올랐다. 이상하게 눈물이 어른거렸다. 그녀를 데리고 가는 위병이 그 동산 쪽으로 걸어갔다. 장교집회소가 그 부근에 있는 모양이었다. 잔디밭 위에는 꽃잎이 떨어져 있었다. 그것이 제국전람회 등에서 보는 일본화처럼 아름다웠다. 늘씬한 몸에 국방색 제복을 입은 젊은 장교가 반지르르한 얼굴로 맞은편 언덕에서 내려왔다. 조금 전의 병사와는 천양지차로 아름다운 장교였다. 그가 주영을 빤히 바라보며 지나쳤다. 주영은 그 군인이 나미키의 친구인 것처럼 여겨져 살짝 인사를 했다. 그러자 상대방도 가볍게 손을 들었다. 몸을 빗겨 서로 지나친 순간 좋은 향기가 났다. 그녀는 나미키를 만난 것 같은 마음이 들었다.

벚꽃에 묻힌 장교집회소는 넓고 아름다운 건물이었다. 주영은 한 방에서 기다리게 되었다. 말을 전하러 갔던 위병이 바로 돌아왔다.

"저기, 나미키 중위님은 지금 안 계십니다. ……."

라고 위병이 말했다. 주영은 가슴이 덜컥 내려앉았다. 하지만 주영에게는 그 말이 매우 부자연스럽게 들렸다.

"……."

숨이 막히는 듯하여 주영은 대답을 할 수가 없었다. 그랬기에 그녀는 말없이 머리를 숙였다.

"죄송하게 됐습니다. ……."

위병은 다시 이렇게 말하고 서 있었다.

"저기, 어디 외출이라도 나가신 건가요? ……."

마침내 주영이 이렇게 물었다.

"글쎄……."

라고 상대방도 답하기가 난처한 듯했다.

"저기, 제가 먼 곳에서 와서……."

주영은 슬픔에 더 이상 말이 나오지 않았다.

"……."

위병이 딱하게 됐다는 얼굴로 서 있었다.

"언제쯤 부대로 돌아오실까요? ……."

그녀가 용기를 내서 이렇게 물어보았으나 상대방은 아무런 말도 하지 않았다. 그녀는 어떻게 해야 좋을지 몰랐다.

"저……, 정말 멀리서 왔기에……."

주영이 다시 이렇게 같은 말을 했다. 그리고 눈에서 커다란 눈물방울이 떨어졌다.

"어디서 오셨습니까?"

위병은 이제 그만 돌아가야 했으나 그래도 거기에 서서 동정 어린 질문을 했다.

"저, T시에서 왔어요……."

"T시에서……."

라며 약간 놀랐다.

"먼 길, 고생이 많으셨겠습니다. 마침 중위님이 안 계셔서 안 됐습니다만……. 혼자 오셨습니까?"

"네, 저 혼자서 왔어요."

이렇게 대답한 주영은 가슴이 먹먹해져 그 자리에서 소리 내어 울고 싶었다.

"중위님 숙소로 가보시는 것은 어떻겠습니까? 그럼 만나실 수 있을지도 모릅니다."

위병이 친절하게 말했다.

"그럼 나미키 씨의 숙소를 알고 계신가요?"

"네, 알고 있습니다. 나미키 중위님은 △중대이시니 중대에 물어보면 알 수 있습니다."

"어머, 그러세요……."

주영은 이렇게 말했으나 그 중대에 어떻게 물어봐야 좋을지 몰랐다.

"그럼 위병소까지 함께 가십시오. 위병소에서 전화로 물어보겠습니다."

"그렇습니까? ……그럼, 그렇게 하겠습니다. ……."

"네, 그렇게 하십시오. 그렇게 하면 알 수 있습니다."

이렇게 말한 위병은 다시 총을 메고 얼른 앞장서서 걷기 시작했다. 주영은 기뻤다. 위병의 뒤를 따라 집회소 앞을 지나서 그곳의 언덕길을 막 내려가려던 참이었다. 문득 원망스럽다는 듯 그곳의 한 창문을 올려다본 순간, 그녀의 시선을 피하듯 군복을 입은 장교 하나가 그 창에서 몸을 뒤로 뺐다. 그녀는 놀라 가슴이 덜컥 내려앉는 듯했다. 아무리 생각해보아도 그 모습은 틀림없이 나미키였기 때문이었다.

"지금 저 창문으로 내다보던 사람, 나미키 씨 아니었나요? ……."

그녀가 주저주저 이렇게 말했다. 가슴이 막히는 듯해서 견딜 수가 없었다.

"네? ……."

라며 병사도 뒤를 돌아보았다.

"저기, 나미키 씨, 여기에 계신 거 아닌가요? ……."

"네? ……나미키 중위님 말씀이십니까? ……."

"네……. 조금 전의 모습은 틀림없이 나미키 씨인 것 같았어요. ……."

"그렇습니다. 나미키 중위님은 집회소에 계십니다. ……."

위병이 갑자기 분명하게 말했다. 그리고 그 말 속에 중위에 대한 숨길 수 없는 반감이 드러나 있다는 사실을 알 수 있었다.

"……!"

주영은 그 자리에서 정신을 잃고 쓰러질 것만 같았다.

"저, 더 이상 숙소에도, 어디에도 가지 않겠어요! ……."

목구멍의 성대가 갈가리 찢어지는 듯한 목소리로 그녀가 이렇게 말했다. 위병은 말없이 걸었다. 그녀는 그곳의, 꽃이 떨어진 잔디 위에 몸을 던진 채 울부짖고 싶었다.

주영은 꿈속을 걷는 듯한 기분으로 영문까지 왔다. 그리고 위병소 앞에 섰을 때, 머릿속에 안개가 내린 듯한 기분이 들었다. 이에 그녀는 함께 온 위병이 나미키 중위의 숙소를 알아봐줄까 하고 물었으나, 더 이상은 남자의 숙소까지 가서 나미키를 기다릴 마음의 여유 같은 것이 없었다. 그녀는 위병들에게 인사를 하고 바로 영문에서 나와버렸다.

22

주위에는 달콤한 봄의 석양이 다가오고 있었다. 왼쪽으로 보이는 옛 성곽이 이 봄날 거리의 주인이라도 되는 양, 석양에 선명하게 떠올라 있었다. 천주각의 두꺼운 기와와 하얀 흙을 바른 벽이 몽환적으로 솟아 있는 모습이 무엇인가를 위압하고 있는 듯했다. 벚꽃이 그 벽면을 화사하게 수놓고 있었다.

주영은 고개를 숙인 채 다시 긴 연대의 벽돌담을 따라 걸었다. 그리고 문득 멈춰 서서 뒤를 돌아보았다. 그리고 다시 걸었다. 한동안 걸어가다가 다시 원래의 자리로 되돌아왔다. 그리고 영문에서 나오는 장교들을 눈여겨보았다. 한 사람, 두 사람, 가슴을 펴고 걸을 때마다 지휘도가 다리에 엉겨 붙어, 이상하게 다리를 벌리고 걷는 듯한 모습으로 나왔다. 보초가 받들어총을 하는 가운데 의기양양하게 걸어 나왔다. 그러나 아무리 서 있어도 주영이 기다리는 나미키 중위의 모습은 보이지 않았다.

이제는 날도 완전히 저물어버렸다. 그녀는 그대로 여전히 영문 앞을 서성이고 있었다. 그녀는 이럴 줄 알았으면 위병소에서 나미키의 숙소를 물어볼 걸 그랬다고 생각했다. 그리고 그 친절하게 대답해준 위병을 다시 한 번 만나서 상의를 해보고 싶다는 생각도 들었다. 위병은 이등병이었다. 그녀는 그런 마음씨를 가진 군인도 있구나 하는 생각이 들었다. 나미키는 중위라는 지위에 있으면서 이등병의 마음에도 뒤떨어지는 사내라고 생각했다. 그녀는 T시에서 헤어질 때 나미키가 했던 말이 떠올랐다.

"나는 우리 관계가 부대에 알려져서 전임하게 된 거야. 사랑의 희생양이 되어버린 거야. 앞으로 한 번 더 문제가 생기면 이번에는 틀림없이 휴직이나 명령대기를 받게 될 거야……."

나미키는 주영에게 이렇게 말했다. 그 말을 들은 주영은 진심으로 사내가 안쓰럽게 여겨졌다. 자신의 사랑 때문에 남자가 그런 일을 당하게 된 것을 진심으로 가엾게 여겼다.

"저를 용서해주세요……."

라며 그녀는 남자 앞에서 격렬하게 울었다.

"당신이 어디에 계시든 저의 사랑은 조금도 변하지 않을 거예요……."

이것은 그녀의 진심 가득한 말이었다. 그런데 남자는 휴직은커녕 중위로 승진해 있었던 것이다. 당시 남자의 마음을 이제야 분명히 알 수 있었다. —남자라는 것을 이제야 똑똑히 알 수 있었다. 이제는 완전히 어두워져버린 영문 앞의 길 위에 그녀는 뜨거운 눈물을 뚝뚝 떨어뜨렸다.

그 길은 인적이 뚝 끊겨버리고 말았다. 그녀는 다시 한 번 위병소로 뛰어들어가 나미키 중위의 숙소를 묻고 싶었으나 시간 외에 외부인이 영문을 출입하는 것은 금지되어 있었다. 말똥에 더럽혀지고, 포차(砲車)와 치중차(輜重車)로 울퉁불퉁해진 그 넓은 길에, 주영의 펠트로 만들어진 신이 똑똑 쓸쓸한 소리를 울렸다.

주위는 새카만 어둠에 잠겨 있었다. 그녀는 우선 어젯밤에 묵었던 여관으로 돌아가 거기서 다음 일을 결정하기로 했다. 그러나 그녀는 가진 돈이 얼마 없었다. 어젯밤은 그래도 이 도시의 상당히 좋은 여관에서 잠을 잤다. 십 엔 가까운 돈이 그 이튿날 아침에 그녀의 조그만 지갑에서 나갔다. 오늘 밤에는 도저히 그런 사치를 부릴 수 없을 것이라고 그녀는 마음속으로 계산하고 있었다.

"아씨, —인력거 안 타시겠습니까?"

마침 그때 희미한 초롱에 불을 밝힌 차부가 인력거의 앞채를 잡고 그녀에게 속삭이듯 말을 걸었다. 그녀는 어젯밤에도 여관이 어디 있는지 몰랐기에 인력거를 타고 갔었다. 그 차부는 이미 쉰 살쯤 되어 보였는데 그녀를 딸처럼 생각해서 그 지방의 지리 등을 세세하게 알려주었다. 주영이 가려고 하는 △연대의 위치와 가는 길도 끈질기다 싶을 정도로 자세히 가르쳐주었다. 그녀는 지금 그곳에서 자신을 부른 차부 역시 어젯밤의 차부처럼 정겹게 느껴졌다.

"저기, 인력거……."

마침 잘됐다 싶어 주영이 이렇게 말했다.

"네……."

차부가 주영이의 얼굴을 초롱불빛으로 얼른 훔쳐보았다. 서른 정도, 억세게 보이는 사내였다.

"저기, 어디 조용한 여관으로 데려다주세요. ……."

"네, 여관이라굽쇼? ……."

그 차부가 뜻밖이라는 듯한 목소리로 말했다.

"……."

"네, 알겠습니다. 당신 혼자……."

"네……."

"여관이라면 아무데든 상관없습니까?"

"네……, 하지만……."

하고 그녀는 말끝을 흐렸다.

"그럼, 어딘가 묵고 계신 데가 있습니까?"

"아니, 특별히 그런 데는 없어요. 하지만 너무 큰 데는 안 돼요."

"네, 알겠습니다. 그럼 아주 조용한 곳으로 안내합지요. —자, 어서 타세요. ……."

주영은 귀에 익지 않은 그 사투리를 들으며 조용히 인력거에 몸을 실었다. 차부가 달리기 시작하자 희미한 향기를 머금은 따뜻한 바람이 그녀의 뺨을 스치고 지나갔다. 그녀의 지친 마음속에서도, 어딘가 편안함을 기대하는 듯한 위안이 부드럽게 미끄러져 가는 고무바퀴의 가벼운 동요와 함께 솟아올랐다. 인력거는 시내로는 들어가지 않았다. 처음 탄 곳과 같은 들길만을 계속해서 달렸다. 멀리 시내의 불빛이 희미하게 하늘에 비친 것이 어딘가 불안하게 보였다. 야간열차가 경사면을 올라가는 듯한 소리가 들려왔다. 쓸쓸하게 기적이 울렸다. 그녀는 T시가 그리워졌다. 같은 민족으로, 아오야마 저택에서 살고 있는 주인의 친절한 노모가 그리워졌다. 그녀는 무슨 일에서나 진심으로 믿을 수 있는 것은 같은 민족밖에 없는 것 같다는 생각이 들었다. 여러 가지로 생각한 바가 있어서 하숙으로 옮긴 뒤에도 노모는 몇 번이고 찾아와서 그녀를 위해 걱정을 해주었다. 그녀는 자신이 이렇게 방종한 행동을 하는 것이 노모에 대해서 깊은 죄를 짓는 것 같다는 생각이 들었다. 노모뿐만이 아니었다. 고국에 있는 토마스 신부에게도, 멀리로 돈을 벌러 나간 아버지에게도 어떻게 해야 이 죄를 갚을 수 있을지 모르겠다고 그녀는 생각했다. 그녀는 연애하는 마음이 저주스러웠다. 인간은 어째서 이와 같은 고통을 참으면서까지 연애를 하지 않으면 안 되는 걸까 하는 생각이 들었다. 이성으로는 강하게 부정하고 있지만, 그 이성의 밑바닥을 빠져나와 불끈불끈 그것을 배반하는 뱀과 같은 애욕이 있었다. 그것이 그녀의 몸을 질질 끌고 갔다. 커다란 힘이었다. 거부하기 어려운 힘이었다. 그 누구도 어떻게 해볼 수 없는 힘이었다. 그 얼마나 저주스러운 힘이란 말인가? —

시가지 끝자락의 어둑어둑한 거리를 지나 인력거는 다시 어둠 속을 뚫고 똑바로 달렸다. 주영은 어디까지 데려가려는 걸까 싶었다. 인력거 위에 자신의 몸을 완전히 내맡기고 있는 그녀는 그 차부의 힘이 지금 자신이 품고 있는 연심과도 같다는 생각이 들었다. 연애는 자신의 의지도 아닌 어둠 쪽으로 질질 끌고 가버린다. 그녀는 이 인력거가 왠지 무섭다는 생각이 들었다. 벌써 10리쯤 왔다 싶었을 때 인력거가 갑자기 한 집 앞에 멈춰 섰다. 집의 정면 한가득 종이를 바른 장지문이 달려 있고 거기에 커다란 글씨로 '상인숙(商人宿)'이라고 큼지막하게 적혀 있었다. 그 문에는 안에서부터 음산한 빛이 비치고 있었다. 이런 여관은 도겐자카를 올라가면 다마가와(玉川) 부근의 농부가 비료통을 수레에 싣고 걸어다니는 지저분한 마을의 거리에서 본 적이 있었다.

"저기, 아씨. 다 왔습니다."

차부가 인력거 앞채를 내려놓고 이렇게 말했다. 그리고 부지런히 땀을 닦았다. 주영은 말없이 내렸다. 그러나 다리가 묘하게 떨리는 것이 느껴졌다.

"손님 모시고 왔네……."

차부가 집 안으로 들어서며 이렇게 말했다. 그러나 아무도 나오지 않았다.

"자, 아가씨, 이쪽으로 들어오십쇼. ……."

거기에 멍하니 서 있는 주영의 모습을 가만히 바라보며 차부가 말했다.

"……."

그녀는 거기서 여전히 망설이고 있었다. 그곳은 어젯밤에 묵었던 곳과 너무나도 달랐기 때문이었다.

"자자, 어쨌든 안으로 들어오슈. 여기는 조용해서 아무 걱정 없이 잘 수 있으니……."

차부의 목소리가 약간 거칠어져 있었다. 그러나 그녀는 그 사실을 깨닫지 못했다. 그녀는 하는 수 없이 머뭇머뭇하며 안으로 들어갔다. 어딘가 싸늘한 공기가 감돌고 있었다. 거기에 램프의 불빛이 그녀에게는 꺼져 들어갈 것만 같은 두려움을 느끼게 했다.

그때 감색 통소매옷을 걸치고 빗으로 머리를 말아 올린 마흔 줄의 안주인이 불쑥 나왔다.

"사다 씨, 손님 모시고 왔는가? ……."

이렇게 말하고 주영의 고운 모습을 슥 훑어보았다.

"응, T시에서 얼마 전에 여기로 오신 아가씨야. 잘 모셔야 돼."

"알겠네, 걱정 말게. 그럼 아씨, 어서 올라오슈."

안주인이 이렇게 가볍게 말했다. 차부는 오는 길에 주영에 대해서 뜨문뜨문 물었던 것이다.

"우리 집은 어느 손님이나 친척처럼 대하니 걱정 말고 어서 올라오슈."

앞에 떡 버티고 서서 안주인이 이렇게 말했다. 주영은 어쩔 수 없었기에 힘없이 위로 올라섰다.

"자, 이리로 오슈."

안주인은 어둑어둑한 복도를 걸어갔는데 복도 끝까지 가자 거기는 2칸짜리 벽장처럼 되어 있었다. 안주인이 그 가운데 한쪽 종이 문을 열었다. 주영은 별 이상한 행동도 다 한다고 생각했는데, 안주인이 그 안으로 가만히 들어가자 끼익하는 소리가 들렸다. 얼른 보니 안주인의 손에 삼으로 꼰 듯한 굵은 끈이 쥐어져 있고 안주인은 그것을 당기고 있었다. 쿵하는 소리가 들렸다.

"시골에서는 2층으로 올라가려면 이렇게 해야 하는 거유. T시하고는 전혀 다를 거유. ……."

안주인은 이렇게 말하고 빙긋 웃었다. 주영은, 시골은 퍽이나 이상한 곳이라고 생각했다.

"어두우니 조심하슈."

안주인이 주영에게 주의를 주고 삐걱삐걱 소리를 내며 그 계단을 올라갔다. 주영도 손으로 더듬으면서 안주인의 뒤를 따라 올라갔다.

올라간 곳도 역시 좁다란 복도였다. 바로 그 옆방에서 소곤소곤 속삭이는 사람이 있었다. 그게 혼자가 아니라는 사실은 바로 알 수 있었다. 찰싹찰싹 카드를 내리치는 것 같은 소리가 들려왔다.

"쳇!"

혀를 차는 사람이 있었다. 그러나 주영은 그들이 어떤 사람들인지 알 수 없었다.

그 방 앞을 가만히 지나 다시 방 하나, 둘, 가장 구석까지 가더니 안주인이 덜컹하고 그 문을 열었다. 이상하게도 그 방에는 판자를 바른 문이 달려 있었다.

"여기가 조용하고 좋을 거유."

걸을 때마다 삐걱삐걱 마룻바닥이 기분 나쁜 소리를 냈다.

"자, 이리로 들어오슈. 바로 차를 가져올 테니."

안주인은 밖으로 나갔다. 주영은 어딘가 불안한 마음으로 방에 들어갔는데, 문득 조금 전의 차부에게 삯을 주지 않았다는 사실이 떠올랐다. 그녀가 다급하게 안주인을 불렀다.

"무슨 일이유?"

안주인이 다시 피둥피둥 살 찐 얼굴을 내밀었다.

"저, 조금 전, 인력거꾼에게 삯을 주지 않았어요. 깜빡 잊고 있어서……."

"인력거 삯 말이유? 신경 쓸 거 없수. 나중에 받으러 올 테니……."

안주인은 이렇게 말하고 그대로 나가버렸다. 그녀는 정말 이상한 사람들이라고 생각했다. 방에는 어두운 램프가 천장 한가운데로 늘어뜨린 갈고리에 매달려 있었다. 기름연기 때문에 그 등피가 거뭇하게 변해 있었다. 그녀가 거기에 멍하니 서 있자니 끼익하고 다시 소리가 들렸다. 조금 전의 계단을 올리는 소리인 듯했다. 그녀가 어제 묵었던 여관하고는 주위 분위기가 전혀 달랐다. 그러나 여기라면 돈이 그렇게 많이 들지는 않을 것이라고 생각했다.

그래도 그녀는 지저분한 다다미(畳) 위에 지친 몸을 앉혔다. 나그네의 불안한 마음이 가슴으로 세차게 밀려왔다. 하나 건너에 있는 방의, 조금 전 사람들의 목소리가 때때로 들려왔다. 찰싹찰싹, 기세 좋게 내리치는 소리만이 끝도 없이 들려왔다. 안주인은 한동안 모습을 보이지 않았다. 바로 가지고 온다고 했던 차도 가져오지 않았다. 주영은 벌써 상당한 공복을 느낄 때였음에도 어쩐 일인지 밥을 먹고 싶다는 생각은 들지 않았다. 그저 목만 아주 말랐다. 그녀는 손뼉을 쳐볼까도 싶었으나, 왠지 그렇게 할 마음도 들지 않았다. 어딘가 멀리서 북소리가 들려왔다. 그것이 그녀의 마음을 갉아먹듯 들려왔다.

안주인이 화로에 불을 가지고 왔다. 차를 빨리 달라고 말하고 싶었으나 그렇게 하지 않았다.

"진지를 바로 가져오겠수."

안주인은 이렇게 내뱉듯 말하고 다시 밖으로 나가버리더니 그 후에 바로 차를 가져왔다.

"그래, 많이 시장하시겠수. 바로 가져오리다."

다시 이렇게 말하고 안주인은 나가버렸다. 그녀는 그런 안주인의 모습을 보자 조금은 마음이 차분해졌다. 그리고 여기서 마음 놓고 하룻밤 몸을 쉬어야겠다고 생각했다. 커다란 한숨이 그녀의 몸 깊은 곳에서 솟아오르듯 나왔다. 그러자 그녀는 그 마음속에서 오늘 한 행동이 살을 찢을 듯 원망스럽게 여겨지기 시작했다. 남자는 T시를 떠날 때 이미 자신에 대한 사랑 따위는 완전히 식어버린 것이었다. 자신의 정조를 가지고 한껏 놀아난 뒤에는 자신을 타고 남은 성냥개비처럼 버린 것이었다. 멀고 먼 곳에서 찾아온 자신과 이제는 말조차 하려 들지 않았다. 그녀는 눈물 때문에 아픔이 느껴지는 눈으로 주위를 둘러보았다. 자신의 초라한 모습이 꾀죄죄한 벽에 희미하게 어려 있었다. 그녀는 그것을 보자 새로운 눈물이 뺨을 타고 흘러내렸다. 자신을 이런 처지로 내몰아놓고 남자는 영달을 누리고 있다고 생각하니 그녀는 남자가 저주스러웠다. 더구나 자신이 약한 민족 가운데서 태어났기 때문에 남자가 이렇게 능욕을 주는 것이라고 생각하자 그녀는 남자가 태어난 민족이 진심으로 미워졌다.

그리고 당장에라도 자살을 해서 남자에 대한 원한을 풀고 싶다고 생각했다. 다시 어머니가 떠올랐다. 아버지의 말이 슬프게 가슴을 때렸다. …….

안주인이 밥상을 가지고 들어왔다. 어두워서 반찬이 무엇인지 잘 보이지도 않았다. 그녀는 그것을 본 것만으로도 아예 젓가락조차 들고 싶지 않았다. 그래서 그것과 함께 내준 옅은 차만 마시고 있었다.

그때 발소리가 들리더니 사람이 들어왔다. 낮에 이 근방에서 본 학생 같은 모자를 쓰고 하카마(袴, 일본 옷의 겉에 입는 하의. — 역주)를 입고 있었다. 그런데 그 사내의 얼굴을 보고 주영은 이상하다는 생각이 들었다. 아주 이상한 모습이기는 했으나 왠지 낯이 익은 듯했다. —그것은 지금 막 타고 온 인력거꾼의 얼굴이었다.

주영은 차부가 이상한 차림을 하고 왔다고 생각했다. 삯을 받으러 오는 데 뭐 하러 저런 차림을 하고 왔을까 싶었다. 그녀는 이상하다는 듯 그 얼굴을 올려다보았다.

"아씨, 진지는 다 드셨나요?"

이렇게 말한 사내의 목소리는, 억지로 T시의 말을 쓰려 하고 있으나 억양에 사투리가 그대로 배어 있는 어색한 것이었다.

"……."

주영은 이상하다는 생각이 들어 입을 다물고 있었다.

"아가씨, 적적하시죠? ……."

남자가 그녀 옆으로 와서 앉았다.

"아저씨, 찻삯을 안 드렸죠? ……."

주영이 허리끈 틈새에서 지갑을 꺼냈다.

"네? 돈이요? 돈 같은 건 필요 없습니다. ……."

상대가 궐련을 꺼내며 이렇게 말했다.

"아씨께 돈 같은 걸 받을 생각은 없습니다. ……그보다 아씨, 아씨가 외롭지 않을까 해서 제가 온 겁니다. ……."

주영은 이 차부가 이상하게 여겨졌다. 그녀는 시선을 가만히 상대방의 모습에 던졌다가 갑자기 눈썹을 찌푸렸다.

"아씨, 저 사실은 진짜 차부가 아닙니다. 저는 고학생입니다. 이곳 고등학교의 학생입니다만……."

남자가 다시 이렇게 말했다.

"그런데 말입니다, 아씨. T시에서 오신 아씨께서 혹시 외롭지나 않을까 해서 제가 온 겁니다. 오늘 밤에는 천천히 이야기를 나눕시다."

다시 계속해서 이렇게 말했다. 고학생이라는 차부에게는 주영이도 그다지 의심을 품지 않았다. 그녀가 T시에 있을 때도 그런 차부들을 흔히 볼 수 있었다. 그녀의 고국에서 T시로 건너와 그런 일을 하며 고학하는 청년들도 있었다. 그런데 그런 고학생이 밤늦게 자신의 숙소로 무엇을 하러 온 것일까 그녀는 생각했다.

"아저씨, 얼마를 드리면 되나요? 얼른 말해보세요."

주영이 남자에게 재촉하듯 물었다. 그녀는 말로 표현할 수 없는 불안이 가슴 가득 밀려왔다.

"그런 돈 같은 건 필요 없습니다. 아씨, 저는 돈이 필요해서 온 게 아닙니다. 오늘 밤에는 아씨와 천천히 이야기를 나누고 싶어서 온 겁니다. 이제 돈 얘기 같은 건 하지 마세요. ……."

애써 학생인 듯한 말투를 쓰고 있으나 그런 느낌은 조금도 들지 않는 말이었다. 주영은 이 사내가 기분 나쁘게 느껴졌다.

"그럼 아저씨, 이걸 가지고 가주세요. 저는 그만 자야겠으니……."

그녀가 1엔 지폐 한 장을 꺼내 그것을 남자 앞에 놓았다.

"무슨 소립니까, 아가씨. 이런 건 필요 없습니다. 네, 이런 건 필요 없습니다. ……."

남자는 이렇게 말하며 그것을 집더니 여자의 몸 가까이로 다가왔다. 거기에 여자는 당황해서 몸을 피하려 했으나, 순간 남자가 그 지폐를 그녀의 손에 돌려주려는 시늉을 하며 그녀의 손목을 획 쥐었다.

"어머! ……당신, 왜 이러는 거예요! ……."

그녀는 심장이 터질 정도로 놀랐다. 그리고 몸을 있는 힘껏 뿌리쳐 뒤로 물러나려 했으나 강한 남자의 힘에 온몸이 꾹 눌린 것만 같았다. (이하 8행 말소)

…….

"앗! ……."

그녀는 이상하게도 소리를 지를 수가 있었다. 그녀의 입술에서 목 줄기에 걸쳐서 끈적끈적한 것이 넘쳐난 것이었다.

"앗! ……."

남자도 놀라서 소리를 질렀다. 어두운 불빛 속 남자의 손이 먹물 같은 것에 잔뜩 물들어 있었다. 그녀는 두어 번 세게 가슴을 벌떡였다.

"피다! 피야! ……."

남자가 등불에 자신의 손을 비춰보고 이렇게 외쳤다. 그리고 여자의 몸에서 자신의 몸을 얼른 떼었다. 바로 몸을 엎드려 누운 여자는 흙빛 같은 얼굴에 어깨로 가쁜 숨을 쉬며 가만히 있었다. 주위의 다다미는 그녀의 핏방울로 뒤범벅이 되어 있었다.

23

"××, ×××××××,

×××××××,

×××, ×××, ×××,

××××××××××,

××, ×××, ×××××,

×××××××××××……"

…………………………………………………………………….

잔디 위를 천천히 걷고 있던 주영은 벌써 7, 8년도 더 전에 그 나미키 중위가 근무하고 있던 △연대의 영문 앞을 헤매던 때와 같은 봄의 분위기에 안겨 있었다. 그녀에게 있어서 인생이란 고뇌의 구슬 하나하나를 꿰어놓은 염주였다. 수정처럼 아름다운 눈물의 구슬도 있었다. 다홍빛으로 물든 선혈의 구슬도 있었다. 어디를 봐도 불투명하게 탁해져버린, 빛 하나 들어갈 틈이 없는 새카만 저주의 구슬도 있었다. 파란 고뇌와 번민의 구슬도 있었다. —그런 여러 가지 빛깔과 알맹이를 가진 염주 한 묶음이 그녀의 27년 동안의 인생이었다. 그리고 그 구슬의 중심을 하나하나 관통하며 꿰고 있는 한 줄기 굵은 줄은 어머니의 죽음과, 아버지의 말과, 걸핏하면 그것을 배신하려 하는 자신의 소녀 같은 생명의 흐름이었다.

그러나 그녀는 지금에 와서야 비로소 자신의 그 생명의 흐름이 언제나, 언제나 크고 검은 암석에 막혀서 마침내는 어머니의 죽음과 아버지의 말 속으로 합류해 들어간다는 사실을 분명하게 알 수 있었다. 자신의 생활은 곧 어머니의 생활이었다. 아버지의 생활이었다. 어떤 때는 그것보다 훨씬 더 고뇌로 가득 찬 생활이었던 것처럼 그녀에게는 느껴졌다. 그리고 그녀의 생활이 그 염주인 것처럼 그녀의 부모에서 그녀에게로, 다시 곧 태어날 자신의 아이에게로, 그 한 사람 한 사람의 인생 역시 커다란 고뇌의 염주인 것처럼 느껴졌다. …….

주영은 발밑으로 좋은 감촉이 전해지는 푸른 풀 위를 걸었다. 언덕에 올라 거기서 주위를 둘러보았다. 멀리 논밭에는 보리 이삭이 자라 있고, 그것과 거기서 바로 이어진 조그만 솔밭이 어우러져, 색의 농담을 선명하게 드러낸 녹색이 싱그럽게 보였다. 들판에서는 농부가 밭을 갈고 있었다. 그것을 본 그녀는 왠지 더는 이렇게 있을 수 없다는 생각이 들었다. 그리고 지금 저편에서 노래를 부르고 있던 사람들을 생각하면 그녀는 분노로 몸이 떨려오는 것이 느껴졌다. 농부는 묵묵히 들판에서 밭을 간다. 그리고 언제까지고 끝도 없는 젊은 혁명가들의 토론과 자유연애와, 또 기세 좋은 혁명가와—.

주영은 멀리서 허리를 구부린 채 일하고 있는 농부의 모습을 가만히 내려다보았다.

여기에 온 지 얼마 지나지 않았을 때부터 주영은 매일 같이 동생인 애란(오자인 듯. — 역주)과 춘용 등과 두엇이서 김성준의 안내로 한 농부의 집으로 갔다. 매일 찾아가는 그 농부는 이 마을에서도 명망이 있는 유지라 할 수 있었는데 갈 때마다 거기서 십여 명 정도의 농부들이 기다리고 있었다. 거기서 춘용은 그 사람들에게 ××를 했다.

한 시간쯤 뒤에 이야기가 끝나자 유지인 주인이 이렇게 말한 적이 있었다.

"참으로 훌륭하신 말씀이요. 하지만 여기에 있는 우리 같은 사람들은 아직 이 나라가 어느 나라가 되었는지도 모르는 사람들뿐이기에 지금 선생께서 하신 말씀은 전혀 알아듣지 못하겠소. 핫핫, 핫하, 하, 하."

춘용은 쓴웃음을 지었다. 주영은 싸늘한 얼굴을 하고 있었다. 주인이 다시 말했다.

"요 얼마 전의 일이었소. 어디였더라, 아주 멀리 바다 건너 커다란 나라의 대장이 비행기를 타고 우리를 구하러 와준다고 하기에 모두가 매일매일 산 위로 올라가 하늘을 바라보았소. 그런데 며칠이 지나도 비행기는 오지 않았소. 그러자 사람들 하는 말이 참으로 재밌었소. 비행기가 바다에 떨어져 대장은 물귀신이 되어버린 게 틀림없다는 게요. 핫핫, 하, 하, 하."

그 말을 들은 주영은 고개를 끄덕였다. 그리고 굵은 한숨을 내쉬었다. 신춘용 들은 그 이후부터 그 농부들의 집에 가는 일을 그만두었다.

멀리로 보이는 농부의 모습은, 밝은 해 아래서 무엇인가 부지런히 씨를 뿌리고 있는 듯했다. 잡초를 뽑고 있는 듯한 모습도 있었다. 번쩍번쩍 괭이를 번뜩이며 밭을 가는 사람도 있었다. 그녀는 뺨이 뜨거워지고 가슴이 괴로웠다. 그녀는 이 몸이 출산의 괴로움을 겪고 난 뒤에는 틀림없이 그 피로 때문에 목숨은 없을 것이라고 생각했다. 그렇게 목숨을 잃어버린다면! 그녀는 이 땅 위에 시달림을 당하기 위해 태어난 것이었다. 나약한 인간으로, 나약한 여성으로, 나약한 민족으로, 강한 자들에게 시달림을 당하기에는 가장 적합한 사람으로 태어났을 뿐이었다!

주영은 기침이 올라오는 가슴을 달래가며 그 언덕을 내려갔다. 조그만 솔밭 가운데의 풀밭 위에 한 아이와 함께 남자가 있었다. 자세히 보니 그는 김성준이었다.

주영은 이쪽에서 그 모습을 가만히 바라보았다. 김성준은 아무것도 모르고 열 살쯤 된 아이와 무슨 말인가를 주고받다가 문득 그녀를 보고 인사를 했다. 주영은 그 모습을 보자 마음의 문이 조금씩 열리기 시작했다. 요즘 들어 김성준에 대한 그런 마음의 상태를 그녀는 도저히 막을 수가 없었다. 그녀는 육체적으로는 남성에게 굴복했으나, 그렇기 때문에 오히려 남성에 대해서 끊임없이 반항을 해왔다. 그녀는 자신들에 대해서 언제나 우월감에 가득한 눈빛을 보내는, 그리고 고압적인 자세로 자신들의 어떠한 부분의 영역에까지 짓밟고 들어와 방약무인한 행동을 보이는 그 오만한 남성을 미워했다. 육욕 외에 존귀한 것이라고는 거의 찾아볼 수 없는 남성이 자신들에 대해서 우월한 사람인 척하는 것이 견딜 수 없이 화가 났다. 그러나 그렇기 때문에 남성에게서 하루도 떨어져 지낼 수 없는 나약함이 그녀에게는 있었다. 그 나약함이 언제나 남성에게 시달림을 당하는 원인을 만들고 있었다. 김성준 역시 그녀가 일반적으로 생각하고 있는 남성 가운데 한 사람이었다면 그에게도 일종의 반항과 모멸을 던지고 싶었을 것이다.

그러나 강한 상대로부터 한번 위협을 당한 뒤부터 그녀는 더 이상 상대를 그런 마음으로는 바라볼 수가 없었다. 그리고 신춘용에게서도 또 지금의 애인인 조성식에게서도 도저히 맛볼 수 없는 강인함을 상대방에게서 느꼈다. 물론 앞의 두 사람에게서도 어딘가 어둡고 깊은 것을 발견할 수는 있었다. 그러나 그 어둠도 바로 맞은편에는 밝음이 있었고, 깊이도 조금만 밑으로 파고들면 바닥이 있었다. 하지만 김성준에게는 그 밝음이 없었다. 바로 그 어둠과 깊이 때문에 자신의 마음이 끌려가는 것을 그녀는 도저히 막을 수가 없었다.

"귀여운 아이네요. 어느 집 아이인가요? ……."

주영이 김성준 곁으로 다가가 이렇게 물었다. 아이가 주영이 앞에 서서 인사를 했다.

"이 아이가 바로 그 장가진의 아이입니다."

김성준이 이렇게 대답했다.

"어머, 이 아이였나요? —아아, 가엾게도……."

주영은 그 아이를 가만히 바라보며 왠지 몸이 떨려오는 것을 느꼈다.

"네, 아씨. 요즘에는 저와 아주 친해져서 이렇게 매일 저를 찾아옵니다."

"이 아이의 아버지는 아직도 돌아오지 못했나요?"

"무슨 말씀이십니까? 돌아오기는커녕 며칠 전에 사형을 선고받았습니다."

"세상에! ……그래서 사형에 처해졌나요?"

"아닙니다. 아직은 1심이기 때문에 당분간 목숨은 보존할 수 있습니다. 그런데 어떻게 된 일인지 전부를 자백했다고 하니 곧 사형을 당하고 말 겁니다. ……."

"네? 자백을 했다니……?"

주영은 이렇게 말하고 상대방의 얼굴을 얼른 훔쳐보았다.

"네……."

상대방은 냉정하게, 그러나 그 가운데 어떤 의미가 있는 듯 고개를 끄덕였다. 그의 시선이 쏟아지자 주영은 자신도 모르게 몸이 오그라드는 듯한 느낌이 들었다.

"들리는 말에 의하면 두 사람은 사형, 한 사람은 10년이라고 합니다. —그렇게 되면 이 아이와, 그리고 집에 계시는 할머니만 남게 됩니다."

"……."

주영은 그 자리에 더 이상 머물 수 없을 것 같다는 생각이 들었다. 자신들이 한 일 때문에 눈앞에서 생생하게 고통을 받는 아이와 노모와, 그리고 바로 코앞까지 교수대가 닥친 사람들이 있다는 사실을 생각하자 그녀는 더 이상 가만히 있을 수 없다는 마음이 든 것이었다.

"하지만 아씨, 저는 그것도 어쩔 수 없는 일이라고 생각하고 있습니다. 어차피 인간은 태어나면 언젠가 한 번은 죽으니 어떤 존귀한 일의 희생양이 되어 죽으면 그것으로 충분합니다. ……."

김성준은 이렇게 말하고 다시 주영의 얼굴을 힐끗 보았다. 주영은 상대방의 눈과 자신의 눈이 서로 마주쳤을 때, 끔찍할 정도로 무시무시한 선동을 느꼈다. 그리고 온몸을 흐르던 피가 단번에 탁 막혀버린 듯한 충동을 느꼈다.

"……."

주영은 말없이 아직 거기에 서 있었다. 그녀의 모습은 석고상처럼 움직이지 않았다. 그리고 눈은 충혈되고 뺨은 확 붉은 빛을 띠었으나, 얼굴은 대리석처럼 푸르스름한 빛을 보였고 입술은 굳게 다물어져 있었다. 김성준은 그 모습을 보자 향기롭게 익은 포도주에 취기를 느낀 것 같은 기분이 들었다. 그 순간 그는 몸과 영혼 모두 그 모습 앞에 노예처럼 무릎 꿇고 싶다는 생각이 들었다.

"성준 씨……."

주영이 속삭이듯 말했다.

"네……."

김성준이 찰나의 도취에서 깨어났다.

"저, 당신께 하고 싶은 말이 있어요. ……."

"……."

"제 말을 들어주시겠지요?"

"네, 물론 들어드리겠습니다만……."

"그럼 그 아이를 집에 데려다주고 오세요."

"이 아이가 있으면 안 되나요?"

"네."

"이 아이는 데려다주지 않아도 혼자 갈 수 있습니다. ……."

"그런가요? 그럼 집으로 보내세요."

김성준은 저녁이 되면 다시 교회로 오라고 하고 아이를 집으로 돌려보냈다. 주영이 50전짜리 은화를 아이에게 들려주었다. 그리고 두 사람은 그 조그만 솔밭에서 저 너머로 있는 한 잡목림 쪽으로 걷기 시작했다.

24

봄날의 한낮은 고요했다. 두 사람이 주위를 둘러보아도 멀리 있는 농부의 모습이 엄지손가락만 하게 보일 뿐, 고요한 천지에 햇빛만이 화사하게 춤추고 있었다. 커다란 날개를 펼친 새의 그림자가 지상을 슥 스치고 지나갔다. 주영은 김성준이 무서워서 견딜 수가 없었다. 그를 만나서 한마디, 한마디를 들을 때마다 그녀는 신경을 극도로 곤두세웠다. 그리고 만약 자신들이 여기서 계속 미적미적한다면 이 사내가 자신들에게 무슨 짓을 할지 모른다는 생각이 들었다. 김성준은 주영이 들에게 장가진 일가의 비참한 모습을 보여주며 무엇인가를 선동하고 있는 듯했다. '너희들이 평소 떠드는 이야기가 사실이라면 너희들은 이 일가의 비참함을 앞에 두고 대체 어떻게 할 생각이냐?'라고 그가 주영이 들에게 따져 묻는 것 같다는 생각이 들어서 견딜 수가 없었다. 그리고 그것을 미끼로 이 세상에 대한 자신의 복수심을 채우려 하고 있는 것 같다는 생각이 들었다.

그러나 김성준이 조성식이나 신춘용에게는 거의 그런 태도를 보이지 않는다는 사실을 주영은 잘 알고 있었다. 그가 두 사람 앞에 설 때는 아예 처음부터 두 사람을 냉소하듯 대한다는 느낌을 주영은 받았다.

주영은 그 사실이 분하기도 했으나, 한편으로는 통쾌하기도 했다. 그리고 김성준은 주영을 대할 때만 아주 엄숙한 태도를 보였다. 바로 그 점이 그녀에게 참을 수 없는 불안함을 느끼게 했다. 그러나 한편으로는 그 불안함이 그녀의 초조한 마음을 단번에 해결해줄 것 같다는 느낌이 들기도 했다. 주영은 그 '단번의 해결'을 오늘에야말로 해보고 싶다는 생각이 든 것이었다.

두 사람은 조용한 숲속의 풀 위에 앉았다.

"아씨, 앞으로 대체 어떻게 하실 생각이십니까? ……."

"네에? ……."

낮고 차가운 상대방의 그 목소리를 듣고 주영이 낯빛을 바꾸며 조그맣게 외쳤다.

"어떻게라니……?"

그녀는 자신의 나약한 마음에 스스로 화가 났다.

"그야, 아씨. 물을 필요도 없는 일 아닙니까? ……."

"……."

"저는 벌써부터 아씨가 움직이시기만을 기다리고 있었습니다."

"……."

"신부님도 주영이는 어떻게 할 생각이냐고 물으십니다."

"네! 선생님께서?! ……."

"그렇습니다. 아씨, 놀라셨습니까?"

"……."

"신부님께서는 벌써부터 당신의 신실한 신자가 되어 있었습니다. 당신은 그 사실을 모르셨습니까?"

"……?"

"요즘 하시는 신부님의 설교를 들어보면, 그건 바로 알 수 있는 일 아닙니까? ……."

"……?"

"저도 처음에는 참으로 이상한 일도 다 있다 싶어서, 밤늦게 신부님의 침실로 찾아간 적이 있었습니다. 신부님께서는 좀처럼 분명한 말씀을 제게는 해주시지 않으셨습니다. 그러나 며칠 밤이고 며칠 밤이고 제가 계속 찾아가서 열심히 묻자 마침내 저를 손자라도 품듯 곁으로 가까이 부르셔서 진심을 털어놓으셨습니다. ……."

"선생님께서……. 선생님의 진심을 말인가요?! ……."

"네, 그렇습니다."

"그렇다면 선생님께서 무슨 말씀을 하셨나요? ……."

"그건 말입니다, 아씨. 신부님께서 말씀하시길 '지금의 내 영혼은 아무래도 내 것이 아닌 듯하구나. 내가 어째서 이런 영혼이 되어버렸는지, 그것은 참으로 끔찍한 일이다.'라고 말씀하셨습니다. ……."

"그래요?! ……그리고 뭐라고 하셨나요?"

"그리고 신부님께서는 '나의 이 영혼은 나와 예전에 동거했던 여인이 가지고 있던 것이다. 그 여인의 영혼이 지금 내 몸에 부활한 것이다.'라고 말씀하셨습니다. ……."

"어머……!"

"저는 참으로 이상해서 견딜 수가 없었습니다. 왜 이제 와서 그런 영혼이 되살아난 것인지, 저는 며칠 밤이고 며칠 밤이고 신께 기도를 해보았으나 전부 허사였습니다. 그래서 저는 여러 가지로 생각을 해보았는데, 아씨, '사실 내게 그 영혼을 불어넣은 것은 바로 그 주영이다.'라고 신부님께서 말씀하셨습니다. ……."

"네, 제가……?"

"그렇습니다. 그리고 '사실 주영이는 그 부인의 피를 물려받았다.'고 말씀하셨습니다."

"네?"

"죽어가는 당신의 유일한 즐거움은 하나님을 만나 단 한마디라도 원한을 말씀드리는 것이라 말하며 신부님의 손을 쥐고 돌아가신 그 여인이 바로 당신의 할머님이라고 말씀하셨습니다."

"……."

"그리고 저로서도 전혀 짐작할 수 없는 말씀을 신부님께서 하셨습니다. '하지만 성준아, 나는 아무래도 주영이가 내 피를 물려받은 손녀딸 같지가 않구나. 물론 그 부인은 주영이와 같은 병을 가지고 있었다. 하지만 주영이의 그 격렬하고 잔인한 피는 아무래도 내 몸 속에서 흐르고 있는 피와는 다른 것 같다. 이것만은 나 역시 이상스럽기도 하고 고민스럽기도 한 일이다.'라고 말씀하셨습니다. ……."

"잔인한 피라고요?! ……."

"네, 신부님께서는 틀림없이 그렇게 말씀하셨습니다. 아씨, 사실은 말입니다, 그 경찰관을 단번에 쏘아 죽인 것이 당신이라는 사실도 신부님께서는 진작부터 전부 알고 계셨습니다. ……."

"네! 선생님께서 그 사실을 알고 계셨단 말인가요?"

"네, 전부 알고 계십니다. 세 사람 가운데 두 남자는 어디까지나 달아나려 했는데 여자인 당신이 버티고 서서 권총으로 쏘아 쓰러뜨린 용기나 그 잔인함은 아무래도 당신의 피를 이어받은 손녀가 아니라며 신부님께서는 마치 요괴에라도 홀린 듯한 눈빛으로 말씀하셨습니다."

"어떻게……, 어떻게 해서 그런 일을 선생님께서 알고 계신 거죠? ……마치 옆에서 그 일을 보시기라도 한 것처럼!"

"그렇습니까? 그렇다면 신부님께서는 저보다 훨씬 더 날카로운 상상력을 가지고 계신 것일지도 모르겠습니다. 하지만 그 사실을 신부님께서 어떻게 알고 계신지는 머지않아 알 수 있을 겁니다. —그보다 아씨, 당신의 그 잔인함과 용기가 뭐라 표현할 수 없는 저의 존경심을 당신께 품게 한 원인입니다. ……."

"뭐라고요? ……당신은 저의 잔인함을 존경한다는 말인가요? —설령 선생님께서 하신 말씀이 가혹하다 할지라도……?"

"그렇습니다, 아씨. 지금 저희에게 그 잔인함이 없다면, 저희는 적의 잔인함에 멸망하고 말 것입니다. 잔인함이라는 말도 결국은 그 적들의 이기적인 평가에 지나지 않으니까요……."

"어머, 당신은 정말 훌륭한 말씀을 하시네요?!"

"혁명가를 부른다 할지라도 잔인하지 못한 사람들은 달아나고 맙니다. 폐병에 임신까지 했고, 또 여성이라 할지라도 잔인하면 달아나지 않습니다."

"그래요, 전 잔인해도 상관없어요! 맞아요, 안 그런가요? 전 이제 당신 외에는 어떤 동지도 필요 없어요. 저……."

"아니요, 아씨. 저는 그런 말씀을 듣기 위해서 그렇게 말씀드린 것이 아닙니다. —하지만 아씨, 저희도 이제 그만 결심을 할 때라고 생각합니다.”

“네, 그렇고말고요! 전 오늘 그것을 당신과 상의하고 싶어서 여기로 온 거예요. 저는 더 이상 살아갈 수 없을 정도로 고민을 하고 있으니…….”

“그렇습니다. 저희는 더욱 잔인해질 결심을 해야 합니다.”

“스스로가 스스로를 존경할 수 있는 사람이 되는 거로군요? …….”

“그렇습니다.”

“저 뒤에 있는 두 사람은 오로지 다른 사람에게 존경을 받고 싶어서 저런 행동을 하는 거예요. 그렇기 때문에 자신이 동지들 사이에서 조금이나마 존경을 받게 되면 도저히 과감한 행동을 할 마음이 생기지 않는 거예요. 저 교회에 있는 젊은 아가씨들에게 아주 강한 척 얘기해서 그 사랑을 얻는 정도가 저 사람들의 한계에요. …….”

“아니, 그런 건 아무래도 상관없지 않습니다. 어쩌면 저런 사람들도 이 세상에는 필요한 걸지도 모릅니다. 저 사람들이 없었다면 저는 예전처럼 여전히 야소교 신자인 채로 생을 마감했을지도 모르니 그런 의미에서 저 사람들도 존경해두기로 합시다.”

“…….”

김성준은 여기서 갑자기 말을 멈춰버리고 말았다. 왜냐하면 지금의 이야기에서 뭔지 모를 부족함이 느껴졌기 때문이었다. 그는 지금까지 그 이야기 속에서 일종의 흥분을 유쾌하게 맛보고 있었는데 그 이야기가 마지막으로 치닫기 시작하자 묘하게 감흥이 사라져버리고 말았다. 한결음 더 힘차게 그녀를 흥분시키고 싶다는 마음이 들었다. 두 사람이 지금부터 어떤 행동에 나선다 할지라도 단지 그것만으로는 만족할 수 없었다. 그에게는 자신의 죽음을 예견하고 나아가려는 무거운 희생만이 있고, 그에 따르는 아무것도 아직 얻지 못했다는 일종의 적막함이 있었다. 때로 그는 만약 그러한 희생을 치르지 않고도 그것을 얻을 수 있다면 그보다 더 행복한 일은 없을 것이라고까지 생각한 적도 있었다. —다시 말해서 주영이의 육체를 얻고, 주영이가 생각하고 있는 것과 같은 끔찍한 희생을 치르지 않을 수만 있다면 그보다 더 행복한 일도 없을 것이라고 생각한 것이었다. 하지만 그런 일은 조금도 바랄 수가 없었다. 주영은 지금 김성준이 그런 희생을 치를 만큼 용감한 남성이라고 생각하고 있기 때문에 그에게 마음을 두고 있는 것이었다. 그는 그 사실을 분명히 알 수 있었다. 지금 주영이가 한 말을 봐도 충분히 상상할 수 있는 일이었다. 만약 그가 지금의 조성식이나 신춘용과 같은 태도를 취한다면 주영은 틀림없이 그들보다 더 김성준을 경멸할 것임에 틀림없었다.

만약 그가 주영이의 사랑을 얻고 싶다면 그는 어디까지나 용감하지 않으면 안 되었다. 그 용감함이 존경심을 더욱 굳건하게 해서 그녀의 사랑을 지금의 조성식으로부터 완전히 빼앗을 수 있게 할 터였다. 어둡고 외로운 그의 생활을 깨고, 이 아름답고 눈부시고 고운 느낌의 여자의 사랑을 독차지하기 위해서 그는 목숨을 건 모험을 할 필요가 있었다. 그리고 그런 용감한 사람이 되었을 때, 그는 그와 동시에 사랑의 승리자가 될 수 있는 것이었다.

그는 이러한 마음을 품을 채 반년이나 괴로워했다. 그러려면 아무래도 그녀를 지금 그녀의 애인에게서 멀어지게 할 필요가 있다고 생각했다. 그것은 결코 절망적인 일이 아니었다. 여자는 오히려 지금의 애인에게서 해방되기를 바라고 있었다. 그리고 여자가 알고 있는 어떤 남자보다도 강하고 날카롭다고 그녀가 믿고 있는 자신의 가슴으로 안으려 하고 있는 것이었다. 그러기 위해서는 자신이 더욱 용감해지면 된다. 더욱 용감해져서 그녀를 자신의 그 용기에 무릎 꿇게 하면 되는 것이다. 정복해버리면, 그러면 되는 것이다. 그는 참으로 오만하고 거만한 태도를 취하는, 그러면서도 수정처럼 투명한 머리를 가지고 있어서 깊은 학식을 내보이는, 거기에 진홍빛 카네이션처럼 아름다운 여자를 자신의 몸 아래에 두고 조금도 제멋대로 행동하지 못하게 할 때의 환희를 상상하면 온몸의 피가 끓어오르기 시작했다.

용기다! 그리고 그녀를 정복하는 것이다! 출진을 앞둔 젊은 무사처럼 몸을 부르르 떨었다.

여자는 그가 그 강인함과 날카로움의 정도를 더해갈수록 그 영역을 더욱 정복당해가고 있었다. 그는 그 사실을 의식하고 다시 한걸음, 한걸음씩 더 앞으로 나아갔다. 그리고 그는 말로 표현할 수 없는 유쾌함을 느꼈다. 게다가 새로운 용기는 또 그 유쾌함과 함께 그의 체내에서 콸콸 솟아오르는 신기한 작용을 가지고 있었다. 김성준은 잠시 이야기가 끊겼기에 풀 위에 앉은 채 나무들 꼭대기에서 한가로이 지저귀는 새들의 소리에 귀를 기울이고 있었다. 주영이도 뭔가 깊은 생각에 잠긴 듯한 모습으로 오랜 침묵을 지키고 있었다.

남자가 자신도 모르게 긴 한숨을 내쉬었다. 어딘가 시름에 잠긴 듯한 한숨이었다. 그리고 무슨 말인가를 불쑥 꺼내려다 침을 꿀꺽 삼키고는 다시 원래대로 입을 다물어버렸다. 전과 같은 한숨을 내쉬었다.

그녀는 그 한숨이 무엇을 의미하는지 잘 알고 있었다. 이제 그녀에게는 남자들의 그런 뜨거운 한숨이 결코 신기한 것이 아니었다. 그녀는 지금까지 그런 한숨을 얼마나 많이 경험했는지?! 그리고 그것 때문에 몇 번이나 속아왔는지?!

그녀는 지금 그 한숨을 상대방에게서 의식한 순간, 이 사람도 역시 틀림없는 남성이로구나 생각했다. 그리고 자신도 모르게 비웃는 듯한 미소가 마음속에 떠올랐다. 이 한숨이 자신에게 여러 가지 업보를 쌓게 한 것이라는 생각이 들자 미소가 나왔다. 그러나 그것 때문에 이 남자에 대한 존경과 믿음이 가벼워진 것은 결코 아니었다. 그녀도 역시 이 상대에 대해서, 그와 마찬가지로 애가 타는 듯한 마음을 결코 느끼지 않는 것도 아니었기 때문이었다. 사랑은 어떠한 경우에라도 서로 균형을 이루고 있으면, 상대방이 아무리 뻔뻔한 태도를 취해도 그것을 서로 받아들일 수 있는 관대함을 가지고 있기 때문이다. 그녀는 설령 그러한 마음이 있다 할지라도, 그것 때문에 바로 남자를 허할 마음은 아직 들지 않았다. 물론 만약 남자가 강하게 밀어붙일 경우, 끝까지 그것을 거부할 만큼의 용기가 과연 지금의 여자에게 있을지 그것은 매우 의심스러운 일이었으나, 어쨌든 그 전까지 여자는 이 남자를 완전히 자신의 것으로 만들어둘 필요가 있었기 때문이었다.

여자는 이 남자를 그 직전까지 몰고 갔다가 남자의 목에 비수를 획 들이대 단번에 숨통을 끊어주겠다는 계획을 세우고 있었다. 그것을 포기하고 있는 남자에게 자신의 마지막 몸을 허락할 생각이었던 것이다. 그것이 그녀의 전 생애에 걸친 남성에 대한 마지막 복수였다. 여자는 이 남자라면 틀림없이 거기까지 따라올 것이라 믿고 있었다. 꼭 1년 전에 세 번째로 피를 토한 여자는 6, 7개월 전에 마침내 그럴 자격이 있는 상대로 이 남자를 찾아낸 것이었다.

여자는 지금의 애인인 남자에게서 상당한 실망을 느꼈다. 그녀는 단지 자신의 성욕을 위해서라면 조금 더 젊은 남자를 고르고 싶었다. 여성답게 남자에게 어리광을 부리고 싶었다면 그보다 훨씬 전의, 벌써 60세에 가까운 한 나라의 한 나이 든 혁명가로 충분했을 것이다. 그녀의 지금 애인은 그 양쪽의 누구도 아니었다. 그것은 그녀와 함께 죽을 수 있는 남자라고 생각했기 때문이었다. 그러나 그녀는 그에게서 벌써 실망을 느꼈다.

그러할 때에 불쑥 모습을 드러낸 것이 지금 여기에 있는 김성준이었다. 그녀는 이 사람이라면, 하고 생각했다. 이 남자라면 결정적인 순간에 실망을 시키는 일은 없을 것이라고 생각했다.

그러나 그런 여자의 마음에서 필연적으로 그 남자에 대한 애욕이 싹트고 있었다. 지금까지 어떤 남성에게서도 부족함을 느꼈던 그녀가 이 남자에게서 처음으로 충만한 듯한 만족감을 느꼈기에, 여자는 그 성적인 필연성 때문에라도 그렇게 되지 않을 수 없었다. 여자는 어느 시기가 오면 이 남자에게 몸을 허락하겠다고 마음속으로 굳게 결심했으나, 이 얄미운 남자의 마음을 애타게 만드는 사랑의 유희까지도 그녀는 손에 쥐고 있었다. 그녀는 남자에게 정복당하면서 남자를 정복한 것이었다. 남자를 자신 쪽으로 더욱 끌어당기고, 남자를 더욱 강하게 할 필요가 있었다.

서로 무엇인가를 탐색하듯 조용하고 달콤한, 그러나 처연함이 넘쳐나는 침묵이 두 사람 사이에서 여전히 계속되고 있었다.

바스락바스락, 그곳으로 사람이 오는 발소리가 들렸다. 두 사람은 무의식중에 그 소리가 나는 쪽을 바라보았다. 그러자 거기에는 창백한 얼굴을 한 조성식이 서 있었다. 두 사람은 퍼뜩 놀라지 않을 수 없었다.

“이봐, 너희들 뭐하고 있는 거야!”

조성식이 날카로운 분노를 머금은 목소리로 외쳤다.

“네, 이야기를 나누고 있어요.”

얼굴에 창백한 빛을 띠며 주영이도 역시 외쳤다.

“뭐? 이야기를 나누고 있다고! 이야기라면 이런 곳에서 할 필요 없잖아?”

“아니요, 저희는 어디서든 할 수 있어요. 저희에게 어디서는 해서는 안 된다는 법은 없으니까요."

"이야기뿐만이 아니야. 너희 지금 뭘 하고 있었지?"

"무엇을 하고 있었는지 보시는 대로에요."

"보시는 대로라고? 보시는 대로가 아니야. 내가 여기서 보기 전의 일을 말하는 거야."

"보기 전? 호, 호. 당신도 꽤나 비굴하군요. 당신이 보기 전에 저희가 무슨 짓을 했냐고 물으시는 건가요? 그런 것을 설명할 책임은 저희에게 없어요."

"내가 보기 전에 너희들이 한 행동을 내가 모를 줄 알아?"

"그건 모르겠네요. 저희는 당신이 무슨 행동을 하든 조금도 간섭하지 않으니까요."

"그것으로 너희는 책임을 벗어나려는 거야? 너희의 행동이 부끄럽지 않다는 거야?"

"지금 무슨 말을 하고 있는 거죠? 대체 누구에 대해서 부끄럽다, 부끄럽지 않다고 말하는 건가요? 사람이 자신에 대해서 타인에게 부끄럽다, 부끄럽지 않다고 하는 것은 어떤 경우인가요?"

"이런 경우야!"

"이런 경우? 자, 그럼 묻겠는데요, 서로 사랑을 느끼고 있을 때 그 상대와 둘이서 조용히 이야기를 나누는 것이 부끄러운 일이란 말인가요?"

"그런가? 그럼 너는 이 교회의 하인에게서 사랑을 느끼고 있단 말이야?!"

"그래요. 마치 당신과 애란 씨와의 경우처럼 말이에요. ……."

"뭐? 나하고 애란이하고……?"

"네, 그래요."

"어떻게 그런 말을 할 수 있는 거지? 무슨 증거가 있어서?"

"호, 호, 호. 그런 뻔한 말은 하지도 마세요. 마치 얼치기 형사 같으니. 불쾌해요. ……."

"네가 불쾌해도 내가 하고 싶은 말은 해야겠어. ……"

"그래서 어쨌다는 거죠?"

"뭐!"

"그래서 어쨌다는 거냐고요? 저희가 부끄러운 짓을 했다는 건가요?"

"그래!"

"그럼, 우선은 당신의 부끄러움 먼저 해결하세요."

"나는 부끄러운 짓을 조금도 하지 않았어!"

"호, 호, 호. 당신은 훌륭한 혁명가였죠? —그렇게도 여러 여자들을 자기 뜻대로 하고 싶으신가요? 자신의 지배하에 두고 괴롭히고 싶으신가요? 여자도 역시 자유롭게 연애하는 인간이라는 사실을 당신은 모르셨나요?"

"그래? 너하고 더 얘기해봐야 소용없겠어. 자, 김가야, 결투다! 이봐 야소교회의 하인!"

"호, 호, 호. 야소교회의 하인하고 훌륭한 혁명가가 결투를 하는 건가요? 그거 재밌겠네요. 저 여기서 구경하고 있을게요. 자, 성준 씨, 야소교회의 하인 씨. 당신 저 훌륭한 혁명가랑 결투를 하세요. 재미있을 것 같으니……."

주영은 화가 날 정도로 장난스러웠다. 김성준도 그런 여자의 태도에는 약간 질렸다는 표정이었다.

"어머, 권총을 꺼내셨네요. 그럼 이쪽도 권총이 필요하겠죠? 여기에 총집이 없는 권총이 있어요. 이걸 야소의 하인 씨에게 빌려줄게요. 하지만 저쪽의 권총은 아직 처녀예요. 제 것처럼 닳고 단 게 아니에요. 하인 씨에게는 닳고 단 게 좋을지도 모르겠네요."

주영은 이렇게 말하며 바로 자신의 주머니에서 늘 지니고 다니는 권총을 꺼내 김성준 앞으로 던졌다.

"결투? 저는 아직 결투라는 걸 해본 적이 없습니다."

김성준이 그 권총을 얼핏 바라보며 이렇게 말했다.

"모두가 다 처음일 거예요. 저분도 아마 처음일 걸요. 권총을 쏘는 것도 아마 처음일 거예요. 뭐, 아무렴 어때요. 일단 해보세요. 혁명가의 권총에 쓰러진다면 교회의 하인에게는 영광 아닌가요?"

"어서 일어나! 왜 그렇게 비겁한 태도를 취하는 거지?!"

조성식이 번뜩이는 권총을 한손에 힘껏 쥐고 김성준 옆으로 다가갔다. 김성준은 아직 다리를 앞으로 뻗은 채 풀 위에 앉아 있었다. 그리고 그 권총을 집어 들려 하지 않았다.

"권총이란 건 방아쇠를 당길 때 충격이 온다지요, 아씨? ……."

이렇게 말한 김성준이 마침내 권총을 집어 들었다.

"네, 맞아요. 그러니 아주 위쪽을 조준해야 해요. 그러지 않으면 방아쇠를 당길 때 총구가 휙 아래쪽으로 향해버리니."

"자, 이런 식으로 쥐는 거죠?"

"네, 그래요. ……호, 호, 호. 당신 손놀림이 아주 좋은데요. 한번 해보세요. 앞으로 필요할 테니 연습이라 생각하고요."

"한번 해볼까요? 감옥에서 마적 놈들에게 이런 설명을 자주 듣기는 했지만 실제로 해보지 않고는 모르겠지요?"

"이 자식! 뭘 그렇게 우물쭈물하고 있는 거야? 얼른 일어나!"

조성식이 부들부들 입술을 떨며 외쳤다.

"그럼요. 오늘은 마침 좋은 실제 연습이 될 거예요. 자, 저쪽도 서두르고 있으니 어서 해보세요. 저는 당신의 시중을 드는 사람이 되어 지켜보고 있을게요. 당신이 지면 제가 틀림없이 당신의 시신을 거둬드릴게요."

주영이 조성식을 경멸하듯 힐끗 보며 김성준에게 이렇게 말했다.

"무, 무슨 소리야! 이런 놈의 시체는 그냥 이 들판에 내버려두면 돼!"

조성식은 분노로 타올랐다.

"선생님, 그래서 권총을 쏘실 수 있으시겠습니까? ……네? 손이 그렇게 떨리는데……."

김성준이 차가운 목소리로 이렇게 말했다.

"뭐라고? ……건방진 소리 하지 마! 네놈은 아주 침착한 척해서 여자에게 잘 보이려는 거겠지! 위선자 같은 놈! 자, 한방에 숨통을 끊어줄 테니 이리 따라와!"

이렇게 외친 상대방의 눈에는 핏발이 서 있었다.

"뭐, 아무렴 어떻겠습니까? 제가 원해서 당신께 결투를 신청한 것도 아니니 말입니다. 단지 피하는 게 비겁하다는 생각이 들어서 상대를 하려는 것뿐입니다."

"잔말 말고 어서 따라와."

"어디로 가실 겁니까?"

"건너편 넓은 밭 속으로 와."

"왜 그런 데로 가는 겁니까? 여기서 하면 되지 않겠습니까? 그런 곳으로 갔다가 사람들의 눈에 띄면 귀찮아집니다."

"……."

"……."

"이놈, 겁을 먹었구나."

"무슨 말씀이신지?"

"왜 저리로 가지 않으려는 거지?"

"권총을 쏘는 거라면 여기서도 충분합니다. 저런 곳으로 갔다가 혹시 사람의 눈에라도 띄면 어쩔 생각이십니까?"

"사람의 눈에 띄어도 상관없어. 네놈이 비겁하게 도망치면 안 되니까. 넓은 곳에서라면 등 뒤에서라도 쏴죽일 수 있어!"

"어머, 정말 대단한 결투네요."

주영이 손뼉이라도 칠 듯 기뻐했다.

"하지만 선생님, 그런 데서 권총을 쏘면 선생님들의 훗날을 위해서 안 좋지 않습니까? ……"

"뭐라고? 훗날을 위해서라니, 무슨 소리야?"

"제가 지금 들고 있는 권총은 총집이 없는 권총 아닙니까? ……."

"……."

"그러니 여기서 하면 충분합니다. 저는 결코 비겁한 짓은 하지 않을 겁니다. 저는 여기서 총에 맞아 죽어도 그닥 여한이 없는 사람이니까요. 자, 조금 더 거리를 두고 준비를 합시다. ……."

김성준은 이렇게 말하고 약간 뒤를 돌아보며 대여섯 걸음 뒷걸음질을 치려 했다. 그런데 그 순간,

"앗! 당신 비겁해욧!"

주영의 폐부를 찢는 듯한 외침과 함께 커다란 총성이 울려 퍼졌다.

"무슨 짓이야!"

순간적으로 이렇게 신음소리를 올린 김성준이 손에 들고 있던 권총을 내던지고 거기에 우두커니 서 있는 상대를 향해 달려들었다.

잡목림의 풀 위에서 두 개의 커다란 몸이 서로 엉겨 붙었다. 주영은

이 뜻밖의 동작에 당황해서 한동안 거기에 서 있었다.

25

"가진이 왔느냐……."

장가진의 노모는 이런 말을 잠꼬대처럼 하며 온돌 위에서 몸을 뒤척였다.

노모는 손자인 창수가 아침에 나가고 나면, 그 뒤부터 바로 이런 말을 되풀이하곤 했다. 그리고 하루 종일 거의 같은 말만을 되풀이했다. 그렇다고 노모의 정신이 특별히 이상해진 것은 아니었으나 완전히 노망이 난 것처럼 되어 버렸다. 그리고 말버릇처럼,

"가진이 왔느냐……?"

라고 되풀이했다. 노모는 작년 겨울부터 이런 상태로 자리에 누워 있었다. 밤이면 갑자기 벌떡 일어나 지금까지는 용변도 제대로 보지 못했던 노모가 성큼성큼 문 앞까지 걸어가,

"가진이 왔느냐……?"

라고 외쳐 손자인 창수를 놀라게 했다.

창수는 동네 지주의 집 같은 곳으로 일을 하러 다녔다. 그리고 얼마 되지 않는 품삯으로 노모를 봉양하고 있었다. 김성준도 늘 찾아가서 이것저것 돌봐주었다.

봄도 한창 무르익었다. 나무가 적은 이 부근의 시골이지만 미루나무 꼭대기에서는 젊은 여자의 머리카락 같은 녹색 잎들이 물결을 치고 있었다. 초가집 뒤에서는 늦어서야 핀 살구꽃이 지친 꽃잎을 단 채 흔들리고 있었다. 참새 새끼들이 둥지를 떠나 한층 더 시끄러워졌다.

노모는 그래도 여전히 평소처럼 온돌에 누워 있었다. 저물녘이 되어 창수가 돌아왔다.

"할머니, 저 왔어요."

창수가 바로 앞 이부자리에 누워 있는 노모의 모습을 바라보며 말했다. 그러나 노모는 대답이 없었다.

"할머니, 저 왔어요."

다시 한 번 창수가 불렀다.

"음……."

하고 노파가 조그만 신음소리를 냈다.

"할머니, 지금 돌아왔어요."

"끙……, 그래 가진이 왔느냐? ……."

노파가 벌떡 일어났다.

"아니, 아버지가 아니에요. 할머니, 저 지금 왔어요. ……."

늘 있는 일이었기에 창수는 크게 신경 쓰지 않고 이렇게 말했다. 노파가 맥이 빠진 표정으로 창수를 바라보았다.

"할머니, 진지 드세요. ……."

창수가 더러워진 보자기 안에서 마른 조밥을 꺼내 거기에 펼쳐놓았다.

"그래, 창수냐? ……."

노파는 그제야 창수가 왔다는 사실을 알아차린 듯, 그의 모습을 어둠 속에서 가만히 바라보았다. 요즘 창수는 매일 지주의 집으로 일을 하러 갔다. 그리고 돌아올 때면 노파가 먹을 밥을 받아가지고 왔다.

"오늘은 말이죠, 할머니. 신부님께 들렀다 왔어요. 아버지가 언제 돌아오실지 여쭤보러 갔었어요."

창수는 이렇게 말하며 보자기에 들러붙은 조밥을 한 알갱이씩 뜯어내고 있었다.

"할머니 어서 잡수세요. 지금 물을 떠올게요. ……."

노파는 바로 손을 내밀어 그것을 입에 넣었다.

"할머니, 신부님도 그러시고 김 서방 어른도 그러시고 아버지가 곧 돌아오실 거라고 하셨어요. 신부님께서는 '너희 아버지는 정직한 사람이니 하나님께서 곧 돌려보내주실 게다.'라고 말씀하셨어요. 근데 할머니……."

노파의 귀에 그런 말은 들어오지 않았다. 거의 하루 종일 아무것도 먹은 것이 없는 그녀는 손자가 가져온 조밥을 걸신들린 사람처럼 먹었다.

"근데 할머니 요전에 제게 50전 은화를 준 아주머니가 오늘 제게 말했어요. 아버지는 이제 돌아오시지 않을 거라고요. 할머니, 저는 누구 말이 진짜인지 잘 모르겠어요. 할머니, 할머니는 어떻게 생각하세요? ……."

창수는 노파가 요즘처럼 정신이 흐려진 때에도 역시 예전의 할머니를 대할 때와 조금도 다름없는 태도로 밖에서 돌아오면 이렇게 말을 걸었다. 고독한 그는 어린 마음에도 그렇게 하는 것이 무엇보다 마음 든든한 일이었다. 그러나 노파는 아무런 의미도 없이 가끔 고개를 끄덕일 뿐이었다.

"전 그 아주머니가 좋아요. 아버지가 돌아오시지 않을 거라고 말했지만 전 그래도 좋아해요. 전 그 아주머니가 참말을 하고 있는 거라고 생각해요. 그쵸, 할머니……."

창수는 얼굴 전체를 움직이며 부지런히 조밥을 먹고 있는 노파에게 쉴 새 없이 말을 걸었다.

"아주머니가 오늘 이렇게 말했어요. '아버지는 돌아오시지 않으니 앞으로 네가 원수를 갚아야 한다. 아버지를 감옥에 넣은 놈들에게 원수를 갚아야 한다.'고 그 아주머니가 저한테 말했어요. 그리고 너 몇 살이냐고 묻기에 열두 살이라고 했더니 그럼 나랑 같이 가자고 말했어요. 할머니, 아버지의 원수를 갚으러 저 어디로 가는 거예요? 어디에 우리 아버지를 감옥에 넣은 원수가 있는 거예요? ……제가 가면 할머니가 고생을 하시잖아요, 혼자 계시니. ……그럼 할머니도 같이 가실래요? 아버지의 원수를 갚으러 할머니도 가실래요? …….”

창수는 어린아이답게 눈을 동그랗게 뜨고 이런 말들을 되풀이했다. 노파는 상대방의 말 따위에는 전혀 귀도 기울이지 않고 상당히 많은 양의 조밥을 전부 먹어치우더니 휙 거기에 다시 누워버렸다. 그리고 커다랗게 하품을 했다. 창수도 역시 하루 종일 일해서 피곤했는지 졸린 눈으로 아직 가만히 앉아 있었으나, 할머니에게 무슨 말을 해도 대답이 없었기에 마침내 얘기할 맛이 떨어진 듯 그도 벌렁 누워버리고 말았다. 그리고 어느 틈엔가 깜빡 잠이 들었다.

시체와도 같은 두 사람의 몸이 불도 켜지 않은 좁은 방에 누워 있었다. 어디선가 따뜻한 바람이 가만히 불어와 이 두 슬픈 인생을 어루만지는 것 같았다. 어린 그의 꿈에 한때의 평화를 가져다주는 듯했다. 꽃가루 냄새가 섞여 어딘가 옅은 향기를 띠고 있는 것조차 쓸쓸한 봄날 저녁에는 잘 어울렸다.

어둠이 벌써 그 집 안을 완전히 점령해버렸다. 단지 바깥의 문 부근에만 석양이 희미하게 물들어 있을 뿐이었다. 두 개의 몸은 이렇게 날이 밝을 때까지 근심걱정 없이 잠들어 있는 것이다. 등불도 켜지 않았으며, 이불도 없었다. 그들은 단지 생물적으로만 살아갈 뿐이었다. 그러나 그들에게 있어서 그것은 또 얼마나 훌륭한 사업이란 말인가!?

그곳으로 사람이 불쑥 들어왔다. 특별히 문단속을 하는 것도 아니었기에 이 사람은 아무런 소리도 내지 않고 토방에 설 수 있었다. 눈을 번뜩이며 맞은편 방구석을 유심히 바라보았다.

"어머니이……."

스물일고여덟쯤 된 젊은 사내의 목소리였다. 그러나 대답은 없었다.

"어머니……, 저 왔어요. ……."

다시 이렇게 말하고 어두운 구석을 유심히 바라보았다.

"창수야, 창수야. 내가 왔다. ……."

남자는 이렇게 말하고 성큼 안으로 들어갔다. 달 밝은 길을 걷다 갑자기 어두운 집 안으로 들어선 사내는 바로 거기에서 잠자고 있던 창수의 머리를 잘못해서 발로 차고 말았다. 그래도 창수는 여전히 곯아떨어져 있었다.

"창수야, 자느냐? 창수야, 내가 왔다. ……."

남자가 창수의 몸을 세게 흔들었다.

"응……."

하고 창수가 몸을 뒤척였으나 여전히 잠에서 깨어나지 못했다.

"얘, 창수야. 일어나봐라. 아재가 돌아왔다. ……."

남자가 창수의 몸을 안아 일으켰다.

"누구야? ……나 졸린데……."

창수가 상대방을 이상하다는 듯 바라보았다. 하지만 주위가 어두워서 누구인지는 알아보지 못했다.

"자, 창수야, 일어나라. 영창이 아재가 왔다."

"김 서방 어른이세요? ……."

"아니다, 창수야. 영창이 아재가 왔다."

"영창 아재? ……영창이 아재는 감옥에 있어요. 김 서방 어르신. 영창이 아재는 아직 감옥에 있어요. ……."

"얘, 창수야. 영창이 아재가 지금 감옥에서 나왔다."

"영창이 아재가 감옥에서 나왔나요? ……어디로 갔나요? ……."

"여기에 있지 않느냐, 창수야. ……내가 영창이 아재다. ……."

"응? 영창이 아재라고? 응? ……."

창수가 놀라 눈을 부비며 상대방을 바라보았다.

"그래, 그러니 눈을 번쩍 떠봐라. 어머니는 아직 주무시니? 할머니, 아직 주무시는 거지?"

"응, 할머니, 여기서 주무셔……. 영창이 아재, 언제 감옥에서 나왔어?"

"지금 나왔다."

"아버지도 같이 나왔어?"

"응……, 아버지는 아직 못 나오셨어."

"아버지는 아직 못 나오셨어? 그럼 영창이 아재 혼자서 나온 거야? 아버지도 가진이 아재(할아버지의 잘못인 듯. — 역주)도 안 오는 거야?"

"응, 아직 못 온다."

"어떻게 영창이 아재만 나온 거야?"

"……."

"영창이 아재 혼자서 도망쳐 나온 거야? ……."

"으, 응……."

"감옥에서 혼자 도망쳐 왔다고?"

"창수아, 영창이 아재, 도망쳐 나온 거니, 어머니를 좀 깨워라……."

"응, 깨울게. 왜 아버지랑 같이 도망치지 않은 거야? 아재, 왜 같이 도망쳐 나오지 않은 거야?"

"창수야, 나중에 얘기해줄 테니, 어머니 먼저 깨워라."

"응, 바로 깨울게. ……."

창수가 더듬더듬 노파 쪽으로 다가갔다.

"할머니, 할머니. 얼른 일어나세요. 영창이 아재가 왔어요. ……."

"가진이 왔느냐? ……."

노파가 몸을 벌떡 일으켰다.

"아버지가 아니에요. 영창이 아재가 왔어요."

"가진이 왔느냐?"

"아버지가 아니라니까요. 영창이 아재가 왔어요. ……."

"그래……, 가진이가 왔다고?"

"할머니, 영창이 아재라니까요. 할머니……."

"영창이 아재……?"

"네, 할머니. 영창이 아재에요."

"영창이 아재가 왔단 말이냐, 창수야? ……."

"네, 영창이 아재가 왔어요. ……."

"창수야, 얼른 어머니와 같이 나도 도망쳐야 한다. 자, 얼른. 곧 순사가 올 거다."

영창이 갑자기 이렇게 말했다.

"도망친다고? 아재, 어디로 도망쳐?"

"산속으로 도망쳐야 한다."

"산속으로 도망친다고? 산속으로 도망치면 순사가 못 오나?"

"산속으로 들어가야 한다. 자, 그러니 어서 나하고 산속으로 도망치자."

"아재, 산속은 안 돼. 신부님 집으로 도망치는 게 좋아."

"신부님? 너 요즘 신부님 댁에 간 적 있었냐?"

"응, 갔었어. 신부님은 누구든 숨겨주셔. 지금도 숨어 있는 사람들이 아주 많아."

"뭐? 숨어 있는 사람, 신부님 댁에 여럿이 있니?"

"응, 많이 있어. 이 마을 사람들 아무도 모르지만, 난 잘 알고 있어. — 예쁜 아주머니도 있어. 난 그 아주머니가 좋아."

"뭐, 예쁜 아주머니도 숨어 있다고? —모두 감옥에서 도망쳐 나온 거냐?"

"응, 모두 도망쳐 온 거야. 그러니까 얼른 신부님 집으로 가자. 영창 아재……."

"그래, 그럼 가보자. 신부님 댁은 크니까 아무도 모를 거야. 창수야 얼른 어머니도 데리고 가자. 네가 앞장서라. 나는 어머니를 업을 테니……."

26

"오늘 점심을 막 먹고 난 뒤였습니다. 평소 시달리기만 해서 늘 우울하고 음울했던 죄수들도 따뜻한 햇살이 비춰서 그런지 마음이 들뜬 듯했습니다. ……."

영창은 아직 붉은빛 기결수의를 입은 채 천주공교회 토마스 신부 집의 어느 방 구석에 웅크려 앉아 있었다. 그리고 거기의 의자에 앉아 무릎에 손을 얹고 열심히 그의 이야기를 듣고 있는 토마스 신부에게 이렇게 말했다. 거기에는 김성준과 주영이 등도 있었다.

"그 전부터 저는 아버지의 공범자로 간주되어 이미 징역 10년을 선고받았습니다. 하지만 아버지와 형님은 사형을 선고받았습니다. 그래서 아버지와 형님은 공소를 해서 아직 미결감에 계십니다. 저도 억울해서 견딜 수 없었기에 공소하려 했습니다. 그런데 같은 감방에 있는 사람이 10년이면 아무것도 아니라고 하기에, 혹시 공소를 했다가 아버지처럼 사형을 받으면 큰일이라고 생각했습니다. 그래서 하는 수 없이 10년의 징역을 받아들였습니다. ―그때 저는 마침 노역장에서 일을 하고 있었습니다."

그는 이렇게 말하고 그 빛이 바랜 죄수복으로 코 부근을 한 번 문질렀다.

"저희들의 노역장 앞은 목공장으로 쓰이고 있습니다. 그 목공장에서 갑자기 와하는 함성이 들려오기에 무슨 소린가 싶어 내다봤더니 말입니다, 커다란 자귀며 쇠메 등 여러 가지 목공기구를 든 죄수들이 긴 군도를 뽑아 든 간수들과 기세를 올리며 갑자기 싸움을 시작한 참이었습니다. 개중에는 벌써 그곳의 바닥에 푹 쓰러져 늘어져버린 제복을 입은 간수도 있었습니다. 널따란 노역장 안은, 붉은 죄수복을 입은 죄수들과 새카만 제복을 입은 간수들이 서로 번쩍번쩍 빛나는 무기를 휘두르고 있어서 마치 적과 흑의 병사들이 전쟁을 벌이고 있는 것 같았습니다. 지켜보고 있자니 붉은 쪽도 픽픽 나가떨어졌습니다. 검은 쪽도 픽픽 나가떨어졌습니다. 창을 깨고 밖으로 뛰쳐나가는 죄수가 있었습니다. 군도를 마구 휘둘러 그들을 베는 간수들이 있었습니다. 저는 깜짝 놀라서 넋이 나간 사람처럼 잠깐 바라보고 있었는데 다시 와하는 커다란 함성이 제 귓가에서 들끓어 올랐습니다. 저는 간이 떨어질 정도로 깜짝 놀랐습니다. ―우리 노역장의 죄수들도 역시 손에 손에 여러 가지 물건들을 들고 그것을 휘두르며 우르르 실외로 몰려나가고 있었습니다. 그런데 정말 신기하게도 저 역시 몸속에서 단번에 불길이 치솟은 것처럼 참을 수 없이 뜨거워졌습니다. 이제 더 이상 무서울 것은 아무것도 없다는 생각이 들었습니다. 온몸에 불이 붙은 탓에 불덩어리처럼 되어버린 저는 정신없이 부근에 있던 기다란 물건을 집어 들고 다른 죄수들과 함께 실외로 뛰쳐나갔습니다. 저는 바로 바깥문을 통해서 도망치려 했습니다만, 그것만으로는 왠지 성에 차지 않는 듯했기에 바깥문으로 달려가기까지 죄수를 뒤쫓고 있는 간수를 뒤에서 있는 힘껏 내리치기도 하고, 양쪽에 있던 건물의 창을 닥치는 대로 깨부수기도 했습니다. 그런데 어떻게 된 일인지 그게 또 얼마나 기분이 좋은지, 참을 수 없을 정도였습니다. 왠지 나쁜 짓인 것처럼도 느껴졌으나, 또 한편으로는 제 몸속에서 잘한다, 잘해, 라고 충동질하는 것이 있는 듯한 기분도 들어서 참을 수가 없었습니다. 그러자 지금까지 제 몸속에 쌓여 있던 딱딱한 응어리가 단번에 풀려버린 것 같은 상쾌한 기분이 들었습니다. 역시 이건 그렇게 좋은 일은 아니라고 생각하고 있습니다만…….”

“흠……, 그건 좋은 일은 아닌 듯싶구나. …….”

토마스 신부가 장중한 목소리로 말했다.

“네, 저도 그렇게 생각했습니다. 하지만 신부님, 그렇게 생각하고는 있었지만 저는 왠지 분하고 억울해서 참을 수가 없었습니다. …….”

“…….”

“저는 간수들을 뒤에서 내리치기도 하고 창을 깨부수기도 하면서 달려가고 있었는데 제 손에 쥔 물건이 아주 쓸 만하다 싶어 얼른 내려다보니 그것은 짚을 써는 커다란 손도끼였습니다. 우리 노역장은 거적을 만드는 곳이었는데, 저는 거기에 있던 커다란 손도끼를 집어 들고 달려나

온 것이었습니다. 저는 지금까지 고양이 새끼 한 마리 죽인 적 없는 사람이었습니다만, 이걸로 저도 아주 못된 놈이 되어버렸구나, 그때 뼈저리게 느꼈습니다. 여기, 이걸 좀 보십시오, 신부님. 그 커다란 손도끼를 아직 이렇게 가지고 있습니다. ……신부님 앞에서 참으로 못할 말입니다만…….”

이라며 영창은 품속에 꼭 숨기고 있던 그 커다란 손도끼를 부들부들 떨리는 손으로 가만히 꺼냈다. 모두의 시선이 일제히 그곳으로 쏟아졌다.

“……신부님, 이건 피입니다. 신부님 앞에서 참으로 못할 말입니다만, 여기, 여기에 끈적하게 붙어 있는 게 전부 사람의 피입니다. 이 램프 아래서는 꺼멓게 보입니다만…….”

“…….”

“어쨌든 이것으로 서너 명은 틀림없이 죽였습니다. 제정신이 아니었기에 분명히는 기억하지 못하지만, 세 명 정도는 뒤에서 머리를 내리쳤습니다. 머리의 살에서는 아무런 느낌도 없었지만, 퍽하고 뼈에 닿으면 커다란 손도끼의 날 끝이 묘하게 슥 딱딱한 뼈에서 미끄러지는 듯한 느낌이 들었습니다. 그런데 그 가운데 한 사람은 아무래도 그 뼈까지 빠개진 모양이었습니다. …….”

“흠, 영창아, 이제 그만 됐다. …….”

“네, 신부님 앞에서 참으로 못할 말을 했습니다. 부디 저를 용서해주시기 바랍니다. 하지만 신부님 저는 아주 몹쓸 놈이 되어버렸습니다. —지금까지 고양이 새끼 한 마리 죽인 적 없었던 제가 몇 명이나 되는 사람을 이렇게 죽이다니, 어째서 이런 몹쓸 놈이 되어버린 겁니까? 신부님, 하나님께서도 틀림없이 저를 벌하시겠지요? …….”

“흠…….”

"그러시겠죠? 틀림없이 무시무시한 벌을 내리시겠지요? 신부님, 저는 그게 무서워서 견딜 수가 없습니다. ……하지만 신부님, 저는 왜 그런 감옥에 들어간 겁니까? 지금까지 고양이 새끼 한 마리 죽인 적 없는 제가 어째서 그런 감옥에 들어간 겁니까? 신부님, 저뿐만이 아닙니다. 저희 아버지도, 형님도 모두 벌레 한 마리 죽이지 못할 사람들입니다. 그런데도 그 두 사람은 듣기에도 끔찍한 살인을 저질렀다는 이유로 사형을 선고받았습니다. 그리고 이곳으로 모시고 온 어머니와 조카인 창수는 요즘 먹는 둥 마는 둥 살았기에 보시는 것처럼 이렇게 삐쩍 말라버렸습니다. 저는 이 불쌍한 두 사람을 어떻게든 편하게 살게 해주려고 이렇게 도망쳐 온 겁니다. 그렇게 하지 않으면 이 두 사람은 말라비틀어져 죽고 말 것입니다. —하지만 신부님, 그래도 역시 하나님께서는 제게 무시무시한 벌을 내리시겠죠? ……."

"……."

"신부님……."

"그래, 영창아, 이제 그만 됐다. ……주영아, 이 사람에게 얼른 새 옷을 가져다주어라. 더는 이 사람에게 이 붉은 옷을 입혀두어서는 안 된다. ……저, 저기, 저쪽 창의 커튼이 아직 조금 열려 있구나. 이 붉은 옷이 저 창을 통해서 보여서는 안 된다. ……."

27

한 초가집 뒤에서 낮닭이 맑은 목소리로 높다랗게 울었다. 그것은 벌써 코앞으로 다가온 웅대한 여름을 맞이하는 찬가이기도 했다. 생기 넘치는 대기 속으로 그 노래가 울려 퍼지자, 올리브빛 나뭇잎들이 퍼뜩 잠에서 깨어난 것처럼 술렁이기 시작했다. 황소가 외양간 안에서 낮은 소리로 연주했다. 땅 위의 벌레들은 교만한 여왕에게 질타를 당하는 농노처럼 도망쳐 들어갈 구멍을 찾아 헤맸다.

"아, 여기가 좋겠네요. 이쪽으로 오세요. ……."

동생인 애라가 신춘용에게 이렇게 말했다. 한 나무그늘 아래의 돌 위에 하얀 손수건을 깔고 자신도 앉았다. 그리고 아름다운 추파를 남자에게 던졌다. 춘용은 간질이는 듯 따사로운 공기 속에서 그 여자의 목소리를 듣는 순간, 괴로운 육체의 충동을 이 여자에게서 느끼지 않을 수 없었다. 그러한 인간의 충동은, 그 인간의 다른 방면의 정서생활과는 전혀 독립된 것 같다는 생각이 그에게는 들었다. 한 사내가 불타오를 것처럼 갑이라는 여자를 사랑하고 있어도, 그 옆에 을이라는 여자가 나타나면 그 사람은 갑을 사랑하면서도 을에게 반드시 강한 육체적 충동을 느끼는 법이라고 생각했다. 다시 말해서 사랑하는 마음과 육체를 추구하는 마음은, 어떤 경우에는 일치하기도 하지만, 어떤 경우에는 별개의 것이라고 여겨진 것이다. 사랑을 하는 마음은 꽃을 동경하는 것과 같은 마음이나, 육체를 추구하는 마음은 굶주렸을 때 빵을 생각하는 것과 같은 욕망의 움직임이라고 생각했다.

춘용에게는 늦은 봄에 파랗게 부풀어가는 매실과도 같은 생생한 고뇌가 있었다. 그것은 이 고향 땅에 들어와서 자기 운동의 길이 막혀버린 것을 느꼈을 때 싹튼 고뇌는 아니었다. 그러한 고뇌는 어떤 도피적인 기분이 되어 처리해 나가는 것도 결코 불가능한 일은 아니었다. 그의 자유로운 마음의 움직임에 따라서 어떻게든 할 수 있는 고뇌였다. 그가 지금 가지고 있는 고뇌는 좀 더 자아의식을 중심으로 한, 필연적인 것이어서 아무래도 움직일 수 없는 것이었다. 그는 그 고뇌를 잊기 위해서 이 애라의 몸을 탐하지 않을 수 없었다. 그 육체의 엑스터시에 의해서 자신의 고뇌를 녹여버리고 싶다고 마음속으로 바라고 있었다. 그렇다고 해서 이 열아홉 여자에게 청년 남성다운 연심이 전혀 없는 것도 아니었다. 젊은 남자는 어떠한 경우에라도 젊은 여자에 대해서 그와 같은 연심을 품기 마련이기 때문이다. 처음 그는 일요일이면 단지 형식적으로 이 교회의 회당으로 들어갔다. 거기서 그는 이 여자에게 그 격렬한 충동을 느꼈다. 그 요구를 만족시키기 위해서 그의 젊은 피가 끓어올랐다. 그가 지금까지 품고 있던 하나의 근심과 번민이 도저히 풀어지지 않을 것이라는 사실을 안 순간, 그의 노력은 단번에 이 젊고 순진한 애라에게로 쏟아져 갔다.

그가 이 집에 온 밤은 토요일이었다. 그리고 그 이튿날 아침이 일요일이었다. 회당에 들어갔을 때, 그는 그래도 오랜만에 자기 민족 사람들이 여럿 모인 속으로 들어가 기분이 좋았었다. 아름다운 소녀들의 무리로 이루어진 창가대도 있었다. 동네의 젊은 처자들과 젊은 부인들도 와 있었다. 그의 젊은 육체가 그 한 사람 한 사람에게서 서로 다른 성적 흥미를 느끼고 있었다. 아직 이성의 육체를 알지 못하는 그는 그런 흥미도 전부 공상적인 것이었으나, 공상적인 만큼 그 흥미에도 색채가 있었다. — 성적 흥미는 경험이 없는 남녀일수록 더 크고 화려한 법이다.

테두리에 금박을 물들인 커다란 성경을 성단에 펼쳐놓고 하얀 수염을 떨며 설교하는 토마스 신부나 꾸며낸 듯한 신앙의 징표를 내보이기도 하고 감화하기도 하는 장로들의 모습은 그에게 번거로운 것이었다. 그는 수많은 이성들 가운데서도 젊은 사람들만을 골라 보았다. 그 골라낸 가운데서 가장 빛이 나는 것을 찾아내려 했는데, 그는 앞의 성단 옆에서 홀로 커다란 산호구슬처럼 빛나고 있는 사람 외에는 그에 필적할 정도로 눈부시고 향기로운 사람을 찾아내지 못했다. 이 널따란 회당 안에 있는 다른 사람들은 모두 길거리의 잡음을 듣고 있는 것과 다를 바 없었다.

성단 오른쪽 아래에, 예전에 중앙공교회에서 보내주었다는 프랑스제 커다란 오르간이 있었다. 벌써 상당히 오래 된 물건이지만 정확한 음률과 맑은 울림을 내고 있어서 그것이 얼마나 정교하게 만들어졌는지를 알 수 있었다. 그 앞에, 빰 위만을 드러낸 채 아름다운 여자가 앉아 있었다. 여자의 입술에서 풍부한 성량의 소프라노가 울려 퍼지자 거기에 반주를 하는 오르간의 소리조차 묻혀버리고 말았다. 그리고 경이로움에 잠긴 모든 이들의 시선이 그 목소리의 주인에게로 쏠렸다. 그녀의 빨갛게 물든 뺨과 함께 커다란 눈동자가 생기 넘치는 검은 빛을 발하며 불타오르는 것처럼 반짝였다. 노래를 부르고 있는 그녀 자신은 이미 무아의 경지로 완전히 들어서서 그녀의 몸 전체가 하나의 커다란 악기이기도 했다. 그리고 그 근육 하나하나가 전부 음률을 발하는 수많은 줄이 되어 있었다. 그것은 모든 불투명한 노폐물을 완전히 걸러낸, 수정처럼 정화된 아름다운 몸의 울림이었다. 춘용은 그 멋진 육성을 통해서 그 여자의 멋진 육체를 상상했다. 강한 신축력을 유지하며 풍부한 혈액의 흐름을 재촉하는 건전한 육체, 윤택한 혈액의 애무로 부드러운 근육과 힘줄을 쑥쑥 키워나가는 육체, —그 온몸에서 뿜어져 나와 성대에 격렬하게 부딪히는 호흡을 분방하게, 대담하게, 미묘하게, 정교하게 뜻대로 조절하는 하복부의 수축과 신장(伸張)의 운동! 발육!

춘용은 문득 그 여자가 완전한 알몸이 되었을 때의 모습을 상상해보았다. 그리고 그 여자가 지금 몸의 울림을 내어 노래하는 모습—마치 방울벌레가 울 때, 평소의 얌전한 모습을 완전히 바꾸어, 날개를 있는 힘껏 거꾸로 뒤집고 몸을 있는 그대로 드러내 아름다운 소리를 내며 우는 것 같은 모습—을 상상해보았다. 그는 그 방울벌레의 모습이 보고 싶어졌다.

또 자기의 마음이 내킬 때까지 자신을 위해서 그 여자에게 노래를 부르게 하고 싶었다. 자신이 독차지해서 자유자재로 모습을 취하게 하고, 자유자재로 노래를 부르게 해보고 싶었다. 거기에 그의 숨 막힐 듯한 소망이 자리하고 있었다.

그 날개를 거꾸로 뒤집은 모습! 그는 그 모습을 이곳의 눈 내리는 아침에서 보았다. 새하얀 눈에 뒤덮여 동그스름하게 볼록 솟은 작은 언덕과 언덕이 정교한 곡선미를 그리며 양쪽에서 맞닿을 듯 서 있었다. 좁은 골짜기에는 아침 해가 약간 희붐하게 비치고 있었다. 그리고 그 언덕의 어떤 부분에 듬성듬성한 고목의 숲이 옅은 먹빛의 싸리비처럼 자라 있었다. 눈에 덮인 아름다운 계곡! 천상의 거인이 치정(痴情) 때문에 찔러 죽이고 대지에 쓰러뜨린 미인의 알몸 중 일부가 드러나 있는 듯했다. 그는 여자에게서 그런 생생한 느낌을 받자 당장에라도 그 눈빛 살결을 마음껏 유린하고 싶다는 생각이 들었다. —그것이 지금 그가 품고 있는 끝도 없는 고뇌를 달래줄 수단이었다.

숫총각이 품을 법한 그의 공상적인, 화려한, 분방한 성적 미감(美感)이 구름처럼, 폭풍처럼 종횡무진으로 날개를 펼치고 지나갔다. 그의 영혼 밑바닥에는 어떤 고뇌의 대상 하나가 뚜렷하게 그림자를 드리우고 있음에도 불구하고, 그는 지금 자기 앞에 있는, 이제는 확실하게 지배할 수 있을 것이라 믿고 있는 여자의 육체를 대상으로 이러한 환영을 그려내며 그칠 줄 모르는 자기 성의 번민을 더욱 깊게 만들고 있었다.

아름다운 미지의 세계에 처음 발을 내디딜 때의 환희! 그는 곁에 있는 여자의 목구멍에서 한 마디씩 소리가 울리며 나올 때마다 그 환희가 한 걸음씩 다가오고 있는 것이라고 느꼈다. 그는 이 환희로 자신의 모든 과거를 해결해버리겠다고 생각했다.

두 사람은 한 풀밭 위에 앉아 있었다. 그 바로 앞으로는 조그만 냇물이 흐르고 있었다. 물은 많지 않았다. 그 물을 따라서 훨씬 하류로 내려가면 폭포에 생긴 웅덩이 같은 곳이 있었다. 웅덩이 주위에서는 두어 명의 여자들이 아이들을 곁에서 놀게 한 채 부지런히 빨랫방망이를 두드리고 있었다. 물 항아리를 머리에 이고 물을 길으러 오는 여자도 있었다.

'오늘에야말로!'라고 춘용은 생각했다. 그러자 차츰차츰 그의 가슴이 두근두근 기분 좋게 뛰었다. 지금까지 몇 번이고 계획했다가 몇 번이고 실패했다. 그리고 언제나 일이 지나고 나서야 이를 갈았다. 왜 그때 이렇게 하지 않았던 것일까 생각했다. 그때 그렇게 했으면 틀림없이 상대도 받아들였을 것이라며 분해했다. 결정적인 순간이 찾아오면 묘하게 일종의 배려심이나 두려움 같은 것이 그를 엄습했으며, 그 기회는 바로 떠나버리곤 했다. 그리고 나중에서야 그때 보였던 자신의 비겁함이 답답하고 화가 나서 견딜 수가 없었다. 하지만 오늘에야말로 그 기회를 반드시 잡고 말겠다!

애라는 춘용이 여기 처음 왔을 때에 비해서는 눈에 띄게 아름다워져 있었다. 그리고 몸의 미세한 점에까지 주의를 기울이게 되었다. 향그러운 살 냄새가 한층 더 진해졌다. 눈동자의 움직임이나 입술의 작용이 강한 정서를 보이게 되었다. 지금까지 응고되어 있던 몸속의 젊은 기름이 단번에 외부로 흘러나와 매끈매끈하고 촉촉하게 빛나고 있는 것처럼 보였다. 그리고 그 향그러운 기름을 전신에 바르고 자신을 원하는 사람을 위해서 화사하고 밝은 향연의 자리를 마련한 것 같다는 생각이 들기도 했다.

'이 따사로운 햇살 아래서 이렇게 젊은 남성의 몸에 기대어 이 여자는 무슨 생각을 하고 있는 것일까?'라고 그는 생각했다. 그는 새가 노니는 것처럼 오르간의 건반 위를 가볍게 뛰노는 여자의 손을 바라보았다. 섬섬옥수 같은 손가락을 직각으로 구부리면 그 관절 하나하나에 마음을 자극하는 듯한 살의 패임이 생겨났다. (이하 6행 말소)

그는 그런 여자가 다른 사람 앞에서 얌전한 얼굴을 하고 있다는 것이 재미있었다. 우스웠다. 그리고 또 여기에 있는 애라의 참으로 다소곳한 얼굴이 재미있었다. 우스웠다. ……그의 젊고 장난을 좋아하는 공상이 그런 여러 가지 일들을 생각하게 했다.

남자는 오늘에야말로 이 여자를 확실히 차지하겠다고 생각했다. 이 여자는 이미 자신의 뜻대로 어디까지든지 따라올 것이다. 평소의 동작이 전부 그것을 뒷받침하고 있다. 그리고 그 방울벌레처럼 틀림없이 울 것이라고 생각했다. 남자의 온몸으로 세찬 고뇌가 가득 넘쳐흘러 지금 이 자리에서라도 여자의 몸을 짓밟고 싶다고 생각했다. …….

한동안 입을 다물고 있던 남자가 갑자기 얼굴을 들어,

"어디 좀 더 다른 데로 가봅시다. ……."

라고 말했다. 그 말 속에는 남자의 열렬한 의도와, 그것을 향한 강한 결의가 감춰져 있었다.

"네, 가보기로 해요. ……."

여자도 바로 동의했다. 그것을 의식하고 있는지 어떤지는 모르겠으나, 어쨌든 남자에게는 복종의 첫걸음인 것처럼도 느껴졌다.

남자는 이미 여자가 지금까지 품고 있던 모든 정조관념을 철저하게 깨부수었다고 믿고 있었다. 여자는 걸핏하면 성경의 말을 인용해서 남자의 말에 대항하려 했으나, 요즘에는 더 이상 그렇게 하지 않았다. 산책을 할 때도 성경이나 찬송가 책을 들고 나오지 않았다.

남자는 여자와 걸으며 평소와 다름없이 또 이 나라 여성들의 인습을 비판했다.

"저는 이 C인 여자들이 장옷을 머리까지 뒤집어쓰고 조심조심 길가는 모습을 보면 참으로 비관하지 않을 수 없습니다. C인 여자들이 지금까지 남자들로부터 얼마나 노예 취급을 받았는지를 그것으로 알 수 있습니다. 그것은 옛날 원나라가 이 나라를 동쪽의 번국으로 삼았을 때, 매해 공물로 미인을 원나라로 보낼 필요가 있었기에 국왕이 거리의 미인들을 닥치는 대로 잡아갔는데, 항간에서는 그것을 매우 두렵게 여겨 여자를 내방에 숨겨두었고, 집에서 나갈 때는 그런 장옷을 머리까지 뒤집어써서 얼굴이 보이지 않게 조심하던 풍습이 아직까지 남아 있는 것입니다. 물론 그런 습관은 어느 나라에나 있습니다. 그러나 이 나라는 특히 심합니다. 다시 말해서 여자를 금은보화와 마찬가지로 정복자에게 헌상한 것입니다. 이런 인습을 근본에서부터 뿌리 뽑지 않는다면 이 나라 여자들의 해방은 바랄 수도 없습니다. ……."

춘용은 이렇게 말했다.

"정조라는 것도 바로 여기에서 나온 것입니다. 남자를 위해서 어디까지나 순종하는 노예가 되어야 한다는 것이 여자의 정조입니다. 하지만 남자를 위한 그런 노예 도덕은 이제 그만 거부해야 합니다. 그리고 남자와 마찬가지로 성의 온갖 향락을 추구해나가야 합니다."

이것이 그의 결론이었다.

여자는 남자의 그런 주장을 들어도 이제 더는 놀라지 않았다.

"호프만 교수는 이렇게 말했습니다. 그리스도의 그 산상수훈은 히브리서에서 모아 베낀 것이라고요. 여자를 보고 색정을 품는 것은 마음으로 이미 간음을 한 것이라는 말도 역시 히브리서 속에서 훔쳐온 것입니다. 하지만 아무리 그럴듯한 말을 한다 해도, 기독교도의 도덕은 원시로 갈수록 더욱 이상해집니다. 사람들은 곧잘, 원시기독교는 그렇지 않았다고 말합니다만, 그 원시야말로 아주 한심한 것입니다. 그 성찬회라는 것이 가장 괴상한 물건입니다. 지금이야 포도주로 대충 넘어가고 있습니다만, 원시시대에는 정말 대단했습니다. 그건 성찬(聖餐)이라기보다 오히려 애찬(愛餐)이라고 하는 편이 더 적당할 겁니다. 원시시대에는 'Holy-Feast'가 아니라 'Love-Feast'라고 했습니다. 어린아이를 제물로 삼고 그 고기를 먹었으며, 간통과 근친상간을 그 회합에서 대대적으로 행했다고 합니다. ―무릇 Feast라는 말의 의미는 먹고 마시며 남녀가 향락을 즐기는 것입니다. 한날의 괴로움은 그날로 족하다는 그리스도의 말은 그 시대의 마음가짐입니다. 그러나 우리는 그런 마음가짐이면 충분합니다."

남자는 이런 말을 했다. 그 말의 밑바닥에서는 꿈틀꿈틀 몸부림치며 성에 괴로워 마음이 어지러워진 유혹의 뱀이 시뻘건 혓바닥을 날름거리고 있었다. 그리고 그 혓바닥이 당장에라도 여자의 맨살을 핥으려 하고 있었다. 그 힘에 넘치는 목소리를 섬세하게 조절하는 풍만한 여자의 ××× 부근을…….

어쩐 일인지 여자는 오늘 말없이 걸었다. 언제까지고 남자에게 순종하며 자신은 한 번도 먼저 입을 열지 않았다. 남자는 그런 태도를 이상히 여기듯 힐끗힐끗 여자의 옆얼굴을 들여다보았다. 귀밑털이 두어 개 풀어져 그것이 엉겨 있는 통통한 뺨을 바라본 남자는 상아로 된 난로가 불타고 있는 것 같다는 느낌을 받았다. 여자는 어떤 예감에 사로잡혀서 숨 막힐 듯 떨고 있는 것 같았다. 그리고 이상하게 우울해져 있었다. 남자가 애써 어떤 암시를 주려고 노력하며 이야기해도 그에 대한 반응이 없었다. 그는 농익은 나무열매가 높다란 가지 위에 걸려 있는 것 같다는 생각이 들었다.

남자의 마음속에서 불안과도 같은 것이 일어나기 시작했다. 그리고 지금까지의 결의가 약간 무뎌지기 시작한 것을 느꼈다. 그는 이 여자를 어딘가 훨씬 더 깊은 산속이나 골짜기 속으로라도 꾀어내지 않으면 안 될 것 같다는 생각이 들기도 했다. 달아날 수 없는 곳이 아니면 이 여자를 자신의 손에 넣을 수 없을지 모르겠다는 생각도 들었다. 마치 커다란 사냥감을 발견한 사냥꾼이 어떻게 쏘아야 할지 몰라 총을 자꾸만 이리 쥐었다 저리 쥐었다 하며 허둥지둥하는 모습이 바로, 지금 남자의 여자에 대한 마음의 모습이었다.

남자는 어디까지고 걸어갔다. 그래도 여자는 조금도 불평하는 듯한 표정 없이 따라왔다. 언덕에는 나무그늘도 있었다. 듬성듬성한 숲도 있었다. 잡목이 자라난 수풀도 있었다. 사당 같은 것도 있었다. 인기척이라고는 조금도 느껴지지 않는 곳도 있었다. 남자는 그 부근을 몇 번이고 돌아다녔다. 그러나 그 한 군데 한 군데에 전부 각각의 이유가 있어서 그의 마음을 안심할 수 있게 해주는 곳은 어디에도 없었다. 이런 행동을 되풀이하는 동안 남자는 참을 수 없이 초조한 마음이 들었다. 그리고 그는 이제 아무 데나 상관없다는 마음이 들었다. 이곳의 길가여도, 저쪽의 벌판이어도, 사람이 와도, 사람이 보고 있어도 이제 그런 건 상관없다는 마음이 들었다. 그러나 그는 아직도 여자를 데리고 자신도 완전히 말을 잃은 채 걷고 있었다.

두 사람은 이렇게 걸으며 대체 무엇을 하고 있는 것인지 알 수가 없어졌다. 이야기도 나누지 않았으며 또 어디로 가려는 것도 아니었다. 그저 기약 없이 걷기만 하고 있었다. 또 그렇다고 해서 평소와 같은 산책도 아니었다. 그들은 산책을 할 때면 언제나 노래를 부르기도 하고 쾌활하게 이야기를 나누기도 했다. 오늘은 그럴 마음이 전혀 없는 듯했지만, 두 사람에게는 그 이상으로 중요한 어떤 목적이 있는 것임에 틀림없었다. …….

28

완전히 지쳐버린 두 사람은 저녁이 되어 힘없이 돌아왔다. 그들에게는 하루 종일 봄에 취해서 돌아다녔다는 것 외에는 별다른 의미가 없었다. 두 사람은 서로 한숨을 지었다. 오늘은 아무런 재미도 없었다고 생각하며 모두와 함께 저녁을 먹었다. 춘용도 별로 말을 하지 않았다. 애라는 더욱 말이 없었다. 결투를 벌이고 난 후부터 조성식은 주영에게 전혀 말을 걸지 않았으나, 주영은 그것을 조금도 마음에 두지 않았다. 그랬기에 그녀의 이야기 상대는 동생인 애라와 춘용이었다. 따라서 조성식 역시 이 두 젊은 남녀를 자신의 이야기상대로 삼았다. 다시 말해서 애라와 춘용은 그 후부터 이 집안의 주연이 된 것이었다.

그런데 이날 밤에는 두 사람 모두 힘없는 얼굴로 말이 없었다. 주영은 이 두 사람의 옆얼굴을 바라보며 비아냥거리듯 미소를 짓곤 했다. 조성식도 역시 두 사람의 옆얼굴을 탐색하듯 바라보았으나, 평소처럼 두 사람의 아주 친절한 형님이라도 되는 듯한 투로 말을 걸지는 않았다.

묘한 침묵이 흐르는 저녁을 마치고 난 뒤 그들은 역시 쓸쓸한 표정을 지으며 각자의 방으로 들어갔다. 늦은 봄날 저녁의 나른함이 누구의 가슴에나 벌레 먹은 것처럼 퍼져 있었다. 자칫 미쳐버릴 것 같은 피가 몸속에 가득 고여 오래 묵은 진흙처럼 되어 있었다. 근처 논에서는 개구리 소리가 들려왔다. 이제는 땀이 촉촉하게 밸 정도로 따뜻한 바람이 썩어 짓무른 꽃술을 발효시켜 강한 알코올과도 같은 냄새를 실어올 것만 같은 기분이 들었다.

조성식은 침상 위에 나른한 몸을 털썩 던졌다. 굳이 말하자면 그의 몸은 뚱뚱하게 살이 찐 편이었는데 전신에 어떤 괴로운 우울함이 가득 차 있는 듯했다. 그는 이제 더 이상 이렇게 평범한 생활을 언제까지고 계속할 수는 없다는 생각이 들었다. 그는 이제 모든 일들이 한심하게 여겨지기 시작했다. 얼마 전까지 자신이 품고 있던 마음을 돌아보니, 스스로도 그런 끔찍한 계획을 잘도 세웠다는 생각이 들었다. 그리고 이제 와서 생각해보니 자신도 모르게 전율이 느껴졌다.

그가 주영이를 알게 된 것은, 동양을 유랑하는 여러 피부색의 특이한 혁명가들이 모인다고 알려진 S시에서였다. 그 무렵 주영이는 그 도시에 저택을 가지고 있는 자유사상가이자, 또한 정치가이기도 한 동양의 어느 공화국의 수령의 집에 있었다. 그녀는 거기서 그 수령의 비서로 있었다.

사람들의 말에 의하면 주영이는 처음, 그 사람의 애첩으로 팔려왔는데 주영이의 식견과 도량을 사랑한 그 수령이 그녀에게 새로운 사상을 연구케 하며, 겉으로는 비서로 일하게 하고 있다는 것이었다.

그 수령은 벌써 예순 고개를 넘었지만 청년 시대에는 미국, 영국, 프랑스, 독일로 유랑했고 온갖 고생을 겪으며 모국의 혁명운동에 심혈을 기울였던 혁명가였다. 일찍이 구정부는 그의 목에 수만 원의 현상금을 걸고 그를 제거하려 했었다.

조성식은 그 사람에게 사랑받았다. 그리고 S시에 머무는 동안 끊임없이 그 저택을 드나들었다. 그는 거기서 주영이와 사랑에 빠진 것이었다.

그 사실을 알고 수령은 바로 주영이를 이 사랑하는 청년에게 허락했다. 그리고 그 사람의 중매로 그녀와 결혼했다. 이렇게 해서 두 사람은 뜻을 품고 다시 N—동양의 강대국인 그녀—의 수도인 T시로 건너갔다.

조성식이 주영을 자기 것으로 만든 뒤 반년쯤 지나서 그녀는 임신을 했다. 그 사실을 안 그의 마음에 무시무시한 유혹이 스며들었다. 그 아이가 태어난 뒤의 일을 생각해보니 그는 견딜 수가 없었다. 지금까지 자신도 결심을 하고, 또 주영이에게도 들려주어 그녀가 굳은 결심을 하게 한 운동이 그 유혹 때문에 뿌리째 뽑혀버릴 것 같다는 불안이 느껴졌다. 사람의 아내가 되고 아버지가 된 순간의 자신은 그것으로 모든 인생이 사라져버리는 것 아닐까 하는 생각조차 들었다.

그는 사실 인생이란 그런 것이라 생각하고 있었던 것이다. 하지만 그렇게 해서 자신의 존재가 사회에서 거의 휴지조각처럼 버려질 것이라 생각하니 견딜 수 없을 정도로 초조함이 느껴졌다. 그는 S시에서 자신들 기관의 잡지를 통해 ×××××××××××××××××××××××××××××××××× ×××××××× 모국의 민족의 등 뒤에서 수많은 위험을 무릅쓰고 진입해 들어가는 모습을 보고 그대로 가만히 앉아 있을 수가 없었다. ××××××××× ×××××××××× 이미 상당히 이름이 알려져 있었지만, 그러나 그 이름이 알려진 만큼 비난도 또한 많았다. 그리고 그 비난은 주로 그를 말뿐인 자라고 비웃는 것이었다. ××××××××××××××××××× 사실은 일개 번역가에 지나지 않는다는 조롱이었다. 그의 정체를 벗겨내고 보면 학식을 자랑하고 용감한 척 이름을 파는 자에 불과하다는 경멸이었다. 그러한 조롱과 경멸을 만나게 되자 그의 공명심에서 모락모락 반항심이 피어오르기 시작했다. 그가 민중 속으로 들어가려 한 것은 ××××××× 정열에 의한 것이라기보다, 자신에 대한 그런 비난을 떨쳐내고 싶었기 때문이기도 했다. 주영이조차 임신기에 들어간 이후부터는 때때로 조급한 마음이 들어 남편에게 그와 같은 차가운 비난을 던지곤 했다. 그리고 자신이 남편에게 속은 것이라는 식으로 말을 했다. —그는 한 아이의 아버지가 되었을 때의 일을 생각하자 전율이 느껴졌다.

C총독부의 상당한 지위에 있던 관리의 집에서 태어난 조성식은 T시의 사립대학을 졸업하고 미국으로 건너갔다. 그곳의 로스앤젤레스에 있는 대학에서 정치학을 공부할 무렵에 자신의 사상적 기초를 쌓게 되었다. 그리고 일단 모국의 수도인 K시로 돌아왔으나, 그 당시 모국 청년지식계급의 사상이 그가 미국에서 생각했던 것과 다르다는 사실을 알고 총명한 그는 아버지의 뜻을 어기고 S시로 떠났다. 거기서 모국의 여러 젊은 운동가들과 사귀었다. 새로운 학식을 쌓은 데다, 누가 뭐래도 가문 좋은 집안을 등에 업고 있던 그는 곧 운동가들의 수령 격이 되었다. 그 무렵부터 신춘용은 그의 아우처럼 지내며 그의 일을 거들어주었다. —

그는 침상에 위를 향해 누워 여전히 궐련을 피우며 눈을 커다랗게 뜨고 가만히 천장을 바라보았다. 이런 시골로 들어와서 여러 날이 지난 지금까지 자신은 무엇을 했나 생각해보았다. 여기에 온 이튿날 밤, 토마스 신부로부터 그 프랑스 선교사의 영웅적인 이야기를 듣고 토마스 신부가 침실로 들어간 후에 신춘용과 큰눈이 내리고 있는 창밖을 바라보며 자신이 한 말을 떠올렸다.

"인간이란 갑자기 흥분했을 때에만은 누구나 영웅적이 되는 법이야. 그리고 평범한 자신으로 돌아오고 나서 그때의 일을 생각하면 몸서리가 쳐지는 경우가 있어……."

'나는 분명히 이렇게 말했어. —바로 지금 내가 그 몸서리를 치고 있는 중이야. 여기로 들어오기까지 나는 수많은 운동가들이 손에 쥐고 있는 채찍으로 등 뒤에서부터 두들겨 맞고 있는 것 같다는 기분으로 온 것이었는데, 여기에 와서 뒤를 돌아보고 이제 더는 아무도 없다는 사실을 깨닫자 왠지 긴장이 탁 풀려버린 듯해서 한 걸음도 앞으로 나아갈 마음이 들지 않게 된 거야. 그리고 이 세상일이 왠지 한심하다고 느껴지기 시작했어. 내가 이렇게 죽은 뒤에 설령 세상의 모든 사람들이 일제히 쌍수를 들어 나를 칭찬해준다 한들, 그게 나에게 무슨 도움이 된다는 거지!? 내가 T시의 대학에서 공부한 것은 무엇을 위해서였단 말인가? 우리를 열등민족처럼 경멸하는 그 학생들 속에서 보란 듯이 우등한 성적을 거두기 위해 나는 몇 번이나 머리가 아득해져 기절했는지 모른다. 하마터면 폐첨(肺尖) 카타르에 걸릴 뻔도 했다. 미국으로 건너간 뒤부터는 그보다 더 심했다. 나는 황색인종이지만 S인이 아니라 N인으로 보이기 위해서 얼마나 많은 노력을 했던가. —그것도 전부 누구를 위해서였는지……?'

이렇게 생각하는 동안 그는 여기까지 온 자신의 마음을 전혀 알 수 없게 되어버렸다.

'젊고 혈기 넘치는 운동가들이 당신밖에 없다, 당신밖에 없다, 떠들어대고 부추기는 바람에 나는 완전히 영웅이라도 된 양, 마침내 여기까지 온 것이다. 마치 내가 어렸을 적에 아버지에게 장난감 군복과 군도를 선물 받자 '도련님은 강하십니다. 도련님은 강하십니다.'라고 하녀들과 하인들이 추켜세우는 가운데 정신없이 군도를 휘두르며 다녔던 때와 같은 영혼이 아직도 내 마음 깊은 곳에 남아 있었던 것이다. 이 얼마나 어리석은 짓이란 말인가?!

주영이!? —그 여자를 손에 넣기 위해서 나는 상당한 노력을 기울였다. 사람 좋은 노혁명가 옆에서 반짝반짝 진주처럼 빛나는 그 여자를 보았을 때 나는 가슴이 뛰었다. 그리고 저 여자를 반드시 내 것으로 만들겠다고 그 자리에서 결심했다. 하지만 그 여자는 노혁명가가 아주 싫지만도 않은 듯했고 다가가기 어려운 날카로움도 가지고 있었다. 그것이 나의 흥미를 자극했다.

"저는 선생님 같은 자유주의자가 아니에요. 저는 ×××××에요. ……."

그 여자는 이렇게 말했다. 선생이란 노혁명가를 말한다.

"×××××……? ×××××가 일개 권력자의 사랑을 받으며 안심하고 있을 수 있단 말인가?"

나는 냉소하듯 말했다.

"그건 당신이 ××을 부정하면서도 관헌의 검열을 받으며 기관신문을 내고 있는 것과 같은 거예요. 하지만 두고 보세요. 당신이 타협을 그만두는 것보다 제가 타협을 그만두는 것이 얼마나 더 빠를지 알 수 없는 일이니!"

여자는 이렇게 건방진 태도로 말했다. 나는 꽤나 당황했다.

"그래, 누가 빠른지 경쟁하기로 하지."

나는 지지 않으려고 기세 좋게 말했다.

"네, 경쟁해요. 제가 지면 당신이 저를 정복하게 해줄게요. 하지만 그런 일은 결코 없을 거예요."

여자는 무시무시한 단정을 내렸다. 이건 물건 중의 물건이라고 나는 생각했다.

하지만 나는 반드시 이 여자를 정복하고 말겠다고 생각했다. 어째서 그런 자신감이 있었는가 하면, 나를 만날 때면 이 여자의 얼굴에 언제나 분이 짙게 발려 있었기 때문이었다!

나는 이 여자의 살갗을 맛본 순간부터 이미 실망을 느끼고 있었다. 왜냐하면 내가 기대하고 있었던 것처럼 같은 민족의 처녀다운 향그러움이 없었기 때문이었다. 나는 오래 타국을 돌아다녔기 때문에 그곳 매춘부들의 살밖에 알지 못했다. 그랬기에 모국에 돌아온 첫 번째 희망은 그것을 마음껏 맛보는 일이었다. 돌아오자마자 내 눈앞에 나타난 것이 그 여자였다. 그러나 나는 첫걸음에 완전히 실망하고 말았다. 물론 그 여자가 처녀가 아니라는 사실은 알고 있었다. 그러나 그 여자의 몸이 그 정도로 퇴폐해 있으리라고는 생각지 못했다. 나는 지금 그 처녀의 몸에 얼마나 굶주려 있는지 모른다! 나는 이제 그 여자를 버려도 좋다. 다음에 그녀를 대신해서 좀 더 기름지고, 좀 더 포근하고, 좀 더 매끈한 멋진 처녀가 기다리고 있다면…….'

그는 벌써 3, 4개월쯤 전에 그와 언니인 애란이 단둘이서 마주했을 때의 장면을 마음속으로 그려보았다.

그는 매우 적극적으로 애란에게 다가갔다.

"잠깐……, 잠깐만 기다리세요! ……."

여자가 비교적 차분한 투의 조그만 목소리로 애원하듯 이렇게 외쳤다.

"네? 뭘 기다리라는 건가요? 이제 우리는 더 이상 그런 말을 할 사이가 아니지 않습니까?"

그가 위협하듯 상대방의 뜨거운 뺨에 자신의 얼굴을 가져갔다.

"아니……, 잠깐만 기다려주세요. 저는 그런……."

여자가 그의 몸을 떨쳐내려 했다.

"그런이라니요? ……자, 그런이라니, 어떤 건지 말해보세요. 네? 그런이라니요? ……."

온몸이 시뻘게진 그의 점점 노골적이 되어가는 행동에 여자가 입으로는 그렇게 말하면서도 강한 충동을 받고 있는 것 같다고 남자는 느꼈다. 거기서 솟아오르는 듯한 쾌감을 느낀 그는 묘약을 맡은 것처럼 도취감에 빠져들었다.

"아니, 안 돼요! ……저기요, 그건 절대로 안 돼요! ……어멋!"

이렇게 외친 여자가 뜻밖에도 갑자기 놀라운 힘으로 남자의 몸에서 자신의 몸을 떼어내 버리고 말았다. 그리고 그 방문의 손잡이를 쥐려 했다. 그는 커다란 배신감을 느꼈다.

"잠깐 기다리세요! 그 문의 열쇠는 제가 가지고 있어요."

그는 당황해서 여자의 몸과 문 사이를 가로막았다.

"그렇다면……, 그렇다면 더 이상 당신의 뜻에 어긋나는 행동은 하지 않겠습니다. ……그러니 조금 조용히 해주십시오."

그는 커다란 실망감을 느껴, 매우 차분해진 듯한 모습으로 말했다.

"……."

그래도 여자는 농익은 사과 같은 얼굴로 가만히 고개를 숙이고 있었다. 그리고 어깨를 들썩이며 가쁜 숨을 쉬고 있었다.

"자, 저기에 앉으세요. 그럼, 저기서 조용히 이야기만 나누도록 해요. ……."

그는 이렇게 말했으나 이직 문 앞에 버티고 서 있었다. 그러자 여자는 힘없이 거기에 있던 기다란 소파 끝에 걸터앉았다. 조금 전 여자는 그 소파에서 뛰쳐 일어났던 것이다.

"저는 당신을 도무지 이해할 수가 없습니다. ……."

그가 무거운 한숨과 함께 이렇게 중얼거렸다.

"……."

그러나 여자는 여전히 말이 없었다.

"어째서 당신은 제게 사랑의 징표를 건네주시지 않는 겁니까? —저는 그러지 않으실 줄 알았습니다. ……."

그가 원망스럽다는 듯 말했다.

"그게, 저는 그럴 수가 없어요. ……."

여자가 풀어져 흘러내린 머리카락을 쓸어 올리며 이제는 한없이 냉정한 태도로 이렇게 말했다.

"왜죠? 왜 그럴 수 없다는 겁니까?"

그는 마치 강하게 힐난하는 듯했다.

"제게는 그럴 만한 자격이 없어요. ……."

"자격? ……."

그가 되풀이하듯 말하고 입술 부근을 약간 떨었다.

"자격이란 건, 당신이 스스로에게 하는 말이 아닙니다. 상대방인 제가 당신의 자격을 심사하는 경우 외에는 의미를 갖지 못하는 말입니다."

"아니요, 그래도 저는 스스로 자각하고 있기에……."

"그런 뻔한 말을 이제 와서 당신이 할 줄은 몰랐습니다!"

"……."

"당신은 역시 저를 사랑하지 않는 거죠? ……."

"……."

"역시 그랬군요. 저는 지난 7, 8개월 동안 당신에게 완전히 속았던 겁니다."

"당신은 여자의 처녀성이 매우 소중한 것이라고 말씀하셨죠?"

여자가 이렇게 물었다.

"네, 그랬습니다."

"그 때문에 주영 씨에게 크게 실망했다고 말씀하셨죠?"

"네, 그 말씀 그대로입니다."

"당신이 주영 씨에게서 사랑을 느끼지 못하게 된 것도 그 때문이라고 말씀하셨잖아요?"

"네, 그렇게 말했습니다. ……하지만 이제 와서 왜 그런 말을 자꾸 하시는 겁니까?"

"아니요, 그건 제게 아주 중요한 문제이기 때문이에요."

"흠……. 당신에게 중요한 문제? 어쩌면 그럴지도 모르겠네요. ……그래서?"

"그래서 저는 당신의 사랑을 거부하는 거예요……."

"네? 그래서 거부한다는 말인가요?"

"그래요, 저도……."

"네? ……저도, 라니요?"

"저도 역시 주영 씨 같은 운명에 있기 때문에……."

"당신이? ……당신이 어째서 주영이와 같은 운명에 있단 말입니까?!"

"그건 당신이 역시 제게도 실망할 테니까……."

"네? 당신에게 실망을? ……당신은 이해할 수 없는 말을 하시는군요. 어째서 제가 당신에게 실망을 할 거란 말입니까?"

"그건 이미 말씀드린 대로에요. ……."

"이미 말씀드린 대로라니, 당신이 주영이와 같다는 말, 말인가요?"

"네, 그래요. ……."

"……."

"이것 보세요. 당신은 벌써 제게 실망을 느끼고 계시잖아요."

"흠, 당신도 참 이상한 말을 하시는군요. 저는 더욱 모르겠습니다! ……."

"왜 모르시겠다는 거죠? —그럼 모든 사실을 털어놓고 말하겠습니다. 저는 결코 당신의 존경을 받을 만한 여자가 아니에요."

"……."

"제가 주영 씨의 몸에 그런 일이 있었다는 사실을 어떻게 아셨느냐고 물었더니 당신은 그건 그 여자와 접해보면 금방 알 수 있는 일이라고 말씀하셨죠? 저는 그것이 두렵습니다. 그러니 저는 그런 치욕을 당하기 전에 모든 사실을 말씀드리는 거예요."

"당신 대체, 누구에게 그런 일을 당한 겁니까?"

그가 화난 듯 물었다.

"아니요, 그것만은 말씀드릴 수 없어요. 그것도 지금부터 몇 년 전이에요."

"네? 몇 년 전? —그렇다면 당신이 몇 살 때였나요?"

"열일곱이 되던 때였어요."

여자가 망설임 없이 대답했다. 거기에는 여자의 강한 분노가 은근히 드러나 있었다.

"열일곱 살 때라고요? ……그 사람은? ……."

"그 사람 말인가요?"

"네, 지금도 역시 어딘가에 있나요?"

"네, 지금도 저를 사랑하고 있어요. ……"

"네? 지금도 사랑하고 있다? ……누구입니까, 그게?"

그가 흥분한 듯 말했다. 그러나 그녀는 냉정했다.

"제 입으로는 절대로 말씀드릴 수가 없어요. ……."

"흠……!?"

"이젠 아시겠어요? ……."

"흠……, 역시 인간이로군. ……."

"저만큼 쓸쓸한 인생을 살아가고 있는 사람도 없어요. ……."

29

조성식은 침상 위에서 커다란 한숨을 내쉬었다. 그는 인간을 존엄히 여길 수 없게 되었다. 인간의 본체에서 그들의 성욕과 식욕과 또 거기에 수반된, 혹은 수반되지 않은 허영심을 전부 제거해버리면 나머지는 완전히 허무라고 생각했다. 그리고 모든 인간의 반역도 이 세 가지 욕망을 제지당했을 때에만 일어나는 반동현상에 지나지 않는 것이라고 생각했다. 그는 희생이라는 것이 하찮게 여겨졌다. '희생은 존귀한 것이라 여기고 있었으나, 그 희생을 치르는 것은 뜻밖에도 한심한 짓이다. 나는 우주가 완전히 멸망해서 인류가 연기처럼 사라진다 해도, 나 한 사람만은 살아남아야겠다는 생각이 든다. 그만큼 나는 살고 싶은 것이다. 격렬한 이 욕망을 위해서 살아가고 싶은 것이다. 알지도 못하는 타인을 위한 희생? 흥! 절대로 싫다!!'

그는 이 나라에 무슨 일인가 일어났으면 좋겠다고 생각했다. '그러면 나는 그 속으로 솜씨 좋게 섞여들어 무슨 일인가를 한바탕해보일 수가 있다. 하지만 결코 희생을 당하지는 않겠다. 어느 정도의 희생은 어쩔 수 없지만 목숨을 건 희생은 죽어도 싫다. 나는 그 배후에 숨어 있는 솜씨 좋은 획책가나 선동자처럼 지금까지 나를 비난하고 있는 놈들에게 한방 먹이기만 하면 그것으로 충분하다. 그것으로 나의 체증이 가라앉을 것이다. 그들은 이렇게 말하겠지? 녀석 평소에는 미적미적하더니 그래도 해야 할 때는 하는군! ……그래. 그거면 충분해. 내가 여기에 온 것도 역시 내 마음속에 그런 의도가 있었기 때문이야. 오히려 그를 위해서였다고 하는 편이 훨씬 더 컸던 걸지도 몰라!

내가 기다리고 있는 것은 겨울에서 봄이 오듯 그렇게 논리적으로 찾아오는 것이 아니다. 언제까지고 그런 것을 기다릴 수는 없어. 나는 이제 무엇이 됐든 상관없다. 내 마음대로 하고 싶은 일을 해나가면 그것으로 충분하다. 나의 이 31년 동안의 생활 가운데서 가장 화려하게 흥분을 느끼고 아름다운 자극의 쾌감을 맛볼 수 있는 일이라면 어떤 일이든 해나가면 되는 것이다. 이렇게 하찮은 인간들의 사회에서 나 혼자 정직한 일을 생각하며 왜 아등바등할 필요가 있단 말인가? 나는 내 일만을 마음껏 해나가면 그만이다. 그것이 인도(人道)라고? 뭐가 정의란 말이냐? 흥! 간판을 내건 장사치라면 모르겠지만, 그 때문에 수난을 받아야 한다면 절대 사양이다!'

그의 몸은 벌써 오래도록 주영의 몸을 가까이하지 않았다. 그는 애란의 몸에서 새로운 흥분을 느껴 그 갑갑함을 풀어보려 했으나 거부당하고 말았다. 그것은 틀림없이 뜻밖의 일이었으나 그는 그다지 놀라지는 않았다. '원래 여자란 망원경으로 보고 있는 것과 같은 것이다. 평범하게 볼 때는 먼 곳이 가깝게 보인다. 거꾸로 볼 때는 가까운 곳이 멀게 보이는 법이다. 평범하게 볼 때는 내가 자만하고 있을 때다. 거꾸로 볼 때는 겁을 먹었을 때다. 하지만 진실은 그 어느 쪽도 아니다. 바라보기만 할 것이 아니라 인내심을 갖고 부지런히 걸어가면 거기에 실체가 있는 법이다. 한달음에 달려가도 좋다! 나는 망원경으로 평범하게 바라보면서 한달음에 펄쩍 뛰어들려 하다 한쪽 발을 도랑에 빠뜨리고 만 것이다. 핫, 하, 하…….'

그는 혼자서 웃었다.

'하지만 그런 여자를 위해 지금부터 한 걸음 한 걸음씩 먼 길을 걸어갈 수는 없다! 이제 그런 귀찮은 짓은 지긋지긋하다. 게다가 그 여자는 열일곱 살 때부터 5년 가까이나, 여든 살이 다 되어가는 사내의 몸을 자신의 몸으로 덥혀왔다. 식어버린 탕파 같은 여자다! 나는 그런 여자에게는 손톱만큼이라도 노력을 기울일 수 없다!

그건 그렇고 그 여자도 참 이상한 여자다. 노인 옆에서 그런 생활을 하면 대부분은 자신의 나이보다 더 나이 들어 보이는 법이다. 그것이 생리적인 일반현상이다. 그런데 그 여자는 어찌 그리 어리고 숫되어 보인단 말인가? 어찌 그리 처녀처럼 보일 수 있단 말인가?

언젠가 훨씬 전에 내가 그 눈부신 처녀성을 칭찬하자 여자가 이렇게 대답한 것을 나는 똑똑히 기억하고 있다.

"저는 영원히 어린아이 같은 기분이에요. 열두어 살쯤 된 여자아이와 같은 기분이에요. 저는 사랑을 한 경험도 없고, 또 사랑을 받고 싶은 마음도 없어요. 그러니 제 마음에는 아무리 시간이 지나도 어린아이의 영혼밖에 없어요. —저기요, 여성의 입장에서 남성을 보았을 때, 그 생리적인 미감(美感)을 제거하고 나면 나머지는 마치 야수처럼 추한 것뿐이잖아요? ……전 그런 것을 사랑할 마음은 조금도 들지 않아요. ……."

후후! 이 여자는 맹랑한 말을 하는 여자다. 그런 말은 남성의 입장에서 여성을 보아도 마찬가지다. 그야 어찌 됐든 이 여자는 꽤나 날카로운 풍자를 할 줄 아는 여자로군. 그런데 이제 와서 생각해보니 그 말이 무슨 뜻인지 알 것 같군. 젊은 여자에게 있어서 노옹의 집요한 성욕은 마치 석탄재로 벅벅 살갗을 문지르는 것과 같은 것이겠지? 그것이 5년 동안이나 계속되면 대부분의 여자는 지쳐버리고 말 텐데, 저 여자는 지치기는커녕 그와는 전혀 반대로 만년 소녀인 듯 행동하고 있어. 참으로 이상한 여자다! 참으로 강한 여자다!

"하지만 저 역시 아름다운 것이 좋아요. 아무리 어린아이라 할지라도 화초를 장난감으로 삼는 법이니……. 그러니 혹시 제가 사랑을 하게 된다면 틀림없이 그 아름다움만을 동경해 나갈 거예요. 그때가 되면 제 정신과 육체 모두 엉망진창으로 파괴되어버릴지도 몰라요. —하지만 육체가 어떤 상태에 있든, 정신이 따라가지 않으면 육체는 아무리 시간이 지나도 꿈쩍 하지 않을 거예요. …….”

나는 그때, 이 여자가 또 예의 정신주의를 내세우려는 것이라고 생각했다.

“그렇지 않아! 육신의 욕구가 정신의 운동을 일으키는 거야.”

나는 반대했다.

“하지만 그 욕구의 좋고 나쁨을 선택케 하는 것은 역시 정신이잖아요?”

“그건 그래.”

나는 결국 찬성하지 않을 수 없었다.

“저는 아름다운 꽃이 좋아요. 저는 아직 누구에게도 더럽혀지지 않은 꽃을 동경하고 있어요. …….”

그때 여자는 봄날의 반짝이는 풀밭 위에서 어떤 번민으로 불타고 있었다. 우울함에 잠긴 눈동자를 들어 이렇게 말했다. 나는 그것이 단지 여자다운 센티멘털이라고만 생각했는데, 그 여자는 그때 이미 차가운 석탄재를 안고 비참한 생활에 울고 있었던 것이다. —그리고 그때 여자가 한 말을 생각해보니 그 여자가 나를 거부한 마음을 조금은 이해할 수도 있을 것 같다. 그것은 자신이 처녀성을 가지고 있지 않다는 그 여자의 겸손에서만 온 것이 아닌 듯하다. ……여자도 역시 나와 같은 마음인 거겠지?

“당신의 그 마음은 저도 잘 알고 있어요. 하지만 저의 이 마음도 생각해주세요…….”

여자를 품으려 했던 밤, 이제 인사를 하고 방에서 막 나오려 할 때 여자는 이런 수수께끼 같은 말을 했다. 나는 그 말이 무엇을 의미하는지 잘 알지 못했었다. 하지만 이제는 알고 있다. ……그것을 알게 된 나는 마음이 어수선해서 오늘 그 들판 속에서 젊은 두 사람의 뒤를 따라다녔다. 하지만 나는 더 이상 이렇게 있을 수 없다!'

그는 긴 겨우내 굴에서 잠을 자 굶주릴 대로 굶주리고 목이 마를 대로 마른 야수처럼 갑자기 침상을 박차고 일어났다. 그의 몸속에서 울혈(鬱血)이 만조 때의 소용돌이처럼 소리를 냈다. 그는 거기에 걸려 있던 자신의 상의 속에서 무엇인가 번쩍 빛나는 것을 얼른 집더니 발소리를 죽이고 문을 열었다. 그리고 어둠 속으로 슥 사라졌다.

30

토마스 신부의 집은 상당히 넓었다. 집안 식구들은 각자 방을 하나씩 가지고 있었다. 커다란 살색 나이트가운을 입은 조성식이 어느 한 방으로 가만히 들어갔다. 건물은 이 나라의 온돌 양식으로 되어 있고, 방 안쪽에서 문을 잠글 수 있게 되어 있었으나 대부분은 누구도 방문을 잠그지 않았다. 그는 방으로 들어가자마자 바로 안쪽에서 문을 잠갔다.

거기서는 동생 애라가 조용히 잠을 자고 있었다. 램프에는 녹색 갓이 덮여 있고 희미하게 불이 켜져 있었다. 우두커니 서 있는 그의 가운에 푸르스름한 빛이 비추고 그의 거무스름한 옆얼굴이 청동색으로 보였다. 애라는 깊이 잠들어 있었다. 사람이 들어온 줄도 모르고 아직 달콤한 잠 속에 빠져 있었다. 그는 여자의 자는 얼굴을 가만히 바라보았다. …….

긴 속눈썹이 고무인형의 눈처럼 여자의 아래쪽 눈꺼풀 위에 덮여 있었다. 보기 싫지 않을 정도로 양 뺨이 부풀어 올랐고, 매끈매끈한 피부가 등불에 희미하게 빛나고 있었다. 붉은 입술, 살집 있는 턱, —초여름이 느껴지는 실내의 공기가 후텁지근한지, 젊은 여자는 이불을 약간 젖히고 있었다. 건강하게 보이는 여자의 가슴과 어깨 부근이 하얀 나이트가운에 싸인 채 쌔근쌔근 숨을 쉬고 있었다. 벌떡벌떡 뛰는 그의 혈관 속으로 강한 처녀의 향기가 스며들었다. 그는 자신도 모르게 미소가 가득 번졌다. '이거다!'라며 그는 마음속으로 외쳤다. 그녀의 잠든 모습을 바라보고 있자니 그는 향기로운 포도주가 담긴 새빨간 글라스를 손에 쥐고 있을 때와 같은 마음이 되었다. 그 글라스를 손에 가만히 쥐고 밝은 등불에 그것을 슬쩍 비춰본 뒤, 피보다 아름다운 액체를 남김없이 자신의 혈관 속으로 빨아들여 유쾌함을 한껏 맛볼 때의 마음이었다. 그는 이미 그 글라스를 손에 단단히 쥐고 있는 것이다. 지금부터 무슨 일이 일어나도 이 글라스는 결코 손에서 놓지 않겠다고 결심했다. 그는 허리를 구부려 그 방의 책상 위에 놓여 있는 탁상시계를 잠깐 바라보았다. 오전 1시 반이 조금 지났다. 그는 거기에 아무 걱정 없이 잠들어 있는 하나의 사랑스러운 산 제물을 내려다보고 있자니 자신의 마음 어딘가에 일말의 잔인함이 있다는 사실을 의식할 수 있었다. …….

그는 자신의 방에서 이 여자의 방으로 가야겠다고 마음속으로 각오했을 때, 순간적으로 혹시 이 여자가 자신을 거부했을 경우의 일이 떠올랐다. 그랬기에 그는 상의 주머니에서 권총을 꺼내 가지고 온 것이었다. 그는 여기서 거부당한다면 자신은 더 이상 자신이 욕구하고 있는 여자를 얻을 수 없을 것이라고 생각했다. 그는 그것을 이루기 위해서는 이 집을 언제 뛰쳐나가도 상관없었다. 그의 생각에 의하면 남자가 그 생애 가운데서 순진한 처녀를 모른다는 것은 일대 손실이었다. 일대 치욕이었다. ×××××××××××××××××××××××××××××××× 이 세상 속에 수없이 태어나는 여성 —적어도 인간의 반수 이상이나 태어나는 여성이 모두 누군가에게 그 처녀성을 빼앗기고 있다. 한 사람의 남자가 한 사람의 여자의 처녀성을 빼앗는다고 한다면, 자신도 반드시 그 한 사람 가운데 참가하지 않으면 안 될 터였다. 그런데 이 세상에는 그것을 알지 못한 채로 죽어버리고 마는 남자도 결코 적지 않다. 그렇다면 개중에는 한 사람 이상의 처녀성을 빼앗은 남자가 반드시 있을 것이다. 그는 그렇게 당하고 있을 수만은 없다고 생각했다. 만약 사회에 남녀의 질서라는 게 있다고 가정한다면 그런 전횡을 휘두르는 남자야말로 벌을 받아야 한다. 그는 당연히 추구해야 할 권리를 지금 당연히 행사하려는 것에 지나지 않는 것이라고 생각했다.

그는 오랜 시간 마음속으로 바라던 일을 지금 여기서 마침내 이루는 것이라고 느낀 순간, 새로운 흥분으로 불타올랐다. 멀고 먼 바다에서 밀려온 파도가 낭떠러지의 크고 시커먼 바위에 부딪히듯, 그의 가슴으로 끊임없이 뜨거운 피의 동요가 우르르 밀려왔다가는 쏴아아 무너지고, 다시 전보다 더 크고 세찬 기세로 가슴을 향해 밀려들었다. 그에게는 그것이 말로 표현할 수 없을 만큼 기분 좋게 느껴졌다. 이 기분 좋은 자극만으로도 그는 지금까지의 끈적끈적한 우울함을 씻어내기에 충분했다. 그는 이 쾌감을 좀 더 맛보고 싶었다. 엑스터시 후의 가눌 길 없는 외로움을 경험한 그는 역시 이 여자에게서도 그것을 느끼리라 생각했다. 그 외로움을 그는 너무 빨리 맛보고 싶지는 않았다. 그는 아직도 여자의 잠든 얼굴을 바라보며 황홀한 듯 거기에 서 있었다. ……그는 자신이 갑자기 여자를 불러 깨운 순간 느낄, 여자의 놀라움을 상상해보았다. 그러자 자신이 언제나 오빠라도 되는 듯한 얼굴로 이 여자에게 여유 있는 태도를 취했다는 사실이, 이제 와서는 우습게 여겨졌다. 그는 이 여자를 자신의 아우나 다름없는 춘용에게 줄 생각이었다. 설령 언니인 애란을 상대로 자신의 정열을 불태울 생각이 없었다 할지라도, 그는 춘용과 이 여자가 당연히 그렇게 되기를 마음속으로 축복했다. 그러나 그가 애란에게서 실망을 느끼자 그의 시선은 기분 나쁘게도 이 여자 위로 쏟아졌다. 그리고 오히려 춘용과 이 여자의 거동에 날카로운 질투를 느끼게 되었다. —그는 오늘, 젊은 두 사람이 집을 나서자마자 바로 뒤를 쫓았다. 그리고 두 사람이 특별한 이유도 없이 들판을 돌아다니다 돌아온 것을 보고 그는 가벼운 마음이 되어 미소를 지었다.

서 있던 남자가 가만히 이부자리 옆으로 다가갔다. 여자는 아직 움직이지 않았다. 숨결이 향기롭게 남자의 얼굴에 닿았다. 남자가 자신의 무릎을 여자가 자고 있는 요 위에 쑥 넣은 순간, 여자가 퍼뜩 놀라 눈을 커다랗게 떴다.

"……접니다. ……애라 씨……."

부드럽고 조용한 목소리로 남자가 속삭였다.

"……."

여자는 말없이 상대방의 얼굴을 가만히 바라보았다.

"저 오늘 밤은 후텁지근해서 왠지 잠이 오지 않습니다. ……괜찮겠지요? 여기에 있어도……."

그는 이렇게 말하고 여자의 몸에 자신의 몸을 가만히 가져갔다. 그러자 여자는 여전히 말없이 고개를 끄덕이고는 갑자기 얼굴을 붉게 물들였다. (이하 12행 말소)

31

나카시마 순사부장은 며칠 전부터 부하 형사 3명과 번갈아가며 밤 11시가 되면 천주공교회당인 토마스 신부의 널따란 집 안으로 숨어 들어가 새벽 무렵까지 잠복을 했다. 그는 작년 겨울, 국경경찰서의 오타 순사가 누군가에 의해 총살되었을 때, 그 범인 수색대를 만들어 눈 속을 답파한 한쪽 부대의 지휘자였다. 그는 세 명의 혐의자가 검거되었으나 다니자키 경장과는 의견을 전혀 달리하고 있었지만, 세 혐의자들의 자백에 의해 그 사건은 매듭지어졌다. 그래도 그 진범은 틀림없이 새로운 사상을 품고 있는 이른바 불령C인일 것이라고 그는 생각하고 있었다. 특히 살해당한 오타 순사의 시체 위에 혐오스러운 글자를 써서 올려놓았다고 하는 그 종이쪽지를 통해 상상해 봐도, 종이쪽지를 올려놓은 사람이 틀림없이 범행을 저지른 것이며 그 후에 혐의자 세 사람이 지나간 것이라 여겨졌다. 그러나 다니자키 경장은 그것을 반대로 보고 있었다. 세 사람이 살해와 강탈을 하고 지나간 뒤, 거기로 그런 C인이 지나갔다는 것이었다. 종이쪽지도 역시 그때 장난을 치고 간 것이라고 주장했다. 물론 그 세 사람을 체포한 다니자키 경장의 입장에서 보자면 그것은 정당한 주장이었다. 수색은 자백으로 인해 일단락 지어졌다.

나카시마 순사부장은 벌써 마흔 살이 넘은 나이로, 오랜 세월 경시청 형사로 근무했다. 소학교만을 나왔을 뿐, 배운 것이 거의 없었기에 새로운 법률시험을 봐서 진급하는 등의 약삭빠른 행동은 하지 못했다. 십수 년 동안의 순사 생활로는 아무리 시간이 흘러도 뒷골목 초라한 집에서의 가난한 생활고에서 벗어날 수 없었다. 그는 자원해서 이 C로 왔다. 그리고 봉급을 가장 많이 주는 국경근무를 하고 있었다. 그는 그 근무를 시작하고 나서야 마침내 순사부장이 되었다. 그러나 그는 범죄수색에 관한

한 여러 해 동안의 경험을 가지고 있었기에 젊고 공명심에 불타오르고 있는 다니자키 경장을 비웃고 있었다. 그랬기에 설령 그 사건의 수색이 끝났다 할지라도 그와 관련해서 더욱 커다란 전리품을 거기서 이끌어내기 위해, 그 후에도 은밀하게 수색에 고심하고 있었다.

그가 가장 먼저 주목한 곳은 그 괴물이 들판에서 울부짖고 있는 것 같은, S주 읍내에 위치한 천주공교회당이었다. 바로 그러할 때, 거기에 서너 명의 젊은 남녀들이 머물고 있다는 사실을 그는 올봄 무렵부터 알게 되었다. 자세히 조사를 해보니 그 사람들은 작년 겨울부터 거기에 와 있었다는 사실을 알 수 있었다. 그는 살해당한 오타 순사의 시체 위에 글씨를 써서 올려놓았다는 종이쪽지와 그 글씨를 자세히 살펴보고, 거기에 있는 학생 출신인 듯한 남녀를 아무래도 의심하지 않을 수 없었다. 종이쪽지는 수첩에서 찢어낸 것이었는데, 종이의 질을 조사해보니 이 부근의 문방구를 팔고 있는 가게에서 구할 수 있는 것이 절대 아니었다. 필적을 대조해보려 했으나 어떤 이유에서인지 그들은 편지를 쓰지 않았다.

그런데 이 천주공교회는 지금도 어떤 의미에서는 치외법권과도 같은 위치에 있었다. 본국인 프랑스 정부는 외국에 산재해 있는 교회를 비공식 영사관처럼 이용하고 있었다. 이곳의 교회당도 그 가운데 하나여서, C 내부의 실정이 이곳을 통해서 프랑스 정부로 끊임없이 보고되고 있었다. 그랬기에 관헌도 불법적인 간섭은 망설이고 있었다. 나카시마 순사부장은 그 점 때문에 매우 고심하고 있었다.

국경경찰서에서 이 S주 읍내까지의 거리는 거의 100리쯤 되었다. 따라서 본서에 있는 사람이 이곳을 경계하기는 매우 어려운 일이었다.

지난봄에 숲속에서 권총질이 있었다는 소문도 훨씬 나중에서야 들었다. 물론 누가 그런 건지는 잘 알 수 없었으나, 그는 결코 짐작되는 바가 없지 않았다. 그는 그 후부터 자신도 부지런히 그 부근으로 나왔으며, 새로 주재하고 있는 순사로부터 각종 정보를 들었을 뿐만 아니라, 때로는 교회의 일요 예배 설교에 신자로 위장해 참가하기도 했다. 거기서 그는, 다른 곳에서 흘러들어온 듯한 젊은 세 남녀의 모습을 가끔 보았다. 그러나 그는 아직 확실한 것을 분명히 쥐지는 못했다.

어느 날, 그가 역시 그곳의 주재소로 찾아가자 주재소의 순사가 그에게 참으로 묘한 일을 보고했다. S주 읍내에서 5리쯤 떨어진 곳의 솔밭 속에 제법 커다란 공자묘가 있었다. 예전에 유생이 세력을 가지고 있었을 무렵에는 이 일대에 살고 있는 유생들이 매해 봄가을로 이 묘에서 성대하게 공자의 제사를 지냈다. 그런 만큼 본당은 네다섯 첩(다다미를 세는 단위. 1첩은 약 반 평. — 역주)이나 되는 면적을 가진, 이 부근에서는 상당히 커다란 묘였다. 그러나 지금은 완전히 황폐해져서, 사람들도 돌아보지 않게 되었다. 최근 C총독부에서는 구적(舊蹟) 보존의 필요성을 느끼고 전국의 고대 건물 보수에 손을 대기 시작했으나 이 묘까지는 아직 그 힘이 미치지 못한 듯, 국경 정청(政廳)에서 세운 출입금지 푯말이 하나, 변명처럼 서 있을 뿐이었다.

그런데 이번 여름 무렵부터 그 묘에 밤이면 밤마다 귀신이 나온다는 소문이 동리 일대에 퍼지기 시작했다. 사람들은 묘가 황폐해졌기에 공자의 원혼이 나오는 것이라 믿고 있었다. 그건 새로이 이곳으로 건너온 동쪽 나라 민족들에 대한 공자의 분노라고도 이야기하는 듯했다. 괴력난신(怪力亂神)을 믿지 않는 유교도들도 그것을 부정하지는 않았다. 그리고 근방 사람들은 밤이 되면 절대로 집 밖으로 나오지 않았다.

귀신은 밤 12시 무렵이 되면 어딘가에서 바람처럼 모여들었다가 새벽녘에 다시 어딘가로 사라져버린다는 것이었다. 그 보고를 들은 나카시마 순사부장은 고개를 갸웃거렸다. 그리고 그 순사와 둘이서 이삼일 동안 그곳에 잠복해 있었다. 그러나 아무런 일도 일어나지 않았다. 그 순사도 이처럼 허황된 뜬소문을 황당하게 여겼다. 그래도 그는 결코 포기하지 않았다. 그 순사에게 계속 경계를 하라고 명령해두었다.

이 귀신에 대한 소문으로 그는 이 일단의 계획이 매우 크고 치밀하다는 사실을 깨달았다. 그는 수색을 더욱 강화하기 위해서 부하 세 명과 함께 이곳으로 와 천주교회를 감시하기로 했다. 오늘 밤은 마침 그가 잠복을 할 차례였다. 한 사람은 집 앞쪽의 구석에서, 그는 뒤쪽의 구석에서, 9시 가까이부터 낮에 잠복하던 자와 교대했다. 물론 낮에 잠복하는 사람은 집 안으로는 들어가지 않고 안에서 나오는 사람을 미행했다.

맞은편 논에서 개구리 소리가 또렷하게 들려왔다. 그만큼 주위는 조용했다. 저녁 무렵에 오르간 소리가 들려오기도 했으나 밤 9시쯤이 되자 집 안은 완전히 정적에 잠겼다. 대륙성 기후를 가지고 있는 이 부근은 밤이면 사람의 숨결까지 허옇게 보일 정도로 갑자기 기온이 떨어져버렸다. 그렇기에 여름이라도 방의 창문은 일찍 닫혔다. 옅은 주황색으로 물든 창이 몇 개나 늘어서 있고, 그곳을 통해 가끔 사람의 검은 그림자가 꿈틀거리는 것이 보였다. 그는 그때마다 살금살금 그 창 밑으로 다가가서 그것을 정찰했다. 그는 지난 며칠 동안에 벌써 그것이 누구의 방인지 전부 알게 되었다. 그리고 그 집에 있는 사람들의 적나라한 생활을 훤히 알게 되었다. 겉모습만을 보고 있는 사람들에게 있어서 그것은 상당히 뜻밖의 결과였다.

그는 오랜 형사생활을 하면서 사회를 놀라게 한 여러 가지 커다란 사건에 관여해 왔었다. 그리고 지금까지 참으로 많은 사람들의 생활을 몇 번이고 추적했었다. 종전의 인습적인 눈으로밖에 세상을 볼 줄 몰랐던 그 역시도, 인간이라는 것은 상당한 수수께끼를 가진 존재라는 사실을 깨달을 수 있었다. 위대한 자선가가 커다란 위선자이기도 하고, 대종교가가 비할 데 없는 색마이기도 하고, 대교육가가 희대의 사기꾼이기도 했다. 이번 사건에도 그는 상당히 커다란 흥미를 가지고 커다란 노력을 기울였는데, 이 집안 남녀들의 관계에는 이전과는 전혀 다른 커다란 의문이 있었다. 그의 인습적인 눈으로는 전혀 이해할 수 없는 수수께끼가 있었다. 그런데 그는 거기에 커다란 비밀이 숨어 있다는 사실을 아무래도 부정할 수가 없었다.

순사의 총살, —종이쪽지의 혐오스러운 장난, —숲속에서의 권총질, —학생 출신의 아름답고 젊은 남녀, —들판에서 노래하는 ××가, —거기에 오래 되고 황폐한 묘(廟)에서의 요괴담, 이런 이상한 로맨스를 가지고 있는 일단의 사람들 가운데서 그가 가장 흥미를 느껴 주목하고 있는 것은 한 여자였다. 그녀는 그 두 남자와 세 여자 가운데서도 한층 더 눈에 띄는 미모를 가지고 있었다. 그녀는 마치 그 무리들 속의 여왕 같았다. 그리고 나카시마 순사부장의 오랜 경험에 비추어봤을 때, 그 여자는 일종의 요부형인 것처럼 느껴졌다. 처절할 정도로 아름다운 얼굴의 표정은 상대 남성을 한 번 쳐다보기만 해도 독약과도 같은 고혹을 느끼게 한다. 그리고 그 상대방의 피 한 방울까지도 전부 빨지 못하면 미소 한번 짓지 않는 잔인성이 그 길게 찢어진 눈매와 붉은 입술 부근에서 차가운 아침 서리처럼 빛나고 있었다. 하지만 한편으로는 한없이 총명하고, 어떤 사람의 마음속이라도 단번에 꿰뚫어 볼 것처럼 날카로운 관찰력이 그 가느다란 눈 사이에서 백금의 핀처럼 반짝이고 있었다. —그런 냉정함과 날카로움이 없다면 사람을 죽여놓고도 저렇게 태연하게 살아갈 수는 없는 법이다. 만약 이 사람들 가운데 살인범이 있다면 틀림없이 저 여자일 것이다. 그리고 모든 계획도 역시 저 여자의 생각에 의해서 종횡으로 세워지고 있을 것임에 틀림없다. ………………저 여자는 다른 두 남성과 두 여성을 그 냉정함과 날카로움과 거기에 더해진 아름다움으로, ―즉, 그 침착함과 용기와 총명함과 미모로 완전히 지배하고 있는 저 무리들 속의 여왕일 것이다. 이번 사건의 열쇠는 틀림없이 저 여자가 쥐고 있다. 틀림없다. 그런데도……, 그런데도……. 그는 깊은 수수께끼의 심연 속으로 점점 빠져 들어갔다.

그러던 어느 날 밤, 그는 그런 여자의 전혀 이해할 수 없는 거동을 보았다. 그날도 마침 그가 그 창 아래의 정원 구석으로 삽살개처럼 숨어든 때였다. 희미한 소리가 들리더니 창문의 커튼 뒤로 검은 그림자가 움직였다. 그는 이 방의 사람은 아직 잠들지 않았구나 싶어 가만히 그 아래에 웅크리고 있었다. 그리고 마치 도마뱀이 벽을 기어오를 때와 같은 자세로 창 아래의 벽에 찰싹 달라붙었다. 그런 다음 창문 끝의 커튼이 약간 젖혀진 틈을 통해 방 안을 가만히 엿보았다. 그곳은 그 여자의 방인 듯했다. 하지만 방 안에는 여자 한 사람만이 아니었다. 그녀 외에도 다른 남자 하나가 있었다. 그 남자는 이 교회에서 오래 전부터 일하고 있던 하인이었다. 대충 여자가 하인에게 무슨 일인가를 청하기 위해서 부른 것이라 생각하며 보고 있었는데, 그 상상이 멋지게 그를 배반하고 말았다.

하인은 여자와 마주보고 소곤소곤 무엇인가를 자꾸만 속삭이고 있었다. 여자의 태도는 그녀 주위의 두 남성이나 두 여성을 대할 때처럼 그렇게 거만한 것이 아니었다. 오히려 이 하인에게는 고양이와도 같은 유순함까지 내보이고 있었다. 그녀는 언제나 남성을 능가할 정도로 거만하게 행동했으나, 이 남자 앞에서만은 참으로 여성다운 태도를 보였다. 그때만은 여성스럽고 다정하게 느껴졌다. 남자를 뇌살할 것만 같은 그 눈흘

김! 피를 원하고 있는 듯한 아름다운 그 입술! 한기를 더하는 듯한 그 처연한 미소! —그것은 전부 저 지저분한 교회의 하인에 대한 여자로부터의 무시무시한 유혹이었다. 그러나 남자는 그 지저분한 몸 전체가 참으로 늠름했다. 그리고 여자에 대해서 군주와도 같은 위압감을 내보였다. 눈썹을 치켜세우고 눈을 번뜩이고 있는 남자의 용모 하나하나에 그 위압감이 눈부시게 빛나고 있었다. 그 눈부심을 직시할 수조차 없다는 듯 여자는 남자의 노예처럼 되어 있었다. 30분, 1시간이나 남녀의 이야기는 열기를 띠어갔다. 그러나 창밖에서는 그 소리를 도무지 들을 수가 없었다. 창밖에서 아무리 애를 써보아도 그 흥분한 듯한 이야기는 조금도 들을 수가 없었다. 남자의 모습은 더욱 눈부심을 더해갔다. 여자는 자신의 요염한 아름다움을 더욱 발휘했으나, 결국에는 남자에 대해서 육체적으로도 노예가 되어 있는 모습을 보았다. …….

천문학자가 새로운 별자리를 발견했을 때와도 같은 놀라움을 그는 이 사건 속에서 발견했다. 그는 이 교회의 하인이 2, 3년 전에 H감옥에서 방면되어 여기에 일자리를 얻은 것이라는 사실을 알고 있었다. 그가 근무하고 있는 경찰서에도 이 하인의 신원조사는 전달되어 있었다. 그런 남자에게 이 여자가 왜 그런 태도를 보이는지, 그로서는 도저히 이해할 수 없는 일이었다. 재능이 있어 보이는 다른 두 젊은 남성에 대해서는 언제나 권위 있고 결벽한 듯 행동하는 이 여자가 보인 태도는 도저히 이해할 수 없는 신비한 수수께끼였다. 하지만 그는 거기서 다시 새로운 수사 방침을 반드시 발견할 수 있으리라 생각했다.

지금 다시 그 방의 창에서 사람의 그림자가 꿈틀거렸다. 그는 어떤 예감을 의식했다. 이 창문의 안쪽에만 커다란 사건의 스핑크스가 숨어 있는 것 같다는 느낌이 들었다. 그가 숨을 죽이고 다시 그 창 아래로 다가

가려 한 순간, 그 창문으로 커다란 남자의 상반신이 불쑥 나왔다. 그는 깜짝 놀랐다. 그리고 서둘러 다시 원래 있던 곳에 몸을 웅크려버렸다. 남자는 그 창에서 몸을 가만히 돌리더니 창 아래로 뛰어내렸다. 그러자 바로 뒤이어 그 창에 다시 여자의 모습이 나타났다. 남자가 두 손으로 그 여자의 몸을 안아 내려주었다.

"괜찮아요? 아무도 없나요……?"

여자가 조그만 목소리로 속삭였다.

"괜찮아요……."

남자가 아주 여유 있는 목소리로 답하며 주위를 유심히 둘러보았다. 그 남자는 교회의 하인이었다.

"일단 거기서 만날 건가요? ……."

여자가 앞서와 같이 아주 조심스러운 목소리로 물었다.

"네……, 거기에는 벌써 영창이도 가 있을 겁니다."

"그럼, 영창이도 같이 가는 건가요?"

"네. ……."

"제가 그걸 들까요?"

"아니, 괜찮습니다. 걱정할 것 없습니다……."

남자는 담요에 싼 푹신푹신한 것을 허리에 두르고 있었다.

"제가 들고 있는 편이 더 마음 든든해요. —어차피 제가 먼저 갈 테니까요."

이런 말을 두어 마디 속삭인 뒤 남녀가 살금살금 발걸음을 떼려는 순간 다시 그 창문으로 상반신을 불쑥 내민 사람이 있었다.

"주영 씨, 김 군……. 잠깐만 기다려봐요……."

창 아래 있던 남녀는 그 말을 듣고 깜짝 놀랐다.

"어머! ……?"

"누구냐……?"

두 사람 모두 조그만, 그러나 뱃속 깊은 곳에서 올라오는 강한 목소리로 외쳤다.

"나야……, 나라고……."

그 목소리의 남자가 몸놀림도 가볍게 창 아래로 뛰어내렸다.

"어머, 춘용 씨. 어떻게 된 거죠?! ……."

여자가 놀라며 조그만 목소리로 물었다.

"어떻게 된 거냐고요? 주영 씨, 어째서 제게 알리지도 않고 가버리려 했습니까? ……."

춘용이 원망스럽다는 듯한 목소리로 따져 물었다.

"……."

"당신은 저도 조성식과 같은 사람이라고 생각하고 있었습니까? …… 이제 제게는 모든 것이 절망스럽습니다! ……저는 이제 어디에든 가겠습니다. ……주영 씨, 저는……."

그 남자가 젊은이의 격한 목소리로 말했다.

"춘용 씨……, 조용히 하세요, 제발. 우리는 이미 예전부터 스파이로부터 감시를 받고 있었어요. 그러니 한시도 이러고 있을 수가 없어요……."

그녀가 다시 목소리를 죽여 말했다.

"저도 당신의 마음은 아주 잘 알고 있어요. ……당신은 이미 성식 씨에게 빛을 완전히 빼앗겨버리고 말았죠? 당신은 너무나도 순수해요. 그래서 당신은 그 여자를 당신 것으로 만들지 못한 거예요. ……."

여자가 경황이 없는 중에도 부드러운 목소리로 다시 말했다.

"저는 그 남자처럼 야수가 되지 못했던 것뿐입니다. 아니, 이제 그런 것 따위는 아무래도 상관없습니다. 저는 언제까지고 이런 곳에 있을 수 없습니다. 이런 곳에서 사상의 선전 따위 하고 있을 수 없습니다. —저는 지금부터 당신과 함께 가겠습니다."

"……."

"물론 제가 이곳에 온 뒤부터 당신에게 애매한 태도를 보이고 있었기에 당신이 아무런 상의도 하지 않았다는 사실은 잘 알고 있습니다. 하지만 저는 설령 ××은 시인한다 할지라도, 아직 선전이 필요하다고 생각했던 것입니다. 그러나 이제는 모든 것에 절망했습니다. —저는 이제야 비로소 당신과 김 군이 훌륭하다는 사실을 깨달았습니다. 지금부터는 저도 함께 가겠습니다. 이번에는 저도 충분히 결심했습니다. ……."

"그런가요? 당신이 그렇게 결심을 해주었다니 저도 정말 마음 든든해요. 당신과는 처음부터 함께 고생을 해왔으니까요. 하지만 춘용 씨, 당신의 결심은 지금까지도 꽤나 믿을 만한 것이 못 되지 않았나요? ……."

"……."

"물론 이 세상에서 가혹하게 시달리며 억울한 일을 당해본 사람이 아니면 이런 운동을 하다 죽는 일은 도저히 할 수 없을 거예요. 어렸을 때부터 행복하게 자란 사람이 아무리 훌륭한 이론을 머릿속에 가지고 있다 할지라도 그것은 단지 그것뿐이에요. 그것으로 세상에 자신의 이름이 알려지기를 바랄 뿐이에요. 당신은 그렇게 나쁘지만도 않다고 저는 생각하고 있었지만……."

"……."

"당신은 애라 씨에게 실연을 당하고 난 뒤에야 비로소 인생의 깊은 비애를 맛보았죠? 그리고 죽고 싶다는 생각이 든 거죠? 저는 그런 마음가짐도 소중하다고 생각하지만, 언젠가는 틀림없이 그 비애에서도 깨어날 때가 올 거예요. 당신이 그때도 우리를 다시 실망시키지 않겠다면 저는 당신과 함께 가겠어요."

"결코, 결코 앞으로는 당신들을 배신하는 일 없을 겁니다! 이번에야말로 새카만 어둠 속 절망의 밑바닥에서 떨쳐 일어난 것이니 무슨 일이든 할 수 있는 데까지 할 겁니다."

"그런가요? 정말 그렇다면 더 이상은 당신을 의심하고 싶지 않아요……. 저희는 이제 겨우 열한두 살밖에 되지 않은 창수까지도 동지라 생각하고 함께 갈 거예요. 설령 그것 때문에 모든 일이 실패로 돌아간다 할지라도 결코 원망하지는 않을 생각이에요. ……."

"그러니 저도 함께 가겠습니다!"

"네, 꼭 같이 가주세요. 당신은 저희들의 유력한 동지니까요. 그렇게 굳게 결심을 하셨다니 저도 얼마나 마음 든든한지 모르겠어요. ……."

"……."

"하지만 당신이 그렇게 말하면 애란 씨가 너무 가엾지 않나요? ……당신 애란 씨를 저렇게 내버려 두고 갈 생각인가요? ……."

여자가 아직도 상대방의 마음을 떠보려는 듯 이렇게 말하고 가만히 그 얼굴을 바라보았다.

"제가 그 사람과 무슨 상관입니까?"

"어머, 냉담하기도 하지……. 하지만 그 사람은 당신을 아주 사랑하고 있잖아요……?"

"아무리 사랑한다 할지라도 저는 제 생각대로 움직일 겁니다."

"그래요? 하지만 사랑하고 있는 분이 가엾잖아요?"

"주영 씨, 저는 지금 그런 일에 신경을 쓰고 있을 때가 아닙니다! 당신은 그 여자가 가엾다고 말씀하셨습니다만, 그 여자도 제 육체를 장난감으로 삼고 있습니다. 상대방이 저를 장난감으로 삼기 위해서 유혹한 것입니다. 저만의 죄가 아닙니다."

"그런가요? 그걸로 잘 알았어요. 그럼 지금부터 같이 가기로 해요. —그런데 춘용 씨, 당신은 저희가 지금 어디로 가려는 거라고 생각하고 있나요? 알고 있나요? ……."

"물론 알고 있습니다. —이 김 군의 허리에 있는 건 선생님이 ×××에게서 건네받은 ××× 아닌가요?!"

"어머, 춘용 씨! 그렇게 커다란 목소리로 말하면 안 돼요!"

아무리 대담한 여자라도 놀라지 않을 수 없었다.

한쪽 구석에 숨어 있던 나카시마 순사부장은 그 말을 듣자 자신도 모르게 간담이 써늘해졌다. 하지만 그는 오늘 밤에야말로 오랜 고생이 보답을 받았다는 생각에 마음이 한없이 뛰었다.

그는 지금 여기서 놓친다면 다시는 체포할 기회가 없을 것이라고 생각했다. 그랬기에 온몸의 용기를 짜내 어둠 속에서 갑자기 여자의 몸을 향해 뛰어들려는 순간, 그 어두운 창 안에서 날카로운 총성이 일어났다. —그는 그 이후부터 의식을 완전히 잃고 말았다.

32

푸른 잎에 둘러싸인 S주 천주공교회에 아침이 찾아왔다. 신도들이 그 앞의 넓은 뜰에 구름처럼 모여들어 저마다 격하게 소리를 질러대고 있었다. 헌병대와 무장을 한 경찰관들이 그 수많은 신도들을 빙 둘러싸고 있었다. 험악하기 짝이 없는 분위기가 양자 사이에서 커다란 소용돌이를 일으키고 있어서 지금 당장에라도 거기서 무슨 일이 일어날 것만 같은 공포가 이 군중들의 숨을 막히게 하는 듯했다. 오늘 새벽 무렵에 이곳의 주교인 토마스 신부가 중대 범인으로 국경경찰서에 끌려갔기 때문이었다.

오후가 되자 교회당 내부와 신부의 거처와 하인의 방에 이르기까지, 지금 막 거기에 급거 도착한 판검사가 엄중한 가택수색을 벌이고 있었다. 판검사가 경찰관을 데리고 우선 집 안을 한 바퀴 돌아보았다. 그러자 넓고 휑뎅그렁한 집의 한 구석에 마르고 늙어빠진 노파 한 명이 넋이 나간 사람처럼 웅크려 앉아 있었다. 부산스러운 사람들의 모습을 보고도 노파는 그녀의 얼굴표정을 조금도 바꾸지 않았다. 이제 막 기다란 잠에서 깨어난 듯한 그녀가, 가볍고 하얀 리넨으로 만든 양복을 입은 판검사들의 모습을 보고 천천히 입을 열었다.

"가진이 왔느냐……?"

그리고 그녀는 동공의 힘이 풀려버린 눈동자를 이쪽에서 저쪽으로 두리번거렸다. 판검사는 약간 어이가 없다는 듯 그 병든 쥐 같은 노파를 내려다보았다.

"우리 가진이 왔느냐……?"

노파가 다시 한 번 되풀이했다. 그러나 주위 사람들은 그것이 무슨 의미인지 알지 못했다.

"가진아, 창수는 벌써 가버렸다……."

노파가 사람들을 빤히 쳐다보며 말했다.

"어디로 갔지?"

그 가운데 젊은 검사가 노파의 사연 있는 듯한 말에, 통역을 통해서 되물었다.

"……."

노파는 이렇게 물은 검사를 바라보았다.

"어디로 갔지? ……."

검사가 다시 물었다.

"창수는 벌써 가버렸다……."

노파는 같은 말만 되풀이했다.

"그래, 그 창수가 어디로 가버렸단 말이지?"

검사가 통역을 통해서 포기하지 않고 물었다. 이 이상한 노파에게서 뭔가 실마리를 찾으려 한 것이었다.

"영창이하고 같이 갔어."

"영창이하고……?"

검사는 고개를 갸웃거렸다.

"영창이하고 같이 어디에 갔다는 걸까? 그 영창이네, 창수네 하는 사람들은 또 대체 누구일까?"

검사가 흥미를 나타냈다.

"영창이하고 창수가 어디로 갔다는 말이지?"

검사가 다시 거듭해서 통역에게 묻게 했다.

"창수는 영창이하고 같이 갔어. 아버지의 원수를 갚기 위해 둘이서 같이 갔어……."

"아버지의 원수……?"

검사가 이상하다는 표정을 지었다.

"이봐, 할멈. 아버지의 원수는 또 뭐야?"

검사가 얼굴을 가까이 가져가 물었다.

"그 원수를 갚으러 어디로 간 거지?"

검사는 왠지 우습다는 생각이 들었기에 한쪽 뺨에 미소를 지었다. 그러나 노파는 어딘지 모를 곳에 시선을 고정시키고 있었다.

"신부님께서 좋은 걸 많이 주셨어……."

노파가 갑자기 이런 말을 했다.

"응? ……신부님이라는 건 이곳의 목사를 말하는 건가?"

검사가 옆에 있는 경찰서장에게 물었다.

"네, 그런 것 같습니다."

"이 노파는 누구지?"

"글쎄요……. 이곳 주재소의 순사에게 물어보겠습니다."

서장이 바로 이곳 관할의 순사를 불렀다.

"이봐, 자네는 이 할멈을 알고 있나?"

서장이 물었다.

"……."

그 순사도 알지 못했다.

"가진이 왔느냐……? 아버지의 원수를 갚겠다고 갔단다……."

"저희 주재소의 순사보(巡査補)에게 물어보면 알 듯합니다……."

그 순사가 잠시 생각하다 말했다. 순사보로는 C인이 임명되어 있었다.

C인 순사보는 돌처럼 딱딱하게 굳어 거기서 직립부동자세를 취했다.

"너 이 할멈을 알고 있느냐?"

서장이 근엄한 목소리로 물었다.

"네……?"

순사보는 부동자세가 흐트러지지 않도록 턱을 바싹 당긴 갑갑해 보이는 모습으로, 바닥 위에 웅크려 앉아 있는 노파를 가만히 바라보았다.

"어느 집의 할멈인지 너는 알고 있겠지?"

상대방이 입을 다물고 있기에 서장이 다시 이렇게 물었다.

"네, 알고 있습니다……."

순사보가 커다란 사건의 보고를 상관에게 독촉받고 있는 것처럼 미간에 불안한 빛을 내비치며 마침내 이렇게 대답했다.

"흠……, 그럼 왜 여기에 있는 거지? —어느 집의 할멈인가? 이 교회에서 고용한 할멈도 아닌 듯한데?"

서장이 거듭 물었다.

"신부님께서 좋은 걸 많이 주시니 나는 아무 걱정할 거 없다. 창수야, 마음 놓고 잘 다녀오너라……."

멍하니 있다가 노파가 갑자기 다시 말했다.

"머리가 이상해진 듯하지만, 그래도 아직은 조금 정신이 있는 것 같은데."

아까부터 입을 다문 채 보고 있던 예심판사도 들여다보며 말했다.

"이 사람은 장가진 네 할멈입니다 ……."

순사보가 마침내 알았다는 듯 말했다.

"장가진? ……흠, 이 사람이 장가진 네 할멈이란 말인가……?!"

서장은 예전에 부하를 살해당했을 때의 분노를 아직도 잊지 못하고 있었다.

"그런데 어째서 이런 곳에 있는 거지?"

"이 할멈과 또 아이가 하나 있었는데 한 1, 2개월 전부터 행방을 알 수 없었습니다……."

얼굴은 몰랐지만, 순사보로부터 보고를 듣고 있던 주재소의 순사가 옆에서 껴들어 서장에게 말했다.

"행방을 알 수 없었다고? —그런데 여기에 있단 말이지? 흠……."

서장이 그 노파를 노려보았다.

"이곳의 목사는 꽤나 여러 가지 일들을 하고 있던 모양이로군. ……이봐, 이 노파를 끌고 가도록."

서장이 주위의 형사들에게 명령했다.

"가진이 왔느냐고 이 할멈이 말한 건, 장가진을 말하는 거였군. —나는 또 무슨 소린가 했네."

서장이 다시 노파를 노려봤다.

"그렇다면 탈옥한 장영창도 역시 여기에 숨어 있었겠군. ……."

서장이 눈을 날카롭게 떴다.

"지금 이 노파가 영창이하고 같이 갔다고 말했으니 틀림없을 거야……."

라고 덧붙였다.

"그리고 또 한 명, 이름을 뭐라고 했지?"

서장은 새로운 사실을 발견했기에 가슴이 뛰었다.

"네, 이 할멈에게는 손자가 있습니다……. 이름이 아마 창수였을 겁니다."

순사보가 서장의 얼굴을 힐끗 한번 올려다보고 조심조심 대답했다.

"그래, 맞아. 그 창수라고 했던 것 같아. —그 사람들이 어딘가로 갔다고 했었죠?"

서장이 검사에게 물었다.

"원수를 갚으러 갔다고 했어."

검사가 천진한 미소를 지어 보였다.

"얼빠진 것들, 어디로 원수를 갚으러 갔단 말이지?!"

서장의 뜨거운 시선이 번뜩번뜩 빛을 발하며 뚫어져라 노파를 쏘아보았다.

"그럼 그 탈옥한 놈도, 그리고 손자 한 놈도 전부 여기에 숨어 있었던 모양이로군."

예심판사가 냉정한 목소리로 말했다.

"아무래도 그랬던 것 같습니다. —이곳의 목사가 아주 커다란 계획을 세우고 있었던 모양이군. ……흠."

서장이 한숨을 내쉬며 고개를 갸웃거렸다.

"창수는 갔어……."

노파가 조그맣게 중얼거렸다.

"어디로 갔지? 창수는 어디로 간 거지?"

서장이 굵은 목소리로 물었다.

"이 할멈은 자신이 지금까지 경험한 것 가운데서도 의식에 남아 있는 것만 알고 있는 것 같군. —그것도 정신이 아주 차분히 가라앉아서 명료해졌을 때 기억한 것들뿐인 듯해……."

젊은 검사가 이렇게 말했다.

"그렇습니까? ……이래서는 증인이 될 수 없을 듯하지만 수사에는 커다란 참고가 될 듯합니다. 무엇이든 솔직히 말하는 것 같으니."

서장은 뜻밖의 횡재를 한 듯 기뻐했다.

"얼른 봐도 매우 쇠약해져 있는 것 같아. 나이로 봐서는 아직 그렇게 노망이 들 정도는 아닌 것 같은데 정신적 과로 등도 영향을 준 듯하니 잠시 잘 먹이고 안정을 취하게 하면 회복되겠지."

"그럼 경찰의에게 진찰을 받게 하고 회복에 도움이 될 만한 것을 먹이도록 하겠습니다. —회복해서 모든 사실을 자백해준다면 수사에도 커다란 도움이 될 겁니다."

서장이 힘차게 말했다.

33

"서장님, 자살한 사람이 있습니다……."

사복을 입은 형사가 허둥지둥 그곳으로 달려왔다.

"뭐? 자살을 한 사람?! ……."

서장이 눈썹을 한껏 찌푸렸다.

"네, 여자가 자살을 했습니다……."

"뭐? 여자가? ……."

서장이 뜻밖이라는 표정을 지었다.

"아니! 이 할멈 외에도 여자가 또 있었단 말인가?"

검사는 커다란 흥미를 느낀 듯했다.

"바로 안내하겠습니다. ……."

그 형사가 말했다.

"흠……, 이봐 이 할멈은 저기 앞에 있는 방으로 데려가 누군가 감시를 붙여서 기다리게 하고 있어. —놓쳐서는 안 돼."

서장은 이렇게 말한 뒤, 판검사들과 함께 저벅저벅 흙 묻은 구두소리를 울리며 갔다.

그곳은 그 여자가 거처하는 방인 듯했다. 그 바닥 위에 깔린 화문석은 누런 거품이 섞인 검붉은 피로 물들었으며, 여자는 엎드린 채 배를 바닥에 찰싹 붙이고 있었다. 책상 위에 놓여 있던 것이라 여겨지는 꽃병이 뒤집어진 채 여자 곁에 나뒹굴고 있었다. 물이 흘러나와 피와 섞였기 때문에 피의 양이 아주 많은 것처럼 보였다. 꽃병에는 개나리의 기다란 가지가 꽂혀 있었는데 주위로 꽃이 흩어져 노란 나비가 날고 있는 것처럼 아름다웠다. 책장에는 금박 문자가 박힌 책들이 아름답게 늘어서 반짝반짝 빛나고 있었다. 벽 한쪽 면을 가득 차지할 정도로 커다란 성모의 그림이 새하얀 살갗을 드러낸 채 파란 눈으로 이쪽을 노려보고 있었다. 사람들이 그 방으로 들어선 순간, 피비린내에 섞여서 염산의 독한 가스가 뇌 속까지 찌르는 듯했다.

"흠……?"

서장이 그 주위를 둘러보고 예의 신음하는 듯한 소리를 낸 뒤,

"약품 냄새가 아주 지독하군."

이라고 외쳤다.

"초산을 먹은 듯하군."

검사가 그 냄새를 확인하기 위해서 두어 번 킁킁 코로 숨을 들이쉬었다. 그리고 주위를 자세히 살펴보니 피와 함께 무늬를 이루며 주위의 화문석과 녹색 모직물로 된 책상보가 갈색으로 타 있었다.

"꽤나 많은 양을 먹은 모양이군."

검사가 차가운 표정으로 중얼거렸다.

"아직 젊은 여자 같은데?"

예심판사가 허리를 구부려 엎드린 채 쓰러져 있는 여자의 얼굴을 들여다보았다.

"이봐, 경찰의는 어디에 있지?"

서장이 거기에 있던 순사부장에게 물었다.

"오늘은 오지 않았습니다."

"뭐, 오지 않았다고? —이를 어쩐다지. 이 근처에 의사는 없는가?"

"글쎄요."

"하는 수 없지. —검안은 나중에라도 할 수 있으니. 그러면 이 여자 주

위를 잘 조사해보기 바라네. —독약 병이 있을 거야. —유서는 없었는가?"

검사가 이렇게 주의를 주었다.

"여기에 병이 나뒹굴고 있습니다."

형사가 1파운드들이 흑갈색 병을 가지고 왔다.

"음, 여기에 들어 있었던 모양이군."

검사가 그것을 창가 쪽으로 가지고 가서 광선에 비춰보았다.

"아직 조금 남아 있군. 그런데 이런 걸 어디서 났을까?"

검사는 자꾸만 고개를 갸웃거렸다.

"이런 집에 초산 같은 게 왜 있었을까요?"

예심판사가 그것을 들여다보았다.

"아니, 초산이 아닙니다. 염산입니다."

라며 독약임을 표시하는 새카만 라벨에 하얀 글씨로 '염산'이라고 써놓은 글자를 바라보았다.

"염산이라도 그렇지, 교회에 어째서 염산이 필요한 걸까요?"

"글쎄……? 알 수 없는 일입니다."

"이 외에 다른 건 없나요?"

"글쎄요. 자세히 살펴보기로 합시다. 어쩌면 뜻밖의 사건이 될지도 모르니……."

검사가 예심판사의 얼굴을 바라보았다.

"흠……."

예심판사도 고개를 크게 끄덕여 보였다.

"아무래도 이 교회 사람들은 상당히 오래 전부터 아주 커다란 계획을 세우고 있었던 듯합니다. —이 젊은 여자의 자살에도 틀림없이 커다란 원인이 있을 것 같습니다. 발각을 두려워한 걸지도 모르겠는데요?"

"그렇게 예상해볼 수도 있겠습니다. —이 여자 외에 다른 여자는 없었는가?"

예심판사가 물었다.

"네, 있었습니다. 여자는 이 외에도 2명이 더 있었습니다. 이 사람은 용모가 이렇게 되어버려서 잘은 알 수 없지만 키와 몸집으로 봐서 자매였던 두 사람 가운데 언니인 듯합니다. 동생은 조금 더 통통하고 동그스름한 얼굴이었는데 어디로 갔는지 모습이 보이지 않습니다. ……."

오늘 아침에 병원으로 실려 간 나카시마 순사부장의 부하 중 한 명이 대답했다.

"그럼 이 집에는 그 목사 외에도 여자가 2명— 그 노파까지 3명이 있었단 말이군?"

"아닙니다. 그 외에도 여자가 한 명 더 있었습니다."

"흠……, 그건 또 어떤 여자지?"

"매우 아름다운 여자였는데, 아무래도 신원파악이 되지 않는 여자였습니다. 그래도 2명 정도의 남자와 함께 작년 겨울에 여기로 왔다는 사실만은 알고 있습니다. 나카시마 순사부장님은 조금 더 자세히 알고 계신 듯했지만, 그래도 역시 도무지 알 수 없는 여자라고 말씀하셨습니다."

"음, 나카시마 순사부장은 상태가 아주 안 좋은가? 얘기를 알아듣지는 못하겠지?"

"네, 열이 나서 인사불성이라고 들었습니다."

"그럼 안 되겠군. 이 여자의 동생과 그 여자, 그리고 그 외에 다른 곳에서 온 남자 둘과 하인, 저 할멈뿐인가?"

"네, 그 외에 저희 눈에 띈 사람은 없었습니다."

"다른 전도사 같은 사람은 없었는가?"

"가끔 다른 곳에서 오는 사람도 있었습니다만, 요즘에는 그런 사람도 없었던 듯합니다."

"이 집에 이런 약품이 더 숨겨져 있는지 잘 찾아봐 주었으면 하네……."

예심판사가 거기에 있던 제복의 순사들에게 명령했다. 그런 다음 예심판사는 곁에 있던 순사에게 지시해서 쓰러져 있는 여자의 검증을 시작했다.

여자는 강렬한 약품 때문에 얼굴이 타서 피부 대부분이 새카맣게 변해 있었다.

"흠, 아주 심하군……."

예심판사조차 얼굴을 찡그렸다.

"이 꽃병의 물을 마신 듯합니다. 너무 괴로워서……."

검사가 그 꽃병을 집어 들었다.

"틀림없이 자살이겠지? —오늘 아침에 한 걸까? 몇 시쯤이었을까?"

예심판사는 이런 것들을 생각하며 일일이 서기에게 기록하도록 했다.

"이보게, 목사는 몇 시쯤에 인치되었는가?"

예심판사가 경찰서장에게 물었다.

"글쎄요, 한 8시쯤이었나? 저희가 자동차로 온 것이 6시였으니 아마 8시 전후였을 겁니다."

"그렇다면 목사가 잡혀가는 것을 이 여자가 보고 바로 자살한 것이라고 상상해볼 수도 있겠군."

"그런 것 같습니다."

"어쨌든 이 약품이 어디서 왔는지는 매우 주의를 요하는 사항이니, 엄중하게 수색을 해주기 바라네. —염산은 ×××을 제조하는 데 필요한 것이니. 원료인 ××를 이걸로 분해하는 거야."

젊은 검사가 옆에서 화학지식을 과시했다.

"그랬었군, 거기에 필요했던 거로군. 아무래도 이번 사건은 결코 단순한 것이 아닌 듯합니다. 안 그렇습니까, 오야마 씨? 그 오타 순사를 살해한 범인도 검사국에서 다시 한 번 잘 취조를 해주셨으면 합니다. 아무래도 새로운 사실을 알아낼 수 있을 듯하니. ……저것과 매우 밀접한 관계가 있을 것이라고 저는 믿고 있습니다만. 나카시마 순사부장도 그 점을 아주 강하게 주장한 적이 있었습니다. 이번에도 그것 때문에 당한 겁니다."

서장이 부하의 공적을 은근히 내비쳤다.

"음, 그렇게 하겠소. 이번에는 철저히 조사하도록 하겠소. 이 교회는 신도가 3만이라고 들었는데 그들 사이에 무슨 음모가 있었는지, 어떤 연락이 있었는지 알 수 없는 일이니. 이번에 완전히 뿌리를 뽑지 못하면 아주 커다란 일로 번질 거야."

"그렇습니다. 이 국경 일대에서 요즘 빈번하게 발생하고 있는 살상강도 사건과도 결코 무관하지는 않을 듯합니다."

서장이 상상의 폭을 더욱 넓혀서 얘기했다.

"흠……, 지난번 오타 순사의 사건과 깊은 관계가 있을지도 모르겠군."

이렇게 말한 검사는 알몸이 된 여자의 몸을 주의 깊게 살펴보고 있었다.

"독약을 먹은 것 외에 다른 이상은 없는가?"

예심판사가 곁에서 시체를 살피고 있는 형사에게 말했다.

"네, 다른 이상은 없는 듯합니다."

"이렇게 보니 나이를 꽤 먹은 듯하군. 스물세네 살쯤 됐으려나?"

"그렇습니다. 아마도 그쯤 된 것 같습니다."

"미혼이겠지?"

"글쎄요, 그 점은 어떤지 잘은 모르겠습니다만……."

이렇게 말한 것은 나카시마 순사부장의 부하 형사로 이 집에서 매일 밤 잠복을 했던 사내였다.

"저는 밤중에 이 여자가 옆에 있는 목사의 방으로 가는 것을 자주 보았습니다. ……."

아주 진지한 얼굴로 이렇게 대답했다.

"밤중에……?"

검사가 물었다.

"네."

"밤중에 가서 무엇을 했단 말이지? 동침이라도 했단 말인가?"

"네, 그런 거동도 있었습니다……."

"음, 그렇다면 이 여자는 그 목사의 첩이었나?"

"그랬던 것이라 여겨집니다."

"그렇게 된 거로군. 결국은 이 여자가 이번 사건의 내용을 가장 잘 알고 있기에 발각될 것이 두려워 자살을 한 거야. 틀림없어. ……."

검사는 이런 판단을 내렸다.

"이봐, 거기 허리 아래에 뭔가 있잖아? 여기, 여기 말이야……."

예심판사가 알몸이 되어버린 여자의 허리에서 둔부로 이어지는 부드러운 곡선 안쪽 피부에 엽서 크기의 물건이 찰싹 붙어 있는 것을 손가락으로 가리켰다.

"아, 이거 말입니까……?"

옆에 있던 형사가 그것을 집어 들었다.

"뭐지?"

모두의 시선이 일제히 그 위로 쏠렸다.

"사진 아닌가?"

"그래, 사진이로군."

이렇게 말하며 머리를 그곳으로 모았다.

"음, 뭐야. 학생인 듯한 남자의 사진이잖아."

"학생이로군. 어딘가 대학의 제복을 입고 있는데."

"이걸 몸에 지니고 있었던 듯합니다."

"이건 틀림없이 정부일 거야. 정부의 사진을 몸에 지닌 채 죽은 거야. 뒤에 뭔가 적혀 있지 않은가?"

"잠깐만 기다려보십시오. ……이 사진 속 남자는 여기에 있었습니다."

다시 예의 형사가 말했다.

"흠……, 여기서 같이 살았었단 말인가?"

"네, 이번 사건이 일어나기 전날까지도 여기에 있었습니다. 저와 나카시마 순사부장님이 추적하던 두어 명의 남녀와 함께 도주한 사람 가운데 틀림없이 이놈도 섞여 있었습니다. ……."

"아하, 그렇다면 정부가 도망갔다는 원한도 있었던 거로군."

검사가 다시 고개를 갸웃거렸다.

"뒷면을 보게."

서장이 그것을 들고 있는 형사에게 말했다.

"뭔가 적혀 있습니다. —."

"역시 그랬군. 이 신춘용이라고 적힌 것은, 여기에 있던 젊은 남자입니다."

형사가 다시 이렇게 설명했다.

"거기에 영어로 적혀 있는 건 뭐지?"

서장이 이름과 함께, 쓴 지 얼마 되지 않은 듯 잉크색이 선명한 영문을 들여다보았다.

"음, —뭐지? 오 프레시 와인 스킨 포 미!(O 'Fresh Wine-skin' For Me!) ……흠……."

젊은 검사가 소리 나는 대로 읽고 알 수 없다는 듯한 표정을 지었다.

"무슨 말일까요? 야소교의 처자는 남자의 사진에까지 영어를 쓰는 모양이군. 뭔가 단서가 되지 않을까요?"

서장이 이렇게 말했다.

"글쎄……."

검사가 그 영문을 가만히 바라보다,

"Fresh Wine-Skin……, 새로운 술푸대란 말이겠지. For me……. 나를 위한 술푸대인가? ……뭔가 좀 이상한데."

라며 다시 고개를 갸웃거렸다.

"그 'Fresh Wine-Skin'이란 건 성경 속의 말입니다. 새로운 가죽부대를 말하는 거겠지요. —For me라는 건, 자신에게 어울리는 정부라는 뜻 아닐까요?"

성경에 대한 지식을 가지고 있는 듯한 예심판사가 이렇게 설명했다.

"거참……, 이상한 말을 다 써놨군요."

특별히 단서가 될 것 같지는 않다고 생각한 듯한 서장이 어이없다는 얼굴로 말했다.

"그 외에 몸에는 더 이상 아무것도 없는가?"

서장이 형사에게 다시 물었다.

"네, 이 외에는 특별히 없는 듯합니다."

그때 갑자기 교회의 넓은 뜰이라 여겨지는 부근에서 와하는 군중의 함성이 일었다.

"밖에 무슨 일이야? 왜 소란을 피우는 거지!"

서장이 갑자기 거친 말투로 옆에 있던 순사들을 야단쳤다.

"……."

모두의 얼굴에 불안한 듯한 기색이 슥 스치고 지나갔다.

"이봐, 누가 밖으로 나가서 보고 와. 시끄럽게 소란을 피우는 놈들은 전부 엄중하게 단속해!"

거기에 있던 순사들 가운데 하나가 서둘러 방 밖으로 나가려 한 순간, 그곳으로 턱끈을 걸친 순사 한 사람이 요란하게 들어왔다.

"서장님! 밖에 신도라는 사람들이 여럿 모여 있는데 약간 불온한 형세를 보이고 있으니 해산을 명령해주셨으면 한다고 누마다 경장님이 말씀하셨습니다."

"한심한 것들! 그런 일이 있으면 좀 더 빨리 보고해야 할 것 아니야. 당연히 해산이다. 여럿이 모이고 난 뒤에야 그런 말을 하면 어쩌자는 거야. 얼른 해산시키도록 해!"

"넷……."

순사가 몸을 한껏 오그렸다.

"그런데……."

아직도 부동자세를 취하고 있었다.

"그런데는 또 뭐야? 우물쭈물하고 있을 시간 없어! ……얼른 말해!"

"넷, 그런데……."

"또 그런데인가? 그런데 같은 건 필요 없어, 어서 보고를 해!"

순사가 눈을 껌뻑였다.

"재판소에서 오신 분들은 가능한 한 빨리 뒷문으로 돌아가시는 것이 좋겠다고 말씀하셨습니다."

"뭐, 뒷문으로? 그럴 필요 없어. 관헌의 위엄과 관계된 일이야! 내가 가서 해산시키지."

서장이 분연히 허리에 찬 검을 울리며 바깥으로 나가버렸다.

"이봐."

거기에 선 채 서장의 험악한 뒷모습을 바라보며 당황스러워하고 있는 조금 전의 그 순사를 검사가 불렀다.

"바깥에 여럿이 모여 있는가?"

"네, 상당히 많이 모였습니다. 오늘은 일요일로 설교가 있는 날이기에 온 것이라고들 합니다."

"흠……, 그렇군. 오늘이 일요일이었지. 그래서 모인 거로군."

검사가 약간 안심했다는 듯 말했다.

"오늘은 이쯤하고 돌아가시는 게 어떻겠습니까?"

예심판사가 갑자기 이렇게 말했다.

"네, 그게 좋겠습니다. 그럼, 돌아갑시다."

검사도 바로 동의했다.

"자동차는 밖에서 기다리고 있겠지?"

검사가 서기에게 물었다.

"네, 밖에서 기다리고 있습니다."

"그런가? 뒤쪽으로 와달라고 해주게."

"네."

"그럼 누가 좀 가서 그렇게 전해주도록 하게."

예심판사를 따라온 서기가 순사에게 말했다.

"네, 알겠습니다."

와하고 두 번째 함성이 들려왔다. 후두둑 무엇인가가 세차게 날아오더니 유리문이 깨지는 소리가 들렸다. 누군가 커다랗게 소리를 지르며 권총을 쏘는 소리가 두어 발 들려왔다. 판검사는 거기에 여자의 시체를 내버려 둔 채 뒷문 쪽으로 모습을 감추었다.

34

물 위도, 풀 위도, 자신이 입고 있는 옷 위도, 푸르스름하게 빛나고 있었다. 어딘가에서 무엇인가가 저주의 눈을 반짝이며 가만히 노려보고 있는 듯했다. 달은 빛나고 있었으나 어둠 속에 있는 듯한 느낌이었다. —어둠이 빛나고 있다?

한편은 올려다보아도 끝이 보이지 않아 무한한 절벽이 아닐까 여겨질 정도로 높이 솟구쳐 있었다. 다른 한편은 그 절벽이 다시 아래로 떨어져 있고 그 끝자락에서는 바다와도 같은 D강이 찰싹찰싹 소리를 내고 있었다. 주영이 들은 그 벽과도 같은 절벽 가운데로 가느다랗게 이어진 한 줄기 길을 지나고 있었다.

물 위를 내려다보니 벌써 가을 안개가 소리 없이 내려 있었다. 어딘가 아직 늦여름인 듯한 온기는 남아 있었으나 발에 닿는 풀은 차가웠다. 벌레소리가 전신의 따뜻한 피를 빨아 마시는 것처럼 들려왔다. 절벽에 매달린 채 자란 소나무의 거대한 뿌리가 불룩 솟아오른 붉은 바위에 엉겨붙어 있고, 가지가 구불구불 휘어져 힘없이 빛바랜 모습을 가느다란 길 위로 늘어뜨리고 있었다. 밤이슬에 반짝반짝 빛나고 있는 수풀 때문에 어느 부근부터가 다시 그 아래의 절벽인지 알 수가 없었다. 주영이 들은 그 붉은 바위의 뿌리를 기듯이 넘어 여기까지 간신히 왔다. 출산 후 야윈 그녀를 춘용과 영창이 교대로 거의 업다시피 해서 여기까지 간신히 데려온 것이었다.

"전……, 더 이상 도저히……, 안 되겠어요. ……자, 여러분, ……전, ……여기서……, 그만 작별할게요……."

갑자기 그녀가 낮은 목소리로 더듬더듬 말했다. 그 얼굴은 겨울의 달처럼 창백하기 짝이 없었다. 남자들은 말없이, 그 풀밭 위에 상처 입은 어린 양 같은 모습으로 쓰러져버린 그녀를 망연히 바라보았다. 갓난아기가 쉴 새 없이 울어댔다. 영창이 당황해서 그녀를 흔들었다.

"그럼 제가 업고 갈게요. 이렇게 된 이상 아무리 늦어져도 상관없어요. ……이런 데다 그냥 내버려 둘 줄 알았어요? ……."

춘용은 여자 바로 옆으로 다가가 자신도 지쳤다는 듯 거기에 앉았다.

"아니요, 저는 이제 여기서 어디로도 가지 않을 거예요. 저는 여기서 죽으면 그걸로 충분해요. 그만 아기를 제게 건네주세요. 당신들은 한시라도 빨리 달아나도록 하세요……."

주영이 생후 3개월밖에 되지 않은, 영창이 안고 있던 자신의 아기를 건네받으려 했다.

"아니요, 주영 씨. 그럴 수 없습니다. 당신의 몸이 아무리 나쁘다 해도 우리가 어떻게 당신을 내버려 두고 갈 수 있겠습니까? 우리 모두가 여기서 이대로 잡힌다 해도 결코 그럴 수는 없습니다.!"

춘용이 두 팔을 내밀어 자신의 아기를 건네받으려는 여자의 팔에 매달리듯 했다. 여자는 고개를 숙이고 괴로운 듯 두어 번 조그맣게 기침을 하더니 어깨를 들썩이며 가만히 있었다. 춘용은 여자의 숨결이 느껴질 만큼 가까이 여자 쪽으로 자신의 얼굴을 가져갔다.

"괴로우신가요? 물을 드릴까요? …….”

그가 이렇게 말하고 주위를 둘러보았다. 거기서 절벽 아래쪽 기슭으로 달빛에 반짝이며 물이 흐르고 있었으나 그들이 있는 곳에서는 물 한 방울 손에 넣을 수 없었다.

"자, 주영 씨, 조금만 더 가면 틀림없이 인가가 있을 테니 거기까지만이라도 갑시다. 거기서 조용히 몸을 추스르세요. 다시 한 번 몸을 회복해서 이번의 실패를 만회하도록 합시다…….”

춘용이 애써 희망에 넘치는 듯한 목소리로 말했다. 그리고 여자의 손목을 힘껏 쥐었다.

"춘용 씨, 고마워요. 당신이 그런 말로 제게 힘을 주시는 점, 저는 정말 고맙게 생각하고 있어요. 하지만 춘용 씨, 저는 이미 제 몸에 대해서 잘 알고 있어요. 아기를 낳으면 제 몸은 그것으로 끝날 것이라고 생각하고 있었어요. 그래서 이번 일도 성패는 안중에도 두지 않고 시작한 거예요. 그런데……, 그분만이 희생을 당하고 말았어요…….”

주영은 여기까지 말한 뒤, 목구멍에 무엇인가가 엉겨 붙기라도 한 듯 격렬하게 흐느껴 울었다.

"네, 김 군은 정말 가엾게 됐습니다. 이번 일에 대해서는 저도 역시 그렇게 생각합니다. 그러니 우리에게는 그의 복수를 위해서라도 한 번이고 두 번이고 다시 일을 하겠다는 결심이 필요하지 않겠습니까? 그리고 이런 데서 언제까지고 우물쭈물하고 있어보십시오. 틀림없이 그 수색대가 밀려올 겁니다. —이 길은 지도에도 없는 길이니 야간에는 절대로 올 리 없을 테지만, 날이 밝으면 분명히 발견되고 말 겁니다. 자, 어떻게든 걷도록 하세요. 이번에는 저와 영창 군이 업고 갈 테니…….”

목이 메어 자꾸만 괴로워하는 여자의 등을 쓰다듬으며 춘용이 거듭 격려했다.

“아니에요, 춘용 씨. 설령 밤 안으로 여기서 벗어난다 해도 제가 당신들과 함께 가는 한 당신들도 저와 같은 운명에 놓이게 될 거예요. 괜히 같이 갔다가 쓸데없이 많은 희생을 치를 필요는 없잖아요? —저희, 목숨을 쓸데없이 버리는 짓만은 하지 말도록 해요. 저희의 복수를 달성할 때까지 서로 목숨을 소중히 여기기로 해요…….”

주영은 여기까지 더듬더듬 말한 뒤, 가느다란 눈으로 춘용을 가만히 바라보았다.

“바로 그렇습니다! ……그러니 주영 씨, 제발 저와 같이 갑시다. 지금 우리가 당신을 잃으면 우리는 더 이상 어떻게 할 수도 없지 않겠습니까?”

“춘용 씨! 당신 왜 그렇게 나약한 소릴 하는 거죠? 제가 뭐라고요? 저는 그저 폐병을 앓고 있는 나약한 여성에 지나지 않아요. 당신은 강한 남성이에요. 튼튼한 육체를 가진, 넘치는 의기로 불타오르는 청년이잖아요. 한 자루 초로 모스크바 시내 전체를 불태울 수 있잖아요? ……사람만 많아 봐야 무슨 소용이겠어요!”

“…….”

“그럼, 이만 당신들과도 작별해야겠어요. 저는 오랏줄에 묶이는 치욕을 당하느니 여기서 죽겠어요. 저기에 흐르는 저 아름다운 물속으로 들어가 죽겠어요. 저 강은 우리나라의 산야를 흐르는 물이에요. 그리고 전 세계 나라들의 해안을 때리는 물이에요. 저는 저기로 몸을 던져 죽겠어요. ……자, 춘용 씨도 영창 씨도, 창수도 여기에 앉으세요. 마지막으로 악수를 해요…….”

주영의 목소리는 조용히 슬픔에 잠긴 듯했다.

“주영 씨, 아직 그렇게 몸이 나빠지지도 않았는데 당신은 왜 그런 소릴 하십니까? 저는 결코 당신의 희망을 받아들일 수 없습니다. 여기에 있는 영창 군과 창수 군도 분명히 같은 마음일 겁니다. 날이 밝으면 우리도 틀림없이 잡히고 말 겁니다. 그건 불을 보듯 뻔한 사실입니다. 이제 더는 지금까지처럼 언제까지고 도망칠 수 없을 겁니다. 그러니 당신이 있든 없든 때가 되면 잡힐 겁니다. 당할 때 당하더라도 같이 당합시다. 그러니 주영 씨, 그런 말 마시고 마지막까지 같이 갑시다.”

춘용이 그녀의 어깨에 손을 얹고 눈물을 흘렸다.

“그건 말이죠, 춘용 씨. 그런 말은 아무리 되풀이해봐야 결국 마찬가지예요. 당신은 제 몸이 그렇게 나쁘지 않다고 말씀하셨지만, 제 몸속이 어떤 상태인지 잘 모르시잖아요. 제가 얼마나 고통을 느끼고 있는지 모르기 때문에 하는 말이에요. 저는 이제 조금만 움직여도 죽음보다 더 심한 고통을 느끼고 있어요. 당신은 그걸 모르기 때문이에요. 물론 저는 지금까지 결코 고통스러운 표정은 짓지 않았어요. 오늘도 이렇게 오륙십 리나 되는 길을 그렇게 불평도 하지 않고 걸어왔으니 당신은 그렇게 생각하겠지만, 저 이제 더는 그런 고통을 참으며 살아가기 싫어요. ……여기서 더 살아가라고 강요한다면 그건 너무나도 잔혹한 말이에요…….”

“그럼 영창 군과 둘이서 당신의 몸을 가만히 들고 갈 테니 당신은 몸을 움직이지 마세요…….”

“어머, 춘용 씨는 무슨 그런 순진한 말을 하시는 거예요? 그런 볼썽사나운 모습으로는 저 한 발자국도 몸을 움직이고 싶지 않아요. —당신은 아직 저의 진심을 하나도 모르시는군요? 제가 그런 추한 모습으로 살아가고 싶었다면 뭐 하러 이렇게 고생하면서 이런 아기까지 데리고 이런 데까지 왔겠어요……?"

"……."

"……춘용 씨, 당신과는 꽤 많은 고생을 함께 했네요……. 하지만 이제 그만 작별을 해야겠어요……."

주영이 끊어질 듯 잠기는 목소리로 말하고 부드럽게 춘용의 몸에 손을 얹었다.

"아니요, 주영 씨. 전 당신하고 헤어지고 싶지 않아요! ……."

"네, 저도 마찬가지예요……. 하지만 이젠 절체절명의 순간이잖아요? ……!"

"전 당신하고 헤어지기……, 싫습니다……."

"네, 그건 저도 역시 마찬가지예요. 당신과는 처음부터 지금까지 함께 고생을 해왔으니까요. 게다가 당신과는 참으로 깨끗한, 사이좋은 동지였으니까요……. 저 역시 조금도 헤어지고 싶지 않아요. ……."

달빛으로 주영이의 눈에서도 눈물이 넘쳐흐르고 있다는 사실을 알 수 있었다.

"네, 그럼 저도 주영 씨와 함께 목숨을 끊겠습니다! ……."

"어머, 춘용 씨, 정말 감상적인 말을 하시네요. ……아니요, 그래서는 안 돼요. 아직 스물한두 살밖에 되지 않은 당신이 죽어서 어쩌겠다는 거죠? 당신의 앞길에는 해야 할 일들이 산더미처럼 쌓여 있어요. 어떻게 저처럼 폐병을 앓고 있는 아줌마하고 같이 죽을 수 있겠어요? ……."

"하지만 당신이 없는데 저보고 어떻게 살아가라고 하시는 겁니까?"

"당신은 아직 모르시는군요? 왜 그렇게 어린아이가 떼를 쓰는 듯한 말을 하는 거죠? 평소의 당신답지 않잖아요? 당신은 앞으로도 'AUX ARM

ES'를 부르짖지 않으면 안 되잖아요? 저희 동지들 중에서는 당신이 그런 의욕에 가장 넘쳐 있잖아요? ……자, 이제 저는 조금도 돌아보지 마시고 지금부터 얼른 이 두 사람과 함께 여기서 동해안 쪽으로 달아나세요. 그러면 틀림없이 목숨을 건질 수 있을 거예요……. 거기에도 많은 사람들이 있으니 틀림없이 새로운 동지를 얻을 수 있을 거예요……."

"안 됩니다! 안 돼요! 저는 절대로 그렇게 할 수 없습니다! 당신이 움직이지 않겠다면 저도 여기서 영원히 움직이지 않겠습니다!"

춘용의 반짝이던 눈에서 쉴 새 없이 눈물이 흘러나왔다.

"춘용 씨! 당신 아직도 남자답지 못한 말을 되풀이하고 있는 건가요? 저는 당신이 그렇게 우유부단한 청년인 줄 몰랐어요. 당신 진심으로 그런 말을 하고 있는 건가요? 자, 어서 사실을 말해보세요!"

주영이 지금까지의 부드러운 말을 거두고 화가 난 듯 말했다.

"네, 물론 진심입니다. —어떻게 이런 말을 장난으로 할 수 있겠습니까?!"

상대방도 격앙된 투로 말했다.

"네, 알겠어요. 그럼 저는 지금부터 당신과 절교하겠어요! 당신은 동지들의 사명을 배신한 비겁한 사람이에요. 그렇게 비겁한 사람과 저희는 행동을 같이할 수 없어요!"

주영은 눈앞이 캄캄해지는 듯한 고통을 참으며 목소리를 높였다.

"네, 절교라고요!?"

깜짝 놀란 춘용의, 비바람에 야위기는 했으나 어딘가 사람을 잡아끄는 매력적인 얼굴이 벌겋게 달아올랐다.

"네, 절교에요! 동지들의 사명을 배신한 비겁한 사람에게는 절교를 선언하는 것이 저희들의 당연한 의무에요."

주영이 상대를 똑바로 쳐다보며 열 때문에 반짝이는 눈을 부릅떴다.

"어째서 제가 동지들의 사명을 배신했다는 겁니까? 그 이유를 설명해 보세요!"

춘용은 숨이 차오르고 온몸의 피가 곤두서는 듯했기에, 넘쳐나는 눈물을 닦고 여자에게 따지듯 물었다.

"……춘용 씨, 제가 지금까지 그 이유를 당신에게 얼마나 설명했는지 몰라요. 그런데 당신은 병으로 이렇게 괴로워하고 있는 저에게 아직 더 설명을 하라는 말인가요……?"

"저는 모르겠습니다. 지금 당신이 제게 말씀하신 대로라면, 저는 결코 사명을 배신한 비겁한 사람이 아닙니다. —동지인 당신을 이런 곳에 내버려 두고 갈 수는 없다고 생각하고 있을 뿐입니다. 그것이 어째서 동지들의 사명을 배신하는 이유가 되는 겁니까?! ……."

"아앗! 저, 이제 더, 이, 상……."

주영의 안색이 갑자기 변하더니 풀밭 위에 털썩 쓰러져버리고 말았다.

"앗! 주영 씨? 왜 그러세요! ……괴로우신가요? ……제, 제가 잘못했습니다. ……주영 씨. 용서해주세요!"

춘용이 주영의 몸에 매달려 등을 정신없이 쓰다듬으며 격렬하게 울음을 터뜨려버리고 말았다.

35

"춘용 씨, 춘용 씨. ……여기 물을 가져왔습니다. ……."

주영의 몸을 뒤에서 끌어안은 채 열심히 돌봐주고 있자니, 영창이 옆에서 이렇게 말했다. 가지고 있던 아기의 젖병을 들고 있었다.

"응, 물? ……."

춘용이 어떻게 된 일이냐며 놀라 영창을 올려다보았다.

"네, 물을 가져왔습니다. 선생님께 드리세요……."

"물이라고? 대체 이 물을 어디서 가져온 거지?"

"물은 강에 아주 많습니다……."

"그건 나도 알아. 대체 저렇게 높은 절벽을 어떻게 내려갔다 온 거지?"

"여기서 저쪽으로 계속 가면 야트막한 절벽이 있습니다. 그곳을 미끄러져 내려갔습니다. 혹시 선생님께서 돌아가시는 게 아닐까 싶어 죽을힘을 다해 뛰어갔다 왔습니다……."

"그래, 고생했구나. 무사히 돌아와서 다행이야. 고맙네, 고마워……."

"한 번 더 갔다 올게요. 애기 젖이 벌써 떨어졌어요."

"아아, 그렇지. 조금 전까지 심하게 울던데, 아기는 어디에 있지?"

춘용이 당황한 듯 주위를 둘러보았다.

"그래……, 창수가 안고 있었구나."

춘용은 창수가 자기 키만큼이나 자란 마른풀 속에 아이를 안은 채 앉아 있는 것을 달빛으로 보았다.

"주영 씨, 여기 물을 마시세요. 지금 영창 군이 떠온 거예요……."

"네, 고마워요……."

주영은 아직도 시체처럼 누워 있었는데 춘용이 말을 걸자 가느다란 목소리로 이렇게 대답했다.

"열이 심해서 목이 마르시죠? 물을 마시면 조금은 편안해질 거예요……."

춘용이 왼팔을 여자의 몸 뒤로 돌려 안아 일으키듯 하며 오른손에 쥔 젖병을 여자의 입가로 가져갔다. 그 사실을 간신히 깨달은 여자가 한손으로 병을 쥐고 허겁지겁 두어 번 목을 울렸다.

"아아……, 맛있어요……."

주영이 아주 시원하다는 듯 말하고,

"고마워요, 영창 씨……."

라고 진심으로 감사했다.

"조금 괜찮아졌나요? ……주영 씨, 제가 잘못했습니다. 부디 용서해주세요."

춘용이 여자의 등을 쉬지 않고 문질러주었다.

"아니에요……."

여자가 머리를 흔드는 듯한 모습을 보이다 크게 한숨을 내쉬었다. 숨을 쉴 때마다 몸 전체가 물결치고 있었다.

"진이는 어디 있죠……?"

주영이 다시 이렇게 말했다. 진이란 주영이가 붙여준 아기의 이름이었다.

"네? 진이요? 저기에 있습니다. 데려올까요?"

춘용이 말하자 여자는 고개를 끄덕였다.

"오늘 아침에 젖을 준 뒤로 아직 아무것도 못 먹였어요……. 어쨌든 곧 영양불량으로 죽을 거예요……."

"……."

"전 말이죠, 춘용 씨……. 왜 여자로 태어난 걸까요……?"

주영의 마음속에서는 28년 동안의 괴로웠던 전 생애가 찰나처럼 번뜩이고 있었다.

"여자로 태어나, 어째서 아기를 낳지 않으면 안 되었던 걸까요……?"

여자는 거기로 데려온 자신의 아기를 꼭 끌어안고 이렇게 말했다.

"……."

춘용은 말없이 아직도 여자의 몸을 문지르고 있었다.

"이번에 실패를 한 것도 제 산욕이 아직 완전히 회복되지 않았기 때문이에요. ……안 그런가요? 그때 제 몸이 불편하지 않았다면 그런 어처구니없는 실수는 절대 하지 않았겠지요? 그 순간 제 머릿속에 번쩍 떠오른 의식은 제가 남성이었다면 하는 분함이었어요. 당신도 그때 옆에 있었으니 잘 알고 계시겠지요……? 하지만 그로부터 1개월 동안이나 우리 세 사람 이렇게 목숨을 잘도 부지했네요……."

주영이 이런 병에서 흔히 볼 수 있는 위중한 상태조차 신기할 정도로 조용히 견디며 이렇게 말했다.

"춘용 씨, 저 더 이상 당신에게는 아무런 말도 하지 않을게요. 저기……, 그러니 당신 마음대로 하세요. 하지만 저기 두 사람 있잖아요? 저 사람들만은 날이 밝기 전에 도망갈 수 있게 해주자고요. 어쨌든 저 사람들도 여기까지 정말 잘도 따라와 줬네요……. 저, 진심으로 그렇게 생각하고 있어요. 인간은 학문만으로는 안 되는가 봐요……. 그 조성식은 대체 어떻게 되어버린 걸까요……?"

"글쎄요, 지금쯤은 다시 T시나 S시로 돌아가 새로운 애인과 동거하며 리더인 양하고 있지 않을까요?"

"글쎄, 어떨까요? 저, 그 사람 하나만은 정말 잘못 봤어요. 그와 같은 학식에 그와 같은 태도를 보였으니, 순수하게 이상으로 불타오르는 젊은 여성이라면 누구나 바로 반해버렸을 거예요……."

"……."

"춘용 씨?"

"네?"

"아직 아직 초저녁인데 저 몸이 으슬으슬 추워지기 시작했어요. 열이 있나봐요……. 하긴 벌써 완전히 가을이죠? 기러기가 울며 지나가네요……."

"네……."

"당신 외로우시죠……?"

"……."

"당신, 뭔가 생각하고 계신 거죠……?"

"……."

"당신, 바보 같은 반평생을 보냈다고 생각하고 있는 거 아니에요……?"

"아니요……."

"고향에서의 일들이 떠올랐나요……?"

"아니요, 그런 건 조금도 생각지 않았습니다……."

"당신, 고향으로 돌아가실 건가요……?"

"전, 그런 곳에는 절대로 돌아가고 싶지 않습니다……."

"그래요? ……하지만 어딘가 침울해 보이는데요? ……제가 절교했는데도 당신은 왜 저를 여기에 내버려 두고 가지 않은 건가요……? 저 두 사람하고 같이 가세요. 네?"

"아니요, 저는 가지 않을 겁니다……."

"……."

"저는 당신과 여기서 죽겠습니다! ……."

"……."

"여기서 당신과 함께 죽는다면 그것으로 제 희망은 이미 이루어진 것이나 다를 바 없습니다…….”

“…….”

“저는 조금 더 일찍 잡혀도 상관없다고 생각했습니다만, 당신이 살아 있는 한은 절대로 죽을 수 없었습니다……. 저는 지금까지 당신을 배신하는 듯한 짓도 했습니다만, 그것도 전부 당신에 대한 저의 반항이었습니다. 당신의 태도가 제 마음에 늘 반항심을 불러일으켰던 겁니다. ……”

“반항이라니, 무슨 의미죠?”

주영이 이상히 여기며 물었다.

“네, 저는 S주에 온 뒤부터는 여러 가지 마음을 먹게 되었습니다. 단지 성욕이 요구하는 대로 아무 생각 없이 이끌려 다녔습니다. 하지만 그것도 전부 당신의 태도에 대한 저의 반항—이라기보다 반동이었습니다. 당신이 북극으로 다가감에 따라서, 저는 아무래도 남극으로 갈 수밖에 없었던 것입니다. 제가 당신에게 다가가고 싶다고 생각해도 저는 당신에게 도저히 다가갈 수 없을 정도의 위대함과 날카로움을 당신은 가지고 있었습니다. ……주영 씨, 아프시죠? 제가 쓸데없이 이런 말을 하는 게 듣기 싫지 않으신가요……?”

“아니에요, 춘용 씨. 결코 그렇지 않아요. ……그러니 계속 얘기해보세요. 당신하고도 이제는 정말 작별이니까요…….”

“아니요. 저는 절대로 헤어지지 않겠습니다.”

“네, 그건 제가 지금 말씀드린 대로에요. 하지만 저는 벌써 말도 할 수가 없잖아요……?”

“…….”

“저희는 원소로 돌아가는 거겠죠!?”

"그렇습니다! ……그러니 제발 제 얘기를 들어주세요……."

"네, 들을게요!"

"주영 씨? ……."

"네……."

"당신은 그 S주의 교회에서 제가 같이 데려가 달라고 부탁했을 때, 제가 실연의 괴로움 때문에 절망했을 거라고 말씀하셨죠?"

"네, 그렇게 말했어요……."

"그렇다면 당신은 제가 누구에게 실연을 당했다고 생각하셨습니까……?"

"……애라 씨 아니었나요?"

"그렇지 않습니다. 하지만 당신은 틀림없이 그렇게 알고 계실 거라고 저는 생각했습니다."

"하지만 춘용 씨, 당신은 애라 씨하고 아주 친밀하게 교제를 나누고 계셨잖아요. 그래서 저도 그렇게 믿고 있었어요."

"네, 물론 제가 애라 씨를 사랑하지 않았던 건 아니었습니다. 오랜 세월 타국을 유랑하던 외로움을 달래보려 했던 겁니다. 하지만 그보다는 당신에 대한 괴로움을 잊으려 한 강한 행동이었던 것입니다. 그를 위해서는 애라 씨의 육체를 탐닉하면 될 거라고 생각했던 겁니다. 그렇게 하면 이 괴로움을 틀림없이 잊을 수 있으리라 생각했던 것입니다. 하지만 그건 전혀 소용없는 짓이었습니다. 그 여자에게서 육체적 충동은 느꼈지만, 당신에게서와 같은 사랑은 도저히 느낄 수 없었기 때문이었습니다. ……."

"춘용 씨, ……저는 말이죠, 당신만은 마지막까지 정말 순수한 동지로 지낼 수 있을 거라고 생각했어요. ……그런데 역시 안 되는 모양이군요…….”

“…….”

“인간의 생활은 하나의 기적 아닌가요?”

“네, 그렇습니다. 그야말로 현실의 기적입니다. ……저희가 T시를 떠났을 때, 거기에 조 군만 있었다면 제가 어떻게 여기까지 올 수 있었겠습니까? 당신의 히로익한 태도에 완전히 공명되었던 것입니다. 그때부터 저는 목숨도 아깝지 않다고 생각해왔습니다. 제가 어찌 그 공명심 강하고 오만한 야심가인 조 군 따위와 생사를 같이할 수 있었겠습니까? 저는 이 내지(內地)로 들어와 당신 앞에서 조 군과 용감하게 싸울 생각으로 온 것이었습니다. 그렇게 해서 제가 조 군을 대신할 생각이었던 겁니다. —하지만 그것도 절망적이었습니다. S주로 들어온 이후, 김 군을 대하는 당신의 태도를 보고 저는 절망의 구렁텅이에 빠져버리고 말았습니다. 그러니 어찌 애라 씨에게 실연을 느낄 수 있었겠습니까…….”

“…….”

“당신의 그 명석한 머리로도 저의 그 번민은 조금도 깨닫지 못하셨겠죠?”

“…….”

“당연한 일입니다. 제가 당신을 얼마나 두려워했는지 모르니까요. …… 저는 조 군이나 김 군과는 다릅니다. 그 사람들은 지금까지 수많은 여성들을 알고 있었습니다. 그렇기 때문에 당신의 다른 무엇보다도, 당신을 여성이라 생각해서 경멸하고 있었던 것이라 생각합니다. 하지만 저는 여성을 모르는 남성입니다. 당신을 참으로 존중하고 진심으로 사랑했던 건 아마도 저뿐이었을 것이라고 생각합니다. …….”

“춘용 씨, 저, 정말로 아주 잘 알게 됐어요…….”

여자가 한쪽 팔에 아기를 안은 채, 다른 한쪽 팔로 남자의 어깨를 감으며 눈가에 눈물을 그렁거렸다.

"저는 지금까지 당신을 조금도 알지 못했었네요. ……."

"……."

남자는 어린아이 같은 모습으로 여자에게 몸을 기대고 있었다. 그의 마음속으로 지난 3년 동안의 괴로웠던 온갖 추억들이 단번에 떠올랐다.

"춘용 씨, 저는 말이죠, 재작년에 S시에서 T시로 갔다가 다시 여기로 들어올 때까지, 당신과 조 군 두 동지를 완전히 이해했다고 생각하고 있었어요. 그런데 조 군은 저 모양이 되어버렸고, 당신은 제가 거의 생각지도 못했던 마음을 가지고 있었네요. —이번 일로 저는 인간을 더욱 알 수 없게 되었어요. 생사를 같이하겠다고 맹세한 동지들조차 이 모양이니……. 물론 이제 와서 이런 일들에 놀란다는 것도 어리석은 일이지만……."

"……그럼 주영 씨, 당신은 김 군이 가장 위대한 인물이라고 믿고 계신가요?"

"아니요. 저는 위대한 인물이네 뭐네 하는 건 믿지 않아요. 하지만 저는 그분이 가장 가엾은 사람이었다고 생각해요."

"그렇습니까? 저는 이 세상에서 그 사람만큼 섬뜩하고 무서운 사람도 없다고 생각합니다. 그 사람은 그 섬뜩하고 무서운 계획으로 교회를 근본에서부터 파괴해버렸습니다."

"그런가요……? 그건 무슨 뜻이죠? ……."

남자의 뜻밖의 말에 주영은 상대방의 얼굴을 가만히 바라보았다.

"그건 말입니다, 주영 씨. 저의 마음이 아니면 김 군의 마음은 알 수가 없습니다. 저는 당신을 중심으로 한 김 군의 마음을 잘 알고 있었기 때문에 그 계획도 전부 꿰뚫어 보고 있었습니다."

"춘용 씨, 그게 무슨 말이죠? 전 무슨 말인지 전혀 모르겠어요……."

"네, 그러실 겁니다. 사랑에 빠지기 직전에 있는 사람에게 그 상대방의 교묘한 계획이 보일 리 없으니. 하지만 그 상대방과 같은 입장에 있는 사람은 아주 훤히 볼 수 있는 법입니다."

"그런가요……. 그런데 어떤 계획이었나요? ……."

"그건 당신을 완전히 자신의 것으로 만들기 위한 목숨을 건 계획이었습니다. ……."

"……."

"아마도 당신은 이상하다고 생각하시겠지요? 당신은 김 군을 당신의 목적을 위해 희생했다고 생각하시겠지만, 김 군도 당신을 얻기 위해서 그 토마스 신부님과 교회를 엉망으로 만들어버렸습니다. 그렇게 해서 조 군의 손에서 당신을 빼앗은 겁니다. 당신의 범죄를, 지난날의 그 가슴 아픈 경험을 가진 토마스 신부에게 알려서, 손녀딸인 당신에 대한 사랑에 빠져 있는 노인을 완전히 ××주의자로 만들어버린 것도 전부 김 군의 무시무시한 솜씨였습니다."

"……."

"저는 그 노인이 김 군을 자기 아들처럼 끌어안고 우는 모습을 본 적이 있었습니다. 노인에게 권해서 ×××을 당신 아버지의 손으로 보내게 한 것도, 그것을 눈앞으로 들이밀어 당신을 절박한 상황으로 몰고 간 것도 전부 그 사람의 섬뜩한 계획이었습니다. 조 군은 그 사실을 깨닫고 놀라서 애라 씨를 부추겨 달아나버린 겁니다."

"……."

"……당신이 육체적으로도 이미 김 군에게 정복당한 것은 그 후였다고 저는 생각합니다만…….”

“…….”

“그 사실을 제가 분명히 알게 되었을 때였습니다. 저는 그 마루 밑에 숨겨놓은 ×××에 불을 붙여 단번에 그 집을 불태우고, 그 집 사람들도 전부 죽여버려야겠다고 생각했습니다. 그래서 어느 날 밤, 살금살금 숨어들어 그 마루 밑을 손으로 더듬어 보았습니다만, 그저 차가운 흙만이 손끝에 닿을 뿐이었습니다. 그때 비로소 당신이 이미 그 집을 빠져나갈 준비를 하고 있다는 사실을 깨달았습니다. 그래서 주의 깊게 지켜보았는데 마침 그 이튿날 밤, 당신들이 그렇게 집에서 빠져나가려 하는 모습을 거기서 보게 된 것이었습니다.”

“…….”

“그때 제가 거기까지 당신을 따라가려 하는데, 나이트가운을 입은 토마스 신부가 한쪽 손에 무엇인가를 쥐고 어두운 방의 한쪽 구석에서 창 너머로 문 밖을 가만히 바라보고 있지 않겠습니까? 저는 깜짝 놀랐습니다만 모르는 척하고 창가로 다가갔는데 제 뒤에서 다시 쿵쿵 발소리가 나기에 얼핏 뒤를 돌아보니 잠옷을 입은 채로 창백한 얼굴을 한 애란 씨가 뒤따라왔습니다. 저는 일이 참 난처하게 됐다는 생각에 그녀를 노려보았는데, 그때 그 노인이 성큼성큼 다가와서는 가운 안에서 번뜩이는 물건을 꺼내 애란 씨를 가로막았습니다. 저는 그야말로 호랑이 아가리에서 벗어난 듯한 기분이 되어 곧 창밖으로 뛰어내렸습니다. …….”

“…….”

“그리고 그 영감이 바로 스파이를 쓴 것이라 여겨집니다.”

“어머, 세상에…….”

“저는 인간이란 것을 이해할 수가 없습니다. 인류의 운동이라는 것을 이해할 수가 없습니다. 모든 사람들이 각자 서로 다른 욕망과 원한과 증오를 가지고 있지만 그것이 하나의 커다란 오케스트라처럼 되어 움직이는 것이, 말하자면 학대받는 인류의 운동 아닙니까? —우리 서클에서는 당신이 바로 그 중심에 있는 태양입니다. 그 태양계를 행성이라고 할 수 있는 우리들이 끊임없이 돌았던 겁니다. …….”

“…….”

“하지만 주영 씨, 그 태양도 이제 오늘 새벽부터는 평소와 달리 빛과 열을 우리에게 베풀 수 없게 되어버리고 말았습니다. —주영 씨, 이제 마지막입니다. 부탁이니 당신의 마지막 열로 저를 따뜻하게 해주셨으면 합니다…….”

남자가 여자의 팔을 안아 몸을 한껏 가까이 가져갔다.

“네, 춘용 씨, 고마워요. ……저, 정말 고맙게 생각하고 있어요. ……저는 이제 당신의 순수한 열정 덕분에 10년 전의 제 자신으로 부활할 수 있을 거예요. 전 말이죠, 지금 여기서 당신에게 받은 것과 같은 이런 순수한 온기를 지금까지 한 번도 맛본 적이 없었어요……. 제가 만약 10년 전에 당신을 알았다면 얼마나 행복한 사랑을 맛볼 수 있었을까요……?”

여자는 갓난아기의 몸을 옆에 가만히 내려놓고 자신의 무릎 쪽으로 남자의 몸을 끌어안았다.

“…….”

“저 처음으로 남성의 순수한 참사랑을 온몸으로 절실히 느끼게 되었어요. ……저는 말이죠, 첫사랑 때부터 이미 남성들의 음흉한 욕망의 희생양이었으니까요. 그 이후부터 저는 육체적 욕망이나, 이 세상에 대한 반역심을 채우기 위한 목적으로만 온갖 남성들을 이용할 생각으로 살아왔어요. …….”

여자는 이렇게 말하고 뜨거운 남자 몸의 온기를 자신의 무릎으로 가만히 느끼며, 이것만이 28년 동안에 처음으로 맛본 남성 피부의 온기인 것 같다는 마음에 취해 있었다.

"하지만 말이죠, 춘용 씨. 당신에 대해서만은 결코 그런 마음이 들지 않아요. 저도 역시 당신 같은 남성을, 꿈꾸는 듯한 기분으로 사모하는 처녀와 같은 마음을 지금 맛보고 있어요. ……저는 지금까지 몇 번이고 이런 마음을 맛보고 싶었는지 몰라요. 하지만 저 같은 여성은 그런 남성에게 도저히 다가갈 수 없는 걸요. ……당신도 역시 그런 사람 중 하나였던 거죠……?"

"……."

두 사람은 서로를 안은 채 한동안 황홀한 기분에 잠겨 있었다.

쾌청하게 맑은 하늘이 희붐하게 물들기 시작했다. 절벽 아래서는 물새가 분주하게 날갯짓을 하고 있었다. 물 위에는 아직 안개의 모습이 가는 빗발처럼 희미하고 엷게 드리워져 있었다. 반짝반짝 홀로 빛나던 분홍빛 별이 어느 틈엔가 모습을 감춰버리자, 그 부근에서부터 새벽의 차가운 숨결이 초가을다운 무정함을 보이며 다가왔다. 희붐한 천지 속으로 멀리 산의 모습이 희미하게 떠올랐다. 밤이슬에 흠뻑 젖은 주영이 무시무시한 단말마가 다가오기라도 한 듯 자리에서 벌떡 일어난 순간, 극심한 오한이 느껴지고 눈앞이 캄캄해질 정도로 두통이 느껴졌다. 당장에라도 쓰러질 듯한 기분이었으나, 그녀는 새파랗게 질린 얼굴로 질타하듯 외쳤다.

"앗! 저기를……, 저기를 좀 보세요. 영창 씨, 창수야. 저기를 좀 봐. ……자, 얼른 달아나세요!"

강의 상류가 완만하게 곡선을 그리며 구부러진 곳에서 이곳까지 이어진 가느다란 길이 마침내 보이기 시작했다. 그곳의 붉은 소라 같은 바위 그늘을 타고 사람의 검은 그림자 몇이 움직이며 다가오고 있었다.

"보세요. 저건 틀림없이 경찰들이에요. 자, 창수야, 얼른 달아나야 한다!"

주영이 미친 사람처럼 외쳤다. 그러나 다른 사람들은 거기서 우물쭈물하고 있었다.

"창수야, 영창 씨, 뭘 꾸물거리고 있는 거예요? 이제 저는 더 이상 움직일 수가 없어요. 그러니까 어서, 어디로든 달아나세요! ……."

주영은 이미 흥분할 대로 흥분해 있었다. 지금까지 창백했던 얼굴이 갑자기 붉은 빛을 띠었으며, 지난밤까지 퀭하던 눈에는 핏발이 서 있었다. 주영은 다시 맞은편의 바위 아래 길을 날카롭게 노려보았다. 하지만 그 경찰들은 벌써 그곳의 커브를 돌아들었는지 모습이 보이지 않았다.

"아앗! 이제 거의 다 왔어요! 대체 뭘 꾸물거리고 있는 거예요!"

주영이 비명처럼 부르짖다 이미 나약해질 대로 나약해진 몸 때문에 풀밭 위에 털썩 쓰러졌다. 주영이에게 안겨 있던 아기가 자지러질 듯 울어댔다.

"아아, 위험해요! 거기는 절벽이에요!"

자지러질 듯 울고 있는 아기를 꼭 끌어안은 주영의, 당장에라도 발광을 시작할 것 같은 몸을 시종 붙들고 있던 춘용이 놀라서 외쳤다. 그리고 여자의 몸에 매달린 채 벼랑 끝에 있는 수풀 속으로 자신도 함께 쓰러져 버렸다.

"창수야!"

이렇게 외치려 했으나 주영은 목이 쉬어 더는 목소리가 나오지 않았다. 이리 오라는 듯 그녀가 손짓을 해서 창수를 불렀다. 창수가 바로 그곳으로 달려왔다.

"이걸, 이걸, 아줌마가, 줄 테니……. 넌, 반드시……."

너무나도 괴로웠기에 주영은 그 다음 말을 이을 수가 없었다. 두 개로 접은 하얀 반지(半紙)를 삼사십 장 정도 엮은, 등사판 인쇄물인 듯한 팸플릿을 주머니에서 꺼내 거기에 자신의 지갑을 끼워 건네주었다.

"너도 어린 나이부터 학대를 받는구나……. 너는 가장 오래…… 살아 있을 테니……."

숨을 헐떡이며 주영은 다시 여기까지 말했다.

하늘 위에서 태양이 비명을 질렀다. 풀잎들이 일제히 호응해서 은색 빛을 폭발시켰다. 물이 아침안개를 뚫고 하얀 저주의 불꽃을 피워 올렸다. 근처 나무들의 꼭대기에서 까마귀들이 성난 목소리로 울었다. 멀리 산기슭에서 닭이 피를 토하며 울부짖었다. …….

"앗! 벌써 저기에 사람들이 왔다! 빨리, 빨리, 저쪽으로! ……."

주영이 왼팔에 아기를 안고, 오른손에 권총을 쥔 채 비틀비틀 자리에서 일어났다. 그리고 초조해서 견딜 수 없다는 듯, 거기에 아직도 망연히 서 있는 영창과 창수를 향해 달아날 방향을 권총을 쥔 손으로 가리킨 뒤, 그쪽으로 내쫓으려 했다. 그러나 더는 자신의 몸을 스스로 지탱하지 못하고 뒤쪽으로 비틀거리기 시작했다.

"앗!"

춘용이 순간적으로 몸을 부축하자 여자는 남자의 몸에 자신을 의지한 채, 피로 물든 눈을 있는 대로 부릅떠 무시무시한 얼굴로 앞에 서 있는 두 사람을 노려보았다. 손에 든 권총을 번뜩이며 위로 치켜드는가 싶더니 하늘을 향해 연속해서 쏘았다. 그 모습에 놀란 영창과 창수가 갑자기 그 좁은 길을, 그녀가 가리켰던 방향으로 힘껏 달리기 시작했다.

근처 바위 아래까지 왔던 네다섯 명의 경찰관들이 요란한 울림을 듣고 몸을 납작 엎드려 앞쪽의 형세를 가만히 지켜보았다. 그 모습을 얼핏 본 주영이 그쪽을 향해서 다시 난사했다. 그러자 그 바위 아래서 한껏 벼르고 있던 경찰관이 주영의 몸을 향해 돌진해 들어왔다. 그 사실을 깨달은 여자는 총알이 떨어진 권총을 내던지고 곁에 있던 남자에게 몸을 단단히 기댔다. 그 순간 서로 엉긴 두 사람의 몸이 뒤로 함께 털썩 쓰러졌다. 하지만 거기는 벌써 한 길도 넘는 절벽으로, 아래서는 새파란 물이 커다란 소용돌이를 그리고 있었다. …….

그 모습을 바라본 경찰관들은 기세가 완전히 꺾여, 거기에 모여 멍하니 서 있었다. 그리고 저 멀리로 크고 작은 사람 둘이 원숭이처럼 달려가는 모습을 본 순간, 더는 도저히 따라잡지 못할 것이라 생각했는지 거기서 권총을 마구 쏘아댔다. 그러나 착탄점은 그 거리의 3분의 1에도 미치지 못했다. 그러는 사이에 두 사람의 그림자는 그 너머 바위 뒤로 사라져버리고 말았다.

주영에게서 받은, 두 개로 접은 하얀 반지 묶음이 창수의 조그만 팔에 단단히 안겨 있었다. 그 표지에는 붉은 잉크의 굵은 고딕체로 「너희들의 등 뒤에서」라고 인쇄되어 있었다.

원저자의 말

이익상 군이 나의 『너희들의 등 뒤에서』를 조선문으로 번역하고 싶다는 편지를, 내게 보낸 것은 상당히 전의 일이다.

나는, 이익상 군의 편지를 보자마자, 바로 흔쾌히 승낙하겠다는 뜻을 전했다. 그리고 나는, 나의 저작이 조선문으로 번역되는 것을 진심으로 기쁘게 생각했다.

자신의 저작을 발표했을 때, 그것이 가능한 한 많은 사람들에게 읽히기를 희망하는 것은, 매우 당연하다. 그러기 위해서는, 다른 나라 말로 번역되는 것이, 가장 좋다.

내가 앞서는 『붉은 흙에 싹트는 것』을 쓰고, 이어 그 자매편으로, 『너희들의 등 뒤에서』를 지은 것은, 이 저작을 통해서 인류해방의 하나의 전선을 지지하는 것으로 삼고 싶었기 때문이다. 그리고 그를 위해서는 여러 나라, 여러 민족의 말로 번역될 것이 요구된다.

특히, 나는, 이 저작이, 조선어로 번역되어, 조선민족의 손에 친밀하게 읽히는 것은, 이 저작의 중요한 목적 중 하나이다. 왜냐하면, 이 저작은, 그 제재를, 가까운 조선의 시대에서 취했기 때문이며, 또, 이 저작으로, 무엇인가를, 조선민족에게 이야기하고 싶었기 때문이다.

나는, 조선어에 정통하지 못하다. 이 군의 번역이 얼마나 능란한 표현을 가지고 있는지를 알지 못한다는 것은 유감이다. 하지만, 이 군은, 조선문단의 유수한 작가이자, 또한 일본에서 오래 유학하여, 일본어에는 깊은 조예가 있으니, 나는 이 번역이, 아마도 완전한 번역일 것이라고 믿는다. 그리고 이 군의 양 민족을 위한 커다란 노력에 감사하고 싶다.

이 글이, 나의 사랑하는 선문(鮮文)으로 번역되어 가두에 나왔을 때, 나의 기쁨이 어떤 것일지를 생각해보면, 나는 나의 피가 뛰노는 것을 느낀다.

1925년 8월 18일
경성에서의 강연회에 출석해서
나카니시 이노스케

번역자의 말

이 소설의 원저자 중서이지조(中西伊之助) 군은 현금 일본 문단의 유수한 작가이외다.

군은 일찌기 조선에 오래 동안 있어서 조선을 사랑함이 누구에게든지 뒤지지 아니할 만하게 깊고 간절합니다. 군의 예술은 시달키인 아무 기력 없는 민중에게서 느낀 바 의분과 열정 가운데에서 자라난 것이라고도 할 수 있습니다. 그의 작품 『붉은 흙에 싹트는 것』을 읽어보아도 그것을 누구든지 곧 느낄 것이외다. 그의 작품 전체를 통하여 흘러나오는 것은 열정이외다. 이 열정은 군의 작품의 생명이외다.

지금에 이 『너희들의 등 뒤에서』란 소설에서도 넉넉히 그것을 볼 수 있습니다. 작품 가운데에 나타나는 인물과 지방도 조선에서 취재한 것이외다. 지방색이 농후한 작품이외다. 역자가 특별히 이 작품을 선택한 것은 조선이란 것이 그들의 눈에 어떻게 비쳤으며 우리가 말하고자 하는 것을 중서 군이 어떻게 말한 것을 소개하고자 함이외다.

그리하여 중서 군의 허락을 얻은 후에 신문에 연재한 일도 있었으나 그것은 선한문(鮮漢文)을 섞은 까닭에 일반이 읽지 못할 듯하여 순언문으로 다시 번역하게 된 것이외다.

이익상

식민지 조선의 실상을 생생하게 그린

『붉은 흙에 싹트는 것』(赭土に芽ぐむもの)

정가 : 14,600원(536쪽)

조선을 식민지화한 일본의 만행과
처참하게 시달리면서도 순박하게 살아가는
조선 민중의 모습을 생생하게 묘사한
나카니시 이노스케의 대표작

조선총독에 대한 비판
재벌에 의한 횡포 폭로로 평양 감옥에 수감되었던
작가의 조선과 조선인에 대한 애정으로 가득한 책

나카니시 이노스케는 우리 민족이 기억해야 할 작가다

옮긴이 **박현석**

국문학을 전공하고 일본으로 건너가 유학 및 직장 생활을 하다 지금은 전문번역가로 활동 중이며 우리나라에 아직 소개되지 않은 유명 작가들의 작품을 소개하기 위해서 출판을 시작했다. 번역서로는 『판도라의 상자』, 『갱부』, 『혈액형 살인사건』, 『사형수와 그 재판장』, 『인류의 스승 인생을 이야기하다』, 『젊은 날의 도쿠가와 이에야스』, 『다자이 오사무 자서전』, 『붉은 흙에 싹트는 것』 외 다수가 있다.

불령선인 · 너희들의 등 뒤에서

1판 1쇄 인쇄 2017년 1월 5일
1판 1쇄 발행 2017년 1월 10일

지은이 나카니시 이노스케
옮긴이 박현석
펴낸이 박현석
펴낸곳 玄人
표지디자인 김창미

등 록 제 2010-12호
주 소 서울시 도봉구 덕릉로 62길 13, 103-608호
전 화 010-2012-3751
팩 스 0505-977-3750
이메일 gensang@naver.com

ISBN 978-89-97831-89-0